हिन्द पॉकेट बुक्स

दो बैलों की कथा

तथा अन्य कहानियां

प्रेमचंद हिन्दी और उर्दू के महानतम भारतीय लेखकों में से एक थे। उनका मूल नाम धनपत राय श्रीवास्तव था। प्रेमचंद को नवाब राय और मुंशी प्रेमचंद के नाम से भी जाना जाता है। उपन्यास के क्षेत्र में उनके योगदान को देखकर बंगाल के विख्यात उपन्यासकार शरतचंद्र चट्टोपाध्याय ने उन्हें उपन्यास सम्राट कहकर संबोधित किया था। प्रेमचंद ने हिन्दी कहानी और उपन्यास की एक ऐसी परंपरा का विकास किया, जिसने पूरी सदी के साहित्य का मार्गदर्शन किया। प्रेमचंद एक क्रांतिकारी रचनाकार थे, उन्होंने न केवल देशभक्ति बल्कि समाज में व्याप्त अनेक कुरीतियों को देखा और उनको कहानी के माध्यम से पहली बार लोगों के समक्ष रखा। उन्होंने उस समय के समाज की जो भी समस्याएँ थीं उन सभी को चित्रित करने की शुरुआत कर दी थी। उसमें दलित भी आते हैं, नारी भी आती हैं। ये सभी विषय आगे चलकर हिन्दी साहित्य के बड़े विमर्श बने।

दो बैलों की कथा

तथा अन्य कहानियां

प्रेमचंद

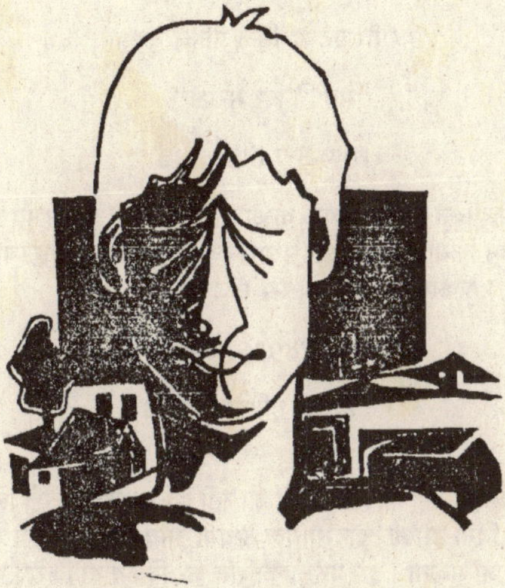

हिन्द पॉकेट बुक्स

पेंगुइन रैंडम हाउस इम्प्रिंट

हिन्द पॉकेट बुक्स

यूएसए | कनाडा | यूके | आयरलैंड | ऑस्ट्रेलिया | सिंगापुर
न्यू ज़ीलैंड | भारत | दक्षिण अफ्रीका | चीन

हिन्द पॉकेट बुक्स, पेंगुइन रैंडम हाउस ग्रुप ऑफ़ कम्पनीज़ का हिस्सा है,
जिसका पता global.penguinrandomhouse.com पर मिलेगा

पेंगुइन रैंडम हाउस इंडिया प्रा. लि.,
चौथी मंजिल, कैपिटल टावर -1, एम जी रोड,
गुड़गांव 122 002, हरियाणा, भारत

पेंगुइन
रैंडम हाउस
इंडिया

प्रथम संस्करण हिन्द पॉकेट बुक्स द्वारा 1998 में प्रकाशित
यह हिन्दी संस्करण हिन्द पॉकेट बुक्स में पेंगुइन रैंडम हाउस द्वारा 2022 में प्रकाशित

10 9 8 7 6 5 4 3 2

ISBN 9789353495084

मुद्रकः रेप्रो इंडिया लिमिटेड

www.penguin.co.in

MIX
Paper from
responsible sources
FSC® C047271

This is a legitimate digitally printed version of the book and therefore might not have certain extra finishing on the cover.

आमुख

प्रेमचंद के सभी अनुरागियों के लिए बड़ी खुशी की बात है कि प्रेमचंद का कथा-साहित्य अब 'हिन्द पॉकेट बुक्स' के माध्यम से भी उनके पास पहुँच रहा है। आपने जब से होश संभाला आप प्रेमचंद को पढ़ते और प्यार करते आये हैं। बचपन से लेकर उम्र ढलने तक प्रेमचंद आपके संग-संग चलता रहा है। निश्चय ही आप में से कितनों का ही प्रेमचंद साहित्य से गहरा परिचय भी होगा और मुझे विश्वास है कि प्रेमचंद के जीवन-परिचय की मोटी-मोटी बातें भी आप काफ़ी कुछ जानते होंगे। जैसे यही कि उनका जन्म 31 जुलाई 1880 को बनारस शहर से चार मील दूर लमही नाम के एक गांव में हुआ था और उनके पिता मुंशी अजायब लाल एक डाकमुंशी थे। घर पर साधारण खाने-पीने, पहनने-ओढ़ने की मुहताजी तो न थी, पर इतना शायद कभी न हो पाया कि उधर से निश्चिन्त हुआ जा सके।

मगर यह सब तो बड़े लोगों की चिन्ता थी, जहां तक इस लड़के नवाब या धनपत की बात थी— यही उनके असल नाम थे, 'प्रेमचंद' तो लेखकीय उपनाम था, ठीक-ठीक अर्थों में छद्म नाम, जो उन्होंने 'सोज़े वतन' नामक अपनी पुस्तिका के सरकार द्वारा ज़ब्त करके जला दिये जाने के बाद 1910 में अपनाया था, ताकि उस गोरी सरकार की नौकरी में रहते हुए भी वह पूर्ववत् लिखते रह सकें और उन्हें फिर राजकोप का शिकार न बनना पड़े— उसका बचपन भी गांव के और सब बच्चों की तरह खेलकूद में बीता, जो बचपन का अपना वरदान है।

छ-सात साल की उम्र में, कायस्थ घराzनों की पुरानी परंपरा के अनुसार, उसे भी पास ही लालगंज नाम के एक गांव में एक मौलवी साहब के पास, जो यों पेशे से दर्ज़ी थे, फ़ारसी और उसी के साथ घलुए में उर्दू पढ़ने के लिए भेजा जाने लगा, पर उससे नवाब के खेल-तमाशे में कोई फ़र्क़ नहीं पड़ा, क्योंकि मौलवी साहब काफ़ी मौजी तबियत के ढीलमढाल आदमी थे, जिनका क़िस्सा नवाब ने आगे चलकर अपनी कहानी 'चोरी' में खूब रस ले-लेकर सुनाया है, पर वह जैसे भी ढीलमढाल रहे हों, वह शायद पढ़ाते अच्छा ही थे, क्योंकि लोग कहते हैं, मुंशी प्रेमचंद का फ़ारसी पर अच्छा अधिकार था। फ़ारसी भाषा का प्यार भी मौलवी साहब ने लड़के के मन में ज़रूर अच्छा जगाया होगा, क्योंकि बी.ए. तक की परीक्षा में प्रेमचंद का एक विषय फारसी रहा।

थोड़ी सी पढ़ाई और ढेरों खिलवाड़ और गांव की ज़िंदगी के अपने मज़ों के साथ मां और दादी के लाड़-प्यार में लिपटे हुए दिन बड़ी मस्ती में बीत रहे थे कि गोया आसमान से इस बच्चे का इतना सुख न देखा गया और उसी साल मां ने बिस्तर पकड़ लिया। मुंशी अजायब लाल की ही तरह वह भी संग्रहणी की पुरानी मरीज़ थीं। इस बार का हमला जानलेवा साबित हुआ। नवाब तब सात साल का था और उसकी बड़ी बहन सुग्गी पंद्रह की। उसी साल उसका ब्याह मिर्ज़ापुर के पास लहौली नाम के गांव में हुआ था। गौना भी हो गया था। मां के मरने के आठ-दस रोज़ पहले आयीं, बड़ी-बड़ी सेवा की। नवाब भी मां के सिरहाने बैठा पंखा झलता रहता और उसके चचेरे बड़े भाई बलदेव लाल, जो बीस साल के नौजवान थे और एक अंग्रेज़ के यहां टेनिस की गेंद उठा-उठाकर खिलाड़ी को देने पर नौकर थे, दवा-दारू के इंतज़ाम में लगे रहते, लेकिन सब व्यर्थ हुआ।

सात साल के नवाब को अकेला छोड़कर मां चल बसीं और उसी दिन वह नवाब, जिसे मां पान के पत्ते की तरह फेरती रहती थी, देखते-देखते सयाना हो गया। अब उसके सर पर तपता हुआ नीला आकाश था, नीचे जलती हुई भूरी धरती थी, पैरों में जूते न थे और न बदन पर साबित कपड़े, इसलिए नहीं कि यकबयक पैसे का टोटा पड़ गया था, बल्कि इसलिए कि इन सब पर नज़र रखने वाली मां की आंखें मूँद गयी थीं। बाप यों भी कब मां की जगह ले पाता है, उस पर से वह काम के बोझ से दबे रहते। तबादलों का चक्कर अलग से। कभी बाँदा तो कभी बस्ती, कभी गोरखपुर तो कभी कानपुर, कभी इलाहाबाद तो कभी लखनऊ, कभी जीयनपुर तो कभी बड़हलगंज, किसी एक जगह जमकर न रहने पाते। बेटे को उनके संग-साथ की, दोस्ती की भी ज़रूरत हो सकती है, इसके लिए उनके पास न तो समझ थी और न समय। 'कजाकी' में मुंशीजी ने शायद अपनी ही बात बच्चे के मुंह से कहलवायी है:

> बाबूजी बड़े गुस्सेवर थे। उन्हें काम बहुत करना पड़ता था, इसी से बात-बात पर झुँझला पड़ते थे। मैं तो उनके सामने कभी आता ही न था, वह भी मुझे कभी प्यार न करते थे।

यानी कि प्यार, दोस्ती, संग-साथ नवाब को जो कुछ मिलता था, अपनी मां से मिलता था। सो मां अब नहीं रही। मां जैसा ही प्यार कुछ-कुछ बड़ी बहन से मिलता था, सो वह अपने घर चली गयी। नवाब की दुनिया घर के नाते सूनी हो गयी। यह कमी कितनी गहरी, कितनी तड़पानेवाली रही होगी, जो सारी ज़िंदगी यह आदमी उससे उबर नहीं सका और उसने बार-बार ऐसे पात्रों की सृष्टि की, जिनकी मां बचपन में ही मर गयी थी और फिर उनकी दुनिया सूनी हो गयी। 'कर्मभूमि' में अमरकान्त कहता है:

> ज़िंदगी की वह उम्र, जब इंसान को मुहब्बत की सबसे ज़्यादा ज़रूरत होती है,

> बचपन है। उस वक़्त पौदे को तरी मिल जाये, तो ज़िंदगी भर के लिए उसकी जड़ें मज़बूत हो जाती हैं। उस वक़्त खूराक न पाकर उसकी ज़िंदगी खुश्क हो जाती है। मेरी मां का उसी ज़माने में देहान्त हुआ और तब से मेरी रूह को खूराक नहीं मिली। वही भूख मेरी ज़िंदगी है।

और फिर दूसरी मां के आ जाने का भी शायद वह अपना ही अनुभव है, जिसे मुंशीजी ने उसी अमरकान्त की कहानी कहते हुए यों व्यक्त किया है:

> समरकान्त ने मित्रों के कहने-सुनने से दूसरा विवाह कर लिया था। उस सात साल के बालक ने नयी मां का बड़े प्रेम से स्वागत किया, लेकिन उसे जल्द मालूम हो गया कि उसकी नयी मां उसकी ज़िद और शरारतों को उस क्षमादृष्टि से नहीं देखती, जैसे उसकी मां देखती थी। वह अपनी मां का अकेला लाड़ला था, बड़ा ज़िद्दी, बड़ा नटखट। जो बात मुंह से निकल जाती, उसे पूरा करके ही छोड़ता। नयी माताजी बात-बात पर डाँटती थीं। यहां तक कि उसे माता से द्वेष हो गया, जिस बात को वह मना करतीं, उसे अदबदाकर करता। पिता से भी ढीठ हो गया। पिता और पुत्र में स्नेह का बंधन न रहा।

यह मन: स्थिति ठीक वह थी, जिसमें इस लड़के नवाब के बहक जाने का पूरा सामान था, लेकिन प्रकृति जैसे अपने और तमाम जंगली फूल-पौदों को, जिनकी सेवा-टहल के लिए कोई माली नहीं होता, नष्ट होने से बचाती है, उसी तरह इस आवारा छोकरे को भी बचाने का एक ढंग उसने निकाला, ऐसा ढंग जो उसकी नैसर्गिक प्रतिभा के अनुकूल था। आवारागर्दी को उसने बंद नहीं किया, बस एक हलका-सा मोड़ दे दिया, मोटी-मोटी तिलिस्म और ऐयारी की किताबों में, जिनका रस छन-छनकर उसके भीतर के किस्सागो को खूराक पहुँचाने लगा। इन किताबों में सबसे बढ़कर थी फ़ैज़ी की 'तिलिस्मे होशरुबा', दो-दो हज़ार पन्नों की अठारह जिल्दें। तेरह साल के इस लड़के ने उसको तो पढ़ ही डाला और भी बहुत कुछ पढ़ डाला, जैसे रेनाल्ड की 'मिस्ट्रीज़ ऑफ़ द कोर्ट ऑफ़ लंडन' की पचीसों किताबों के उर्दू तर्जुमे, मौलाना सज्जाद हुसैन की हास्य-कृतियां, मिर्ज़ा रुसवा और रतननाथ सरशार के ढेरों क़िस्से। कोई पूछे कि इतनी सब किताबें इस लड़के को मिलती कहां थीं?

> रेती पर एक बुकसेलर बुद्धिलाल नाम का रहता था। मैं उसकी दूकान पर जा बैठता था और उसके स्टाक से उपन्यास ले-लेकर पढ़ता था। मगर दूकान पर सारे दिन तो बैठ न सकता था, इसलिए मैं उसकी दूकान से अंग्रेज़ी पुस्तकों की कुंजियां और नोट्स लेकर अपने स्कूल के लड़कों के हाथ बेचा करता था और उसके मुआवज़े में दूकान से उपन्यास घर लाकर पढ़ता था। दो-तीन वर्षों में मैंने

सैकड़ों ही उपन्यास पढ़ डाले होंगे।

यह गोरखपुर की बात है, जहां उन दिनों वह अपने पिता और दूसरी मां के साथ रहता था और रावत पाठशाला में पढ़ता था, जहां उसने आठवीं कक्षा तक पढ़ाई की।

कहने की ज़रूरत नहीं कि जहां ऐसी अच्छी-अच्छी किताबों की पढ़ाई दिन-रात चल रही हो, वहां स्कूल की नीरस किताबों को कौन देखता होगा और क्यों देखे, पर हमारे कथा-साहित्य की दृष्टि से जो हुआ, अच्छा हुआ, क्योंकि सच्चे अर्थों में इन्हीं दिनों, इन्हीं सब तैयारियों में से होकर उस अमर कथाकार प्रेमचंद का जन्म हुआ, जो आगे चलकर उर्दू और हिन्दी दोनों ही भाषाओं में आधुनिक कहानी का जन्मदाता बना और आज दुनिया से चले जाने के पचास बरस बाद भी अपने उसी सर्वोच्च शिखर पर बैठा है और जिसने दुनिया को ऐसी लगभग तीन सौ कहानियां और चौदह छोटे-बड़े उपन्यास दिये, जिन्हें एक बार उठा लेने पर फिर छोड़ा नहीं जा सकता, जैसा कि आप सभी उनके असंख्य पाठकों का नित्य का अनुभव है। स्वाभाविक ही है कि प्रेमचंद की गिनती आज दुनिया के महान् लेखकों में होती है और उनके साहित्य का अनुवाद भारत की सभी भाषाओं में ही नहीं दुनिया की और भी पचासों भाषाओं में किया जा चुका है, रूसी, चीनी जैसी किन्हीं-किन्हीं भाषाओं में तो शायद संपूर्ण प्रेमचंद साहित्य।

लेकिन वह लेखक कितना भी बड़ा क्यों न हो, आदमी बहुत ही सीधा-सादा था, नितान्त सरल, निश्छल, विनयशील और वैसी ही सीधी-सादी उसकी जीवन-शैली थी। सोलहों आने वैसी ही, जैसी किसी भी दफ़्तर के बाबू या स्कूल के मास्टर की होती है। सवेरे नौ-दस बजे घर से सीधे अपने काम पर और शाम को पांच बजे सीधे अपने घर। अपने ही जैसे दो-चार संगी-साथियों और अपने परिवार की छोटी-सी दुनिया ही उसकी कुल दुनिया है, जिसमें घर का बाजार-हाट भी है, बच्चों की सर्दी-खांसी भी है और परिवार की दाँताकिलकिल भी है और फिर उन सबके बीच समर्पित भाव से किया गया इतना सब अजस्र लेखन है, जो सचमुच आश्चर्यजनक लगता है, जब इस बात की ओर ध्यान जाता है कि इतना सब जो लिखा गया है, वह लगभग सारी उम्र सात-आठ घंटे की एक-न-एक नौकरी करते हुए लिखा गया है! मज़े से पूरे समय लिख सके, इतनी भी सुविधा बेचारे को न जुट पायी। शुरू से लेकर आख़ीर तक अभाव और जीवन-संघर्ष की एक ही गाथा।

वह अभी मुशकिल से पंद्रह का था कि घरवालों ने उसका विवाह कर दिया, जो बहुत ही दुर्भाग्यपूर्ण रहा। सोलह का होते-होते पिताजी गिरस्ती का सब बोझ लड़के पर डालकर परलोक सिधारे। फलतः उस वर्ष वह मैट्रिक की परीक्षा भी नहीं दे पाया। अगले साल

परीक्षा में बैठा। द्वितीय श्रेणी में पास तो हो गया, लेकिन कालेज में प्रवेश न मिल पाया, पर हां, संयोग से बनारस के पास ही चुनार के एक स्कूल में मास्टरी मिल गयी और 1899 से स्कूल की मास्टरी का जो सिलसिला चला, वह पूरे बाईस साल यानी 1921 तक चला, जब कि मुंशीजी ने गांधीजी के आह्वान पर गोरखपुर के सरकारी स्कूल से इस्तीफ़ा दिया। नौकरी करते हुए ही उन्होंने इंटर और बी.ए. पास किया।

स्कूलमास्टरी के इस लंबे सिलसिले में प्रेमचंद को घाट-घाट का पानी पीना पड़ा। कुछ-कुछ बरस में यहाँ से वहाँ तबादले होते रहे। प्रतापगढ़ से इलाहाबाद से कानपुर से हमीरपुर से बस्ती से गोरखपुर। इन सब स्थान-परिवर्तनों में शरीर को कष्ट तो हुआ ही होगा और सच तो यह है कि इसी जगह-जगह के पानी ने उन्हें पेचिश की दायमी बीमारी दे दी, जिससे उन्हें फिर कभी छुटकारा नहीं मिला, लेकिन कभी-कभी लगता है कि ये कुछ-कुछ बरसों में हवा-पानी का बदलना, नये-नये लोगों के संपर्क में आना, नयी-नयी जीवन-स्थितियों में से होकर गुज़रना, कभी घोड़े और कभी बैलगाड़ी पर गांव-गांव घूमते हुए प्राइमरी स्कूलों का मुआयना करने के सिलसिले में अपने देश के जनजीवन को गहराई में पैठकर देखना, नयी-नयी सामाजिक समस्याओं और उनके नये-नये रूपों से रूबरू होना उनके लिए रचनाकार के नाते एक बहुत बड़ा वरदान भी था। दूसरे किसी आदमी को यह दर-दर का भटकना शायद भटका भी सकता था, बिखेर भी सकता था, पर मुंशीजी का अपनी साहित्य-सर्जना के प्रति जैसा अनुशासित एकचित्त समर्पण आरंभ से ही था, यह अनुभव-संपदा निश्चय ही उनके लिए अत्यंत मूल्यवान् सिद्ध हुई होगी।

जीवन-परिचय के संदर्भ में एक बात जो यथास्थान नहीं आ पायी, वह यह कि प्रेमचंद ने शिवरात्रि के दिन 1906 में, लगभग उन्हीं दिनों जब वह शायद अपना छोटा उपन्यास 'प्रेमा' (उर्दू में 'हमखुर्मा ओ हमसवाब') हिन्दी में लिख रहे होंगे (उसका प्रकाशन 1907 में हुआ) जिसका नायक एक विधवा लड़की से विवाह करता है, उन्होंने स्वयं एक विधवा लड़की शिवरानी देवी से विवाह किया, जो कालान्तर में उनके छ बच्चों की माँ बनी, जिनमें से तीन अभी जीवित हैं।

शिवरानी देवी बहुत सच्ची, अक्खड़, निडर, अहंकार की सीमा तक स्वाभिमानी, दबंग, शासनप्रिय महिला थीं। प्रेमचंद खुद जैसे कोमल स्वभाव के आदमी थे, उन्हें शायद ऐसी ही जीवन-सहचरी की ज़रूरत थी और शायद इसीलिए प्रेमचंद के जीवन में उनकी बड़ी महत्वपूर्ण भूमिका रही। जब जितना मिला उतने में घर चलाया, पारिवारिक चिन्ताओं और रगड़ों-झगड़ों से उन्हें मुक्त किया— जिसका ही नतीजा था कि सब अभावों के बीच भी वह शान्ति से अपना काम कर सके— और बराबर उनके साथ कंधे-से-कंधा लगाकर उनकी

शक्ति के एक स्तंभ के रूप में खड़ी रहीं। 8 फ़रवरी, 1921 को गांधीजी ने गोरखपुर की एक सभा में, जिसमें प्रेमचंद भी उपस्थित थे, सरकारी नौकरी से इस्तीफ़ा देने के लिए लोगों का आवाहन किया। प्रेमचंद के मन में भी कुछ संकल्प बना। घर आये, पत्नी से कहा। पांच दिन संशय में गुज़रे। इक्कीस साल की जमी-जमायी नौकरी छोड़ने की हिम्मत नहीं पड़ रही थी। मुंशीजी की सेहत ख़राब, घर में दो छोटे-छोटे बच्चे और तीसरा होने वाला, आगे परिवार कैसे पलेगा इसका कुछ ठौर-ठिकाना नहीं, पर छठे दिन शिवरानी देवी ने हिम्मत बटोरकर हरी झंडी दिखा दी, अगले दिन मुंशीजी ने इस्तीफ़ा दाख़िल कर दिया और आठवें दिन, 16 फ़रवरी 1921 को मुंशीजी अपनी इतनी पुरांनी सरकारी नौकरी को लात मारकर बाहर आ गये।

उसी रोज़ मुंशीजी ने अपना सरकारी क्वार्टर छोड़ दिया। कुछ रोज़ बाद यह योजना बनी कि महावीर प्रसाद पोद्दार के साझे में एक चर्खे की दूकान शहर में खोली जाये। आख़िर दूकान खुली, दस कर्घे लगाये गये, लेकिन दूकान चलाना, भले वह चर्खे की दूकान हो, मुंशीजी के बस का रोग न था। उस तरह की देश-सेवा के लिए मुंशीजी बने ही न थे। उनका माध्यम तो साहित्य है, सो लिखाई ज़ोर-शोर से चल रही है। स्वराज्य के संदेश का प्रचार करने वाले लेख और सीधी-सादी देश-प्रेम की कहानियां, जिनमें किसी तरह का बनाव-सिंगार नहीं है और न उनको लिखते समय मुंशीजी को इस बात की ही चिन्ता है कि उनकी गिनती स्थायी साहित्य में होगी या नहीं।

गांधीजी ने स्वराज्य की लड़ाई छेड़ रखी है। हर वह आदमी जिसे अपने देश से प्यार है, इस समय स्वराज्य का सिपाही है। कोई मैदान में जाकर लाठी खाता है, कोई जेल की राह पकड़ता है, मुंशीजी अपना क़लम लेकर मैदान में उतरते हैं। इसी ख़्याल से उन्होंने गोरखपुर से निकलने वाले एक उर्दू अख़बार 'तहक़ीक़' और एक हिन्दी अख़बार 'स्वदेश' से बाक़ायदा जुड़ने और उनमें नियमित रूप से बराबर लिखने की कुछ शक्ल बनानी चाही, पर वह नहीं बनी, तो मुंशीजी बनारस आ गये, फिर कुछ ऐसा संयोग बना कि सरकारी नौकरी से इस्तीफ़ा देने के चार महीने बाद मुंशीजी मारवाड़ी विद्यालय, कानपुर पहुंच गये, लेकिन अपने यहां प्राइवेट स्कूलों का जो हाल है, स्कूल के हेडमास्टर प्रेमचंद की स्कूल के मैनेजर महाशय काशीनाथ से नहीं बनी और साल पूरा नहीं होने पाया कि मुंशीजी ने 'बहुत तंग आकर' 22 फ़रवरी, 1922 को वहां से भी इस्तीफ़ा दे दिया और फिर बनारस पहुँच गये।

बनारस में उन्होंने संपूर्णानन्दजी के जेल चले जाने पर कुछ महीने 'मर्यादा' पत्रिका का संपादन-भार सँभाला, फिर वहां से अलग होकर काशी विद्यापीठ पहुँच गये, जहां उन्हें

स्कूल का हेडमास्टर बना दिया गया। अपना प्रेस खोलने की धुन भी बरसों से मन में समायी थी, उसकी भी तैयारी साथ-साथ चलती रही। कुछ ही महीनों बाद जब स्कूल बंद कर दिया गया, तो मुंशीजी पूरे मन-प्राण से प्रेस की तैयारी में लग गये, जो अन्ततः खुला तो, मगर गले का ढोल बनकर रह गया, जो न तो बजाये बजता था और न गले से निकालकर फेंका जाता था।

आख़िर लखनऊ से 'माधुरी' पत्रिका के संपादक की कुर्सी सँभालने का प्रस्ताव मिलने पर उसे स्वीकार करने के सिवा गति न थी, क्योंकि अपना प्रेस रोज़ी-रोटी देना तो दूर रहा बराबर घाटे पर घाटा दिये जा रहा था। फिर छ बरस लखनऊ रह गये और वहीं रहते-रहते 1930 में बनारस से अपना मासिक पत्र 'हंस' शुरू किया। उसके कुछ महीने पहले उन्होंने अपनी बेटी की शादी मध्यप्रदेश के सागर ज़िले की तहसील देवरी के एक अच्छे खाते-पीते देशसेवी घराने में कर दी थी। 1932 के आरंभ में लखनऊ का आबदाना ख़त्म हुआ और मुंशीजी फिर बनारस आ गये। 'हंस' तो निकल ही रहा था, 'जागरण' नामक एक साप्ताहिक और निकाला। वह भी बहुत अच्छा पत्र था, लेकिन अच्छा पत्र निकालना और उसे चला पाना दो बिल्कुल अलग बातें हैं।

दोनों पत्रों के कारण जब काफ़ी क़र्ज़ा सिर पर हो गया, तब उसे सिर से उतारने के लिए मोहन भवनानी के निमंत्रण पर उनके अजंता सिनेटोन में कहानी-लेखक की नौकरी करने बंबई पहुंचे। 'मिल' या 'मज़दूर' के नाम से उन्होंने एक फिल्म की कथा लिखी और कंट्रैक्ट की साल भर की अवधि पूरी किये बिना दो महीने का वेतन छोड़कर बनारस भाग आये, क्योंकि बंबई का और उससे भी ज़्यादा वहां की फ़िल्मी दुनिया का हवा-पानी उन्हें रास नहीं आया। बंबई टाकीज़ तब हिमांशु राय ने शुरू ही की थी। उन्होंने मुंशीजी को बहुत रोकना चाहा, पर मुंशीजी किसी तरह नहीं रुके। यहां तक कि बनारस से ही फ़िल्म की कहानियां भेजते रहने का प्रस्ताव भी नहीं स्वीकार किया।

बंबई में सेहत और भी काफ़ी टूट चुकी थी, बनारस लौटने के कुछ ही महीने बाद बीमार पड़े और काफ़ी दिन बीमारी भुगतने के बाद 8 अक्तूबर 1936 को चल बसे। यही उनका कुल जीवन-परिचय है, जिसमें नाटकीय तत्त्व तो छोड़ ही दीजिए, कोई विशेष कथा-तत्त्व भी नहीं है। जभी तो उन्होंने अपने बारे में लिखा था:

> मेरा जीवन एक सपाट, समतल मैदान है, जिसमें कहीं-कहीं गढ़े तो हैं, पर टीलों, पर्वतों, घने जंगलों, गहरी घाटियों और खँडहरों का स्थान नहीं है। जो सज्जन पहाड़ों की सैर के शौक़ीन हैं, उन्हें तो यहां निराशा ही होगी।

और सच तो यह है कि अगर ऐसी कुछ बात ही न आ पड़ती, तो शायद उस व्यक्ति ने अपने बारे में इतना भी न लिखा होता। कोई पूछता, तो वह शायद कह देता: मेरी ज़िन्दगी में ऐसा है ही क्या, जो मैं किसी को सुनाऊँ। बिल्कुल सीधी-सपाट ज़िंदगी है, जैसी देश के और करोड़ों लोग जीते हैं। एक सीधा-सादा, गृहस्थी के पचड़ों में फंसा हुआ तंगदस्त मुदर्रिस, जो सारी ज़िंदगी कलम घिसता रहा, इस उम्मीद में कि कुछ आसूदा हो सकेगा, मगर न हो सका। उसमें है ही क्या, जो मैं किसी को सुनाऊँ। मैं तो नदी किनारे खड़ा हुआ नरकुल हूँ। हवा के थपेड़ों से मेरे अंदर भी आवाज़ पैदा हो जाती है, बस इतनी सी बात है। मेरे पास अपना कुछ नहीं है, जो कुछ है, उन हवाओं का है, जो मेरे भीतर बजीं। और जो हवाएं उनके भीतर बजीं, वही उनका साहित्य है, भारतीय जनता के दुख-सुख का साहित्य, हमारे-आपके दुख-सुख का साहित्य, जिसे आप इसी कारण इतना प्यार करते है।

मुझे बड़ी खुशी है कि प्रेमचंद की कथा-साहित्य अब शुद्ध प्रामाणिक पाठ और सुंदर साज-सज्जा के साथ 'हिन्द पॉकेट बुक्स' के माध्यम से भी लाखों-करोडों पाठकों तक पहुंच सकेगा।

(अमृत राय)

धूप छाँह,
इलाहाबाद

क्रम

□

विद्रोही

आज दस साल से जब्त कर रहा हूँ। अपने इस नन्हें-से हृदय में अग्नि का दहकता हुआ कुण्ड छिपाये बैठा हूँ। संसार में कहीं शन्ति होगी, कहीं सैर-तमाशे होंगे, कहीं मनोरंजन की वस्तुएँ होंगी; मेरे लिए तो अब यही अग्निराशि है और कुछ नहीं। जीवन की सारी अभिलाषाएँ इसी में जलकर राख हो गयीं। किससे अपनी मनोव्यथा कहूँ? फायदा ही क्या? जिसके भाग्य में रुदन, अनंत रूदन हो, उसका मर जाना ही अच्छा।

मैंने पहली बार तारा को उस वक्त देखा, जब मेरी उम्र दस साल की थी। मेरे पिता आगरा के एक अच्छे डाक्टर थे। लखनऊ में मेरे एक चचा रहते थे। उन्होंने वकालत में काफी धन कमाया था। मैं उन दिनों चचा ही के साथ रहता था। चचा के कोई सन्तान न थी; इसलिए मैं ही उनका वारिस था। चचा और चची दोनों मुझे अपना पुत्र समझते थे। मेरी माता बचपन ही में सिधार चुकी थीं। मातृ-स्नेह का जो कुछ प्रसाद मुझे मिला, वह चची जी ही की भिक्षा थी। वही भिक्षा मेरे उस मातृ-प्रेम से वंचित बालपन की सारी विभूति थी।

चचा साहब के पड़ोस में हमारी बिरादरी के एक बाबू साहब और रहते थे। वह रेलवे-विभाग में किसी अच्छे ओहदे पर थे। दो-ढाई सौ रुपये पाते थे। नाम था विमलचन्द्र। तारा उन्हीं की पुत्री थी। उस वक्त उसकी उम्र पाँच साल की होगी। बचपन का वह दिन आज भी आँखों के सामने है, जब तारा एक फ्राक पहने, बालों में एक गुलाब का फूल गूँथे हुए मेरे सामने आकर खड़ी हो गयी। कह नहीं सकता, क्यों मैं उसे देखकर झेंप-सा गया। मुझे वह देवा-कन्या सी मालूम हुई, जो उषा-काल के सौरभ और प्रकाश से रंजित आकाश से उतर आयी हो।

उस दिन से तारा अक्सर मेरे घर आती। उसके घर में खेलने की जगह न थी। चचा साहब के घर के सामने लम्बा-चौड़ा मैदान था। वहीं वह खेला करती। धीरे-धीरे मैं भी उससे मानूस हो गया। मैं जब स्कूल से लौटता तो तारा दौड़कर मेरे हाथों से किताबों का बस्ता ले लेती। जब मैं स्कूल जाने के लिए गाड़ी पर बैठता, तो वह भी आकर मेरे साथ बैठ जाती। एक दिन उसके सामने चची ने चचाजी से कहा— तारा को मैं अपनी बहू बनाऊँगी। क्यों कृष्णा, तू तारा से ब्याह करेगा? मैं मारे शर्म के बाहर भाग गया; लेकिन तारा वहीं खड़ी रही, मानो चची ने उसे मिठाई देने को बुलाया हो। उस दिन से चचा और

चची से अक्सर यही चर्चा होती— कभी सलाह के ढंग से, कभी मजाक के ढंग से। उस अवसर पर मैं तो शर्माकर बाहर भाग जाता था; पर तारा खुश होती थी। दोनों परिवारों में इतना घराव था कि इस सम्बन्ध का हो जाना कोई असाधारण बात न थी। तारा के माता-पिता को तो इसका पूरा विश्वास था कि तारा से मेरा विवाह होगा। मैं जब उनके घर जाता, तो मेरे बड़ी आवभगत होती। तारा की माँ उसे मेरे साथ छोड़कर किसी बहाने से टल जाती थीं। किसी को अब इसमें शक न था कि तारा ही मेरी हृदयेश्वरी होगी।

एक दिन उस सरला ने मिट्टी का एक घरौंदा बनाया। मेरे मकान के सामने नीम का पेड़ था। उसी की छाँह में वह घरौंदा तैयार हुआ। उसमें कई जरा-जरा से कमरे थे, कई मिट्टी के बरतन, एक नन्हीं-सी चारपाई थी। मैंने जाकर देखा, तो तारा घरौंदा बनाने में तन्मय हो रही थी। मुझे देखते ही दौड़कर मेरे पास आयी और बोली— कृष्णा, चलो हमारा घर देखो, मैंने अभी बनाया है। घरौंदा देखा, तो हँसकर बोला— इसमें कौन रहेगा, तारा?

तारा ने ऐसा मुँह बनाया, मानो यह व्यर्थ का प्रश्न था! बोली— क्यों, हम और तुम कहाँ रहोंगे? जब हमारा-तुम्हारा विवाह हो जायगा, तो हम लोग इसी घर में आकर रहेंगे। वह देखो, तुम्हारी बैठक है, तुम यहीं बैठकर पढ़ोगे। दूसरा कमरा मेरा है, इसमें बैठकर मैं गुड़िया खेलूँगी।

मैंने हँसी करके कहा— क्यों, क्या मैं सारी उम्र पढ़ता ही रहूँगा और तुम हमेशा गुड़िया ही खेलती रहोगी?

तारा ने मेरी तरफ इस ढंग से देखा, जैसे मेरी बात नहीं समझी। पगली जानती थी कि जिन्दगी खेलने और हँसने ही के लिए है। यह न जानती थी कि एक दिन हवा का एक झोंका आयेगा और इस घरौंदे को उड़ा ले जायेगा और इसी के साथ हम दोनों भी कहीं-से-कहीं जा उड़ेंगे।

2

इसके बाद मैं पिताजी के पास चला आया और कई साल पढ़ता रहा। लखनऊ की जलवायु मेरे अनुकूल न थी, या पिताजी ने मुझे अपने पास रखने के लिए यह बहाना किया था, मैं निश्चय नहीं कह सकता। इण्टरमीडिएट तक मैं आगरा ही में पढ़ा; लेकिन चचा साहब के दर्शनों के लिए बराबर जाता रहता था। हर एक तातील में लखनऊ अवश्य जाता और गर्मियों की छुट्टी तो पूरी लखनऊ ही में कटती थी। एक छुट्टी गुजरते ही दूसरी छुट्टी आने के दिन गिने जाने लगते थे। अगर मुझे एक दिन की भी देर हो जाती, तो तारा का पत्र आ पहुँचता। बचपन के उस सरल प्रेम में अब जवानी का उत्साह और उन्माद था। वे प्यारे दिन क्या भूल सकते हैं! वही मधुर-स्मृतियाँ अब इस जीवन का सर्वस्व हैं। हम दोनों रात को सब की नजरें बचाकर मिलते और हवाई किले बनाते। इससे

कोई यह न समझे कि हमारे मन में पाप था, कदापि नहीं। हमारे बीच में एक भी ऐसा शब्द, एक भी ऐसा संकेत न आने पाता, जो हम दूसरों के सामने न कर सकते, जो उचित सीमा के बाहर होते। यह केवल वह संकोच था, जो इस अवस्था में हुआ करता है। शादी हो जाने के बाद भी तो कुछ दिनों तक स्त्री और पुरुष बड़ों के सामने बातें करते लजाते हैं। हाँ, जो अंग्रेजी सभ्यता के उपासक हैं, उनकी बात मैं नहीं चलाता। वे तो बड़ों के सामने आलिंगन और चुम्बन तक करते हैं। हमारी मुलाकातें दोस्तों की मुलाकातें होती थीं—कभी ताश की बाजी होती, कभी साहित्य की चर्चा, कभी स्वदेश-सेवा के मनसूबे बँधते, कभी संसार-यात्रा के। क्या कहूँ, तारा का हृदय कितना पवित्र था! अब मुझे ज्ञात हुआ कि स्त्री कैसे पुरूष पर नियन्त्रण कर सकती है, कुत्सित को कैसे पवित्र बना सकती है? एक दूसरे से बातें करने में, एक दूसरे के सामने बैठे रहने में हमें असीम आनन्द होता था। फिर, प्रेम की बातों की ज़रूरत वहाँ होती है, जहाँ अपने अखण्ड अनुराग, अपनी अतुल निष्ठा, अपने पूर्ण आत्म-समर्पण का विश्वास दिलाना होता है। हमारा संबंध तो स्थिर हो चुका था। केवल रस्में बाकी थीं। वह मुझे अपना पति समझती थी, मैं उसे अपनी पत्नी समझता था। ठाकुरजी का भोग लगाने के पहले थाल के पदार्थों में कौन हाथ लगा सकता है? हम दोनों में कभी-कभी लड़ाई भी होती थी और कई-कई दिनों तक बातचीत की नौबन न आती; लेकिन ज्यादती कोई करे, मनाना उसी को पड़ता था। मैं जरा-सी बात पर तिनक जाता था। वह हँसमुख थी, बहुत ही सहनशील, लेकिन उसके साथ ही मानिनी भी परले सिरे की। मुझे खिलाकर भी खुद न खाती, मुझे हँसाकर भी खुद न हँसती।

इंटरमीडिएट पास होते ही मुझे फौज में एक जगह मिल गयी। उस विभाग के अफसरों में पिताजी का बड़ा मान था। मैं सार्जन्ट हो गया और सौभाग्य से लखनऊ ही में मेरी नियुक्ति हुई। मुँहमाँगी मुराद पूरी हुई।

मगर विधि-वाम कुछ और ही षड्यन्त्र रच रहा था। मैं तो इस खयाल में मगन था कि कुछ दिनों में तारा मेरी होगी। उधर एक दूसरा ही गुल खिल गया। शहर के एक नामी रईस ने चचाजी से मेरे विवाह की बात छेड़ दी और आठ हजार रुपये दहेज का वचन दिया। चचाजी के मुँह से लार टपक पड़ी। सोचा, यह आशातीत रकम मिलती है, इसे क्यों छोड़ूँ? विमल बाबू की कन्या का विवाह कहीं-न-कहीं हो ही जाएगा। उन्हें सोचकर जवाब देने का वादा करके विदा किया और विमल बाबू को बुलाकर बोले— आज चौधरी साहब कृष्णा की शादी की बातचीत करने आये थे। आप तो उन्हें जानते होंगे? अच्छे रईस हैं। आठ हजार रुपये दे रहे हैं। मैंने कह दिया है, सोचकर जवाब दूँगा। आपकी क्या राय है? यह शादी मंजूर कर लूँ?

विमल बाबू ने चकित होकर कहा— यह आप क्या फरमाते हैं? कृष्णा की शादी तो तारा से ठीक हो चुकी है न?

चचा साहब ने अनजान बनकर कहा— यह तो मुझे आज मालूम हो रहा है। किसने

ठीक की है यह शादी? आपसे तो मुझसे इस विषय में कोई भी बातचीत नहीं हुई।

विमल बाबू जरा गर्म होकर बोले— जो बात आज दस-बारह साल से सुनता हूँ, क्या उसकी तसदीक भी करनी चाहिए थी? मैं तो इसे तय समझे बैठा हूँ। मैं ही क्या, सारा मुहल्ला तय समझ रहा है।

चचा साहब ने बदनामी के भय से जरा दबकर कहा— भाई साहब, हक तो यह है कि मैं जब कभी इस सम्बन्ध की चर्चा करता था, दिल्लगी के तौर पर लेकिन खैर, मैं आपको निराश नहीं करना चाहता। आप मेरे पुराने मित्र हैं। मैं आपके साथ सब तरह कि रिआयत करने को तैयार हूँ। मुझे आठ हजार मिल रहे हैं। आप मुझे सात ही हजार दीजिये— छ: हजार ही दीजिए।

विमल बाबू ने उदासीन भाव से कहा— आप मुझसे मजाक कर रहे हैं या सचमुच दहेज माँग रहे हैं, मुझे यकीन नहीं आता।

चचा साहब ने माथा सिकोड़कर कहा— इसमें मजाक की तो कोई बात नहीं। मैं आपके सामने चौधरी से बातें कर सकता हूँ?

विमल— बाबूजी, आपने तो यह नया प्रश्न छेड़ दिया। मुझे तो स्वप्न में भी गुमान न था कि हमारे और आपके बीच में यह प्रश्न खड़ा होगा। ईश्वर ने आपको बहुत कुछ कर दिया। दस-पाँच हजार में आपका कुछ न बनेगा। हाँ, यह रकम मेरी सामर्थ्य से बाहर है। मैं तो आपसे दया ही की भिक्षा माँग सकता हूँ। आज दस-बारह साल से हम कृष्णा को अपना दामाद समझते आ रहे हैं। आपकी बातों से भी कई बार इसकी तसदीक हो चुकी है। कृष्णा और तारा में जो प्रेम है, वह आपसे छिपा नहीं है। ईश्वर के लिए थोड़े-से रुपयों के वास्ते कई जनों का खून न कीजिए।

चचा साहब ने धृष्टता से कहा— विमल बाबू, मुझे खेद है कि मैं इस विषय में और नहीं दब सकता।

विमल बाबू जरा तेज होकर बोले— आप मेरा गला घोंट रहे हैं!

चचा— आपको मेरा एहसान मानना चाहिए कि कितनी रिआयत कर रहा हूँ।

विमल— क्यों न हो, आप मेरा गला घोंटें और मैं आपका एहसान मानूँ? मैं इतना उदार नहीं हूँ। अगर मुझे मालूम होता कि आप इतने लोभी हैं, तो आपसे दूर ही रहता। मैं आपको सज्जन समझता था। अब मालूम हुआ कि आप भी कौड़ियों के गुलाम हैं। जिसकी निगाह में मुरौवत नहीं, जिसकी बातों का कोई विश्वास नहीं, उसे मैं शरीफ नहीं कह सकता। आपको अख्तियार है, कृष्णा बाबू की शादी जहाँ चाहे करे; लेकिन आपको हाथ न मलना पड़े, तो कहिएगा। तारा का विवाह तो कहीं-न-कहीं हो ही जाएगा और ईश्वर ने चाहा तो किसी अच्छे ही घर में होगा। संसार में सज्जनों का अभाव नहीं है; मगर आपके हाथ अपयश के सिवा और कुछ न लगेगा।

चचा साहब ने त्यौरियाँ चढाकर कहा— अगर आप मेरे घर में न होते, तो इस अपमान

का कुछ जवाब देता!

विमल बाबू ने छड़ी उठा ली और कमरे से बाहर जाते हुए कहा— आप मुझे क्या जवाब देंगे? आप जवाब देने के योग्य ही नहीं हैं।

उसी दिन शाम को जब मैं बैरक से आया और जलपान करके विमल बाबू के घर जाने लगा, तो चची ने कहा— कहाँ जाते हो? विमल बाबू से और तुम्हारे चचाजी से आज एक झड़प हो गयी।

मैंने ठिठककर ताज्जुब के साथ कहा— झड़प हो गयी! किस बात पर?

चची ने सारा-का-सारा वृत्तान्त कह सुनाया और विमल को जितने काले रंगों में रंग सकीं, रंगा— तुमसे क्या कहूँ बेटा, ऐसा मुँहफट तो आदमी ही नहीं देखा। हजारों ही गालियाँ दीं, लड़ने पर आमादा हो गया।

मैंने एक मिनट तक सन्नाटे में खड़े रहकर कहा— अच्छी बात है, वहाँ न जाऊँगा। बैरक जा रहा हूँ। चची बहुत रोयीं-चिल्लायीं; पर मैं एक क्षण-भर भी न ठहरा। ऐसा जान पड़ता था, जैसे कोई मेरे हृदय में भाले भोंक रहा है। घर से बैरक तक पैदल जाने में शायद मुझे दस मिनट से ज्यादा न लगे होंगे। बार-बार जी झुँझलाता था; चचा साहब पर नहीं, विमल बाबू पर भी नहीं, केवल अपने ऊपर। क्यों मुझमें इतनी हिम्मत नहीं है कि जाकर चचा साहब से कह दूँ— कोई मुझे लाख रुपये भी दे, तो शादी न करूँगा। मैं क्यों इतना डरपोक, इतना तेजहीन, इतना दब्बू हो गया?

इसी क्रोध में मैंने पिताजी को एक पत्र लिखा और वह सारा वृत्तांत सुनाने के बाद अन्त में लिखा— मैंने निश्चय कर लिया है कि और कहीं शादी न करूँगा, चाहे मुझे आपकी अवज्ञा ही क्यों न करनी पड़े। उस आवेश में न जाने क्या-क्या लिख गया, अब याद भी नहीं। इतना ही याद है कि दस-बारह पन्ने दस मिनट में लिख डाले थे। सम्भव होता तो मैं यही सारी बातें तार से भेजता।

तीन दिन मैंने बड़ी व्यग्रता के साथ काटे। उसका केवल अनुमान किया जा सकता है। सोचता, तारा हमें अपने मन में कितना नीच समझ रही होगी। कई बार जी में आया कि चलकर उसके पैरों पर गिर पड़ूँ और कहूँ— देवी, मेरा अपराध क्षमा करो— चचा साहब के कठोर व्यवहार की परवा न करो। मैं तुम्हारा था और तुम्हारा हूँ। चचा साहब मुझसे बिगड़ जायँ, पिताजी घर से निकाल दें, मुझे किसी की परवा नहीं है; लेकिन तुम्हें खोकर मेरा जीवन ही खो जाएगा।

तीसरे दिन पत्र का जवाब आया। रही-सही आशा भी टूट गयी। वही जवाब था जिसकी मुझे शंका थी। लिखा था— भाई साहब मेरे पूज्य हैं। उन्होंने जो निश्चय किया है, उसके विरूद्ध मैं एक शब्द भी मुँह से नहीं निकाल सकता और तुम्हारे लिए भी यही उचित है कि उन्हें नाराज न करो।

मैंने उस पत्र को फाड़कर पैरों से कुचल दिया और उसी वक्त विमल बाबू के घर की

तरफ चला। आह! उस वक्त अगर कोई मेरा रास्ता रोक लेता, मुझे धमकाता कि उधर मत जाओ, तो मैं विमल बाबू के पास जाकर ही दम लेता और आज मेरा जीवन कुछ और ही होता; पर वहाँ मना करने वाला कौन बैठा था। कुछ दूर चलकर हिम्मत हार बैठा। लौट पड़ा। कह नहीं सकता, क्या सोचकर लौटा? चचा साहब की अप्रसन्नता का मुझे रत्ती-भर भी भय न था। उनकी अब मेरे दिल में जरा भी इज्जत न थी। मैं उनकी सारी सम्पत्ति को ठुकरा देने को तैयार था। पिताजी के नाराज हो जाने का भी डर न था। संकोच केवल यह था— कौन मुँह लेकर जाऊँ! आखिर मैं उन्हीं चचा का भतीजा तो हूँ। विमल बाबू मुझसे मुखातिब न हुए या जाते-ही-जाते दुत्कार दिया, तो मेरे लिए डूब मरने के सिवा और क्या रह जाएगा? सबसे बड़ी शंका यह थी कि कहीं तारा ही मेरा तिरस्कार कर बैठे तो मेरी क्या गति होगी। हाय! अहृदय तारा! निष्ठुर तारा! अबोध तारा! अगर तूने उस वक्त दो शब्द लिखकर मुझे तसल्ली दे दी होती, तो आज मेरा जीवन कितना सुखमय होता। तेरे मौन ने मुझे मटियामेट कर दिया-सदा के लिए! आह, सदा के लिए।

3

तीन दिन फिर मैंने अंगारों पर लोट-पोट कर काटे। ठान लिया था कि अब किसी से न मिलूँगा। सारा संसार मुझे अपना शत्रु-सा दीखता था। तारा पर भी क्रोध आता था। चचा साहब की तो सूरत से मुझे घृणा हो गयी थी; मगर तीसरे दिन शाम को चचाजी का रूक्का पहुँचा, मुझसे आकर मिल जाओ। जी में तो आया, लिख दूँ, मेरा आपसे कोई सम्बन्ध नहीं, आप समझ लीजिए, मैं मर गया। मगर फिर उनके स्नेह और उपकारों की याद आ गयी। खरी-खरी सुनाने का भी अच्छा अवसर मिल रहा था। हृदय में युद्ध का नशा और जोश भरे हुए मैं चचाजी की सेवा में पहुँच गया।

चचाजी ने मुझे सिर से पैर तक देख कर कहा— क्या आजकल तुम्हारी तबियत अच्छी नही हैं? आज रायसाहब सीताराम तशरीफ लाये थे। तुमसे कुछ बातें करना चाहते हैं। कल सबेरे मौका मिले, तो चले आना या तुम्हें लौटने की जल्दी न हो, तो मैं इसी वक्त बुला भेजूँ?

मैं समझ तो गया कि यह रायसाहब कौन हैं; लेकिन अनजान बन कर बोला— यह रायसाहब कौन हैं? मेरा तो उनसे परिचय नहीं है।

चचाजी ने लापरवाही से कहा— अजी, यह वही महाशय हैं, जो तुम्हारे ब्याह के लिए घेरे हुए हैं। शहर के रईस और कुलीन आदमी हैं। लड़की भी बहुत अच्छी है। कम-से कम तारा से कई गुनी अच्छी। मैंने हाँ कर लिया है। तुम्हें भी जो बातें पूछनी हों, उनसे पूछ लो।

मैंने आवेश के उमड़ते हुए तूफान को रोक कर कहा— आपने नाहक हाँ की। मैं

अपना विवाह नहीं करना चाहता।

चचाजी ने मेरी तरफ आँखें फाड़कर कहा— क्यों?

मैंने उसी निर्भीकता से जवाब दिया— इसीलिए कि मैं इस विषय में स्वाधीन रहना चाहता हूँ।

चचा साहब ने जरा नर्म होकर कहा— मैं अपनी बात दे चुका हूँ, क्या तुम्हें इसका कुछ खयाल नहीं है?

मैंने उद्दण्डता से जवाब दिया— जो बात पैसों पर बिकती है, उसके लिए मैं अपनी जिन्दगी नहीं खराब कर सकता।

चचा साहब ने गम्भीर भाव से कहा— यह तुम्हारा आखिरी फैसला है?

'जी हाँ, आखिरी।'

'पछताना पड़ेगा।'

'आप इसकी चिन्ता न करें। आपको कष्ट देने न आऊँगा।'

'अच्छी बात है।'

यह कहकर वह उठे और अन्दर चले गये। मैं कमरे से निकला और बैरक की तरफ चला। सारी पृथ्वी चक्कर खा रही थी, आसमान नाच रहा था और मेरी देह हवा में उड़ी जाती थी। मालूम होता था, पैरों के नीचे की जमीन है ही नहीं।

बैरक में पहुँचकर मैं पलंग पर लेट गया और फूट-फूट कर रोने लगा। माँ-बाप, चाचा-चाची, धन-दौलत, सब कुछ होते हुए भी मैं अनाथ था। उफँ कितना निर्दय आघात था!

4

सबेरे हमारे रेजिमेंट को देहरादून जाने का हुक्म हुआ। मुझे आँखें-सी मिल गयीं। अब लखनऊ काटे खाता था। उसके गली-कूचों तक से घृणा हो गयी थी। एक बार जी में आया, चलकर तारा से मिल लूँ; मगर फिर वही शंका हुई— कहीं वह मुखातिब न हुई तो? विमल बाबू इस दशा में भी मुझसे उतना स्नेह दिखायेंगे, जितना अब तक दिखाते आये हैं, इसका मैं निश्चय न कर सका। पहले मैं एक धनी परिवार का दीपक था, अब एक अनाथ युवक, जिसे मजूरी के सिवा और कोई अवलम्ब नहीं था।

देहरादून में अगर कुछ दिन मैं शान्ति से रहता, तो सम्भव था, मेरा आहत हृदय सँभल जाता और मैं विमल बाबू को मना लेता; लेकिन वहाँ पहुँचे एक सप्ताह भी न हुआ था कि मुझे तारा का पत्र मिल गया। पते को देखकर मेरे हाथ काँपने लगे। समस्त देह में कंपन-सा होने लगा। शायद शेर को सामने देख कर मैं इतना भयभीत न होता। हिम्मत ही न पड़ती थी कि उसे खोलूँ। वही लिखावट थी, वही मोतियों की लड़ी, जिसे देख कर मेरे लोचन तृप्त-से हो जाते थे, जिसे चूमता था और हृदय से लगाता था, वही काले अक्षर आज

नगिनों से भी ज्यादा डरावने मालूम होते थे। अनुमान कर रहा था कि उसने क्या लिखा होगा; पर अनुमान की दूर तक दौड़ भी पत्र के विषय तक न पहुँच सकी। आखिर, एक बार कलेजा मजबूत करके मैंने पत्र खोल डाला। देखते ही आँखों में अँधेरा छा गया। मालूम हुआ, किसी ने शीशा पिघला कर पिला दिया। तारा का विवाह तय हो गया था। शादी होने में कुल चौबीस घंटे बाकी थे। उसने मुझसे अपनी भूलों के लिए क्षमा माँगी थी और विनती की थी कि मुझे भुला मत देना। पत्र का अंतिम वाक्य पढ़कर मेरी आँखों से आँसुओं की झड़ी लग गयी। लिखा था— यह अंतिम प्यार लो। अब आज से मेरे और तुम्हारे बीच में केवल मैत्री का नाता है। मगर कुछ और समझूँ तो वह अपने पति के साथ अन्याय होगा, जिसे शायद तुम सबसे ज्यादा नापसंद करोगे। बस इससे अधिक और न लिखूँगी। बहुत अच्छा हुआ कि तुम यहाँ से चले गये। तुम यहाँ रहते, तो तुम्हें भी दुःख होता और मुझे भी। मगर प्यारे! अपनी इस अभागिनी तारा को भूल न जाना। तुमसे यही अन्तिम निवेदन है।

मैं पत्र को हाथ में लिये-लिये लेट गया। मालूम होता था, छाती फट जाएगी! भगवान्, अब क्या करूँ? जब तक मैं लखनऊ पहुँचूँगा, बारात द्वार पर आ चुकी होगी, यह निश्चय था। लेकिन तारा के अंतिम दर्शन करने की प्रबल इच्छा को मैं किसी तरह न रोक सकता था। वही अब जीवन की अंतिम लालसा थी।

मैंने जाकर कमांडिंग आफिसर से कहा— मुझे एक बड़े ज़रूरी काम से लखनऊ जाना है। तीन दिन की छुट्टी चाहता हूँ।

साहब ने कहा— अभी छुट्टी नहीं मिल सकती।

'मेरा जाना ज़रूरी है।'

'तुम नहीं जा सकते।'

'मैं किसी तरह नहीं रुक सकता।'

'तुम किसी तरह नहीं जा सकते।'

मैंने और अधिक आग्रह न किया। वहाँ से चला आया। रात की गाड़ी से लखनऊ जाने का निश्चय कर लिया। कोर्ट-मार्शल का अब मुझे जरा भी डर न था।

5

जब मैं लखनऊ पहुँचा, तो शाम हो गयी थी। कुछ देर तक मैं प्लेटफार्म से दूर खड़ा खूब अँधेरा हो जाने का इन्तजार करता रहा। तब अपनी किस्मत के नाटक का सबसे भीषण कांड देखने चला। बारात द्वार पर आ गयी थी। गैस की रोशनी हो रही थी। बाराती लोग, जमा थे। हमारे मकान की छत तारा की छत से मिली हुई थी। रास्ता मरदाने कमरे की बगल से था। चचा साहब शायद कहीं सैर करने गए हुए थे। नौकर-चाकर सब बारात की बहार देख रहे थे। मैं चुपके से जीने पर चढ़ा और छत पर जा पहुँचा। वहाँ इस वक्त

बिलकुल सन्नाटा था। उसे देखकर मेरा दिल भर आया। हाय! यही वह स्थान है, जहाँ हमने प्रेम के आनन्द उठाये थे। यहीं मैं तारा के साथ बैठकर जिन्दगी के मनसुबे बाँधता था! यही स्थान मेरी आशाओं का स्वर्ग और मेरे जीवन का तीर्थ था। इस जमीन का एक एक अणु मेरे लिए मधुर-स्मृतियों से पवित्र था। पर हाय! मेरे हृदय की भाँति आज वह भी ऊजड़, सुनसान, अँधेरा था। मैं उसी ज़मीन से लिपटकर खूब रोया, यहाँ तक कि हिचकियाँ बँध गयीं। काश! उस वक्त तारा वहाँ आ जाती, तो मैं उसके चरणों पर सिर रखकर हमेशा के लिए सो जाता! मुझे ऐसा भासित होता था कि तारा की पवित्र आत्मा मेरी दशा पर रो रही है। आज भी तारा यहाँ जरूर आयी होगी। शायद इसी जमीन पर लिपटकर वह भी रोयी होगी। उस भूमि से उसके सुगन्धित केशों की महक आ रही थी। मैंने जेब से रूमाल निकाला और वहाँ की धूल जमा करने लगा। एक क्षण में मैंने सारी छत साफ कर डाली और अपनी अभिलाषाओं की इस राख को हाथ में लिए घण्टों रोया। यही मेरे प्रेम का पुरस्कार है, यही मेरी उपासना का वरदान है, यही मेरे जीवन की विभूति है। हाय री दुराशा!

नीचे विवाह के संस्कार हो रहे थे। ठीक आधी रात के समय वधु मण्डप के नीचे आयी, अब भाँवरें होंगी। मैं छत के किनारे चला आया और वह मर्मान्तक दृश्य देखने लगा। बस, यही मालूम हो रहा था कि कोई हृदय के टुकड़े किये डालता है। आश्चर्य है, मेरी छाती क्यों न फट गयी, मेरी आँखें न निकल पड़ीं? वह मण्डप मेरे लिए एक चिता थी, जिसमें वह सब कुछ, जिस पर मेरे जीवन का आधार था; जला जा रहा था।

भाँवरें समाप्त हो गयीं तो मैं कोठे से उतरा। अब क्या बाकी था? चिता की राख भी जलमग्न हो चुकी थी। दिल को थामे, वेदना से तड़पता हुआ, जीने के द्वार तक आया; मगर द्वार बाहर से बन्द था। अब क्या हो? उलटे-पाँव लौटा। अब तारा के आँगन से होकर जाने के सिवा दूसरा रास्ता न था। मैंने सोचा, इस जमघट में मुझे कौन पहचानता है, निकल जाऊँगा। लेकिन ज्योंही आँगन में पहुंचा, तारा की माताजी की निगाह पड़ गयी। चौंककर बोलीं— कौन, कृष्णा बाबू? तुम कब आये? आओ, मेरे कमरे में आओ। तुम्हारे चचा साहब के भय से हमने तुम्हें न्यौता नहीं भेजा। तारा प्रात: काल विदा हो जाएगी। आओ, उससे मिल लो। दिन-भर से तुम्हारी रट लगा रही है।

यह कहते हुए उन्होंने मेरा बाजू पकड़ लिया और मुझे खींचते हुए अपने कमरे में ले गयीं। फिर पूछा— अपने घर से होते हुए आये हो न?

मैंने कहा— मेरा घर कहाँ है?

'क्यों, तुम्हारे चचा साहब नहीं हैं?'

'हाँ, चचा साहब का घर है, मेरा घर अब कहीं नहीं है। बनने की कभी आशा थी, पर आप लोगों ने वह भी तोड़ दी।'

'हमारा इसमें क्या दोष था भैया? लड़की का ब्याह तो कहीं-न-कहीं करना था। तुम्हारे

चचाजी ने तो हमें मँझधार में छोड़ दिया था। भगवान ही ने उबारा। क्या अभी स्टेशन से चले आ रहे हो? तब तो अभी कुछ खाया भी न होगा?

'हाँ, थोड़ा-सा ज़हर लाकर दीजिए, यही मेरे लिए सबसे अच्छी दवा है।'

वृद्धा विस्मित होकर मुँह ताकने लगी। मुझे तारा से कितना प्रेम था, वह बेचारी क्या जानती थी?

मैंने उसी विरक्ति के साथ फिर कहा— जब आप लोगों ने मुझे मार डालने ही का निश्चय कर लिया, तो अब देर क्यों करती हैं? आप मेरे साथ यह दगा करेंगी यह मैं न समझता था। खैर, जो हुआ अच्छा ही हुआ। चचा और बाप की आँखों से गिरकर मैं शायद आपकी आँखों में भी न जँचता।

बुढ़िया ने मेरी तरफ शिकायत की नजरों से देख कर कहा— तुम हमको इतना स्वार्थी समझते हो, बेटा?

मैंने जले हुए हृदय से कहा— अब तक तो न समझता था लेकिन परिस्थिति ने ऐसा समझने को मजबूर किया। मेरे खून का प्यासा दुश्मन भी मेरे ऊपर इससे घातक वार न कर सकता। मेरा खून आप ही की गरदन पर होगा।

'तुम्हारे चचाजी ने ही तो इन्कार कर दिया?'

'आप लोगों ने मुझसे भी कुछ पूछा, मुझसे भी कुछ कहा, मुझे भी कुछ कहने का अवसर दिया? आपने तो ऐसी निगहे फेरीं जैसे आप दिल से यही चाहती थीं। मगर अब आपसे शिकायत क्यों करूँ? तारा खुश रहे, मेरे लिए यही बहुत है।'

'तो बेटा, तुमने भी तो कुछ नहीं लिखा; अगर तुम एक पुरजा भी लिख देते, तो हमें तस्कीन हो जाती। हमें क्या मालूम था कि तुम तारा को इतना प्यार करते हो? हमसे जरूर भूल हुई; मगर उससे बड़ी भूल तुमसे हुई। अब मुझे मालूम हुआ कि तारा क्यों बराबर डाकिये को पूछती रहती थी? अभी कल वह दिन-भर डाकिये की राह देखती रही। जब तुम्हरा कोई खत नहीं आया, तब वह निराश हो गयी। बुला दूँ उसे? मिलना चाहते हो?'

मैंने चारपाई से उठ कर कहा— नहीं-नहीं, उसे मत बुलाइए। मैं अब उसे नहीं देख सकता। उसे देख कर मैं न-जाने क्या कर बैठूँ?

यह कहता हुआ मैं चल पड़ा। तारा की माँ ने कई बार पुकारा पर मैंने पीछे फिर कर भी न देखा।

यह है मुझ निराश की कहानी। इसे आज दस साल गुजर गये। इन दस सालों में मेरे ऊपर जो कुछ बीती, उसे मैं ही जानता हूँ। कई-कई दिन मुझे निराहार रहना पड़ा है। फौज से तो उसके तीसरे से दिन निकाल दिया गया था। अब मारे-मारे फिरने के सिवा मुझे कोई काम नहीं। पहले तो काम मिलता ही नहीं और अगर मिल भी गया, तो मैं टिकता नहीं। जिन्दगी पहाड़ हो गयी है। किसी बात की रूचि नहीं रही।आदमी की सूरत से दूर भागता हूँ।

तारा प्रसन्न है। तीन-चार साल हुए, एक बार मैं उसके घर गया था। उसके स्वामी ने बहुत आग्रह करके बुलाया था। बहुत कसमें दिलायीं। मजबूर होकर गया। वह कली अब खिलकर फूल हो गयी है। तारा मेरे सामने आयी। उसका पति भी बैठा हुआ था। मैं उसकी तरफ ताक न सका। उसने मेरे पैर खींच लिये। मेरे मुँह से एक शब्द भी न निकला। अगर तारा दुखी होती, कष्ट में होती, फटेहालों में होती, तो मैं उस पर बलि हो जाता; पर सम्पन्न, सरस, विकसित तारा मेरी संवेदना के योग्य न थी। मैं इस कुटिल विचार को न रोक सका— कितनी निष्ठुरता! कितनी बेवफाई!

शाम को मैं उदास बैठा वहाँ जाने पर पछता रहा था कि तारा का पति आकर मेरे पास बैठ गया और मुसकराकर बोला— बाबूजी, मुझे यह सुनकर खेद हुआ कि तारा से मेरे विवाह हो जाने का आपको बड़ा सदमा हुआ। तारा-जैसी रमणी शायद देवताओं को भी स्वार्थी बना देती; लेकिन मैं आपसे सच कहता हूँ, अगर मैं जानता कि आपको उससे इतना प्रेम है, तो मैं हरगिज आपकी राह में काँटा न बनता। शोक यही है कि मुझे बहुत पीछे मालूम हुआ। तारा मुझसे आपकी प्रेम-कथा कह चुकी है।

मैंने मुसकराकर कहा— तब तो आपको मेरी सूरत से घृणा होगी।

उसने जोश से कहा— इसके प्रतिकूल मैं आपका आभारी हूँ। प्रेम का ऐसा पवित्र, ऐसा उज्ज्वल आदर्श आपने उसके सामने रखा। वह आपको अब भी उसी मुहब्बत से याद करती है। शायद कोई दिन ऐसा नहीं जाता कि आपका जिक्र न करती हो। आपके प्रेम को वह अपनी जिन्दगी की सबसे प्यारी चीज समझती है। आप शायद समझते हों कि उन दिनों को याद करके उसे दुःख होता होगा। बिलकुल नहीं, वही उसके जीवन की सबसे मधुर-स्मृतियाँ हैं। वह कहती है, मैंने अपने कृष्णा को तुममें पाया है।

मेरे लिए इतना ही काफी है।

□

उन्माद

मनहर ने अनुरक्त होकर कहा— वह सब तुम्हारी कुर्बानियों का फल है वागी! नहीं तो आज मैं भी किसी अँधेरी गली में, किसी अँधेरे मकान के अन्दर अँधेरी जिन्दगी के दिन काटता होता! तुम्हारी सेवा और उपकार हमेशा याद रहेंगे, तुमने मेरा जीवन सुधार दिया— मुझे आदमी बना दिया।

वागेश्वरी ने सिर झुकाये हुए नम्रता से उत्तर दिया— यह तुम्हारी सज्जनता ही मानूँ, मैं बेचारी भला तुम्हारी जिन्दगी क्या सुधारूँगी? हाँ, तुम्हारे साथ मैं भी एक दिन आदमी बन जाउँगी। तुमने परिश्रम किया, उसका पुरस्कार पाया। जो अपनी मदद आप करते हैं, उनकी मदद परमात्मा भी करते हैं, अगर मुझ-जैसी गँवारिन किसी और के पाले पड़ती, तो अब तक न-जाने क्या गत बनी होती!

मनहर मानो इस बहस से अपना पक्ष-समर्थन करने के लिए कमर बाँधता हुआ बोला— तुम जैसी गँवारिन पर मैं एक लाख सजी हुई गुड़ियों और रंगीन तितलियों को न्योछावर कर सकता हूँ। तुमने मेहनत करने का वह अवसर और अवकाश दिया, जिनके बिना कोई सफल हो ही नहीं सकता। अगर तुमने अपनी अन्य विलास-प्रिय, रंगीन-मिज़ाज बहनों की तरह मुझे अपने तकाज़ों से दबा रखा होता, तो मुझे उन्नति करने का अवसर कहाँ मिलता? तुमने मुझे वह निश्चिन्तता प्रदान की, जो स्कूल के दिनों में भी न मिली थी। अपने और सहकारियों को देखता हूँ, तो मुझे उन पर दया आती है। किसी का खर्च पूरा नहीं पड़ता। आधा महीना भी नहीं जाने पाता और हाथ खाली हो जाता है। कोई दोस्तों से उधार माँगता है, कोई घर वालों को खत लिखता है। कोई गहनों की फिक्र में मरा जाता है, कोई कपड़ों की। कभी नौकर की टोह में हैरान, कभी वैद्य की टोह में परेशान। किसी को शान्ति नहीं। आये दिन स्त्री-पुरुष में जूते चलते हैं। अपना-जैसा भाग्यवान् तो मुझे कोई दीख नहीं पड़ता। मुझे घर के सारे आनन्द प्राप्त हैं और जिम्मेदारी एक भी नहीं। तुमने ही मेरे हौसलों को उभारा, मुझे उत्तेजना दी। जब कभी मेरा उत्साह टूटने लगता था, तो तुम मुझे तसल्ली देती थी। मुझे मालूम ही नहीं हुआ कि तुम घर का प्रबन्ध कैसे करती हो। तुमने मोटे-से-मोटा काम अपने हाथों से किया, जिसमें मुझे पुस्तकों के लिए रुपये की कमी हो। तुम्हीं मेरी देवी हो और तुम्हारी बदौलत ही आज मुझे यह सौभाग्य प्राप्त हुआ है। मैं तुम्हारी इन सेवाओं की स्मृति को हृदय में सुरक्षित रखूँगा वागी,

और एक दिन वह आयेगा, जब तुम अपने त्याग और तप का आनन्द उठाओगी।

वागेश्वरी ने गद्‌गद् होकर कहा— तुम्हारे शब्द मेरे लिए सबसे बड़े पुरस्कार हैं, मानू! मैं और किसी पुरस्कार की भूखी नहीं। मैंने जो कुछ तुम्हारी थोड़ी-बहुत सेवा की, उसका इतना यश मुझे मिलेगा; मुझे तो आशा भी न थी।

मनहरनाथ का हृदय इस समय उदर-भावों से उमड़ा हुआ था। वह यों बहुत ही अल्पभाषी, कुछ रूखा आदमी था और शायद वागेश्वरी के मन में उसकी शुष्कता पर दुख भी हुआ हो; पर इस समय सफलता के नशे ने उसकी वाणी में पर-से लगा दिये थे। बोला— जिस समय मेरे विवाह की बातचीत हो रही थी, मैं बहुत शंकित था। समझ गया कि मुझे जो कुछ होना था, हो चुका। अब सारी उम्र देवीजी की नाजबरदारी में गुजरेगी। बड़े-बड़े अंगरेज़ विद्वानों की पुस्तकें पढ़ने से मुझे भी विवाह से घृणा हो गयी थी। मैं इसे उम्र कैद समझने लगा था, जो आत्मा और बुद्धि की उन्नति का द्वार बंद कर देती है, जो मनुष्य को स्वार्थ का भक्त बना देती है, जो जीवन के क्षेत्र को संकीर्ण कर देती है। मगर दो ही चार मास के बाद मुझे अपनी भूल मालूम हुई। मुझे मालूम हुआ कि सुभार्या स्वर्ग की सबसे बड़ी विभूति है, जो मनुष्य को उज्ज्वल और पूर्ण बना देती है, जो आत्मोन्नति का मूल-मन्त्र है। मुझे मालूम हुआ कि विवाह का उद्देश्य भोग नहीं, आत्मा का विकास है।

वागेश्वारी की नम्रता और सहन न कर सकी। वह किसी बात के बहाने से उठ कर चली गयी।

मनहर और वागेश्वरी का विवाह हुए तीन साल गुजरे थे। मनहर उस समय एक दफ़्तर में क्लर्क था। सामान्य युवकों की भाँति उसे भी जासूसी-उपन्यासों से बहुत प्रेम था। धीरे-धीरे उसे जासूसी का शौक हुआ। इस विषय पर उसने बहुत-सा साहित्य जमा किया और बड़े मनोयोग से उनका अध्ययन किया। इसके बाद उसने उस विषय पर स्वयं एक किताब लिखी। रचना में उसने ऐसी विलक्षण विवेचन-शक्ति का परिचय दिया, उसकी शैली भी इतनी रोचक थी, कि जनता ने उसे हाथों-हाथ लिया। इस विषय पर वह सर्वोत्तम ग्रंथ था।

देश में धूम मच गयी। यहाँ तक कि इटली और जर्मनी-जैसे देशों से उसके पास प्रशंसा-पत्र आये और इस विषय की पत्रिकाओं में अच्छी-अच्छी आलोचनाएँ निकलीं। अन्त में सरकार ने भी अपनी गुणग्राहकता का परिचय दिया— उसे इंगलैंड जाकर इस कला का अभ्यास करने के लिए वृत्ति प्रदान की। और यह सब कुछ वागेश्वरी की सत्प्रेरणा का शुभ-फल था।

मनहर की इच्छा थी कि वागेश्वरी भी साथ चले; पर वागेश्वरी उनके पाँव की बेड़ी न बनना चाहती थी। उसने घर रह कर सास-ससुर की सेवा करना ही उचित समझा।

मनहर के लिए इंगलैड एक दूसरी ही दुनिया थी, जहाँ उन्नति के मुख्य साधनों में एक रूपवती पत्नी का होना भी था। अगर पत्नी रूपवती है, चपल है, चतुर है, वाणी-कुशल है,

प्रगल्भ है, तो समझ लो कि उसके पति को सोने की ख़ान मिल गयी, अब वह उन्नति के शिखर पर पहुँच सकता है। मनोयोग और तपस्या के बूते पर नहीं, पत्नी के प्रभाव और आकर्षण के तेज पर। उस संसार में रूप और लावण्य-व्रत के बंधनों से मुक्त, एक अबाध सम्पत्ति थी! जिसने किसी रमणी को प्राप्त कर लिया; उसकी मानो तकदीर खुल गयी। यदि कोई सुन्दरी तुम्हारी सहधर्मिणी नहीं है, तो तुम्हारा सारा उद्योग, सारी कार्यपटुता निष्फल है, कोई तुम्हारा पुरसाँहाल न होगा; अतएव वहाँ लोग रूप को व्यापारिक दृष्टि से देखते थे।

साल ही भर के अँग्रेजी-समाज के संसर्ग ने मनहर की मनोवृत्तियों में क्रांति पैदा कर दी। उसके मिजाज में सांसारिकता का इतना प्राधान्य हो गया कि कोमल भावों के लिए वहाँ कोई स्थान ही न रहा। वागेश्वरी उसके विद्याभ्यास में सहायक होती थी; पर उस अधिकार और पद की ऊँचाइयों पर न पहुँचा सकती थी। उसके त्याग और सेवा का महत्व भी अब मनहर की निगाहों में कम होता जा रहा था। वागेश्वरी अब उसे एक व्यर्थ-सी वस्तु मालूम होती थी, क्योंकि उसकी भौतिक-दृष्टि से हर एक वस्तु का मूल्य उससे होने वाले लाभ पर ही अवलंबित था अपना पूर्व-जीवन अब उसे हास्यप्रद जान पड़ता था। चंचल, हँसमुख, विनोदिनी अंग्रेज-युवतियों के सामने वागेश्वरी एक हलकी, तुच्छ-सी वस्तु जान पड़ती— इस विद्युत्-प्रकाश में वह दीपक अब मलिन पड़ गया था। यहँ तक कि शनैः-शनैः उसका वह मलिन प्रकाश भी लुप्त हो गया।

मनहर ने अपने भविष्य का निश्चय कर लिया। यह भी एक रमणी की रूप-नौका द्वारा ही अपने लक्ष्य पर पहुँचेगा। इसके सिवा और कोई उपाय न था।

2

रात के नौ बजे थे। मनहर लंदन के एक फैशनेबुल रेस्ट्राँ में बना-ठना बैठा था। उसका रंग-रूप और ठाठ-बाट देखकर सहसा यह कोई नहीं कह सकता था कि अंग्रेज नहीं है। लंदन में भी उसके सौभाग्य ने उसका साथ दिया था। उसने चोरी के कई गहरे मुआमलों का पता लगा दिया था, इसलिए उसे धन और यश दोनों ही मिल रहा था। वह अब यहाँ के भारतीय-समाज का एक प्रमुख अंग बना गया था, जिसके आतिथ्य और सौजन्य की सभी सराहना करते थे। उसका लबोलहजा भी अँग्रेजों से मिलता-जुलता था। उसके सामने मेज की दूसरी ओर एक रमणी बैठी हुई उनकी बातें बड़े ध्यान से सुन रही थी। उसके अंग-अंग से यौवन टपका पड़ता था। भारत के अद्भुत वृत्तांत सुन-सुन कर उसकी आँखें खुशी से चमक रही थीं। मनहर चिड़िया के सामने दाने बखेर रहा था।

मनहर—विचित्र देश है जेनी, अत्यन्त विचित्र। पाँच-पाँच साल के दुल्हे तुम्हें भारत के सिवा और कहीं देखने को न मिलेंगे। लाल रंग के कामदार कपड़े, सिर पर चमकता हुआ लम्बा टोप, चेहरे पर फूलों का झालरदार बुर्का, घोड़े पर सवार चले जा रहे हैं। दो

आदमी दोनों तरफ से छतरियाँ लगाये हुए हैं। हाथों में मेंहदी लगी हुई!

जेनी— मेंहदी क्यों लगाते हैं?

मनहर— जिसमें हाथ लाल हो जायँ। पैरों में भी रंग भरा जाता है। उँगलियों के नाखून लाल रंग दिये जाते हैं। वह दृश्य देखते ही बनता है।

जेनी— यह तो दिल में सनसनी पैदा करने वाला दृश्य होगा। दुलहन भी इसी तरह सजायी जाती होगी?

मनहर— इससे कई गुनी अधिक। सिर से पाँव तक सोने-चाँदी के जेवरों से लदी हुई। ऐसा कोई अंग नहीं, जिसमें दो-दो, चार-चार गहने न हों।

जेनी— तुम्हारी शादी भी उसी तरह हुई होगी। तुम्हें तो बड़ा आनन्द आया होगा।

मनहर— हाँ, वही आनन्द आया था, जो तुम्हें मेरी-गो-राउण्ड पर चढ़ने में आता है। अच्छी-अच्छी चीजें खाने को मिलती हैं; अच्छे-अच्छे कपड़े पहनने को मिलते हैं। खूब नाच-तमाशे देखता था और शहनाइयों का गाना सुनता था। मजा तो तब आता है, जब दुलहन अपने घर से विदा होती है। सारे घर में कुहराम मच जाता है। दुलहन हर एक से लिपट-लिपटकर रोती है; जैसे मातम कर रही हो।

जेनी— दुलहन रोती क्यों है?

मनहर— रोने का रिवाज चला आता है। हालाँकि सभी जानते हैं कि वह हमेशा के लिए नहीं चली जा रही है, फिर भी सारा घर इस तरह फूट-फूटकर रोता है, मानो वह कालेपानी भेजी जा रही हो।

जेनी— मैं तो इस तमाशे पर खूब हँसूं।

मनहर— हँसने की बात ही है।

जेनी— तुम्हारी बीबी भी रोयी होगी?

मनहर— अजी, कुछ न पूछो, पछाड़ें खा रही थी, मानो मैं उसका गला घोट दूँगा। मेरी पालकी से निकल कर भागी जाती थी; पर मैंने जोर से पकड़ कर अपनी बगल में बैठा लिया। तब मुझे दांत काटने दौड़ी।

मिस जेनी ने जोर से कहकहा मारा और हँसी के साथ लोट गयीं। बोली— हॉरिबिल! हॉरिबल! क्या अब भी दाँत काटती है?

मनहर— वह अब इस संसार में नहीं है, जेनी! मैं उससे खूब काम लेता था। मैं सोता था, तो वह मेरे बदन में चम्पी लगाती थी, मेरे सिर में तेल डालती थी, पंखा झलती थी।

जेनी— मुझे तो विश्वास नहीं आता। बिलकुल मूर्ख थी!

मनहर— कुछ न पूछो। दिन को किसी के सामने मुझसे बोलती भी न थी; मगर मैं उसका पीछा करता रहता था।

जेनी— ओ! नॉटी बॉय! तुम बड़े शरीफ हो। थीं तो रूपवती?

मनहर— हाँ, उसका मुँह तुम्हारे तलवों जैसा था।

जेनी— नॉनसेंस! तुम ऐसी औरत के पीछे कभी न दौड़ते।

मनहर— उस वक्त मैं भी मूर्ख था, जेनी!

जेनी— ऐसी मूर्ख लड़की से तुमने विवाह क्यों किया?

मनहर— विवाह न करता तो माँ-बाप जहर खा लेते!

जेनी— वह तुम्हें प्यार कैसे करने लगी?

मनहर— और करती क्या? मेरे सिवा दूसरा था ही कौन? घर से बाहर न निकलने पाती थी, मगर प्यार हममें से किसी को न था। वह मेरी आत्मा और हृदय को सन्तुष्ट न कर सकती थी, जेनी! मुझे उन दिनों की याद आती है, तो ऐसा मालूम होता है कि कोई भयंकर स्वप्न था। उफ़! अगर वह स्त्री आज जीवित होती, तो मैं किसी अँधेरे दफ़्तर में बैठा कलम घिसता होता। इस देश में आकर मुझे यथार्थ ज्ञान हुआ कि संसार में स्त्री का क्या स्थान है, उसका क्या दायित्व है और जीवन उसके कारण कितना आनन्दप्रद हो जाता है। और जिस दिन तुम्हारे दर्शन हुए, वह तो मेरी जिन्दगी का सबसे मुबारक दिन था। याद है तुम्हें वह दिन? तुम्हारी वह सूरत मेरी आँखों में अब भी फिर रही है।

जेनी— अब मैं चली जाऊँगी। तुम मेरी खुशामद करने लगे।

3

भारत के मजदूरदल-सचिब थे लार्ड बारबर, और उनके प्राइवेट सेक्रेटरी थे मि० कावर्ड। लार्ड बारबर भारत के सच्चे मित्र समझे जाते थे। जब कंजरवेटिव और लिबरल दलों का अधिकार था, तो लार्ड बारबर भारत की बड़े जोरों से वकालत करते थे। वह इन मन्त्रियों पर ऐसे-ऐसे कटाक्ष करते कि उन बेचारों को कोई जवाब न सूझता। एक बार वह हिन्दुस्तान आये थे और यहाँ काँग्रेस में शरीक भी हुए थे। उस समय उनकी उदार वक्तृताओं ने समस्त देश में आशा और उत्साह की एक लहर दौड़ा दी थी। काँग्रेस के जलसे के बाद वह जिस शहर में गये, जनता ने उनके रास्ते में आँखें बिछायीं, उनकी गाड़ियाँ खींची, उन पर फूल बरसाये। चारों और से यही आवाज आती थी— यह है भारत का उद्धार करने वाला। लोगों को विश्वास हो गया कि भारत के सौभाग्य से अगर कभी बारबर को अधिकार प्राप्त हुआ, तो वह दिन भारत के इतिहास में मुबारक होगा।

लेकिन अधिकार पाते ही लार्ड बारबर में एक विचित्र परिवर्तन हो गया। उनके सारे सद्भाव, उनकी उदारता, न्यायपरायणता, सहानुभूति ये सभी अधिकार के भँवर में पड़ गये। और अब लार्ड बारबर और उनके पूर्वाधिकार के व्यवहार में लेशमात्र भी अन्तर न था। वह भी वही कर रहे थे, जो उनके पहले के लोग कर चुके थे। वही दमन था, वही जातिगत अभिमान, वही कट्टरता, वही संकीर्णता। देवता अधिकार के सिंहासन पर पाँव रखते ही अपना देवत्व खो बैठा था। अपने दो साल के अधिकार-काल में उन्होंने सैकड़ों ही अफसर नियुक्त किये थे; पर उनमें एक भी हिन्दुस्तानी न था। भारतवासी निराश हो-

होकर उन्हें 'डाइहार्ड' 'धन का उपासक' और 'साम्राज्यवाद का पुजारी' कहने लगे थे। यह खुला हुआ रहस्य था कि जो कुछ करते थे, मि० कावर्ड करते थे। हाल यह था कि लार्ड बारबर नीयत के इतने शेर थे, जितने दिल के कमजोर। हालाँकि परिणाम दोनों दशाओं में एक-सा था।

यह मि० कावर्ड एक ही महापुरुष थे। उनकी उम्र चालीस से अधिक गुजर चुकी थी; पर अभी तक उन्होंने विवाह न किया था। शायद उनका खयाल था कि राजनीति के क्षेत्र में रहकर वैवाहिक जीवन का आनन्द नहीं उठा सकते। वास्तव में नवीनता के मधुप थे। उन्हें नित्य नये विनोद और आकर्षण, नित्य नये विलास और उल्लास की टोह रहती थी। दूसरों के लगाये हुए बाग की सैर करके चित्त को प्रसन्न कर लेना इससे कहीं सरल था कि अपना बाग आप लगायें और उसकी रक्षा और सजावट में अपना सिर खपायें। उनकी व्यावहारिक और व्यापारिक दृष्टि में यह लटका उससे कहीं आसान था।

दोपहर का समय था। मि० कावर्ड नाश्ता करके सिगार पी रहे थे कि मिस जेनी रोज के आने की खबर हुई। उन्होंने तुरन्त आईने के सामने खड़े होकर अपनी सूरत देखी, बिखरे हुए बालों को सँवारा, बहुमूल्य इत्र मला और मुख से स्वागत की सहास छवि दरशाते हुए कमरे से निकलकर मिस रोज से हाथ मिलाया।

जेनी ने कमरे में कदम रखते ही कहा— अब मैं समझ गयी कि क्यों कोई सुन्दरी तुम्हारी बात नहीं पूछती? आप अपने वादों को पूरा करना नहीं जानते।

मि० कावर्ड ने जेनी के लिए एक कुर्सी खींचते हुए कहा— मुझे बहुत खेद है मिस रोज, कि मैं कल अपना वादा पूरा न कर सका। प्राइवेट सेक्रेटरियों का जीवन कुत्तों के जीवन से भी हेय है। बार-बार चाहता था कि दफ़्तर से उठूँ; पर एक-न-एक कॉल ऐसा आ जाता था कि फिर रुक जाना पड़ता था! मैं तुमसे क्षमा माँगता हूँ। बॉल में तुम्हें खुब आनन्द आया होगा?

जेनी— मैं तुम्हें तलाश करती रही। जब तुम न मिले, तो मेरा जी खट्टा हो गया। मैं और किसी के साथ नहीं नाची! अगर तुम्हें नहीं जाना था, तो मुझे निमन्त्रण-पत्र क्यों दिलाया था?

कावर्ड ने जेनी को सिगार भेंट करते हुए कहा— तुम मुझे लज्जित कर रही हो, जेनी! मेरे लिए इससे ज्यादा खुशी की और क्या बात हो सकती थी कि तुम्हारे साथ नाचता? एक पुराना बैचेलर होने पर भी मैं उस आनन्द की कल्पना कर सकता हूँ। बस, यही समझ लो कि तड़प-तड़प कर रह जाता था।

जेनी ने कठोर मुसकान के साथ कहा— तुम इसी योग्य हो कि बैचेलर बने रहो। यही तुम्हारी सजा है।

कावर्ड ने अनुरक्त होकर उत्तर दिया— तुम बड़ी कठोर हो, जेनी! तुम्हीं क्या, रमणियाँ सभी कठोर होती हैं। मैं कितनी ही परवशता दिखाऊँ, तुम्हें विश्वास न आयेगा। मुझे यह

अरमान ही रह गया कि कोई सुन्दरी मेरे अनुराग और लगन का आदर करती।

जेनी— तुममें अनुराग हो भी तो? रमणियाँ ऐसे बहानेबाजों को मुँह नहीं लगातीं!

कावर्ड— फिर बहानेबाज कहा— मजबूर क्यों नहीं कहतीं?

जेनी— मैं किसी की मजबूरी को नहीं मानती। मेरे लिए यह हर्ष और गौरव की बात नहीं हो सकती, कि आपको जब अपने सरकारी, अर्द्ध-सरकारी और गैर-सरकारी कामों से अवकाश मिले, तो आप मेरा मन रखने को एक क्षण के लिए अपने कोमल चरणों को कष्ट दें। मैं दफ्तर और काम के हीले नहीं सुनना चाहती। इसी कारण तुम अब तक झींख रहे हो।

कावर्ड ने गम्भीर भाव से कहा— तुम मेरे साथ अन्याय कर रही हो, जेनी! मेरे अविवाहित रहने का क्या कारण है, यह कल तक मुझे खुद न मालूम था। कल आप-ही-आप मालूम हो गया।

जेनी ने उसका परिहास करते हुए कहा— अच्छा! तो यह रहस्य आपको मालूम हो गया? तब तो आप सचमुच आत्मदर्शी हैं। जरा मैं भी सुनूँ, क्या कारण था?

कावर्ड ने उत्साह के साथ कहा— अब तक कोई ऐसी सुन्दरी न मिली थी, जो मुझे उन्मत्त कर सकती।

जेनी ने कठोर परिहास के साथ कहा— मेरा खयाल था कि दुनिया में ऐसी औरत पैदा ही नहीं हुई, जो तुम्हें उन्मत्त कर सकती। तुम उन्मत्त बनाना चाहते हो, उन्मत्त बनना नहीं चाहते।

कावर्ड— तुम बड़ा अत्याचार करती हो, जेनी!

जेनी— अपने उन्माद का प्रमाण देना चाहते हो?

कावर्ड— हृदय से, जेनी! मैं उस अवसर की ताक में बैठा हूँ!

उसी दिन शाम को जेनी ने मनहर से कहा— तुम्हारे सौभाग्य पर बधाई। तुम्हें वह जगह मिल गयी।

मनहर उछलकर बोला— सच! सेक्रेटरी से कोई बातचीत हुई थी?

जेनी— सेक्रेटरी से कुछ कहने की जरूरत ही न पड़ी। सब कुछ कावर्ड के हाथ में है। मैं-ने उसी को चंग पर चढ़ाया। लगा मुझे इश्क जताने। पचास साल की तो उम्र है, चाँद के बाल झड़ गये हैं, गालों पर झुर्रियाँ पड़ गयी हैं, पर अभी तक आपको इश्क का खब्त है। आप अपने को एक ही रसिया समझते हैं। उसके बूढ़े चोचले बहुत बुरे मालूम होते थे; मगर तुम्हारे लिए सब कुछ सहना पड़ा। खैर मेहनत सफल हो गयी है। कल तुम्हें परवाना मिल जायेगा। अब सफर की तैयारी करनी चाहिए।

मनहर ने गद्‌गद् होकर कहा—तुमने मुझ पर बड़ा एहसान किया है, जेनी!

4

मनहर को गुप्तचर-विभाग में ऊँचा पद मिला। देश के राष्ट्रीय-पत्रों ने उसकी तारीफों के पुल बाँधे, उसकी तसवीर छापी और राष्ट्र की ओर से उसे बधाई दी। वह पहला भारतीय था, जिसे यह ऊँचा पद प्रदान किया गया था। ब्रिटिश सरकार ने सिद्ध कर दिया था कि उसकी न्याय-बुद्धि जातीय अभिमान और द्वेष से उच्चतर है।

मनहर और जेनी का विवाह इंगलैंड में ही हो गया। हनीमून का महीना फ्रांस में गुजरा। वहाँ से दोनों हिन्दुस्तान आये। मनहर का दफ्तर बम्बई में था। वहीं दोनों एक होटल में रहने लगे। मनहर को गुप्त-अभियोग की खोज के लिए अक्सर दौरे करने पड़ते थे। कभी काश्मीर, कभी मद्रास, कभी रंगून। जेनी इन यात्राओं में बराबर उसके साथ रहती। नित्य नये दृश्य थे, नये विनोद, नये उल्लास। उसकी नवीनता-प्रिय प्रकृति के लिए आनन्द का इससे अच्छा और क्या सामान हो सकता था?

मनहर का रहन-सहन तो अँग्रेजी था ही, घरवालों से भी सम्बन्ध-विच्छेद हो गया था। बागेश्वरी के पत्रों का उत्तर देना तो दूर रहा, उन्हें खोलकर पढता भी न था! भारत में उसे हमेशा यह शंका बनी रहती थी कि कहीं घरवालों को उसका पता न चल जाय। जेनी से वह अपनी यथार्थ-स्थिति को छिपाये रखना चाहता था। उसने घरवालों को आने की सूचना तक न दी। यहाँ तक कि वह हिन्दुस्तानियों से बहुत कम मिलता था। उसके मित्र अधिकांश पुलिस और फौज के अफसर थे। वही उसके मेहमान होते। वाकचतुर जेनी सम्मोहनकला में सिद्धहस्त थी। पुरुषों के प्रेम से खेलना उसकी सबसे अमोदमय क्रीडा थी। जलाती थी, रिझाती भी थी, और मनहर भी उसकी कपट-लीला का शिकार बनता रहता था। उसे वह हमेशा भूल-भुलैया में रखती, न कभी इतना निकट कि छाती पर सवार, न कभी इतनी दूर कि योजन का अन्तर— कभी निष्ठुर और कठोर, कभी प्रेम-विहवल और व्यग्र! एक रहस्य था, जिसे वह कभी समझता था और कभी हैरान रह जाता था!

इस तरह दो वर्ष बीत गये और मनहर तथा जेनी कोण की दो भुजाओं की भाँति एक दूसरे से दूर होते गये। मनहर इस भावना को हृदय से न निकाल सकता था कि जेनी का मेरे प्रति एक विशेष कर्त्तव्य है। यह चाहे उसकी संकीर्णता हो या कुल-मर्यादा का असर कि वह जेनी को पाबन्द देखना चाहता था। उसकी स्वच्छन्द-वृत्ति उसे लज्जास्पद मालूम होती थी। वह भूल जाता था कि जेनी से उसके संपर्क का आरम्भ ही स्वार्थ पर अवलंबित था। शायद उसने समझा था कि समय के साथ जेनी को अपने कर्तव्य का ज्ञान हो जायेगा; हालाँकि उसे मालूम होना चाहिए था कि टेढ़ी बुनियाद पर बना हुआ भवन जल्द या देर में अवश्य भुमिस्थ होकर रहेगा। और ऊँचाई के साथ इसकी शंका और भी बढ़ती जाती थी। इसके विपरीत जेनी का व्यवहार बिलकुल परिस्थिति के अनुकूल था। उसने मनहर को विनोदमय तथा विलासमय जीवन का एक साधन समझा था और उसी विचार पर वह

अब तक स्थिर थी। इस व्यक्ति को वह मन में पति का स्थान न दे सकती थी, पाषाण-प्रतिमा को अपना देवता न बना सकती थी। पत्नी बनना उसके जीवन का स्वप्न न था, इसलिए वह मनहर के प्रति अपने किसी कर्तव्य को स्वीकार न करती थी। अगर मनहर अपनी गाढ़ी कमाई उसके चरणों पर अर्पित करता था, तो उस पर कोई एहसान न करता था। मनहर उसका बनाया हुआ पुतला, उसी का लगाया हुआ वृक्ष था। उसकी छाया और फल को भोग करना वह अपना अधिकार समझती थी।

5

मनोमालिन्य बढ़ता गया। आखिर मनहर ने उसके साथ दावतों और जलसों में जाना छोड़ दिया; पर जेनी पूर्ववत सैर करने जाती, मित्रों से मिलती, दावतें करती और दावतों में शरीक होती। मनहर के साथ न जाने से लेशमात्र भी दु: ख या निराशा न होती थी; बल्कि वह शायद उसकी उदासीनता पर और भी प्रसन्न होती। मनहर इस मानसिक व्यथा को शराब के नशे में डुबोने का उद्योग करता। पीना तो उसने इगलैंड ही में शुरू कर दिया था, पर अब उसकी मात्रा बहुत बढ़ गयी थी। वहाँ स्फूर्ति और आनन्द के लिए पीता था, यहाँ स्फूर्ति और आनन्द को मिटाने के लिए। वह दिन-दिन दुर्बल होता जाता था। वह जानता था, शराब मुझे पिये जा रही है; पर उसके जीवन का यही एक अवलम्ब रह गया था।

गर्मियों के दिन थे। मनहर एक मुआमले की जाँच करने के लिए लखनऊ में डेरा डाले हुए था। मुआमला बहुत संगीन था। उसे सिर उठाने की फुरसत न मिलती थी। स्वास्थ्य भी कुछ खराब हो चला था, मगर जेनी अपने सैर-सपाटे में मग्न थी। आखिर एक दिन उसने कहा, मैं नैनीताल जा रही हूँ। यहाँ की गर्मी मुझसे सही नहीं जाती।

मनहर ने लाल-लाल आँखें निकालकर कहा— नैनीताल में क्या काम है?

वह आज अपना अधिकार दिखाने पर तुल गया। जेनी भी उसके अधिकार की उपेक्षा करने पर तुली हुई थी। बोली— यहाँ कोई सोसायटी नहीं। सारा लखनऊ पहाड़ों पर चला गया है।

मनहर ने जैसे म्यान से तलवार निकाल कर कहा— जब तक मैं यहाँ हूँ, तुम्हें कहीं जाने का अधिकार नहीं है। तुम्हारी शादी मेरे साथ हुई है, सोसाइटी के साथ नहीं। फिर तुम साफ देख रही हो कि मैं बीमार हूँ, तिस पर भी तुम अपनी विलास-प्रवृत्ति को रोक नहीं सकती। मुझे तुमसे ऐसी आशा न थी, जेनी! मैं तुमको शरीफ समझता था। मुझे स्वप्न में भी यह गुमान न था कि तुम मेरे साथ ऐसी बेवफाई करोगी।

जेनी ने अविचलित भाव से कहा— तो क्या तुम समझते थे, मैं भी तुम्हारी हिन्दुस्तानी स्त्री की तरह तुम्हारी लौंडी बनकर रहूँगी और तुम्हारे तलवे सहलाऊँगी? मैं तुम्हें इतना नादान नहीं समझती। अगर तुम्हें हमारी अंग्रेज़ी सभ्यता की इतनी मोटी-सी बात मालूम नहीं, तो अब मालूम कर लो कि अँग्रेज़-स्त्री अपनी रुचि के सिवा और किसी की पाबन्द

नहीं। तुमने मुझसे इसलिए विवाह किया था कि मेरी सहायता से तुम्हें सम्मान और पद प्राप्त हो। सभी पुरूष ऐसा करते हैं और तुमने भी वही किया। मैं इसके लिए तुम्हें बुरा नहीं कहती, लेकिन जब तुम्हारा उद्देश्य पूरा हो गया, जिसके लिए तुमने मुझसे विवाह किया था, तो तुम मुझसे अधिक आशा क्यों रखते हो? तुम हिन्दुस्तानी हो, अँगरेज नहीं हो सकते। मैं अँगरेज हूँ और हिन्दुस्तानी नहीं हो सकती; इसलिए हम में से किसी को यह अधिकार नहीं है कि वह दूसरे को अपनी मर्जी का गुलाम बनाने की चेष्टा करे।

मनहर हतबुद्धि-सा बैठा सुनता रहा। एक-एक शब्द विष की घूँट की भाँति उसके कण्ठ के नीचे उतर रहा था। कितना कठोर सत्य था! पद-लालसा के उस प्रचण्ड आवेग में, विलास-तृष्णा के उस अदम्य-प्रवाह में वह भूल गया था कि जीवन में कोई ऐसा तत्त्व भी है, जिसके सामने पद और विलास काँच के खिलौने से अधिक मूल्य नहीं रखते। वह विस्मृत-सत्य इस समय अपने दारुण-विलाप से उसकी मदमग्न चेतना को तड़पाने लगा।

शाम को जेनी नैनीताल चली गयी। मनहर ने उसकी ओर आँखें उठाकर भी न देखा।

6

तीन दिन तक मनहर घर से न निकला। जीवन के पाँच-छ: वर्षों में उसने जितने रत्न संचित किये थे, जिन पर वह गर्व करता था; जिन्हें पाकर वह अपने को धन्य मानता था, अब परीक्षा की कसौटी पर आकर नकली पत्थर सिद्ध हो रहे थे। उसकी अपमानित, ग्लानित, पराजित आत्मा एकांत-रोदन के सिवा और कोई त्राण न पाती थी। अपनी टूटी झोपड़ी को छोड़कर वह जिस-जिस सुनहले कलशवाले भवन की ओर लपका था, वह मरीचिका-मात्र थी और अब उसे फिर उसी टूटी झोपड़ी की याद आयी, जहाँ उसने शान्ति, प्रेम और आशीर्वाद की सुधा पी थी। यह सारा आडम्बर उसे काट खाने लगा। उस सरल शीतल स्नेह के सामने ये सारी विभूतियाँ तुच्छ-सी जँचने लगीं। तीसरे दिन वह भीषण संकल्प करके उठा और दो पत्र लिखे। एक तो अपने पद से इस्तीफा था, दूसरा जेनी से अंतिम विदा की सूचना। इस्तीफे में उसने लिखा— मेरा स्वास्थ्य नष्ट हो गया है और मैं इस भार को नहीं सँभाल सकता। जेनी के पत्र में उसने लिखा— हम और तुम दोनों ने भूल की और हमें जल्द-से-जल्द उस भुल को सुधार लेना चाहिए। मैं तुम्हें सारे बंधनों से मुक्त करता हूँ। तुम भी मुझे मुक्त कर दो। मेरा तुमसे कोई सम्बन्ध नहीं है। अपराध न तुम्हारा है, न मेरा। समझ का फेर तुम्हें भी था और मुझे भी। मैंने अपने पद से इस्तीफा दे दिया है और अब तुम्हारा मुझ पर कोई एहसान नहीं रहा। मेरे पास जो कुछ है, वह तुम्हारा है, वह सब मैं छोड़े जाता हूँ। मैं तो निमित्त-मात्र था, स्वामिनी तुम थीं। उस सभ्यता को दूर से ही सलाम है, जो विनोद और विलास के सामने किसी बंधन को स्वीकार नहीं करती।

उसने खुद जाकर दोनों पत्रों की रजिस्ट्री करायी और उत्तर का इन्तजार किये बिना ही

वहाँ से चलने को तैयार हो गया।

7

जेनी ने जब मनहर का पत्र पाकर पढ़ा, तो मुसकरायी। उसे मनहर की इच्छा पर शासन करने का ऐसा अभ्यास पड़ गया था कि इस पत्र से उसे जरा भी घबराहट न हुई। उसे विश्वास था कि दो-चार दिन चिकनी-चुपड़ी बातें करके वह उसे फिर वशीभूत कर लेगी। अगर मनहर की इच्छा केवल धमकी देना न होती, उसके दिल पर चोट लगी होती, तो वह अब तक यहाँ न होता। कब का यह स्थान छोड़ चुका होता। उसकी यहाँ रहना ही बता रहा था कि वह केवल बंदरघुड़की दे रहा है।

जेनी ने स्थिरचित्त होकर कपड़े बदलें और तब इस तरह मनहर के कमरे में आयी, मानो कोई अभिनय करने स्टेज पर आयी हो।

मनहर उसे देखते ही जोर से ठट्टा मार कर हँसा। जेनी सहम कर पीछे हट गयी। इस हँसी में क्रोध या प्रतिकार न था। उसमें उन्माद भरा हुआ था। मनहर के सामने मेज पर बोतल और गिलास रखा हुआ था। एक दिन में उसने न-जाने कितनी शराब पी ली थीं। उसकी आँखों में जैसे रक्त उबला पड़ता था।

जेनी ने समीप जाकर उसके कन्धे पर हाथ रखा और बोली— क्या रातभर पीते ही रहोगे? चलो आराम से लेटो, रात ज्यादा आ गयी है। घण्टों से बैठी तुम्हारा इन्तजार कर रही हूँ। तुम इतने निष्ठुर तो कभी न थे।

मनहर खोया हुआ-सा बोला— तुम कब आ गयी वागी? देखो, मैं कब से तुम्हें पुकार रहा हूँ। चलो, आज सैर कर आयें। उसी नदी के किनारे तुम अपना वही प्यारा गीत सुनाना, जिसे सुनकर मैं पागल हो जाता हूँ। क्या कहती हो, मैं बेमुरौवत हूँ? यह तुम्हारा अन्याय है, वागी! मैं कसम खाकर कहता हूँ, ऐसा एक दिन भी नहीं गुजरा, जब तुम्हारी याद ने मुझे न रुलाया हो।

जेनी ने उसका कन्धा हिलाकर कहा— तुम यह क्या ऊल-जुलूल बक रहे हो? वागी यहाँ कहाँ है?

मनहर ने उसकी ओर अपरिचित भाव से देखकर कुछ कहा, फिर जोर से हँसकर बोला— मैं यह न मानूँगा, वागी! तुम्हें मेरे साथ चलना होगा। वहाँ मैं तुम्हारे लिए फूलों की एक माला बनाऊँगा . . . .।

जेमी ने समझा, यह शराब बहुत पी गये हैं। बक-झक कर रहे हैं। इनसे इस वक्त कुछ बातें करना व्यर्थ है। चुपके से कमरे के बाहर चली गयी। उसे जरा-सी शंका हुई थी। यहाँ उसका मूलोच्छेद हो गया। जिस आदमी का अपनी वाणी पर अधिकार नहीं, वह इच्छा पर क्या अधिकार रख सकता है?

उस घड़ी से मनहर को घर वालों रट-सी लग गयी। कभी वागेश्वरी को पुकारता,

कभी अम्माँ को, कभी दादा को। उसकी आत्मा अतीत में विचरती रहती, उस अतीत में जब जेनी ने काली छाया की भाँति प्रवेश न किया था और वागेश्वरी अपने सरल व्रत से उसके जीवन में प्रकाश फैलाती रहती थी।

दूसरे दिन जेनी ने जाकर उससे कहा— तुम इतनी शराब क्यों पीते हो? देखते नहीं, तुम्हारी क्या दशा हो रही है?

मनहर ने उसकी ओर आश्चर्य से देखकर कहा— तुम कौन हो?

जेनी— क्या मुझे नहीं पहचानते हो? इतनी जल्द भूल गये?

मनहर— मैंने तुम्हें कभी नहीं देखा! मैं तुम्हें नहीं पहचानता।

जेनी ने और अधिक बातचीत न की। उसने मनहर के कमरे से शराब की बोतलें उठवा लीं और नौकरों को ताकीद कर दी कि उसे एक घूँट भी शराब न दी जाय। उसे अब कुछ-कुछ संदेह होने लगा था, क्योंकि मनहर की दशा उससे कहीं शंकाजनक थी, जितनी वह समझती थी! मनहर का जीवित और स्वस्थ रहना उसके लिए आवश्यक था। इसी घोड़े पर बैठकर वह शिकार खेलती थी। घोड़े के बगैर शिकार का आनन्द कहाँ?

मगर एक सप्ताह हो जाने पर भी मनहर की मानसिक दशा में कोई अंतर न हुआ। न मित्रों को पहचानता, न नौकरों को। पिछले तीन बरसों का उसका जीवन एक स्वप्न की भाँति मिट गया था।

सातवें दिन जेनी सिविल सर्जन को लेकर आयी, तो मनहर का कहीं पता न था।

8

पाँच साल के बाद वागेश्वरी का लुटा हुआ सोहाग फिर चेता। माँ-बाप पुत्र के वियोग में रो-रोकर अंधे हो चुके थे। वागेश्वरी निराशा में भी आस बाँधे बैठी हुई थी। उसका मायका सम्पन्न था। बार-बार बुलावे आते, बाप आया, भाई आया, पर धैर्य और व्रत की देवी घर से न टली।

जब मनहर भारत आया, तो वागेश्वरी ने सुना कि वह विलायत से एक मेम लाया है। फिर उसने सुना, वह ईसाई हो गया है, आचार-विचार त्याग दिया है, तब उसने माथा ठोंक लिया।

घर की अवस्था दिन-दिन बिगड़ने लगी। वर्षा बन्द हो गयी और सागर सूखने लगा। घर बिका, कुछ जमीन थी, वह बिकी, फिर गहनों की बारी आयी, यहाँ तक की अब केवल आकाशी-वृत्ति थी। कभी चूल्हा जल गया, कभी ठंडा पड़ा रहा।

एक दिन संध्या समय वह कुएँ पर पानी भरने गयी थी कि एक थका हुआ, जीर्ण, विपत्ति का मारा जैसा आदमी आकर कुएँ की जगत पर बैठ गया। वागेश्वरी ने देखा, तो मनहर! उसने तुरन्त घूँघट बढ़ा लिया। आँखों पर विश्वास न हुआ, फिर भी आनन्द और विस्मय से हृदय में फुरेरियाँ उड़ने लगीं। रस्सी और कलसा कुएँ पर छोड़कर लपकी

हुई घर आयी और सास से बोली— अम्माँजी, जरा कुएँ पर जाकर देखो, कोई आया है। सास ने कहा— तू पानी लाने गयी थी, या तमाशा देखने? घर में एक बूँद पानी नहीं है कौन आया है कुएँ पर?

'चलकर, देख लो न!'

'कोई सिपाही-प्यादा होगा। अब उनके सिवा और कौन आनेवाला है? कोई महाजन तो नहीं है?'

'नहीं अम्माँ, तुम चली क्यों नहीं चलतीं?'

बूढ़ी माता भाँति-भाँति की शंकाएँ करती हुई कुएँ पर पहुँची, तो मनहर दौड़कर उनके पैरों से लिपट गया। माता ने उसे छाती से लगाकर कहा— तुम्हारी यह दशा है, मानू? क्या बीमार हो? असबाब कहाँ है?

मनहर ने कहा— पहले कुछ खाने को दो, अम्माँ! बहुत भूखा हूँ। मैं बड़ी दूर से पैदल चला आ रहा हूँ।

गाँव में खबर फैल गयी कि मनहर आया है। लोग उसे देखने दौड़े। किस ठाट से आया है? बड़े ऊँचे पद पर है, हजारों रूपये पाता है। अब उसके ठाट का क्या पूछना! मेम भी साथ आयी है या नहीं?

मगर जब आकर देखा, तो आफत का मारा आदमी, फटेहाल, कपड़े तार-तार, बाल बढ़े हुए, जैसे जेल से आया हो।

प्रश्नों की बौछर होने लगी— हमने तो सुना था, तुम किसी बड़े ऊँचे पद पर हो?

मनहर ने जैसे किसी भूली बात को याद करने का विफल प्रयास करके कहा— मैं! मैं तो किसी ओहदे पर नहीं।

'वाह! तुम विलायत से मेम नहीं लाये थे?'

मनहर ने चकित होकर कहा— विलायत। विलायत कौन गया था?

'अरे। भंग तो नहीं खा गये हो। तुम विलायत नहीं गये थे?'

मनहर मूढ़ों की भाँति हँसा— मैं विलायत क्या करने जाता?

'अजी, तुमको वजीफा नहीं मिला था? यहाँ से तुम विलायत गये थे। तुम्हारे पत्र बराबर आते थे। अब तुम कहते हो, मैं विलायत गया ही नहीं। होश में हो, या हम लोगों को उल्लू बना रहे हो?'

मनहर ने उन लोगों की ओर आँखें फाड़कर देखा और बोला— मैं तो कहीं नहीं गया था। आप लोग जाने क्या कह रहे हैं?

अब इसमें सन्देह की गुंजाइश न रही कि वह अपने होश-हवास में नहीं है। उसे विलायत जाने के पहले की सारी बातें याद थीं। गाँव और घर के हरेक आदमी को पहचानता था, सबसे नम्रता और प्रेम से बातें करता था; लेकिन जब इंगलैंड, अँग्रेज-बीवी और ऊँचे पद का जिक्र आता तो भौंचक्का होकर ताकने लगता। वागेश्वरी को अब उसके

प्रेम में एक अस्वाभाविक अनुराग दीखता था, जो बनावटी मालूम होता था। वह चाहती थी कि उसके व्यवहार और आचरण में पहले की-सी बेतकल्लुफी हो। वह प्रेम का स्वाँग नहीं, प्रेम चाहती थी। दस ही पाँच दिनों में उसे ज्ञात हो गया कि इस विशेष अनुराग का कारण बनावट या दिखावा नहीं, वरन कोई मानसिक विकार है। मनहर ने माँ-बाप का इतना अदब पहले कभी न किया था। उसे अब मोटे-से-मोटा काम करने में संकोच न था। वह, जो बाजार से साग-भाजी लाने में अपना अनादर समझता था, अब कुएँ से पानी खींचता, लकड़ियाँ फाड़ता और घर में झाड़ू लगाता था और अपने घर में ही नहीं, सारे मुहल्ले में उसकी सेवा और नम्रता की चर्चा होती थी।

एक बार मुहल्ले में चोरी हुई। पुलिस ने बहुत दौड़-धूप की; पर चोरों का पता न चला। मनहर ने चोरी का पता ही नहीं लगा दिया; बल्कि माल भी बरामद करा लिया इससे आसपास के गाँवों और मुहल्लों में उसका यश फैल गया। कोई चोरी हो जाती, तो लोग उसके पास दौड़े आते और अधिकांश उद्योग उसके सफल भी होते थे। इस तरह उसकी जीविका की एक व्यवस्था हो गयी। वह अब वागेश्वरी के इशारों का गुलाम था। उसी की दिलजोई और सेवा में उसके दिन कटते थे। अगर उसमें विकार या बीमारी का कोई लक्षण था, तो इतना ही। यही सनक उसे सवार हो गयी थी।

वागेश्वरी को उसकी दशा पर दुःख होता था; पर उसकी यह बीमारी उस स्वास्थ्य से उसे कहीं प्रिय थी, जब वह उसकी बात भी न पूछता था।

9

छः महीनों के बाद एक दिन जेनी मनहर का पता लगाती हुई आ पहुँची। हाथ में जो कुछ था, वह सब उड़ा चुकने के बाद अब उसे किसी आश्रय की खोज थी। उसके चाहने वालों में कोई ऐसा न था, जो उसकी आर्थिक सहायता करता। शायद अब जेनी को कुछ ग्लानि भी होती थी। वह अपने किये पर लज्जित थी।

द्वार पर हॉर्न की आवाज सुनकर मनहर बाहर निकला और इस प्रकार जेनी को देखने लगा, मानो उसे कभी देखा ही नहीं।

जेनी ने मोटर से उतर कर उससे हाथ मिलाया और अपनी बीती सुनाने लगी— तुम इस तरह मुझसे छिपकर क्यों चले आये? और फिर आकर एक पत्र भी नहीं लिखा। आखिर, मैंने तुम्हारे साथ क्या बुराई की थी! फिर मुझमें कोई बुराई देखी थी, तो तुम्हें चाहिए था कि मुझे सावधान कर देते। छिपकर चले आने से क्या फायदा हुआ? ऐसी अच्छी जगह मिल गयी थी, वह भी हाथ से निकल गयी।

मनहर काठ के उल्लू की भाँति खड़ा रहा।

जेनी ने फिर कहा— तुम्हारे चले आने के बाद मेरे ऊपर जो संकट आये, वह सुनाऊँ, तो तुम घबरा जाओगे। मैं इसी चिन्ता और दुःख से बीमार हो गयी। तुम्हारे बगैर मेरा

जीवन निरर्थक हो गया है। तुम्हारा चित्र देखकर मन को ढाढ़स देती थी। तुम्हारे पत्रों को आदि से अन्त तक पढ़ना मेरे लिए सबसे मनोरंजक विषय था। तुम मेरे साथ चलो, मैंने एक डॉक्टर से बातचीन की है, वह मस्तिष्क के विकारों का डाक्टर है। मुझे आशा है उसके उपचार में तुम्हे लाभ होगा।

मनहर चुपचाप विरक्त-भाव से खड़ा रहा, मानो वह न कुछ देख रहा है, न सुन रहा है।

सहसा वागेश्वरी निकल आयी। जेनी को देखते ही वह ताड़ गयी कि यही मेरी युरोपियन सौत है। वह उसे बड़े आदर-सत्कार के साथ भीतर ले गयी। मनहर भी उनके पीछे-पीछे चला गया।

जेनी ने टूटी खाट पर बैठते हुए कहा— इन्होंने मेरा जिक्र तो तुमसे किया ही होगा। मेरी इनसे लंदन में शादी हुई है।

वागेश्वरी बोली— यह तो मैं आपको देखते ही समझ गयी थी।

जेनी— इन्होंने कभी मेरा जिक्र नहीं किया?

वागेश्वरी— कभी नहीं। इन्हें तो कुछ याद नहीं। आपको तो यहाँ आने में बड़ा कष्ट हुआ होगा?

जेनी— महीनों के बाद तब इनके घर का पता चला। वहाँ से बिना कुछ कहे-सुने चल दिये।

'आपको कुछ मालूम है, इन्हें क्या शिकायत है?'

'शराब बहुत पीने लगे थे। आपने किसी डॉक्टर को नहीं दिखाया?'

'हमने तो किसी को नहीं दिखाया।'

जेनी ने तिरस्कार करके कहा— क्यों? क्या आप इन्हें हमेशा बीमार रखना चाहती हैं?

वागेश्वरी ने बेपरवाही से जवाब दिया— मेरे लिए, तो इनका बीमार रहना इनके स्वस्थ रहने से कहीं अच्छा है। तब वह अपनी आत्मा को भूल गये थे, अब उसे पा गये।

फिर उसने निर्दय कटाक्ष करके कहा— मेरे विचार में तो वह तब बीमार थे अब स्वस्थ हैं।

जेनी ने चिढकर कहा— नॉनसेंस! इनकी किसी विशेषज्ञ से चिकित्सा करानी होगी। यह जासूसी में बड़े कुशल हैं। इनके सभी अफसर इनसे प्रसन्न थे। यह चाहे तो अब भी इन्हें वह जगह मिल सकती है। अपने विभाग में ऊँचे-से-ऊँचे पद तक पहुँच सकते हैं। मुझे विश्वास है कि इनका रोग असाध्य नहीं है; हाँ, विचित्र अवश्य है। आप क्या इनकी बहन हैं?

बागेश्वरी ने मुसकरा कर कहा— आप तो गाली दे रही हैं। यह मेरे स्वामी हैं।

जेनी पर मानों वज्रपात-सा हुआ। उसके मुख पर से नम्रता का आवरण हट गया और मन में छिपा हुआ क्रोध जैसे दाँत पीसने लगा। उसकी गरदन की नसें तन गयीं, दोनों

मुट्ठियाँ बँध गयी। उन्मत्त होकर बोली— बड़ा दगाबाज आदमी है। इसने मुझे बड़ा धोखा' दिया। मुझसे इसने कहा था, मेरी स्त्री मर गयी हैं। कितना बड़ा धुर्त है। यह पागल नहीं है। इसने पागलपन का स्वाँग भरा है। मैं अदालत से इसकी सजा कराऊँगी।

क्रोधावेश के कारण वह कांप उठी। फिर रोती हुई बोली— इस दगाबाजी का मैं इसे मजा चखाऊँगी ओह! इसने मेरा कितना घोर अपमान किया है! ऐसा विश्वासघात करनेवाले को जो दण्ड दिया जाय, वह थोड़ा है! इसने कैसी मीठी-मीठी बातें करके मुझे फाँसा मैने ही इसे जगह दिलायी, मेरे ही प्रयत्नों से यह बड़ा आदमी बना। इसके लिए मैंने अपना घर छोड़ा, अपना देश छोड़ा और इसने मेरे साथ ऐसा कपट किया।

जेनी सिर पर हाथ रखकर बैठ गयी। फिर तैश में उठी और मनहर के पास जाकर उसको अपनी ओर खींचती हुई बोली— मैं तुम्हें खराब करके छोड़ूँगी। तूने मुझे समझा क्या है . . .

मनहर इस तरह शान्त भाव से खड़ा रहा, मानो उससे कोई प्रयोजन नहीं है।

फिर वह सिहनी की भाँति मनहर पर टूट पड़ी और उसे जमीन पर गिराकर उसकी छाती पर चढ़ बैठी। वागेश्वरी ने उसका हाथ पकड़कर अलग कर दिया और बोली— तुम ऐसी डायन न होतीं, तो उनकी यह दशा ही क्यों होती?

जेनी ने तैश में आकर जेब से पिस्तौल निकाली और वागेश्वरी की तरफ बढ़ी। सहसा मनहर तड़पकर उठा, उसके हाथ से भरा हुआ पिस्तौल छीनकर फेंक दिया और वागेश्वरी के सामने खड़ा हो गया। फिर ऐसा मुँह बना लिया, मानो कुछ हुआ ही नहीं।

उसी वक्त मनहर की माता दोपहरी की नींद सोकर उठीं और जेनी को देखकर वागेश्वरी की ओर प्रश्न की आँखों से ताका।

वागेश्वरी ने उपहास के भाव से कहा— यह आपकी बहू हैं।

बुढ़िया तिनककर बोली— कैसी मेरी बहू? यह मेरी बहू बनने जोग है बँदरिया? लड़के पर न जाने क्या कर-करा दिया, अब छाती पर मूँग दलने आयी है?

जेनी एक क्षण तक खून-भरी आँखों से मनहर की ओर देखती रही। फिर बिजली की भाँति कौंधकर उसने आँगन में पड़ा हुआ पिस्तौल उठा लिया और वागेश्वरी पर छोड़ना चाहती थी कि मनहर सामने आ गया। वह बेधड़क जेनी के सामने चला गया। उसके हाथ से पिस्तौल छीन लिया और अपनी छाती में गोली मार ली।

□

न्याय

हजरत मुहम्मद को इलहाम हुए थोड़े ही दिन हुए थे। दस-पाँच पड़ोसियों तथा निकट सम्बन्धियों के सिवा और कोई उनके दीन पर ईमान न लाया था, यहाँ तक कि उनकी लड़की जैनब और दामादं अबुलआस भी जिनका विवाह इलहाम से पहले ही हो चुका था, अभी तक दीक्षित न हुए थे। जैनब कई बार अपने मैके गयी थी और अपने पूज्य पिता की ज्ञानमय वाणी सुन चुकी थी। वह दिल से इस्लाम पर ईमान ला चुकी थी, लेकिन अबुलआस धर्मिक मनोवृत्ति का आदमी न था। वह कुशल व्यापारी था। मक्के के खजूर, मेवे आदि जिन्सें लेकर बन्दरगाहों को चालान किया करता था बहुत ही ईमानदार, लेन-देन का खरा, मेहनती आदमी था, जिसे इहलोक से इतनी फुरसत न थी कि परलोक की फिक्र करे।

जैनब के सामने कठिन समस्या थी। आत्मा धर्म की ओर थी, हृदय पति की ओर न धर्म को छोड़ सकती थी; न पति को। उसके घर के सभी आदमी मूर्तिपूजक थे। इस नये सम्प्रदाय से सारे नगर में हलचल मची हुई थी। जैनब सबसे अपनी लगन को छिपाती, यहाँ तक कि पति से भी न कह सकती थी। वे धार्मिक सहिष्णुता के दिन न थे; बात-बात पर खून की नदी बह जाती थी, खान्दान-के-खान्दान मिट जाते थे। उन दिनों अरब की वीरता पारस्परिक कलहों में प्रकट होती थी! राजनैतिक संगठन का जमाना न था। खून का बदला खून, धन-हानि का बदला खून, अपमान का बदला खून— मानव-रक्त ही में सभी झगड़ों का निबटारा होता था। ऐसी अवस्था में अपने धर्मानुरग को प्रकट करना अबुलआस के शक्तिशाली परिवार और मुहम्मद तथा इनके इने-गिने अनुयायियों में देवासुरों का संग्राम छेड़ना था। उधर प्रेम का बन्धन पैरों को जकड़े हुए था। नये धर्म में दीक्षित होना अपने प्राणप्रिय पति से सदा के लिए बिछुड़ जाना था। कुरैश-जाति के ऐसे लोग मिश्रित विवाहों को परिवार के लिए कलंक समझते थे। माया और धर्म की दुविधा में पड़ी हुई जैनब कुढ़ती रहती थी।

2

धर्म का अनुराग एक दुर्बल वस्तु है; किन्तु जब उसका वेग होता है, तो हृदय के रोके नहीं रूकता। दोपहर का समय था, धूप इतनी तेज थी कि उसकी ओर ताकते आँखों से

चिनगारियाँ निकलती थीं। हजरत मुहम्मद चिन्ता में डूबे हुए बैठे थे। निराशा चारों ओर अन्धकार के रूप में दिखायी देती थी। खुदैजा भी सिर झुकाये पास ही बैठी हुई एक फटा कुरता सी रही थी। घर-सम्पत्ति सब कुछ इस लगन की भेंट हो चुकी थी। शत्रुओं का दुराग्रह दिनोंदिन बढ़ता जाता था। उसके मतानुयायियों को भाँति-भाँति की यन्त्रणाएँ दी जा रही थीं। स्वयं हजरत को घर से निकलना मुश्किल था। यह खौफ होता था कि कहीं लोग उन पर ईंट-पत्थर न फेंकने लगें। खबर आती थी, आज फलां 'मुस्लिम' का घर लुट गया, आज फलां को लोगों ने आहत किया। हजरत ये खबरें सुन-सुनकर विकल हो जाते थे और बार-बार खुदा से धैर्य और क्षमा की याचना करते थे।

हजरत ने फरमाया— मुझे ये लोग अब यहाँ न रहने देंगे। मैं खुद सब कुछ झेल सकता हूँ, लेकिन अपने दोस्तों की तकलीफें नहीं देखी जातीं।

खुदैजा— हमारे चले जाने से इन बेचारों की और भी कोई शरण न रहेगी। अभी कम-से-कम तुम्हारे पास आकर रो तो लेते हैं। मुसीबत में रोने का सहारा ही बहुत होता है।

हजरत— तो मैं अकेले थोड़े ही जाना चाहता हूँ। मैं सब दोस्तों को साथ लेकर जाने का इरादा रखता हूँ। अभी हम लोग यहाँ बिखरे हुए हैं; कोई किसी की मदद को नहीं पहुँच सकता। हम सब एक ही जगह एक कुटुम्ब की तरह रहेंगे, तो किसी को हमारे ऊपर हमला करने का साहस न होगा। हम अपनी मिली हुई शक्ति से बालू का ढेर तो हो ही सकते हैं, जिस पर चढ़ने की किसी को हिम्मत न होगी।

सहसा जैनब घर में दाखिल हुई। उसके साथ न कोई आदमी था, न आदमजाद। मालूम होता था, कहीं से भागी चली आ रही है। खुदैजा ने उसे गले लगाकर पूछा— क्या हुआ जैनब, खैरियत तो है?

जैनब ने अपने अन्तर-संग्राम की कथा कह सुनायी और पिता से दीक्षा की याचना की।

हजरत मुहम्मद आँखों में आँसू भरकर बोले— बेटी, मेरे लिए इससे ज्यादा खुशी की और कोई बात नहीं हो सकती; लेकिन जानता हूँ, तुम्हारा क्या हाल होगा।

जैनब— या हजरत! खुदा की राह में सब कुछ त्याग देने का निश्चय कर लिया है! दुनिया के लिए अपनी नजात को नहीं खोना चाहती।

हजरत— जैनब, खुदा की राहों में काँटे हैं।

जैनब— अब्बाजान, लगन को काँटों की परवा नहीं होती!

हजरत— ससुराल से नाता टूट जायेगा।

जैनब— खुदा से तो नाता जुड़ जायगा?

हजरत— और अबुलआस?

जैनब की आँखों में आँसू डबडबा आये। क्षीण स्वर में बोली— अब्बाजान, उन्होंने इतने दिनों मुझे बाँध रखा था, नहीं तो मैं कब की आपकी शरण आ चुकी होती। मैं जानती हूँ उनसे जुदा होकर मैं जिन्दा न रहूँगी और शायद उनसे भी मेरा वियोग न सहा जाय; पर

मुझे विश्वास है कि वह किसी-न-किसी दिन जरूर खुदा पर ईमान लायेंगे और फिर मुझे उनकी सेवा का अवसर मिलेगा।

हजरत— बेटी, अबुलआस ईमानदार है, दयाशील है, सद्वक्ता है, किन्तु उसका अहंकार शायद अन्त तक उसे ईश्वर से विमुख रखे। वह तकदीर को नहीं मानता। रूह को नहीं, मानता, स्वर्ग और नरक को नहीं मानता। कहता है, खुदा की जरूरत ही क्या है? हम उससे क्यों डरें? विवेक और बुद्धि की हिदायत हमारे लिए काफी है। ऐसा आदमी खुदा पर ईमान नहीं ला सकता। कुफ्र को तोड़ना आसान है; लेकिन वह जब दर्शन की सूरत पकड़ लेता है, तो उस पर किसी का जोर नहीं चलता।

जैनब ने दृढ़ होकर कहा— या हजरत, आत्मा का उपकार जिसमें हो, मुझे वही चाहिए। मैं किसी इन्सान को अपने और खुदा के बीच में न आने दूँगी।

हजरत ने कहा— खुदा तुझ पर दया करे बेटी! तेरी बातों ने दिल खुश कर दिया।

यह कहकर उन्होंने जैनब को गले लगा लिया।

3

दूसरे दिन जैनब को यथाविधि आम मस्जिद में कलमा पढाया गया।

कुरेशियों ने जब यह खबर पायी, तो जल उठे। गजब खुदा का। इस्लाम ने तो बड़े-बड़े घरों पर भी हाथ साफ करना शुरू किया! अगर यही हाल रहा, तो धीरे-धीरे उसकी शक्ति इतनी बढ़ जायगी कि हमारे लिए उसका सामना करना कठिन हो जायगा। अबुलआस के घर पर एक बड़ी मजलिस हुई।

अबूसिफियान ने जो इस्लाम के दुश्मनों में सबसे प्रतिष्ठित मनुष्य था, अबुलआस से कहा— तुम्हें अपनी बीवी को तलाक देना पड़ेगा।

अबुलआस ने कहा— हरगिज नहीं।

अबूसिफियान— तो क्या तुम भी मुसलमान हो जाओगे?

अ० आ०— हरगिज नहीं।

अ० सि०— तो उसे मुहम्मद ही के घर रहना पड़ेगा?

अ० आ०— हरगिज नहीं। आप लोग मुझे आज्ञा दीजिये कि उसे अपने घर लाऊँ।

अ० सि०— हरगिज नहीं।

अ० आ०— क्या यह नहीं हो सकता कि वह मेरे घर में रहकर अपनी इच्छानुसार खुदा की बन्दगी करे?

अ० सि०— हरगिज नहीं।

अ० आ०— मेरी कौम मेरे साथ इतनी सहानुभूति भी न करेगी?

अ० आ०— तो फिर आप लोग मुझे समाज से पतित कर दीजिए। मुझे पतित होना मंजूर है। आप लोग और जो सजा चाहें दें, वह सब मंजूर है। मगर मैं अपनी बीवी को नहीं

छोड़ सकता। मैं किसी की धार्मिक स्वाधीनता का अपहरण नहीं करना चाहता और वह भी अपनी बीवी की।

अ० सि०— कुरैश में क्या और लड़कियाँ नहीं हैं?

अ० आ०— जैनब की-सी कोई नहीं है।

अ० सि०— हम ऐसी लड़कियाँ बता सकते हैं, जो चाँद को लज्जित कर दें।

अ० आ०— मैं सौन्दर्य का उपासक नहीं।

अ० सि०— ऐसी लड़कियाँ दे सकता हूँ, जो गृह-प्रबन्ध में निपुण हों, बातें ऐसी करें कि मुँह से फूल झड़ें, खाना ऐसा पकायें कि बीमार को भी रुचिकर हो, सीने-पिरोने में इतनी कुशल कि पुराने कपड़े को नया कर दें।

अ० आ०— मैं इन गुणों में से किसी का भी उपासक नहीं। मैं प्रेम— और केवल प्रेम— का उपासक हूँ। मुझे विश्वास है कि जैनब का-सा प्रेम मुझे सारी दुनिया में कहीं नहीं मिल सकता।

अ० सि०— प्रेम होता, तो तुम्हें छोड़कर यह बेवफाई करती?

अ० आ०— मैं नहीं चाहता कि मेरे लिए वह अपने आत्म-स्वातंत्र्य का त्याग करे।

अ० सि०— इसका आशय यह है कि तुम समाज में समाज के विरोधी बनकर रहना चाहते हो। आँखों की कसम! समाज तुम्हें अपने ऊपर यह अत्याचार न करने देगा! मैं कहे देता हूँ इसके लिए तुम रोओगे।

4

अबूसिफियान और उनकी टोली के लोग तो धमकियाँ देकर उधर गये, इधर अबुलआस ने लकड़ी सँभाली और हजरत मुहम्मद के घर जा पहुँचे। शाम हो गयी थी। हजरत दरवाजे पर अपने मुरीदों के साथ मगरिब की नमाज पढ़ रहे थे। अबुलआस ने उन्हें सलाम किया और जब तक नमाज होती रही, गौर से देखते रहे। जमाअत का एक साथ उठना-बैठना और झुकना देखकर उनके मन में श्रद्धा की तरंगे उठने लगीं। उन्हें मालूम न होता था कि मैं क्या कर रहा हूँ; पर अज्ञात-भाव से वह जमाअत के साथ बैठते, झुकते और खड़े हो जाते थे। वहाँ एक-एक परमाणु इस समय ईश्वरमय हो रहा था। एक क्षण के लिए अबुलआस भी उसी अन्तर-प्रवाह में बह गये।

जब नमाज खतम हुई और लोग सिधारे, तो अबुलआस ने हजरत के पास जाकर सलाम किया और कहा— मैं जैनब को विदा कराने आया हूँ।

हजरत ने विस्मित होकर पूछा— तुम्हें मालूम नहीं कि वह खुदा और उसके रसूल पर ईमान ला चुकी है?

अ० आ०— जी हाँ, मालूम है।

हजरत— इस्लाम ऐसे सम्बन्धों का निषेध करता है, यह भी तुम्हें मालूम है?

अ० आ०— क्या इसका मतलब यह है कि जैनब ने मुझे तलाक दे दिया?

हजरत— अगर यही मतलब हो, तो!

अ० आ०— तो कुछ नहीं। जैनब का अपने खुदा और रसूल का बंदगी मुबारक हो। मैं एक बार उससे मिलकर घर चला जाऊँगा और फिर कभी आपको अपनी सूरत न दिखाऊँगा; लेकिन उस दशा में अगर कुरैश-जाति आपसे लड़ने को तैयार हो जाय, तो उसका इलजाम मुझ पर न होगा।

हजरत— मैं कुरैश से इस वक्त नहीं लड़ना चाहता।

अ० आ०— तो जैनब को मेरे साथ जाने दीजिए। उस हालत में कुरैश के क्रोध का भाजन मैं होऊँगा। आप और आपके मुरीदों पर कोई आफत नहीं होगी।

हजरत— तुम दबाव में आकर जैनब को खुदा की तरफ से फेरने का यत्न तो न करोगे?

अ० आ०— मैं किसी के धर्म में बाधा डालना सर्वथा अमानुषीय समझता हूँ।

हजरत— तुम्हें लोग जैनब को तलाक देने पर मजबूर न करेंगे?

अ० आ०— मैं जैनब को तलाक देने के पहले जिन्दगी को तलाक दे दूँगा।

हजरत को अबुलआस की बातों से इतमीनान हो गया। वह आस की इज्जत करते थे। आस को हरम में जैनब से मिलने का मौका दिया।

आस ने पूछा— जैनब, मैं तुम्हें अपने साथ ले चलने आया हूँ; धर्म के बदलने से कहीं मन तो नहीं बदला गया?

जैनब रोती हुई उनके पैरों पर गिर पड़ी और बोली— या मेरे आका! धर्म बार-बार मिलता है, हृदय केवल एक बार। मैं आपकी हूँ, चाहे जहाँ रहूँ, लेकिन समाज मुझे आपकी सेवा में रहने देगा?

आस— यदि समाज न रहने देगा, तो मैं समाज से ही निकल जाऊँगा। दुनिया में आराम से जीवन व्यतीत करने के लिए बहुत से स्थान हैं। रहा मैं, तुम जानती हो, मैं धार्मिक स्वाधीनता का पक्षपाती हूँ। मैं तुम्हारे धार्मिक विषयों में कभी हस्तक्षेप न करूँगा।

जैनब चली, तो खुदैजा ने रोते हुए उसे यमन के लालों का एक बहुमूल्य हार विदाई में दिया।

5

इस्लाम पर विधर्मियों के अत्याचार दिनोंदिन बढ़ने लगे। अवहेलना की दशा से निकलकर उसने भय के क्षेत्र में प्रवेश किया। शत्रुओं ने उसे समूल नाश करने की आयोजना करनी शुरू की। दूर-दूर के कबीलों से मदद माँगी जाने लगी। इस्लाम में इतनी शक्ति न थी कि शस्त्र-बल से विरोधियों को दबा सके। हजरत मुहम्मद ने मक्का छोड़कर कहीं और चले जाने का निश्चय किया। मक्के में मुस्लिमों के घर सारे शहर में बिखरे

हुए थे। एक की मदद को दूसरे मुसलमान न पहुँच सकते थे! हजरत मुहम्मद किसी ऐसी जगह आबाद होना चाहते थे, जहाँ सब मिले हुए रहे और शत्रुओं की संगठित शक्ति का प्रतिकार कर सके। अंत में उन्होंने मदीने को पसन्द किया और अपने समस्त अनुयायियों को सूचना दे दी। भक्तजन उनके साथ हुए और एक दिन मुस्लिमों ने मक्के से मदीने को प्रस्थान किया। यही हिजरत थी।

मदीने पहुँचकर मुसलमानों में एक नयी शक्ति, नयी स्फूर्ति का उदय हुआ। वे निश्शंक होकर अपने धर्म का पालन करने लगे। अब पड़ोसियों से दबने और छिपने की जरूरत न थी।

आत्मविश्वास बढ़ा। इधर भी विधर्मियों का स्वागत करने की तैयारियाँ होने लगी। दोनों पक्ष सेना इकट्ठी करने लगे। विधर्मियों ने संकल्प किया कि संसार से इस्लाम का नाम ही मिटा देंगे। इस्लाम ने भी उनके दाँत खट्टे करने का निश्चय किया।

एक दिन अबुलआस ने आकर पत्नी से कहा— जैनब, हमारे नेताओं ने इस्लाम पर जिहाद करने की घोषणा कर दी है।

जैनब ने घबड़ाकर कहा— अब तो वे लोग यहाँ से चले गये! फिर इस जिहाद की क्या जरूरत?

अबुलआस— मक्के से चले गये, अरब से तो नहीं चले गये! उन लोगों की ज्यादतियाँ बढ़ती जा रही हैं। जिहाद के सिवा और कोई उपाय नहीं है! जिहाद में मेरा शरीक होना जरूरी है।

जैनब— अगर तुम्हारा दिल तुम्हें मजबूर करता है, तो शौक से जाओ। मैं भी तुम्हारे साथ चलूँगी।

आस— मेरे साथ?

जैनब— हाँ, वहाँ आहत मुसलमानों की सेवा-शुश्रूषा करूँगी।

आस— शौक से चलो।

6

घोर संग्राम हुआ। दोनों दलवालों ने खूब दिल के अरमान निकाले। भाई-भाई से, बाप बेटे से लड़ा। सिद्ध हो गया कि मजहब का बन्धन रक्त और वीर्य के बन्धन से सुदृढ़ है।

दोनों दलवाले वीर थे! अन्तर यह था कि मुसलमानों में नया धर्मानुराग था, मृत्यु के पश्चात् स्वर्ग की आशा थी। दिलों में वह अटल विश्वास था, जो नवजात संप्रदायों का लक्षण है। विधर्मियों में 'बलिदान' का यह भाव लुप्त था।

कई दिन तक लड़ाई होती रही। मुसलमानों की संख्या बहुत कम थी, पर अन्त में उनके धर्मोत्साह ने मैदान मार लिया। विधर्मियों में कितने ही मारे गये, कितने ही घायल हुए और कितने ही कैद कर लिये गये। अबुलआस भी इन्हीं कैदियों में थे।

जैनब ने ज्योंही सुना कि अबुलआस पकड़ लिये गये, उसने तुरन्त हजरत मोहम्मद की सेवा में मुक्ति-धन भेजा। यह वही बहुमूल्य हार था, जो खुदैजा ने उसे दिया था। जैनब अपने पूज्य पिता को उस धर्म-संकट में एक क्षण के लिए भी न डालना चाहती थी, जो मुक्ति-धन के अभाव की दशा में उन पर पड़ता, किन्तु अबुलआस को इच्छा होते हुए भी पक्षपात भय से न छोड़ सके।

सब कैदी हजरत के सामने पेश किये गये। कितने ही तो ईमान लाये, कितनों के घरों से मुक्ति-धन आ चुका था, वे मुक्ति कर दिये गये। हजरत ने अबुलआस को देखा, सबसे अलग सिर झुकाये खड़े हैं। मुख पर लज्जा का भाव झलक रहा है।

हजरत ने कहा— अबुलआस, खुदा ने इस्लाम की हिमायत की, वरना उसे यह विजय न प्राप्त होती।

अबुलआस— अगर आपके कथनानुसार संसार में एक खुदा है, तो वह अपने एक बन्दे को दूसरे का गला काटने में मदद नहीं दे सकता। मुसलमानों की विजय उनके रणोत्साह से हुई।

एक सहाबी ने पूछा— तुम्हारा फिदिया (मुक्ति-धन) कहाँ है?

हजरत ने फरमाया— अबुलआस का हार निहायत बेशकीमती है, इनके बारे में आप क्या फैसला करते हैं? आपको मालूम है, यह मेरे दामाद हैं?

अबूबकर— आज तुम्हारे घर में जैनब हैं, जिन पर ऐसे सैकड़ों हार कुर्बान किये जा सकते हैं।

अबुलआस— तो आपका मतलब यह है कि जैनब मेरी फिदिया हो?

जैद— बेशक हमारा मतलब है।

अबुलआस— उससे तो कहीं बेहतर था कि आप मुझे कत्ल कर देते।

अबूबकर— हम रसूल के दामाद को कत्ल नहीं करेंगे, चाहे वह विधर्मी ही क्यों न हो? तुम्हारी यहाँ उतनी खातिर होगी, जितनी हम कर सकते हैं।

अबुलआस के सामने विषम समस्या थी। इधर यहाँ की मेहमानी में अपमान था, उधर जैनब के वियोग की दारूण वेदना थी। उन्होंने निश्चय किया कि वेदना सहुँगा, किन्तु अपमान न सहूँगा। प्रेम, आत्मा के गौरव पर बलिदान कर दूँगा। बोले — मुझे आपका फैसला मंजूर है। जैनब मेरी फिदिया होगी।

7

मदीने में रसूल की बेटी की जितनी इज्जत होनी चाहिए, उतनी होती थी। सुख था, ऐश्वर्य था, धर्म था; पर प्रेम न था। अबुलआस के वियोग में रोया करती थी।

तीन वर्ष तीन युगों की भाँति बीते। अबुलआस के दर्शन न हुए।

उधर अबुलआस पर उसकी बिरादरी का दबाव पड़ रहा था कि विवाह कर लो; पर

जैनब की मधुर-स्मृतियाँ ही उसके प्रणय-वंचित हृदय को तसकीन देने को काफी थीं, वह उत्तरोत्तर उत्साह के साथ अपने व्यवसाय में तल्लीन हो गया। महीनों घर न आता। धनोपार्जन ही अब उसके जीवन का मुख्य आधार था! लोगों को आश्चर्य होता था कि अब यह धन के पीछे क्यों प्राण दे रहा है। निराशा और चिंता बहुधा शराब के नशे से शांत होती है; प्रेम उन्माद से। अबुलआस को धनोन्माद हो गया था। धन के आवरण में ढका हुआ यह प्रेम-नैराश्य था; माया के परदे में छिपा हुआ प्रेम-वैराग्य।

एक बार वह मक्के से माल लादकर ईराक की तरफ चला। काफिले में और भी कितने ही सौदागर थे। रक्षकों का एक दल भी साथ था। मुसलमानों के कई काफिले विधर्मियों के हाथों लुट चुके थे। उन्हें ज्योंही इस काफिले की खबर मिली, जैद ने कुछ चुने हुए आदमियों के साथ उन पर धावा कर दिया। काफिले के रक्षक लड़े और मारे गये। काफिले वाले भाग निकले। अतुल धन मुसलमानों के हाथ लगा। अबुलआस फिर कैद हो गये।

दूसरे दिन हजरत मुहम्मद के सामने अबुलआस की पेशी हुई। हजरत ने एक बार उसकी तरफ करुण-दृष्टि डाली और सिर झुका लिया। साहिबियों ने कहा— या हजरत, अबुलआस के बारे में आप क्या फैसला करते हैं?

मुहम्मद— इसके बारे में फैसला करना तुम्हारा काम है। यह मेरा दामाद है। सम्भव है, मैं पक्षपात को दोषी हो जाऊँ।

यह कहकर वह मकान में चले गये। जैनब रोकर पैरों पर गिर पड़ी और बोली— अब्बाजान, आपने औरों को तो आजाद कर दिया। अबुलआस क्या उन सबसे गया बीता है?

हजरत— नहीं जैनब, न्याय के पद पर बैठने वाले आदमी को पक्षपात और द्वेष से मुक्त होना चाहिए। यद्यपि यह नीति मैंने ही बनायी है। तो भी अब उसका स्वामी नहीं, दास हूँ। मुझे अबुलआस से प्रेम है। मैं न्याय को प्रेमकलंकित नहीं कर सकता।

सहाबी हजरत की इस नीति-भक्ति पर मुग्ध हो गये। अबुलआस को सब माल-असबाब के साथ मुक्त कर दिया।

अबुलआस पर हजरत की न्याय-परायणता का गहरा असर पड़ा। मक्के आकर उन्होंने अपना हिसाब-किताब साफ किया, लोगों का माल लौटाया, कर्ज अदा किया और घर-बार त्याग कर हजरत मुहम्मद की सेवा में पहुँच गये। जैनब की मुराद पूरी हुई। □

कुत्सा

अपने घर में आदमी बादशाह को भी गाली देता है। एक दिन मैं अपने दो-तीन मित्रों के साथ बैठा हुआ एक राष्ट्रीय संस्था के व्यक्तियों की आलोचना कर रहा था। हमारे विचार में राष्ट्रीय कार्यकर्ताओं को स्वार्थ और लोभ से ऊपर रहना चाहिए। ऊँचा और पवित्र आदर्श सामने रख कर ही राष्ट्र की सच्ची सेवा की जा सकती है। कई व्यक्तियों के आचरण ने हमें क्षुब्ध कर दिया था और हम इस समय बैठे अपने दिल का गुबार निकाल रहे थे! सम्भव था, उस परिस्थिति में पड़कर हम और भी गिर जाते; लेकिन उस वक्त तो हम विचारक के स्थान पर बैठे हुए थे और विचारक उदार बनने लगे, तो न्याय कौन करे? विचारक को यह भूल जाने में विलम्ब नहीं होता कि उसमें भी कमजोरियाँ हैं। उसमें और अभियुक्त में केवल इतना ही अन्तर है कि या तो विचारक महाशय उस परिस्थिति में पड़े नहीं, या पड़कर भी अपनी चतुराई से बेदाग निकल गये।

पद्मादेवी ने कहा—महाशय 'क' काम तो बड़े उत्साह से करते हैं; लेकिन अगर हिसाब देखा जाय, तो उनके जिम्मे एक हजार से कम न निकलेगा।

उर्मिलादेवी बोली— खैर 'क' को तो क्षमा किया जा सकता है। उसके बाल-बच्चे हैं, आखिर उनका पालन-पोषण कैसे करे? जब वह चौबीसों घण्टे सेवा-कार्य ही में लगा रहता है, तो उसे कुछ-न-कुछ तो मिलना चाहिए। उस योग्यता का आदमी 500) वेतन पर भी न मिलता। अगर इस साल-भर में उसने एक हजार खर्च कर डाला, तो बहुत नहीं है। महाशय 'ख' तो बिलकुल निहंग हैं। 'जोरू न जाँता अल्लाह मियाँ से नाता'; पर उनके जिम्मे भी एक हजार से कम न होंगे। किसी को क्या अधिकार है कि वह गरीबों का धन मोटर की सवारी और यार-दोस्तों की दावत में उड़ा दे?

श्यामादेवी उद्दण्ड होकर बोलीं— महाशय 'ग' को इसका जवाब देना पड़ेगा, भाई साहब! यों बचकर नहीं निकल सकते। हम लोग भिक्षा माँग-माँग कर पैसे लाते हैं; इसीलिए कि यार-दोस्तों की दावतें हों, शराबें उड़ायी जायँ और मुजरे देखे जायँ? रोज सिनेमा की सैर होती है। गरीबों का धन यों उड़ाने के लिए नहीं है। यहाँ पाई-पाई का लेखा समझना पड़ेगा। मैं भरी सभा में रगेदूँगी। उन्हें जहाँ पाँच सौ वेतन मिलता हो, वहाँ चले जायँ। राष्ट्र के सेवक बहुतेरे निकल आवेंगे।

मैं भी एक बार इसी संस्था का मन्त्री रह चुका हूँ। मुझे गर्व है कि मेरे ऊपर कभी किसी

ने इस तरह का आक्षेप नहीं किया; पर न-जाने क्यों लोग मेरे मन्त्रित्व से सन्तुष्ट नहीं थे। लोगों का खयाल था कि मैं बहुत कम समय देता हूँ और मेरे समय में संस्था ने कोई गौरव बढ़ानेवाला कार्य नहीं किया; इसीलिए मैंने रूठकर इस्तीफा दे दिया था। मैं उसी पद से बेलौस रहकर भी निकाला गया। महाशन 'ग' हजारों हड़प करके भी उसी पद पर जमे हुए हैं। क्या यह मेरे उनसे कुनह रखने की काफी वजह न थी? मैं चतुर खिलाड़ी की भाँति खुद तो कुछ न करना चाहता था, किन्तु परदे की आड़ से रस्सी खींचता रहता था।

मैंने रद्दा जमाया— देवीजी, आप अन्याय कर रही हैं। महाशय 'ग' से ज्यादा दिलेर और . . . .

उर्मिला ने मेरी बात काटकर कहा— मैं ऐसे आदमी को दिलेर नहीं कहती जो छिपकर जनता के रूपये से शराब पिये। जिन शराब की दूकानों पर हम धरना देने जाते थे, उन्हीं दूकानों से उनके लिए शराब आती थी। इससे बढ़कर बेवफाई और क्या हो सकती है? मैं ऐसे आदमी को देशद्रोही कहती हूँ।

मैंने और खींची— लेकिन यह तो तुम भी मानती हो कि महाशय 'ग' केवल अपने प्रभाव से हजारों रुपये चन्दा वसूल कर लाते हैं। विलायती कपड़े को रोकने का उन्हें जितना श्रेय दिया जाय, थोड़ा है।

उर्मिलादेवी कब माननेवाली थी? बोलीं— उन्हें चन्दे इस संस्था के नाम पर मिलते हैं व्यक्तिगत रूप से एक धेला भी लावें तो कहूँ। रहा विलायती कपड़ा। जनता नामों को पूजती हैं और महाशय की तारीफें हो रही हैं; पर सच पूछिए तो यह श्रेय हमें मिलना चाहिए। वह तो कभी किसी दूकान पर गये भी नहीं। आज सारे शहर में इस बात की चर्चा हो रही है। जहाँ चन्दा माँगने जाओ, वहीं लोग यही आक्षेप करने लगते हैं। किस-किसका मुँह बन्द कीजिएगा? आप बनते तो हैं जाति के सेवक; मगर आचरण ऐसा कि शोहदों का भी न होगा। देश का उद्धार ऐसे विलासियों के हाथों नहीं हो सकता। उसके लिए त्याग होना चाहिए।

2

यही आलोचनाएँ हो रही थी कि दूसरी देवी आयीं, भगवती! बेचारी चन्दा माँगने आयी थीं। थकी-माँदी चली आ रही थीं। यहाँ जो पंचायत देखी, तो रम गयीं। उनके साथ उनकी बालिका भी थी। कोई दस साल उम्र होगी, इन कामों में बराबर माँ के साथ रहती थी। उसे जोर की भूख लगी हुई थी। घर की कुंजी भी भगवती देवी के पास थी। पतिदेव दफ्तर से आ गये होंगे। घर का खुलना भी जरूरी था, इसलिए मैंने बालिका को उसके घर पहुँचाने की सेवा स्वीकार की।

कुछ दूर चलकर बालिका ने कहा— आपको मालूम है, महाशय 'ग' शराब पीते हैं?

मैं इस आक्षेप का समर्थन न कर सका। भोली-भाली बालिका के हृदय में कटुता, द्वेष और प्रपंच का विष बोना मेरे ईर्ष्यालु प्रकृति को भी रुचिकर न जान पड़ा। जहाँ कोमलता और सारल्य, विश्वास और माधुर्य का राज्य होना चाहिए, वहाँ कुत्सा और क्षुद्रता का मर्यादित होना कौन पसन्द करेगा? देवता के गले में काँटों की माला कौन पहनायेगा?

मैंने पूछा— तुमसे किसने कहा कि महाशय 'ग' शराब पीते हैं?

'वाह, पीते ही हैं, आप क्या जाने?'

'तुम्हें, कैसे मालूम हुआ?'

'सारे शहर के लोग कह रहे हैं!'

'शहरवाले झूठ बोल रहे हैं।'

बालिका ने मेरी ओर अविश्वास की आँखों से देखा, शायद वह समझी, मैं भी महाशय 'ग' के ही भाई-बंदों में हूँ।

'आप कह सकते हैं, महाशय 'ग' शराब नहीं पीते?'

'हाँ, वह कभी शराब नहीं पीते।'

'और महाशय 'क' ने जनता के रुपये भी नहीं उड़ाये?'

'यह भी असत्य है।'

'और महाशय 'ख' मोटर पर हवा खाने नहीं जाते?'

'मोटर पर हवा खाना अपराध नहीं है।

'अपराध नहीं है, राजाओं के लिए, रईसों के लिए, अफसरों के लिए, जो जनता का खून चूसते हैं, देश-भक्ति का दम भरनेवालों के लिए वह बहुत बड़ा अपराध है।'

'लेकिन यह तो सोचो, इन लोगों को कितना दौड़ना पड़ता है। पैदल कहाँ तक दौड़ें?

पैरगाड़ी पर तो चल सकते है। यह कुछ बात नहीं है। ये लोग शान दिखाना चाहते हैं, जिसमें लोग समझें कि यह भी बहुत बड़े आदमी हैं। हमारी संस्था गरीबों की संस्था है। यहाँ मोटर पर उसी वक्त बैठना चाहिए, जब और किसी तरह काम ही न चल सके और शराबियों के लिए तो यहाँ स्थान ही न होना चाहिए। आप तो चंदे माँगने जाते नहीं। हमें कितना लज्जित होना पड़ता है, आपको क्या मालूम!'

मैंने गम्भीर होकर कहा—तुम्हें लोगों से कह देना चाहिए, यह सरासर गलत है। हम और तुम इस संस्था के शुभचिन्तक हैं। हमें अपने कार्यकर्त्ताओं का अपमान करना उचित नहीं। हमें तो इतना ही देखना चाहिये कि वे हमारी कितनी सेवा करते हैं। मैं यह नहीं कहता कि क, ख, ग, में बुराइयाँ नहीं हैं। संसार में ऐसा कौन है, जिसमें बुराइयाँ न हों, लेकिन बुराइयों के मुकाबले में उनमें गुण कितने हैं, यह तो देखो। हम सभी स्वार्थ पर जान देते हैं— मकान बनाते हैं, जायदाद खरीदते हैं। और कुछ नहीं, तो आराम से घर में सोते हैं। ये बेचारे चौबीसों घंटे देश-हित की फिक्र में डूबे रहते हैं। तीनों ही साल-साल

भर की सजा काटकर, कई महीने हुए, लौटे हैं। तीनों ही के उद्योग से अस्पताल और पुस्तकालय खुले। इन्हीं वीरों ने आन्दोलन करके किसानों का लगान कम कराया। अगर इन्हें शराब पीना और धन कमाना होता, तो इस क्षेत्र में आते ही क्यों?

बालिका ने विचारपूर्ण दृष्टि से मुझे देखा। फिर बोली— यह बतलाइए, महाशय 'ग' शराब पीते हैं या नहीं?

मैंने निश्चयपूर्वक कहा— नहीं। जो यह कहता है, वह झूठ बोलता है।

भगवतीदेवी का मकान आ गया। बालिका चली गयी। मैं आज झूठ बोलकर जितना प्रसन्न था, उतना कभी सच बोलकर भी न हुआ था। मैंने बालिका के निर्मम हृदय को कुत्सा के पंक में गिरने से बचा लिया था!

□

दो बैलों की कथा

जानवरों में गधा सबसे ज्यादा बुद्धिहीन समझा जाता है। हम जब किसी आदमी को पल्ले दरजे का बेवकूफ कहना चाहते हैं, तो उसे गधा कहते हैं। गधा सचमुच बेवकूफ है, या उसके सीधेपन, उसकी निरापद सहिष्णुता ने उसे यह पदवी दे दी है, इसका निश्चय नहीं किया जा सकता। गायें सींग मारती हैं, ब्यायी हुई गाय तो अनायास ही सिंहनी का रूप धारण कर लेती है। कुत्ता भी बहुत गरीब जानवर है, लेकिन कभी-कभी उसे भी क्रोध आ ही जाता है; किन्तु गधे को कभी क्रोध करते नहीं सुना, न देखा। जितना चाहो गरीब को मारो, चाहे जैसी ख़राब, सड़ी हुई घास सामने डाल दो, उसके चेहरे पर कभी असन्तोष की छाया भी न दिखायी देगी। वैशाख में चाहे एकाध बार कुलेल कर लेता हो; पर हमने तो उसे कभी खुश होते नहीं देखा। उसके चेहरे पर एक स्थायी विषाद स्थायी रूप से छाया रहता है। सुख-दुख, हानि-लाभ, किसी भी दशा में उसे बदलते नहीं देखा। ऋषियों-मुनियों के जितने गुण हैं, वे सभी उसमें पराकाष्ठा को पहुँच गये हैं; पर आदमी उसे बेवकूफ कहता है। सद्‌गुणों का इतना अनादर कहीं नहीं देखा। कदाचित् सीधापन संसार के लिए उपयुक्त नहीं है। देखिये न, भारतवासियों की अफीका में क्यों दुर्दशा हो रही है? क्यों अमरीका में उन्हें घुसने नहीं दिया जाता? बेचारे शराब नहीं पीते, चार पैसे कुसमय के लिए बचाकर रखते हैं, जी तोड़कर काम करते हैं, किसी से लड़ाई-झगड़ा नहीं करते, चार बातें सुनकर गम खा जाते हैं फिर भी बदनाम हैं। कहा जाता है, वे जीवन के आदर्श को नीचा करते हैं। अगर वे भी ईंट का जवाब पत्थर से देना सीख जाते, तो शायद सभ्य कहलाने लगते। जापान की मिसाल सामने है। एक ही विजय ने उसे संसार की सभ्य जातियों में गण्य बना दिया।

लेकिन गधे का एक छोटा भाई और भी है, जो उससे कम ही गधा है, और वह है 'बैल'। जिस अर्थ में हम गधा का प्रयोग करते हैं, कुछ उसी से मिलते-जुलते अर्थ में 'बछिया के ताऊ' का भी प्रयोग करते हैं। कुछ लोग बैल को शायद बेवकूफों में सर्वश्रेष्ठ कहेगे; मगर हमारा विचार ऐसा नहीं है। बैल कभी-कभी मारता भी है, कभी-कभी अड़ियल बैल भी देखने में आता है। और भी कई रीतियों से अपना असन्तोष प्रकट कर देता है; अतएव उसका स्थान गधे से नीचा है।

झूरी काछी के दोनों बैलों के नाम थे हीरा और मोती। दोनों पछाई जाति के थे— देखने

में सुन्दर, काम में चौकस, डील में ऊँचे। बहुत दिनों साथ रहते-रहते दोनों में भाईचारा हो गया था। दोनों आमने-सामने या आस-पास बैठे हुए एक दूसरे से मूक-भाषा में विचार-विनिमय करते थे। एक दूसरे के मन की बात कैसे समझ जाता था, हम नहीं कह सकते। अवश्य ही उनमें कोई ऐसी गुप्त शक्ति थी, जिससे जीवों में श्रेष्ठता का दावा करनेवाला मनुष्य वंचित है। दोनों एक दूसरे को चाटकर और सूँघकर अपना प्रेम प्रकट करते, कभी-कभी दोनों सींग भी मिला लिया करते थे— विग्रह के नाते से नहीं, केवल विनोद के भाव से, आत्मीयता के भाव से, जैसे दोनों में घनिष्ठता होते ही धौल-छप्पा होने लगता है। इसके बिना दोस्ती कुछ फुसफुसी, कुछ हलकी-सी रहती है, जिस पर ज्यादा विश्वास नहीं किया जा सकता। जिस वक्त ये दोनों बैल हल या गाड़ी में जोत दिये जाते और गरदन हिला-हिलाकर चलते, उस वक्त हरएक की यही चेष्टा होती थी कि ज्यादा-से-ज्यादा बोझ मेरी ही गरदन पर रहे। दिन-भर के बाद दोपहर या संध्या को दोनों खुलते, तो एक दूसरे को चाट-चूटकर अपनी थकान मिटा लिया करते। नाँद में खली-भूसा पड़ जाने के बाद दोनों साथ उठते, साथ नाँद में मुँह डालते और साथ ही बैठते थे। एक मुँह हटा लेता, तो दूसरा भी हटा लेता था।

संयोग की बात है, झूरी ने एक बार गोईं को ससुराल भेज दिया। बैलों को क्या मालूम, वे क्यों भेजे जा रहे हैं। समझे, मालिक ने हमें बेच दिया। अपना यों बेचा जाना उन्हें अच्छा लगा या बुरा, कौन जाने, पर झूरी के साले गया को घर तक गोईं ले जाने में दाँतों पसीना आ गया। पीछे से हाँकता तो दोनों दायें-बायें भागते; पगहिया पकड़कर आगे से खींचता, तो दोनों पीछे को जोर लगाते। मारता तो दोनों सींग नीचे करके हुँकारते। अगर ईश्वर ने उन्हें वाणी दी होती, तो झूरी से पूछते— तुम हम गरीबों को क्यों निकाल रहे हो? हमने तो तुम्हारी सेवा करने में कोई कसर नहीं उठा रखी। अगर इतनी मेहनत से काम न चलता था और काम ले लेते। हमें तो तुम्हारी चाकरी में मर जाना कबूल था। हमने कभी दाने-चारे की शिकायत नहीं की। तुमने जो कुछ खिलाया, वह सिर झुकाकर खा लिया, फिर तुमने हमें इस जालिम के हाथ क्यों बेच दिया?

संध्या समय दोनों बैल अपने नये स्थान पर पहुँचे। दिन-भर के भूखे थे, लेकिन जब नाँद में लगाये गये, तो एक ने भी उसमें मुँह न डाला। दिल भारी हो रहा था। जिसे उन्होंने अपना घर समझ रखा था, वह आज उनसे छूट गया था। यह नया घर, नया गाँव, नये आदमी, उन्हें बेगानों-से लगते थे।

दोनों ने अपनी-मूक-भाषा में सलाह की, एक दूसरे को कनखियों से देखा और लेट गये। जब गाँव में सोता पड़ गया, तो दोनों ने जोर मारकर पगहे तुड़ा डाले और घर की तरफ चले। पगहे बहुत मजबूत थे। अनुमान न हो सकता था कि कोई बैल उन्हें तोड़ सकेगा; पर इन दोनों में इस समय दूनी शक्ति आ गयी थी। एक-एक झटके में रस्सियाँ टूट गयीं।

झूरी प्रात:काल सोकर उठा, तो देखा कि दोनों बैल चरनी पर खड़े हैं। दोनों की गरदनों में आधा-आधा गराँव लटक रहा है। घुटने तक पाँव कीचड़ से भरे हैं और दोनों की आँखों में विद्रोहमय स्नेह झलक रहा है।

झूरी बैलों को देखकर स्नेह से गद्गद् हो गया। दौड़कर उन्हें गले लगा लिया। प्रेमालिंगन और चुम्बन का वह दृश्य बड़ा ही मनोहर था।

घर और गाँव के लड़के जमा हो गये और तालियाँ बजा-बजाकर उनका स्वागत करने लगे। गाँव के इतिहास में यह घटना अभूतपूर्व न होने पर भी महत्वपूर्ण थी। बाल-सभा ने निश्चय किया, दोनों पशु-वीरों को अभिनन्दनपत्र देना चाहिए। कोई अपने घर से रोटियाँ लया, कोई गुड़, कोई चोकर, कोई भूसी।

एक बालक ने कहा— ऐसे बैल किसी के पास न होंगे।

दूसरे ने समर्थन किया— इतनी दूर से दोनों अकेले चले आये।

तीसरा बोला— बैल नहीं हैं वे, उस जनम के आदमी हैं।

इसका प्रतिवाद करने का किसी को साहस न हुआ।

झूरी की स्त्री ने बैलों को द्वार पर देखा, तो जल उठी। बोली—कैसे नमक-हराम बैल हैं कि एक दिन वहाँ काम न किया; भाग खड़े हुए।

झूरी अपने बैलों पर यह आक्षेप न सुन सका— नमकहराम क्यों हैं? चारा-दाना न दिया होगा, तो क्या करते?

स्त्री ने रोब के साथ कहा— बस, तुम्हीं तो बैलों को खिलाना जानते हो और तो सभी पानी पिला-पिलाकर रखते हैं।

झूरी ने चिढ़ाया— चारा मिलता तो क्यों भागते?

स्त्री चिढी— भागे इसलिए कि वे लोग तुम-जैसे बुद्धुओं की तरह बैलों को सहलाते नहीं। खिलाते हैं, तो रगड़कर जोतते भी हैं। ये दोनों ठहरे काम-चोर, भाग निकले। अब देखूँ? कहाँ से खली और चोकर मिलता है! सूखे भूसे के सिवा कुछ न दूँगी, खायें चाहे मरे।

वही हुआ। मजूर को बड़ी ताकीद कर दी गयी कि बैलों को खाली सूखा भूसा दिया जाय।

कैलों ने नाँद में मुँह डाला, तो फीका-फीका। न कोई चिकनाहट, न कोई रस! क्या खायँ? आशा-भरी आँखों से द्वार की ओर ताकने लगे।

झूरी ने मजूर से कहा— थोड़ी-सी खली क्यों नहीं डाल देता बे?

'मालकिन मुझे मार ही डालेंगी।'

'चुराकर डाल आ।'

'ना दादा, पीछे से तुम भी उन्हीं की-सी कहोगे।'

2

दूसरे दिन झूरी का साला फिर आया और बैलों को ले चला। अबकी उसने दोनों को गाड़ी में जोता।

दो-चार बार मोती ने गाड़ी को सड़क की खाई में गिराना चाहा; पर हीरा ने सँभाल लिया। वह ज्यादा सहनशील था।

संध्या-समय घर पहुंचकर उसने दोनों को मोटी रस्सियों से बाँधा और कल की शरारत का मजा चखाया। फिर वही सूखा भूसा डाल दिया। अपने दोनों बैलों को खली, चूनी सब कुछ दी।

दोनों बैलों का ऐसा अपमान कभी न हुआ था। झुरी इन्हें फूल की छड़ी से भी न छूता था। उसकी टिटकार पर दोनों उड़ने लगते थे। यहाँ मार पड़ी। आहत-सम्मान की व्यथा तो थी ही, उस पर मिला सूखा भूसा!

नाँद की तरफ आँखें तक न उठायीं।

दूसरे दिन गया ने बैलों को हल में जोता, पर इन दोनों ने जैसे पाँव उठाने की कसम खा ली थी। वह मारते-मारते थक गया; पर दोनों ने पाँव न उठाया। एक बार जब उस निर्दयी ने हीरा की नाक पर खूब डण्डे जमाये, तो मोती का गुस्सा काबू के बाहर हो गया। हल लेकर भागा। हल, रस्सी, जुआ, जोत, सब टूट-टाट कर बराबर हो गया। गले में बड़ी-बड़ी रस्सियाँ न होतीं, तो दोनों पकड़ाई में न आते।

हीरा ने मूक-भाषा में कहा— भागना व्यर्थ हैं।

मोती ने उत्तर दिया— तुम्हारी तो इसने जान ही ले ली थी।

अबकी बड़ी मार पड़ेगी।

'पड़ने दो, बैल का जन्म लिया है, तो मार से कहाँ तक बचेंगे?'

'गया दो आदमियों के साथ दौड़ा आ रहा है। दोनों के हाथों में लाठियाँ हैं।'

मोती बोला— कहो तो दिखा दूँ कुछ मजा मैं भी। लाठी लेकर आ रहा है।

हीरा ने समझाया— नहीं भाई! खड़े हो जाओ।

'मुझे मारेगा, तो मैं भी एक-दो को गिरा दूँगा!'

'नहीं। हमारी जाति का यह धर्म नहीं है।'

मोती दिल में ऐठकर रह गया। गया आ पहुँचा और दोनों को पकड़कर ले चला। कुशल हुई कि उसने इस वक्त मारपीट न की, नहीं तो मोती भी पलट पड़ता। उसके तेवर देखकर गया और उसके सहायक समझ गये कि इस वक्त टाल जाना ही मसलहत है।

आज दोनों के सामने फिर वही सूखा भूसा लाया गया। दोनों चुपचाप खड़े रहे। घर के लोग भोजन करने लगे। उस वक्त छोटी-सी लड़की दो रोटियाँ लिये निकली, और दोनों के मुँह में देकर चली गयी। उस एक रोटी से इनकी भूख तो क्या शान्त होती; पर दोनों के हृदय को मानो भोजन मिल गया। यहाँ भी किसी सज्जन का वास है। लड़की भैरो की थी।

उसकी माँ मर चुकी थी। सौतेली माँ मारती रहती थी, इसलिए इन बैलों से उसे एक प्रकार की आत्मीयता हो गयी थी।

दोनों दिन-भर जोते जाते, डण्डे खाते, अड़ते। शाम को थान पर बाँध दिये जाते और रात को वही बालिका उन्हें दो रोटियाँ खिला जाती। प्रेम के इस प्रसाद की यह बरकत थी कि दो-दो गाल सूखा भूसा खाकर भी दोनों दुर्बल न होते थे, मगर दोनों की आँखों में, रोम-रोम में विद्रोह भरा हुआ था।

एक दिन मोती ने मूक-भाषा में कहा— अब तो नहीं सहा जाता, हीरा!

'क्या करना चाहते हो?'

'एकाध को सींगों पर उठाकर फेंक दूँगा।'

लेकिन जानते हो, वह प्यारी लड़की, जो हमें रोटियाँ खिलाती है, उसी की लड़की है, जो इस घर का मालिक है। यह बेचारी अनाथ न हो जायगी?'

'तो मालकिन को न फेंक दूँ। वही तो उस लड़की को मारती है।'

'लेकिन औरत जात पर सींग चलाना मना है, यह भूले जाते हो।'

'तुम तो किसी तरह निकलने ही नहीं देते। बताओ, तुड़ाकर भाग चलें।'

'हाँ, यह मैं स्वीकार करता, लेकिन इतनी मोटी रस्सी टूटेगी कैसे?'

'इसका एक उपाय है। पहले रस्सी को थोड़ा-सा चबा लो। फिर एक झटके में जाती है।'

रात को जब बालिका रोटियाँ खिलाकर चली गयी, दोनों रस्सियाँ चबाने लगे, पर मोटी रस्सी मुँह में न आती थी। बेचारे बार-बार जोर लगाकर रह जाते थे।

सहसा घर का द्वार खुला और वही लड़की निकली। दोनों सिर झुकाकर उसका हाथ चाटने लगे। दोनों की पूँछे खड़ी हो गयीं। उसने उनके माथे सहलाये और बोली— खोले देती हूँ। चुपके से भाग जाओ, नहीं तो यहाँ लोग मार डालेंगे। आज घर में सलाह हो रही है कि इनकी नाकों में नाथ डाल दी जायँ।

उसने गराँव खोल दिया, पर दोनों चुपचाप खड़े रहे।

मोती ने अपनी भाषा में पूछा— अब चलते क्यों नहीं?

हीरा ने कहा— चलें तो लेकिन कल इस अनाथ पर आफत आयेगी। सब इसी पर सन्देह करेंगे। सहसा बालिका चिल्लायी— दोनों फूफावाले बैल भागे जा रहे हैं। ओ दादा! दोनों बैल भागे जा रहे हैं, जल्दी दौड़ो।

गया हड़बड़ाकर भीतर से निकला और बैलों को पकड़ने चला। वे दोनों भागे। गया ने पीछा किया। और भी तेज हुए। गया ने शोर मचाया। फिर गाँव के कुछ आदमियों को भी साथ लेने के लिए लौटा। दोनों मित्रों को भागने का मौका मिल गया। सीधे दौड़ते चले गये। यहाँ तक कि मार्ग का ज्ञान न रहा। जिस परिचित मार्ग से आये थे, उसका यहाँ पता न था। नये-नये गाँव मिलने लगे। तब दोनों एक खेत के किनारे खड़े होकर सोचने लगे,

अब क्या करना चाहिए?

हीरा ने कहा— मालूम होता है, राह भूल गये।

'तुम भी बेतहाशा भागे। वहीं उसे मार गिराना था।'

'उसे मार गिराते, तो दुनिया क्या कहती? वह अपना धर्म छोड़ दे, लेकिन हम अपना धर्म क्यों छोड़ें?'

दोनों भूख से व्याकुल हो रहे थे। खेत में मटर खड़ी थी। चरने लगे। रह-रहकर आहट ले लेते थे, कोई आता तो नहीं है।

जब पेट भर गया, दोनों ने आजादी का अनुभव किया, तो मस्त होकर उछलने-कूदने लगे। पहले दोनों ने डकार ली। फिर सींग मिलाये और एक दूसरे को ठेलने लगे। मोती ने हीरा को कई कदम पीछे हटा दिया, यहाँ तक कि वह खाई में गिर गया। तब उसे भी क्रोध आया। सँभलकर उठा और फिर मोती से मिल गया। मोती ने देखा— खेल में झगड़ा हुआ चाहता है, तो किनारे हट गया।

3

अरे! यह क्या? कोई साँड़ डौंकता चला आ रहा है। हाँ, साँड़ ही है। वह सामने आ पहुँचा। दोनों मित्र बगलें झाँक रहे हैं। साँड़ पूरा हाथी है। उससे भिड़ना जान से हाथ धोना है; लेकिन न भिड़ने पर भी जान बचती नहीं नजर आती। इन्हीं की तरफ आ भी रहा है। कितनी भयंकर सूरत है!

मोती ने मूक-भाषा में कहा— बुरे फँसे। जान बचेगी? कोई उपाय सोचो।

हीरा ने चिन्तित स्वर में कहा— अपने घमंड से भूला हुआ है। आरजू-विनती न सुनेगा।

'भाग क्यों न चलें?'

'भागना कायरता है।'

'तो फिर यहीं मरो। बन्दा तो नौ-दो-ग्यारह होता है।'

'और जो दौड़ाये?'

'तो फिर कोई उपाय सोचो जल्द!'

'उपाय यही है कि उस पर दोनों जने एक साथ चोट करें? मैं आगे से रगेदता हूँ, तुम पीठे से रगेदो, दोहरी मार पड़ोगी, तो भाग खड़ा होगा। मेरी ओर झपटे, तुम बगल से उसके पेट में सींग घुसेड़ देना। जान जोखिम है; पर दूसरा उपाय नहीं है।

दोनों मित्र जान हथेलियों पर लेकर लपके। साँड़ को भी संगठित शत्रुओं से लड़ने का तजरबा न था। वह तो एक शत्रु से मल्लयुद्ध करने का आदी था। ज्योंही हीरा पर झपटा, मोती ने पीछे से दौड़ाया। साँड़ उसकी तरफ मुड़ा, तो हीरा ने रगेदा। साँड़ चाहता था कि एक-एक करके दोनों को गिरा ले; पर ये दोनों भी उस्ताद थे। उसे वह अवसर न देते थे। एक बार साँड़ झल्लाकर हीरा का अन्त कर देने के लिए चला कि मोती ने बगल से आकर

पेट में सींग भोंक दी। साँड़ क्रोध में आकर पीछे फिरा तो हीरा ने दूसरे पहलू में सींग भोंक दिया। आखिर बेचारा जख्मी होकर भागा और दोनों मित्रों ने दूर तक उसका पीछा किया। यहाँ तक कि साँड़ बेदम होकर गिर पड़ा। तब दोनों ने उसे छोड़ दिया।

दोनों मित्र विजय के नशे में झूमते चले जाते थे।

मोती ने अपनी सांकेतिक भाषा में कहा— मेरा जी तो चाहता था कि बच्चा को मार ही डालूँ।

हीरा ने तिरस्कार किया— गिरे हुए बैरी पर सींग न चलाना चाहिए।

'यह सब ढोंग है। बैरी को ऐसा मारना चाहिए कि फिर न उठे।'

'अब घर कैसे पहुँचेंगे, वह सोचो।'

'पहले कुछ खा लें, तो सोचें।'

सामने मटर का खेत था ही। मोती उसमें घुस गया। हीरा मना करता रहा, पर उसने एक न सुनी। अभी दो ही चार ग्रास खाये थे कि दो आदमी लाठियाँ लिये दौड़ पड़े, और दोनों मित्रों को घेर लिया। हीरा तो मेड़ पर था, निकल गया। मोती सींचे हुए खेत में था। उसके खुर कीचड़ में धँसने लगे। न भाग सका। पकड़ लिया। हीरा ने देखा, संगी संकट में है, तो लौट पड़ा। फँसेंगे तो दोनों फँसेंगे। रखवालों ने उसे भी पकड़ लिया।

प्रातः काल दोनों मित्र काँजीहौस में बन्द कर दिये गये।

4

दोनों मित्रों को जीवन में पहली बार ऐसा साबिका पड़ा कि सारा दिन बीत गया और खाने को एक तिनका भी न मिला। समझ ही में न आता था, यह कैसा स्वामी है? इससे तो गया फिर भी अच्छा था। यहाँ कई भैंसें थीं, कई बकरियाँ, कई घोड़े, कई गधे; पर किसी के सामने चारा न था, सब जमीन पर मुरदों की तरह पड़े थे। कई तो इतने कमजोर हो गये थे कि खड़े भी न हो सकते थे। सारा दिन दोनों मित्र फाटक की ओर टकटकी लगाये ताकते रहे; पर कोई चारा लेकर आता न दिखायी दिया। तब दोनों ने दीवार की नमकीन मिट्टी चाटनी शुरू की, पर इससे क्या तृप्ति होती?

रात को भी जब कुछ भोजन न मिला, तो हीरा के दिल में विद्रोह की ज्वाला दहक उठी। मोती से बोला— अब तो नहीं रहा जाता मोती!

मोती ने सिर लटकाये हुए जवाब दिया— मुझे तो मालूम होता है, प्राण निकल रहे हैं।

'इतनी जल्द हिम्मत न हारो भाई! यहाँ से भागने का कोई उपाय निकालना चाहिए।

'आओ दीवार तोड़ डालें।'

'मुझसे तो अब कुछ नहीं होगा।'

'बस इसी बूते पर अकड़ते थे!'

'सारी अकड़ निकल गयी।'

बाड़े की दीवार कच्ची थी। हीरा मजबूत तो था ही, अपने नुकीले सींग दीवार में गड़ा दिये और जोर मारा, तो मिट्टी का एक चिप्पड़ निकल आया। फिर तो उसका साहस बढ़ा। इसने दौड़-दौड़कर दीवार पर चोटें की और हर चोट में थोड़ी-थोड़ी मिट्टी गिराने लगा।

उसी समय काँजीहौस का चौकीदार लालटेन लेकर जानवरों की हाजिरी लेने आ निकला। हीरा का उजड्डपन देखकर उसने उसे कई डंडे रसीद किये और मोटी-सी रस्सी से बाँध दिया।

मोती ने पड़े-पड़े कहा— आखिर मार खायी, क्या मिला?

'अपने बूते-भर जोर तो मार दिया।'

'ऐसा जोर मारना किस काम का कि और बंधन में पड़ गये।

'जोर तो मारता ही जाऊँगा, चाहे कितने ही बंधन पड़ते जायँ।'

'जान से हाथ धोना पड़ेगा।'

'कुछ परवाह नहीं। यों भी तो मरना ही है। सोचो, दीवार खुद जाती तो कितनी जानें बच जातीं। इतने भाई यहाँ बन्द हैं। किसी के देह में जान नहीं है। दो-चार दिन और यही हाल रहा, तो सब मर जायेंगे।'

हाँ, यह बात तो है। अच्छा, तो ला, फिर मैं भी जोर लगाता हूँ।'

मोती ने भी दीवार में उसी जगह सींग मारा। थोड़ी-सी मिट्टी गिरी और हिम्मत बढ़ी। फिर तो वह दीवार में सींग लगाकर इस तरह जोर करने लगा, मानो किसी प्रतिद्वन्द्वी से लड़ रहा है। आखिर कोई दो घंटे की जोर-आजमाई के बाद दीवार ऊपर से लगभग एक हाथ गिर गयी। उसने दूनी शक्ति से दूसरा धक्का मारा, तो आधी दीवार गिर पड़ी।

दीवार का गिरना था कि अधमरे-से पड़े हुए सभी जानवर चेत उठे। तीनों घोड़ियाँ सरपट भाग निकलीं। फिर बकरियाँ निकलीं। इसके बाद भैसें भी खिसक गयीं; पर गधे अभी तक ज्यों-के-त्यों खड़े थे।

हीरा ने पूछा— तुम दोनों क्यों नहीं भाग जाते?

एक गधे ने कहा— जो कहीं फिर पकड़ लिये जायँ।

'तो क्या हरज है। अभी तो भागने का अवसर है।'

'हमें तो डर लगता है। हम यहीं पड़े रहेंगे।'

आधी रात से ऊपर जा चुकी थी। दोनों गधे अभी तक खड़े सोच रहे थे कि भागें या न भागें, मोती अपने मित्र की रस्सी तोड़ने में लगा हुआ था। जब वह हार गया, तो हीरा ने कहा— तुम जाओ, मुझे यहीं पड़ा रहने दो। शायद कहीं भेंट हो जाय।

मोती ने आँखों में आँसू लाकर कहा— तुम मुझे इतना स्वार्थी समझते हो, हीरा? हम और तुम इतने दिनों एक साथ रहे हैं। आज तुम विपत्ति में पड़ गये, तो मैं तुम्हें छोड़कर अलग हो जाऊँ।

हीरा ने कहा— बहुत मार पड़ेगी। लोग समझ जायँगे, यह तुम्हारी शरारत है।

मोती गर्व से बोला— जिस अपराध के लिए तुम्हारे गले में बन्धन पड़ा, उसके लिए अगर मुझ पर मार पड़े, तो क्या चिन्ता! इतना तो हो ही गया कि नौ-दस प्राणियों की जान बच गयी। वे सब तो आशीर्वाद देंगे।

यह कहते हुए मोती ने दोनों गधों को सीगों से मार-मारकर बाड़े के बाहर निकाला और तब अपने बन्धु के पास आकर सो रहा।

भोर होते ही मुंशी और चौकीदार तथा अन्य कर्मचारियों में कैसी खल-बली मची, इसके लिखने की जरूरत नहीं। बस, इतना ही काफी है कि मोती की खूब मरम्मत हुई और उसे भी मोटी रस्सी से बाँध दिया गया।

5

एक सप्ताह तक दोनों मित्र वहाँ बँधे पड़े रहे। किसी ने चारे का एक तृण भी न डाला। हाँ, एक बार पानी दिखा दिया जाता था। यही उनका आधार था। दोनों इतने दुर्बल हो गये थे कि उठा तक न जाता था; ठठरियाँ निकल आयी थीं।

एक दिन बाड़े के सामने डुग्गी बजने लगी और दोपहर होते-होते वहाँ पचास-साठ आदमी जमा हो गये। तब दोनों मित्र निकाले गये और उनकी देख भाल होने लगी। लोग आ-आकर उनकी सूरत देखते और मन फीका करके चले जाते। ऐसे मृतक बैलों का कौन खरीदार होता?

सहसा एक द्ढ़ियल आदमी, जिसकी आँखें लाल थीं और मुद्रा अत्यन्त कठोर, आया और दोनों मित्रों के कूल्हों में उँगली गोदकर मुंशीजी से बातें करने लगा। उसका चेहरा देखकर अन्तर्ज्ञान से दोनों मित्रों के दिल काँप उठे। वह कौन है और उन्हें क्यों टटोल रहा है, इस विषय में उन्हें कोई सन्देह न हुआ। दोनों ने एक दूसरे को भीत नेत्रों से देखा और सिर झुका लिया।

हीरा ने कहा— गया के घर से नाहक भागे। अब जान न बचेगी।

मोती ने अश्रद्धा के भाव से उत्तर दिया— कहते हैं, भगवान् सबके ऊपर दया करते हैं। उन्हें हमारे ऊपर क्यों दया नहीं आती?

‘भगवान् के लिए हमारा मरना-जीना दोनों बराबर है। चलो, अच्छा ही है, कुछ दिन उसके पास तो रहेंगे। एक बार भगवान ने उस लड़की के रूप में हमें बचाया था। क्या अब न बचायेंगे?’

‘यह आदमी छुरी चलायेगा। देख लेना।’

‘तो क्या चिन्ता है? मांस, खाल सींग, हड्डी सब किसी-न-किसी काम आ जायँगी।’

नीलाम हो जाने के बाद दोनों मित्र उस दढ़ियल के साथ चले। दोनों की बोटी-बोटी काँप रही थी। बेचारे पाँव तक न उठा सकते थे, पर भय के मारे गिरते-पड़ते भागे जाते थे; क्योंकि वह जरा भी चाल धीमी हो जाने पर जोर से डंडा जमा देता था।

राह में गाय-बैलों का एक रेवड़ हरे-हरे घर में चरता नजर आया। सभी जानवर प्रसन्न थे, चिकने, चपल। कोई उछलता था, कोई आनन्द से बैठा पागुर करता था। कितना सुखी जीवन था इनका; पर कितने स्वार्थी हैं सब। किसी को चिन्ता नहीं कि उनके दो भाई बधिक के हाथ पड़े कैसे दु:खी हैं।

सहसा दोनों को ऐसा मालूम हुआ कि यह परिचित राह है। हाँ, इसी रास्ते से गया उन्हें ले गया था। वही खेत, वही बाग, वही गाँव मिलने लगे। प्रतिक्षण उनकी चाल तेज होने लगी। सारी थकान, सारी दुर्बलता गायब हो गयी। आह? यह लो! अपना ही हार आ गया। इसी कुएँ पर हम पुर चलाने आया करते थे! यही कुआँ है।

मोती ने कहा— हमारा घर नगीच आ गया।

हीरा बोला— भगवान् की दया है।

'मैं तो अब घर भागता हूँ।'

'यह जाने देगा?'

'इसे मैं मार गिराता हूँ।'

'नहीं-नहीं, दौड़कर थान पर चलो। वहाँ से हम आगे न जायँगे।'

दोनो उन्मत्त होकर बछड़ों की भाँति कुलेलें करते हुए घर की ओर दौड़े। वह हमारा थान है। दोनों दौड़कर अपने थान पर आये और खड़े ओ गये। दढ़ियल भी पीछे-पीछे दौड़ा चला आता था।

झूरी द्वार पर बैठा धूप खा रहा था। बैलों को देखते ही दौड़ा और उन्हें बारी-बारी से गले लगाने लगा। मित्रों की आँखों से आनन्द के आँसू बहने लगे। एक झूरी का हाथ चाट रहा था।

दढ़ियल ने जाकर बैलों की रस्सियाँ पकड़ ली।

झूरी ने कहा— मेरे बैल हैं।

'तुम्हारे बैल कैसे? मैं मवेशीखाने से नीलाम लिये आता हूँ।'

'मैं तो समझता हूँ चुराये लिये आते हो! चुपके से चले जाओ। मेरे बैल हैं। हैं बेचूँगा तो बिकेंगे। किसी को मेरे बैल नीलाम करने का क्या अख्तियार है?'

'जाकर थाने में रपट कर दूँगा।'

'मेरे बैल हैं। इसका सबूत यह है कि मेरे द्वार पर खड़े हैं।'

दढ़ियल झल्लाकर बैलों को जबरदस्ती पकड़ ले जाने के लिए बढ़ा। उसी वक्त मोती ने सींग चलाया। दढ़ियल पीछे हटा। मोती ने पीछा किया। दढ़ियल भागा। मोती पीछे दौड़ा। गाँव के बाहर निकल जाने पर वह रुका; पर खड़ा दढ़ियल का रास्ता देख रहा था। दढ़ियल दूर खड़ा धमकियाँ दे रहा था, गालियाँ निकाल रहा था, पत्थर फेंक रहा था। और मोती विजयी शूर की भाँति उसका रास्ता रोके खड़ा था। गाँव के लोग यह तमाशा देखते थे और हँसते थे।

जब दढ़ियल हारकर चला गया, तो मोती अकड़ता हुआ लौटा।

हीरा ने कहा— मैं डर रहा था कि कहीं तुम गुस्से में आकर मार न बैठो।

‘अगर वह मुझे पकड़ता, तो मैं बे-मारे न छोड़ता।’

‘अब न आयेगा।’

‘आयेगा तो दूर ही से खबर लूँगा। देखूँ, कैसे ले जाता है।’

‘जो गोली मरवा दे?

‘मर जाऊँगा; पर उसके काम तो न आऊँगा।’

‘हमारी जान को कोई जान ही नहीं समझता।’

‘इसीलिए कि हम इतने सीधे हैं।’

जरा देर में नाँदों में खली, भूसा, चोकर और दाना भर दिया गया और दोनों मित्र खाने लगे। झूरी खड़ा दोनों को सहला रहा था और बीसों लड़के तमाशा देख रहे थे। सारे गाँव में उछाह-सा मालूम होता था।

उसी समय मालकिन ने आकर दोनों के माथे चूम लिये।

□

रियासत का दीवान

महाशय मेहता उन अभागों में थे, जो अपने स्वामी को प्रसन्न नहीं रख सकते थे। वह दिल से अपना काम करते थे और चाहते थे कि उनकी प्रशंसा हो। वह यह भूल जाते थे कि वह काम के नौकर तो हैं ही, अपने स्वामी के सेवक भी हैं। जब उनके अन्य सहकारी स्वामी के दरबार में हाजिरी देते थे, तो वह बेचारे दफ्तर में बैठे कागजों से सिर मारा करते थे। इसका फल यह था कि स्वामी के सेवक तो तरक्कियाँ पाते थे, पुरस्कार और पारितोषिक उड़ाते थे। और काम के सेवक मेहता किसी-न-किसी अपराध में निकाल दिये जाते थे। ऐसे कटु अनुभव उन्हें अपने जीवन में कई बार हो चुके थे; इसलिए अबकी जब राजा साहब सतिया ने उन्हें एक अच्छा पद प्रदान किया, तो उन्होंने प्रतिज्ञा की कि अब वह भी स्वामी का रुख देखकर काम करेंगे और उनके स्तुति-गान में ही भाग्य की परीक्षा करेंगे। और इस प्रतिज्ञा को उन्होंने कुछ इस तरह निभाया कि दो साल भी न गुजरे थे कि राजा साहब ने उन्हें अपना दीवान बना लिया। एक स्वाधीन राज्य की दीवानी का क्या कहना! वेतन तो 500) मासिक ही था, मगर अख्तियार बड़े लम्बे। राई का पर्वत करो, या पर्वत से राई, कोई पुछनेवाला न था। राजा साहब भोग-विलास में पड़े रहते थे, राज्य-संचालन का सारा भार मि० मेहता पर था। रियासत के सभी अमले और कर्मचारी दण्डवत् करते, बड़े-बड़े रईस नजराने देते, यहाँ तक कि रानियाँ भी उनकी खुशामद करतीं। राजा साहब उग्र प्रकृति के मनुष्य थे, जैसे प्रायः राजे होते हैं। दुर्बलों के सामने शेर, सबलों के सामने भीगी बिल्ली। कभी मि० मेहता को डाँट-फटकार भी बताते; पर मेहता ने अपनी सफाई में एक शब्द भी मुँह से निकालने की कसम खा ली थी। सिर झुकाकर सुन लेते। राजा साहब की क्रोधाग्नि ईंधन न पाकर शान्त हो जाती।

गर्मियों के दिन थे। पोलिटिकल एजेंट का दौरा था। राज्य में उनके स्वागत की तैयारियाँ हो रही थीं। राज साहब ने मेहता को बुलाकर कहा— मैं चाहता हूँ, साहब बहादुर यहाँ से मेरा कलमा पढ़ते जायँ।

मेहता ने सिर झुकाकर विनीत भाव से कहा— चेष्टा तो ऐसी ही कर रहा हूँ, अन्नदाता!

'चेष्टा तो सभी करते हैं, मगर वह चेष्टा कभी सफल नहीं होती। मैं चाहता हूँ, तुम दृढ़ता के साथ कहो— ऐसा ही होगा।'

'ऐसा ही होगा।'

'रुपये की परवाह मत करो।'

'जो हुक्म।'

'कोई शिकायत न आये; वरना तुम जानोगे।'

'वह हुजूर को धन्यवाद देते जायँ तो सही।'

'हाँ, मैं यही चाहता हूँ।'

'जान लड़ा' दूँगा, दीनबन्धु!'

'अब मुझे संतोष है!'

इधर तो पोलिटिकल एजेंट का आगमन था, उधर मेहता का लड़का जयकृष्ण गर्मियों की छुट्टियाँ मनाने माता-पिता के पास आया। किसी विश्व-विद्यालय में पढ़ता था। एक वार 1932 में कोई उग्र भाषण करने के जुर्म में 6 महीने की सजा काट चुका था। मि० मेहता की नियुक्ति के बाद जब वह पहली बार आया था तो राजा साहब ने उसे खासतौर पर बुलाया था और उससे जी खोलकर बातें की थी, उसे अपने साथ शिकार खेलने ले गये और नित्य उसके साथ टेनिस खेला करते थे। जयकृष्ण पर राजा साहब के साम्यवादी विचारों का बड़ा प्रभाव पड़ा था। उसे ज्ञात हुआ कि राजा साहब केवल देश-भक्त ही नहीं, क्रांति के समर्थक भी हैं। रूस और क्लास की क्रांति पर दोनों में खूब बहस हुई थी। लेकिन अबकी यहाँ उसने कुछ और ही रंग देखा। रियासत के हर एक किसान और जमींदार से जबरन चन्दा वसूल किया जा रहा था। पुलिस गाँव-गाँव चन्दा उगाहती फिरती थी। रकम दीवान साहब नियत करते थे। वसूल करना पुलिस का काम था। फरियाद की कहीं सुनवाई न थी चारों और वाही-वाही मची हुई थी। हजारों मजदूर सरकारी इमारतों की सफाई, सजावट और सड़कों की मरम्मत में बेगार कर रहे थे। बनियों से डण्डों के जोर से रसद जमा की जा रही थी। जयकृष्ण को आश्चर्य हो रहा था कि यह क्या हो रहा है? राजा साहब के विचार और व्यवहार में इतना अन्तर कैसे हो गया? कहीं ऐसा तो नहीं है कि महाराज को इन अत्याचारों की खबर ही न हो, या उन्होंने जिन तैयारियों का हुक्म दिया हो, उनकी तामील में कर्मचारियों ने अपनी कारगुजारी की धुन में यह अनर्थ कर डाला हो। रात भर तो उसने किसी तरह जब्त किया। प्रातः काल उसने मेहताजी से पूछा— आपने राजा साहब को इन अत्याचारों की सूचना नहीं दी?

मेहताजी को स्वयं इस अनीति से ग्लानि हो रही थी। वह स्वभावतः दयालु मनुष्य थे; लेकिन परिस्थितियों ने उन्हें अशक्त कर रखा था। दुःखित स्वर में बोले— राजा साहब का यही हुक्म है, तो क्या किया जाय?

'तो आपको ऐसी दशा में अलग हो जाना चाहिए था। आप जानते हैं, यह जो कुछ हो रहा है, उसकी सारी जिम्मेदारी आपके सिर लादी जा रही है, प्रजा आप ही को अपराधी समझती है।'

'मैं मजबूर हूँ। मैंने कर्मचारियों से बार-बार संकेत किया कि यथासाध्य किसी पर सख्ती न की जाय, लेकिन हरेक स्थान पर मैं मौजूद तो नहीं रह सकता। अगर प्रत्यक्ष रूप से हस्तक्षेप करूँ, तो शायद कर्मचारी लोग महाराज से मेरी शिकायत कर दें। ये लोग ऐसे ही अवसरों की ताक में तो रहते ही हैं। इन्हें तो जनता को लूटने का कोई बहाना चाहिए। जितना सरकारी कोष में जमा करते हैं; उससे ज्यादा अपने घर में रख लेते हैं। मैं कुछ नहीं कर सकता।'

जयकृष्ण ने उत्तेजित होकर कहा— तो आप इस्तीफा क्यों नहीं दे देते?

मेहता लज्जित होकर बोले— बेशक, मेरे लिए मुनासिब तो यही था; लेकिन जीवन में इतने धक्के खा चुका हूँ कि अब और सहने की शक्ति नहीं रही। यह निश्चय है कि नौकरी करके मैं अपने को बेदाग नहीं रख सकता। धर्म और अधर्म, सेवा और परमार्थ के झमेलों में पड़ कर मैंने बहुत ठोकरें खायीं। मैंने देख लिया कि दुनिया दुनियादारों के लिए है, जो अवसर और काल देख कर काम करते हैं। सिद्धान्तवादियों के लिए यह अनुकूल स्थान नहीं है।

जयकृष्ण ने तिरस्कार-भरे स्वर में पूछा— मैं राजा साहब के पास जाऊँ?

'क्या तुम समझते हो, राजा साहब से ये बातें छिपी हैं?'

'संभव है, प्रजा की दुःख-कथा सुनकर उन्हें कुछ दया आये।'

मि० मेहता को इसमें क्या आपत्ति हो सकती थी? वह तो खुद चाहते थे किसी तरह अन्याय का बोझ उनके सिर से उतर जाय। हाँ, यह भय अवश्य था कि कहीं जयकृष्णा की सत्प्रेरणा उनके लिए हानिकर न हो और कहीं उन्हें इस सम्मान और अधिकार से हाथ न धोना पड़े। बोले— यह खयाल रखना कि तुम्हारे मुँह में कोई ऐसी बात न निकल जाय; जो महाराज को अप्रसन्न कर दे।

जयकृष्ण ने उन्हें आश्वासन दिया कि वह ऐसी कोई बात न करेगा। क्या वह इतना नादान है? मगर उसे क्या खबर थी कि आज के महाराजा साहब वह नहीं हैं, जो एक साल पहले थे, या सम्भव है, पोलिटिकल एजेंट के चले जाने के बाद वह फिर हो जायँ। वह न जानता था कि उनके लिए क्रांति और आतंक की चर्चा भी उसी तरह विनोद की वस्तु थी, जैसी हत्या, बलात्कार या जाल की वारदातें, या रूप के बाजार के आकर्षक समाचार। जब उसने ड्योढ़ी पर पहुँचकर अपनी इत्तला करायी, तो मालूम हुआ कि महाराज इस समय अस्वस्थ हैं, लेकिन वह लौट ही रहा था कि महाराज ने उसे बुला भेजा। शायद उससे सिनेमा-संसार के ताजे समाचार पूछना चाहते थे। उसके सलाम पर मुसकराकर बोले— तुम खूब आये भई, कहो एम सी० सी० का मैच देखा या नहीं? मैं तो इन बखेड़ों में ऐसा फँसा कि जाने की नौबत नहीं आयी। अब तो यही दुआ कर रहा हूँ कि किसी तरह एजेंट साहब खुश-खुश रुखसत हो जायँ। मैंने जो भाषण लिखवाया है, वह जरा तुम भी देख लो। मैंने इन राष्ट्रीय आन्दोलनों की खूब खबर ली है और

हरिजनोद्धार पर भी छींटे उड़ा दिये हैं।

जयकृष्ण ने अपने आवेश को दबाकर कहा— राष्ट्रीय आन्दोलनों की आपने खबर ली, यह अच्छा किया; लेकिन हरिजनोद्धार को तो सरकार भी पसन्द करती है, इसीलिए उसने महात्मा गाँधी को रिहा कर दिया और जेल में भी उन्हें इस आन्दोलन के सम्बन्ध में लिखने-पढ़ने और मिलने-जुलने की पूरी स्वाधीनता दे रखी थी।

राजा साहब ने सात्विक मुसकान के साथ कहा— तुम जानते नहीं हो, यह सब प्रदर्शन-मात्र है। दिल में सरकार समझती है कि यह भी राजनैतिक आंदोलन है। वह इस रहस्य को बड़े ध्यान से देख रही है। लॉयलटी में जितना प्रदर्शन करो, चाहे वह औचित्य की सीमा के पार ही क्यों न हो जाय, उसका रंग चोखा ही होता है— उसी तरह जैसे कवियों की विरुदावली से हम फूल उठते हैं, चाहे वह हास्यास्पद ही क्यों न हो। हम ऐसे कवि को खुशामदी समझें, अहमक भी समझ सकते हैं; पर उससे अप्रसन्न नहीं हो सकते। वह हमें जितना ही ऊँचा उठाता है, उतना ही वह हमारी दृष्टि में ऊँचा उठता जाता है।

राजा साहब ने अपने भाषण की एक प्रति मेज की दराज से निकालकर जयकृष्ण के सामने रख दी, पर जयकृष्ण के लिए इस भाषण में अब कोई आकर्षण न था। अगर वह सभा-चतुर होता, तो जाहिरदारी के लिए ही इस भाषण को बड़े ध्यान से पढ़ता, उनके शब्द-विन्यास और भावोत्कर्ष की प्रशंसा करता और उसकी तुलना महाराजा बीकानेर या पटियाला के भाषणों से करता; पर अभी दरबारी दुनिया की रीति-नीति से अनभिज्ञ था। जिस चीज को बुरा समझता था, उसे बुरा कहता था और जिस चीज़ को अच्छा समझता था, उसे अच्छा कहता था। बुरे को अच्छा और अच्छे को बुरा कहना अभी उसे न आया था। उसने भाषण पर सरसरी नजर डालकर उसे मेज पर रख दिया और अपनी स्पष्टवादिता का बिगुल फूँकता हुआ बोला— मैं राजनीति के रहस्यों को भला क्या समझ सकता हूँ लेकिन मेरा ख्याल है कि चाणक्य के ये वंशज इन चालों को खूब समझते हैं और कृत्रिम-भावों का उन पर कोई असर नहीं होता बल्कि इससे आदमी उनकी नजरों में और भी गिर जाता है। अगर एजेंट को मालूम हो जाय कि उसके स्वागत के लिए प्रजा पर कितने जुल्म ढाये जा रहे हैं, तो शायद वह यहाँ से प्रसन्न होकर न जाय। फिर, मैं तो प्रजा की दृष्टि देखता हूँ। एजेंट की प्रसन्नता आपके लिए लाभप्रद हो सकती है, प्रजा को तो उससे हानि ही होगी।

राजा साहब अपने किसी काम की आलोचना नहीं सह सकते थे। उनका क्रोध पहले जिरहों के रूप में निकलना, फिर तर्क का आकार धारण कर लेता और अन्त में भूकम्प के आवेश से उबल पड़ता था, जिससे उनके स्थूल शरीर, कुर्सी, मेज, दीवारें और छत सभी में भीषण कम्पन होने लगता था। तिरछी आँखों से देखकर बोले— क्या हानि होगी, जरा सुनूँ?

जयकृष्ण समझ गया कि क्रोध की मशीनगन चक्कर में है और घातक स्फोट होने ही

वाला है। सँभलकर बोला— इसे आप मुझसे ज्यादा समझ सकते हैं।

'नहीं, मेरी बुद्धि इतनी प्रखर नहीं है।'

'आप बुरा मान जायँगे।'

'क्या तुम समझते हो, मैं बारूद का ढेर हूँ?'

'बेहतर है, आप इसे न पूछे।'

'तुम्हें बतलाना पड़ेगा।'

और आप-ही-आप उनकी मुट्ठियाँ बँध गयीं।

'तुम्हें बतलाना पड़ेगा, इसी वक्त!'

जयकृष्ण यह धौंस क्यों सहने लगा? क्रिकेट के मैदान में राजकुमारों पर रोब जमाया करता था, बड़े-बड़े हुक्काम की चुटकियाँ लेता था। बोला— अभी आपके दिल में पोलिटिकल एजेंट का कुछ भय है, आप प्रजा पर जुल्म करते डरते हैं। जब वह आपके एहसानों से दब जायगा, आप स्वच्छन्द हो जायँगे और प्रजा की फरियाद सुनने वाला कोई न रहेगा।

राजा साहब प्रज्जवलित नेत्रों से ताकते हुए बोले— मैं एजेंट का गुलाम नहीं हूँ कि उससे डरूँ, कोई कारण नहीं है कि मैं उससे डरूँ, बिलकुल कारण नहीं है। मैं पोलिटिकल एजेंट की इसलिए खातिर करता हूँ कि वह हिज-मैजेस्टी का प्रतिनिधि है। मेरे और हिज-मैजेस्टी के बीच में भाई-चारा है, ऐजेंट केवल उनका दूत है। मैं केवल नीति का पालन कर रहा हूँ। मैं डरूँ क्यों? मैं अपने राज्य का स्वतन्त्र राजा हूँ। जिसे चाहूँ, फाँसी दे सकता हूँ। मैं किसी से क्यों डरने लगा? डरना नामर्दों का काम है, मैं ईश्वर से भी नहीं डरता। डर क्या वस्तु है, यह मैंने आज तक नहीं जाना। मैं तुम्हारी तरह कालेज का मुँहफट छात्र नहीं हूँ कि क्रांति और आजादी की हाँक लगाता फिरूँ। तुम क्या जानो, क्रांति क्या चीज है? तुमने केवल उसका नाम सुन लिया है। उसके लाल दृश्य आँखों से नहीं देखे। बन्दूक की आवाज सुनकर तुम्हारा दिल काँप उठेगा। क्या तुम चाहते हो, मैं एजेंट से कहूँ— प्रजा तबाह है, आपके आने की जरूरत नहीं। मैं इतना आतिथ्य-शून्य नहीं हूँ। मैं अन्धा नहीं हूँ, अहमक नहीं हूँ, प्रजा की दशा का मुझे तुमसे कहीं अधिक ज्ञान है, तुमने उसे बाहर से देखा है, मैं उसे नित्य भीतर से देखता हूँ। तुम मेरी प्रजा को क्रांति का स्वप्न दिखाकर उसे गुमराह नहीं कर सकते। तुम मेरे राज्य में विद्रोह और असंतोष के बीज नहीं बो सकते। तुम्हें अपने मुँह पर ताला लगाना होगा, तुम मेरे विरूद्ध एक शब्द भी मुँह से नहीं निकाल सकते, चूँ भी नहीं कर सकते . . . .

डूबते हुए सुरज की किरणें महराबी दीवानखाने के रंगीन शीशों से होकर राजा साहब के क्रोधोन्मत्त मुख-मंडल को और भी रंजित कर रही थीं। उनके बाल नीले हो गये थे, आँखें पीली, चेहरा लाल और देह हरी। मालूम होता था, प्रेतलोक का कोई पिशाच है। जयकृष्ण की सारी उद्दण्डता हवा हो गयी। राजा साहब को इस उन्माद की दशा में उसने कभी न

देखा था, लेकिन इसके साथ ही उसका आत्म-गौरव इस ललकार का जवाब देने के लिए व्याकुल हो रहा था। जैसे विनय का जवाब विनय है, वैसे ही क्रोध का जवाब क्रोध है जब वह आतंक और भय, अदब और लिहाज के बन्धनों को तोड़कर निकल पड़ता है।

उसने भी राजा साहब को आग्नेय नेत्रों से देखकर कहा— मैं अपनी आँखों से यह अत्याचार देखकर मौन नहीं रह सकता।

राजा साहब ने आवेश से खड़े होकर, मानो उसकी गरदन पर सवार होते हुए कहा— तुम्हें यहाँ जबान खोलने का कोई हक नहीं है।

'प्रत्येक विचारशील मनुष्य को अन्याय के विरुद्ध आवाज उठाने का हक है। आप वह हक मुझसे नहीं छीन सकते!'

'मैं सब कुछ कर सकता हूँ।'

'आप कुछ नहीं कर सकते।'

'मैं तुम्हें अभी जेल में बन्द कर सकता हूँ।'

'आप मेरा बाल भी बाँका नहीं कर सकते।'

इसी वक्त मि० मेहता बदहवास से कमरे में आये और जयकृष्ण की ओर कोप-भरी आँखें उठाकर बोले— कृष्णा, निकल जा यहाँ से, अभी मेरी आँखों से दूर हो जा और खबरदार! फिर मुझे अपनी सूरत न दिखाना। मैं तुझ-जैसे कपूत का मुँह नहीं देखना चाहता। जिस थाल में खाता है, उसी में छेद करता है, बेअदब कहीं का! अब अगर जबान खोली, तो मैं तेरा खून पी जाऊँगा।

जयकृष्ण ने हिंसा-विक्षिप्त पिता को घृणा की आँखों से देखा और अकड़ता हुआ, गर्व से सिर उठाये, दीवानखाने के बाहर निकल गया।

राजा साहब ने कोच पर लेटकर कहा— बदमाश आदमी है, पल्ले सिरे का बदमाश! मैं नहीं चाहता कि ऐसा खतरनाक आदमी एक क्षण भी रियासत में रहे। तुम उससे जाकर कहो, इसी वक्त यहाँ से चला जाय वरना उसके हक में अच्छा न होगा। मैं केवल आपकी मुरौवत से गम खा गया; नहीं तो इसी वक्त इसका मजा चखा सकता था। केवल आपकी मुरौवत ने हाथ पकड़ लिया। आपको तुरन्त निर्णय करना पड़ेगा, इस रियासत की दीवानी या लड़का। अगर दीवानी चाहते हो, तो तुरन्त उसे रियासत से निकाल दो और कह दो कि फिर कभी मेरी रियासत में पाँव न रखे। लड़के से प्रेम है, तो आज ही रियासत से निकल जाइए। आप यहाँ से कोई चीज नहीं ले जा सकते, एक पाई की भी चीज नहीं। जो कुछ है, वह रियासत की है। बोलिए, क्या मंजूर है?

मि० मेहता ने क्रोध के आवेश में जयकृष्ण को डाँट तो बतलायी थी पर यह न समझे थे कि मामला इतना तूल खींचेगा। एक क्षण के लिए वह सन्नाटे में आ गये। सिर झुकाकर परिस्थिति पर विचार करने लगे— राजा उन्हें मिट्टी में मिला सकता है। वह यहाँ बिल्कुल बेबस हैं, कोई उनका साथी नहीं, कोई उनकी फरियाद सुननेवाला नहीं। राजा उन्हें

भिखारी बनाकर छोड़ देगा। इस अपमान के साथ निकाले जाने की कल्पना करके वह काँप उठे। रियासत में उनके बैरियों की कमी न थी। सब-के-सब मूसलों ढोल बजायेंगे। जो आज उनके सामने भीगी बिल्ली बने हुए हैं, कल शेरों की तरह गुर्रायेंगे। फिर इस उमर में अब उन्हें नौकर ही कौन रखेगा? निर्दयी संसार के सामने क्या फिर उन्हें हाथ फैलाना पड़ेगा? नहीं, इससे तो यह कहीं अच्छा है कि वह यहीं पड़े रहें। कम्पित स्वर में बोले— मैं आज ही उसे घर से निकाल देता हूँ, अन्नदाता!

'आज नहीं, इसी वक्त!'

'इसी वक्त निकाल दूँगा!'

'हमेशा के लिए?'

'हमेशा के लिए।'

'अच्छी बात है, जाइए और आधे घंटे के अन्दर मुझे सूचना दीजिए।'

मि० मेहता घर चले, तो मारे क्रोध के उनके पाँव काँप रहे थे। देह में आग-सी लगी हुई थी। इस लौंडे के कारण आज उन्हें कितना अपमान सहना पड़ा। गधा चला है यहाँ अपने साम्यवाद का राग अलापने। अब बच्चा को मालूम होगा, जबान पर लगाम न रखने का क्या नतीजा होता है। मैं क्यों उसके पीछे गली-गली ठोकरें खाऊँ। हाँ, मुझे यह पद और सम्मान प्यारा है। क्यों न प्यारा हो? इसके लिए बरसों एड़ियाँ रगड़ी हैं, अपना खून और पसीना एक किया है। यह अन्याय बुरा जरूर लगता है; लेकिन बुरी लगने की एक यही बात तो नहीं है! और हजारों बातें तो बुरी लगती हैं। जब किसी बात का उपाय मेरे पास नहीं, तो इस मुआमले के पीछे क्यों अपनी जिन्दगी खराब करूँ?

उन्होंने घर आते-ही-आते पुकारा— जयकृष्ण!

सुनीता ने कहा— जयकृष्ण तो तुमसे पहिले ही राजा साहब के पास गया था। तब से यहाँ कब आया?

'अब तक यहाँ नहीं आया! वह तो मुझसे पहले ही चल चुका था।'

वह फिर बाहर आये और नौकरों से पूछना शुरू किया। अब भी उसका पता न था। मारे डर के कहीं छिप रहा होगा और राजा ने आध घंटे में इत्तला देने का हुक्म दिया है। यह लौंडा न जाने क्या करने पर लगा हुआ है? आप तो जायगा ही मुझे भी अपने साथ ले डूबेगा।

सहसा एक सिपाही ने एक पुरजा लाकर उनके हाथ में रख दिया। अच्छा, यह तो जयकृष्ण की लिखावट है। क्या कहता है— इस दुर्दशा के बाद मैं इस रियासत में एक क्षण भी नहीं रह सकता। मैं जाता हूँ। आपको अपना पद और मान अपनी आत्मा से ज्यादा प्रिय है, आप खुशी से उसका उपभोग कीजिए। मैं फिर आपको तकलीफ देने न आऊँगा। अम्माँ से मेरा प्रणाम कहिएगा।

मेहता ने पुरजा लाकर सुनीता को दिखाया और खिन्न होकर बोले— इसे न जाने कब

समझ आयेगी, लेकिन बहुत अच्छा हुआ। अब लाला को मालूम होगा, दुनिया में किस तरह रहना चाहिए। बिना ठोकरे खाये, आदमी की आँखें नहीं खुलतीं। मैं ऐसे तमाशे बहुत खेल चुका, अब इस खुराफात के पीछे अपना शेष जीवन नहीं बरबाद करना चाहता— और तुरन्त राजा साहब को सूचना देने चले।

2

दम-से-दम में सारी रियासत में यह समाचार फैल गया। जयकृष्ण अपने शील-स्वभाव के कारण जनता में बड़ा प्रिय था। लोग बाजारों और चौरस्तों पर खड़े हो-होकर इस काण्ड पर आलोचना करने लगे— अजी, वह आदमी नहीं था, भाई, उसे किसी देवता का अवतार समझो। महाराज के पास जाकर बेधड़क बोला— अभी बेगार बन्द कीजिए वरना शहर में हंगामा हो जायगा। राजा साहब की तो जबान बन्द हो गयी। बगलें झाँकने लगे। शेर-है-शेर! उम्र तो कुछ नहीं; पर आफत का परकाला है। और वह यह बेगार बन्द कराके रहता, हमेशा के लिए। राजा साहब को भागने की राह न मिलती। सुना, घिघियाने लगे थे। मुदा इसी बीच में दीवान साहब पहुँच गये और उसे देश-निकाले का हुक्म दे दिया। यह हुक्म सुनकर उसकी आँखों में खून उतर आया था, लेकिन बाप का अपमान न किया।

'ऐसे बाप को तो गोली मार देनी चाहिए। बाप है या दुश्मन!'

'वह कुछ भी हो, है तो बाप ही।'

सुनीता सारे दिन बैठी रोती रही। जैसे कोई उसके कलेजे में बर्छियाँ चुभो रहा था। बेचारा न-जाने कहाँ चला गया? अभी जलपान तक न किया था। चूल्हे में जाय ऐसा भोग-विलास, जिसके पीछे उसे बेटे को त्यागना पड़े। हृदय में ऐसा उद्वेग उठा कि इसी दम पति और घर को छोड़कर रियासत से निकल जाय, जहाँ, ऐसे नर-पिशाचों का राज्य है। इन्हें अपनी दीवानी प्यारी है, उसे लेकर रहे। वह अपने पुत्र के साथ उपवास करेगी, पर उसे आँखों से देखती तो रहेगी।

एकाएक वह उठकर महारानी के पास चली! वह उनसे फरियाद करेगी, उन्हें भी ईश्वर ने बालक दिये हैं। उन्हें क्या एक अभिमानी माता पर दया न आवेगी? इसके पहले भी वह कई बार महारानी के दर्शन कर चुकी थी। उसका मुरझाया हुआ मन आशा से लहलहा उठा।

लेकिन रनिवास में पहुँची तो देखा कि महारानी के तेवर भी बदले हुए हैं। उसे देखते ही बोली— तुम्हारा लड़का बड़ा उजड्ड है। जरा भी अदब नहीं। किससे किस तरह बात करनी चाहिए, इसका जरा भी सलीका नहीं। न-जाने विश्वविद्यालय में क्या पढ़ा करता है? आज महाराज से उलझ बैठा। कहता था कि बेगार बन्द कर दीजिए और एजेंट साहब के स्वागत-सत्कार की कोई तैयारी न कीजिए। इतनी समझ भी उसे नहीं है कि इस तरह

कोई राजा कै घंटे गद्दी पर रह सकता है। एजेंट बहुत बड़ा अफसर न सही; लेकिन है तो बादशाह का प्रतिनिधि। उसका आदर-सत्कार करना तो हमारा धर्म है। फिर ये बेगार किस दिन काम आयेंगे? उन्हें रियासत से जागीरें मिली हुई हैं। किस दिन के लिए? प्रजा में विद्रोह की आग भड़काना कोई भले आदमी का काम है? जिस पत्तल में खाओ, उसी में छेद करो। महाराज ने दीवान साहब का मुलाहजा किया, नहीं तो उसे हिरासत में डलवा देते! अब बच्चा नहीं है। खासा पाँच हाथ का जवान है। सब कुछ देखता और समझता है। हम हाकिमों से बैर करें, तो कै दिन निबाह हो। उसका क्या बिगड़ता है? कहीं सौ-पचास की चाकरी पा जायगा। यहाँ तो करोड़ों की रियासत बरबाद हो जायगी।

सुनीता ने आँचल फैलाकर कहा— महारानी बहुत सत्य कहती है; पर अब तो उसका अपराध क्षमा कीजिए। बेचारा लज्जा और भय के मारे घर नहीं गया। न जाने किधर चला गया? हमारे जीवन का यही एक अवलम्ब है, महारानी! हम दोनों रो-रोकर मर जायँगे। आँचल फैलाकर आपसे भीख माँगती हूँ, उसको क्षमा-दान दीजिए। माता के हृदय को आपसे ज्यादा और कौन समझेगा; आप महाराज से सिफारिश कर दें . . . .

महारानी ने अपनी बड़ी-बड़ी आँखों में उसकी ओर देखा मानो वह कोई बड़ी अनोखी बात कह रही हो और अपने रंगे हुए होठों पर अँगूठियों से जग-मगाती हुई उँगली रख कर बोलीं — क्या कहती हो, सुनीता देवी! उस युवक की महाराज से सिफारिश करूँ जो हमारी जड़ खोदने पर तुला हुआ है? आस्तीन में साँप पालूँ? तुम किस मुँह ऐसी बात कहती हो? और महाराज मुझे क्यों कहेंगे? ना मैं इसके बीच में न पड़ूँगी। उसने जो बीज बोये हैं; उनका वह फल खाये। मेरा लड़का ऐसा नालायक होता, तो उसका मुँह न देखती। और तुम ऐसे बेटे की सिफारिश करती हो?

सुनीता ने आँखों में आँसू भर कर कहा— महारानी, ऐसी बातें आपके मुँह से शोभा नहीं देतीं।

महारानी मसनद टेककर उठ बैठीं और तिरस्कार-भरे स्वर में बोलीं— अगर तुमने सोचा था कि मैं तुम्हारे आँसू पोछूँगी, तो तुमने भूल की। हमारे द्रोही की सिफारिश लेकर हमारे पास आना, इसके सिवा और क्या है कि तुम उसके अपराध को बाल-क्रीड़ा समझ रही हो? अगर तुमने उसके अपराध की भीषणता का ठीक अनुमान किया होता, तो मेरे पास कभी न आतीं। जिसने इस रियासत का नमक खाया हो, वह रियासत के द्रोही की पीठ सहलाये! वह स्वयं राजद्रोही है! इसके सिवा और क्या कहूँ?

सुनीता भी गर्म हो गयी। पुत्र-स्नेह म्यान के बाहर निकल आया। बोली—' राजा का कर्त्तव्य केवल अपने अफसरों को प्रसन्न करना नहीं है। प्रजा को पालने की जिम्मेदारी इससे कहीं बढ़कर है।

उसी समय महाराज ने कमरे में कदम रक्खा! रानी ने उठकर स्वागत किया और सुनीता सिर झुकाये निस्पंद खड़ी रह गयी।

राजा ने व्यंग्यपूर्ण मुसकान के साथ पूछा— यह कौन महिला तुम्हें राजा के कर्त्तव्य का उपदेश दे रही थी?

रानी ने सुनीता की ओर आँख मार कर कहा— यह दीवान साहब की धर्मपत्नी हैं। राजा साहब की त्योरियाँ चढ़ गयीं। ओठ चबाकर बोले— जब माँ ऐसी पेनी छुरी है, तो लड़का क्यों न जहर का बुझाया हुआ हो? देवीजी, मैं तुमसे यह शिक्षा नहीं लेना चाहता कि राजा को अपनी प्रजा के साथ क्या धर्म है? यह शिक्षा मुझे कई पीढ़ियों से मिलती चली आयी है। बेहतर हो कि तुम किसी से यह शिक्षा प्राप्त कर लो कि स्वामी के प्रति उसके सेवक का क्या धर्म है और जो नमकहराम है, उसके साथ स्वामी को कैसा व्यवहार करना चाहिए?

यह कहते हुए राजा साहब उसी उन्माद की दशा में बाहर चले गये।

मि० मेहता घर जा रहे थे, राजा साहब ने कठोर स्वर में पुकारा— सुनिए मि० मेहता! आपके सपूत तो विदा हो गये लेकिन मुझे अभी मालूम हुआ कि आपकी देवीजी राजद्रोह के मैदान में उनसे भी दो कदम आगे हैं; बल्कि मैं तो कहूँगा, वह केवल रेकार्ड है, जिसमें देवीजी की आवाज ही बोल रही है। मैं नहीं चाहता कि जो व्यक्ति रियासत का संचालक हो, उसके साये में रियासत के विद्रोहियों को आश्रय मिले। आप खुद इस दोष से मुक्त नहीं हो सकते। यह हरगिज मेरा अन्याय न होगा, यदि मैं यह अनुमान कर लूँ कि आप ही ने यह मन्त्र फूँका है।

मि० मेहता अपनी स्वामिभक्ति पर यह आक्षेप न सह सके। व्यथित कंठ से बोले— यह तो मैं किस जबान से कहूँ कि दीनबन्धु इस विषय में मेरे साथ अन्याय कर रहे हैं, लेकिन मैं सर्वथा निर्दोष हूँ और मुझे यह देखकर दु: ख होता है कि मेरी वफादारी पर यों संदेह किया जा रहा है।

'वफादारी केवल शब्दों से नहीं होती।'

'मेरा खयाल है कि मैं उसका प्रमाण दे चुका।'

'नयी-नयी दलीलों के लिए नये-नये प्रमाणों की जरूरत है। आपके पुत्र के लिए जो दण्ड-विधान था, वही आपकी स्त्री के लिए भी है। मैं इसमें किसी भी तरह का उज्र नहीं चाहता। और इसी वक्त इस हुक्म की तामील होनी चाहिए।'

'लेकिन दीनानाथ . . . . . .।'

'मैं एक शब्द भी नहीं सुनना चाहता।'

'मुझे कुछ निवेदन करने की आज्ञा न मिलेगी?'

'बिलकुल नहीं, यह मेरा आखिरी हुक्म है।'

मि० मेहता यहाँ से चले, तो उन्हें सुनीता पर बेहद गुस्सा आ रहा था। इन सभी को न जाने क्या सनक सवार हो गयी है? जयकृष्ण तो खैर बालक है, बेसमझ है, इस बुढ़िया को क्या सूझी? न-जाने रानी साहब से जाकर क्या कह आयी? किसी को मुझसे हमदर्दी

नहीं, सब अपनी-अपनी धुन में मस्त हैं। किस मुसीबत से मैं अपनी जिन्दगी के दिन काट रहा हूँ, यह कोई नहीं समझता! कितनी निराशा और विपत्तियों के बाद यहाँ जरा निश्चिन्त हुआ था कि इन सभी ने यह नया तूफान खड़ा कर दिया। न्याय और सत्य का ठीका क्या हमीं ने लिया है? यहाँ भी वही हो रहा है, जो सारी दुनिया में हो रहा है! कोई नयी बात नहीं है। संसार में दुर्बल और दरिद्र होना पाप है। इसकी सजा से कोई बच नहीं सकता। बाज कबूतर पर कभी दया नहीं करता। सत्य और न्याय का समर्थन मनुष्य की सज्जनता और सभ्यता का एक अंग है। बेशक इससे कोई इन्कार नहीं कर सकता; लेकिन जिस तरह और सभी प्राणी केवल मुख से इसका समर्थन करते हैं, क्या उसी तरह हम भी नहीं कर सकते। और जिन लोगों का पक्ष लिया जाय, वे भी तो कुछ इसका महत्व समझें। आज राजा साहब इन्हीं बेगारों से जरा हँसकर बातें करें, तो वे अपने सारे दुखड़े भूल जायँगे और उल्टे हमारे ही शत्रु बन जायँगे। शायद सुनीता महारानी के पास जाकर अपने दिल का बुखार निकाल आयी है। गधी यह नहीं समझती कि दुनिया में किसी तरह मान-मर्यादा का निर्वाह करते हुए जिन्दगी काट लेना ही हमारा धर्म है। अगर भाग्य में यश और कीर्ति बदी होती, तो इस तरह दूसरों की गुलामी क्यों करता? लेकिन समस्या यह है कि इसे भेजूँ कहाँ! मैके में कोई है नहीं, मेरे घर में कोई है नहीं। उँह! अब मैं इस चिन्ता में कहाँ तक मरूँ? जहाँ जी चाहे जाय, जैसा किया वैसा भोगे।

वह इसी क्षोभ और ग्लानि की दशा में घर में गये और सुनीता से बोले— आखिर तुम्हें भी वही पागलपन सूझा, जो उस लौंडे को सूझा था। मैं कहता हूँ, आखिर तुम्हें कभी समझ आयेगी या नहीं? क्या सारे संसार के सुधार का बीड़ा हमीं ने उठाया है? कौन राजा ऐसा है, जो अपनी प्रजा पर जुल्म न करता हो, उनके स्वत्वों का अपहरण न करता हो। राजा ही क्यों, हम तुम सभी तो दूसरों पर अन्याय कर रहे हैं। तुम्हें क्या हक है कि तुम दर्जनों खिदमतगार रखो और उन्हें जरा-जरा-सी बात पर सजा दो? न्याय और सत्य निरर्थक शब्द हैं, जिनकी उपयोगिता इसके सिवा और कुछ नहीं कि बुद्धुओं की गर्दन मारी जाय और समझदारों की वाह-वाह हो। तुम और तुम्हारा लड़का उन्हीं बुद्धुओं में है। और इसका दण्ड तुम्हें भोगना पड़ेगा। महाराज का हुक्म है कि तुम तीन घंटे के अन्दर रियासत से निकल जाओ नहीं तो पुलिस आकर तुम्हें निकाल देगी। मैंने तो तय कर लिया है कि राजा साहब की इच्छा के विरुद्ध एक शब्द भी मुँह से न निकालूँगा। न्याय का पक्ष लेकर देख लिया है। हैरानी और अपमान के सिवा और कुछ हाथ न आया। जिनकी हिमायत की थी, वे आज भी उसी दशा में हैं; बल्कि उससे भी और बदतर। मैं साफ कहता हूँ कि मैं तुम्हारी उद्दण्डताओं का तावान देने के लिए तैयार नहीं। मैं गुप्त रूप से तुम्हारी सहायता करता रहूँगा। इसके सिवा मैं और कुछ नहीं कर सकता।

सुनीता ने गर्व के साथ कहा— मुझे तुम्हारी सहायता की जरूरत नहीं। कहीं भेद खुल जाय, तो दीन-बन्धु तुम्हारे ऊपर कोप बज्र गिरा दे। तुम्हें अपना पद और सम्मान प्यारा है,

उसको आनन्द से उपभोग करो। मेरा लड़का और कुछ न कर सकेगा, तो पाव-भर आटा तो कमा ही लायेगा। मैं भी देखूँगी कि तुम्हारी स्वामि-भक्ति कब तक निभती है और कब तक तुम अपनी आत्मा की हत्या करते हो?

मेहता ने तिलमिलाकर कहा— क्या तुम चाहती हो कि फिर उसी तरह चारों तरफ ठोकरें खाता फिरूँ?

सुनीता ने घाव पंर नमक छिड़का— नहीं, कदापि नहीं। अब तक तो मैं समझती थी, तुम्हें ठोकरें खाने में मजा आता है तथा पद और अधिकार से भी मूल्यवान् कोई वस्तु तुम्हारे पास है, जिसकी रक्षा के लिए तुम ठोकरें खाना अच्छा समझते हो। अब मालूम हुआ; तुम्हें अपना पद अपनी आत्मा से भी प्रिय है। फिर क्यों ठोकरे खाओ; मगर कभी-कभी अपना कुशल-समाचार तो भेजते रहोगे, या राजा साहब की आज्ञा लेनी पड़ेगी?

'राजा साहब इतने न्याय-शून्य हैं कि मेरे पत्र-व्यवहार में रोक-टोक करें?'

'अच्छा! राजा साहब में इतनी आदमीयत है? मुझे तो विश्वास नहीं आता।'

'तुम अब भी अपनी गलती पर लज्जित नहीं हो?'

'मैंने कोई गलती नहीं की। मैं तो ईश्वर से चाहती हूँ कि जो मैंने आज किया, वह बार-बार करने का मुझे अवसर मिले।'

'मेहता ने अरूचि के साथ पूछा— तुमने कहाँ जाने का इरादा किया है?

'जहन्नुम में!'

'गलती आप करती हो, गुस्सा मुझ पर उतारती हो?'

'मैं तुम्हें इतना निर्लज्ज न समझती थी!'

'मैं भी इसी शब्द का तुम्हारे लिए प्रयोग कर सकता हूँ।'

'केवल मुख से, मन से नहीं।'

मि० मेहता लज्जित हो गये।

3

जब सुनीता की विदाई का समय आया, तो स्त्री-पुरूष दोनों खूब रोये और एक तरह से सुनीता ने अपनी भूल स्वीकार कर ली। वास्तव में इस बेकारी के दिनों में मेहता ने जो कुछ किया; वही उचित था, बेचारे कहाँ मारे-मारे फिरते?

पोलिटिकल एजेंट साहब पधारे और कई दिनों तक खूब दावतें खायीं और खूब शिकार खेला। राजा साहब ने उनकी तारीफ की। उन्होंने राजा साहब की तारीफ की। राजा साहब ने उन्हें अपनी लायलटी का विश्वास दिलाया, उन्होंने सतिया राज्य को आदर्श कहा और राजा साहब को न्याय और सेवा का अवतार स्वीकार किया और तीन दिन में रियासत को ढाई लाख की चपत देकर विदा हो गये!

मि० मेहता का दिमाग आसमान पर था। सभी उनकी कारगुजारी की प्रशंसा कर रहे थे। एजेंट साहब तो उनकी दक्षता पर मुग्ध हो गये। उन्हें 'राय साहब' की उपाधि मिली और उनके अधिकारों में भी वृद्धि हुई। उन्होंने अपनी आत्मा को उठाकर ताक पर रख दिया था। उनकी यह साधना कि महाराज और एजेंट दोनों उनसे प्रसन्न रहें, सम्पूर्ण रीति से पूरी हो गयी। रियासत में ऐसा स्वामि-भक्त सेवक दूसरा न था।

राजा साहब अब कम-से-कम तीन साल के लिए निश्चिन्त थे। एजेंट खुश है, तो फिर किसको भय! कामुकता, लम्पटता और भाँति-भाँति के दुर्व्यसनों की लहर प्रचण्ड हो उठी। सुन्दरियों की टोह लगाने के लिए सुरागरसानों का एक विभाग खुल गया, जिसका समबन्ध सीधे राजा साहब से था। एक बूढ़ा खुर्राट, जिसका पेशा हिमालय की परियों को फँसाकर राजाओं को लूटना था इसी पेशे की बदौलत राज-दरबारों में पूजा जाता था, इस विभाग का अध्यक्ष बना दिया गया। नयी-नयी चिड़ियाँ आने लगीं। भय, लोभ और सम्मान सभी अस्त्रों से शिकार खेला जाने लगा; लेकिन एक ऐसा अवसर भी पड़ा, जहाँ इस तिकड़म की सारी सामूहिक और वैयक्तिक चेष्टाएँ निष्फल हो गयीं और गुप्त-विभाग ने निश्चय किया कि इस बालिका को किसी तरह उठा लाया जाय। और इस महत्त्वपूर्ण कार्य के सम्पादन का भार मि० मेहता पर रखा गया, जिनसे ज्यादा स्वामि-भक्त सेवक रियासत में दूसरा न था। उनके ऊपर महाराजा साहब को पूरा विश्वास था। दूसरों के विषय में सन्देह था कि कहीं रिश्वत लेकर शिकार बहका दें, या भण्डाफोड़ कर दें, या अमानत में खयानत कर बैठें। मेहता की ओर से किसी तरह की उन बातों की शंका न थी। रात को नौ बजे उनकी तलबी हुई— अन्नदाता ने हुजुर को याद किया है।

मेहता साहब डयोढ़ी पर पहुँचे, तो राजा साहब पाईंबाग में टहल रहे थे। मेहता को देखते ही बोले— आइए मि० मेहता, आपसे एक खास बात में सलाह लेनी है। यहाँ कुछ लोगों की राय है कि सिंहद्वार के सामने आपकी एक प्रतिमा स्थापित की जाय, जिससे चिरकाल तक आपकी यादगार कायम रहे। आपको तो शायद इसमें कोई आपत्ति न होगी। और यदि हो भी तो लोग इस विषय में आपकी अवज्ञा करने पर भी तैयार हैं। सतिया की आपने जो अमूल्य सेवा की है, उसका पुरस्कार तो कोई क्या दे सकता है, लेकिन जनता के हृदय में आपसे जो श्रद्धा है, उसे वह किसी-न-किसी रूप में प्रकट ही करेगी।

मेहता ने बड़ी नम्रता से कहा— यह अन्नदाता की गुण-ग्राहकता है, मैं तो एक तुच्छ सेवक हूँ। मैंने जो कुछ किया, यह इतना ही है कि नमक का हक अदा करने का सदैव प्रयत्न किया, मगर मैं इस सम्मान के योग्य नहीं हूँ।

राजा साहब ने कृपालु भाव से हँसकर कहा— आप योग्य हैं या नहीं इसका निर्णय आपके हाथ में नहीं है मि० मेहता, आपकी दीवानी यहाँ न चलेगी। हम आपको सम्मान नहीं कर रहे हैं; अपनी भक्ति का परिचय दे रहे हैं। थोड़े दिनों में न हम रहेंगे, न आप

रहेंगे, उस वक्त भी यह प्रतिमा अपनी मूक वाणी से कहती रहेगी कि पिछले लोग अपने उद्धारकों का आदर करना जानते थे। मैंने लोगों से कह दिया है कि चन्दा जमा करें। एजेंट ने अबकी जो पत्र लिखा है, उसमें आपको खास तौर से सलाम लिखा है।

मेहता ने जमीन में गड़कर कहा— यह उनकी उदारता है, मैं तो जैसा आपका सेवक हूँ, वैसा ही उनका भी सेवक हूँ।

राजा साहब कई मिनट तक फूलों की बहार देखते रहे। फिर इस तरह बोले, मानों कोई भूली हुई बात याद आ गई हो— तहसील खास में एक गाँव लगनपुर है, आप कभी वहाँ गये हैं?

'हाँ अन्नदाता! एक बार गया हूँ, वहाँ एक धनी साहूकार है। उसी के दीवानखाने में ठहरा था। अच्छा आदमी है।'

हाँ, ऊपर से बहुत अच्छा आदमी है; लेकिन अन्दर से पक्का पिशाच। आपको शायद मालूम न हो, इधर कुछ दिनों से महारानी का स्वास्थ्य बहुत बिगड़ गया है और मैं सोच रहा हूँ कि उन्हें किसी सैनेटोरियम में भेज दूँ। वहाँ सब तरह की चिन्ताओं एवं झंझटों से मुक्त होकर वह आराम से रह सकेंगी, लेकिन रनिवास में एक रानी का रहना लाजिम है! अफसरों के साथ उनकी लेड़ियाँ भी आती हैं, और भी कितने अंग्रेज मित्र अपनी लेड़ियों के साथ मेरे मेहमान होते हैं। कभी राजे-महाराजे भी रानियों के साथ आ जाते हैं। रानी के बगैर लेडियों का आदर-सत्कार कौन करेगा? मेरे लिए यह वैयक्तिक प्रश्न नहीं, राजनैतिक समस्या है, और शायद आप भी मुझसे सहमत होंगे, इसलिए मैंने दूसरी शादी करने का इरादा कर लिया है। उस साहूकार की एक लड़की है, जो कुछ दिनों अजमेर में शिक्षा पा चुकी है। मैं एक बार उस गाँव से होकर निकला, तो मैंने उसे अपने घर की छत पर खड़ी देखा। मेरे मन में तुरन्त भावना उठी कि अगर यर रमणी रनिवास में आ जाय, तो रनिवास की शोभा बढ़ जाया। मैंने महारानी की अनुमति लेकर साहूकार के पास सन्देशा भेजा, किन्तु मेरे द्रोहियों ने उसे कुछ ऐसी पट्टी पढ़ा दी कि उसने मेरा सन्देशा स्वीकार न किया। कहता है, कन्या का विवाह हो चुका है। मैंने कहला भेजा, इसमें कोई हानि नहीं, मैं तावान देने को तैयार हूँ, लेकिन वह दुष्ट बराबर इन्कार किये जाता है। आप जानते हैं; प्रेम असाध्य रोग है। आपको भी शायद इसका कुछ-न-कुछ अनुभव हो। बस; यह समझ लीजिए कि जीवन निरानन्द हो रहा हैं। नींद और आराम हराम है। भोजन से अरुचि हो गयी है। अगर कुछ दिन यही हाल रहा, तो समझ लीजिए कि मेरी जान पर बन आयेगी। सोते-जागते वही मूर्ति आँखों के सामने नाचती रहती है। मन को समझाकर हार गया और अब विवश होकर मैंने कूटनीति से काम लेने का निश्चय किया है। प्रेम और सभर में सब कुछ क्षम्य है। मैं चाहता हूँ, आप थोड़े-से मातबर आदमियों को लेकर जायँ और उस रमणी को किसी तरह ले आयें। खुशी से आये खुशी से, बल से आये बल से, इसकी चिन्ता नहीं। मैं अपने राज्य का मालिक हूँ। इसमें जिस वस्तु पर मेरी

इच्छा हो, उस पर किसी दूसरे व्यक्ति का नैतिक या सामाजिक स्वत्व नहीं हो सकता। यह समझ लीजिए कि आप ही मेरे प्राणों की रक्षा कर सकते हैं। कोई दूसरा ऐसा आदमी नहीं है, जो इस काम को इतने सुचारू रूप से पूरा कर दिखाये। आपने राज्य की बड़ी-बड़ी सेवाएँ की हैं। यह उस यज्ञ की पूर्णाहुति होगी और आप जन्म-जन्मान्तर तक राजवंश के इष्टदेव समझे जायँगे।

मि० मेहता का मरा हुआ आत्म-गौरव एकाएक सचेत हो गया। जो रक्त चिरकाल से प्रवाह शून्य हो गया था, उसमें सहसा उद्रेक हो उठा। त्योरियाँ चढ़ाकर बोले— तो आप चाहते हैं, मैं उसे किडनैप करूँ?

राजा माहब ने उनके तेवर देखकर आग पर पानी डालते हुए कहा— कदापि नहीं मि० मेहता, आप मेरे साथ घोर अन्याय कर रहे हैं! मैं आपको अपना प्रतिनिधि बनाकर भेज रहा हूँ। कार्य-सिद्धि के लिए आप जिस नीति से चाहे, काम ले सकते हैं। आपको पूरा अधिकार है।

मि० मेहता ने और भी उत्तेजित होकर कहा— मुझसे ऐसा पाजीपन नहीं हो सकता है।

राजा साहब की आँखों से चिनगारियाँ निकलने लगीं।

'अपने स्वामी की आज्ञा-पालन करना पाजीपन है?'

'जो आज्ञा नीति और धर्म के विरुद्ध हो उसका पालन करना बेशक पाजीपन है।'

'किसी स्त्री से विवाह का प्रस्ताव करना नीति और धर्म के विरुद्ध है?'

'इसे आप विवाह कहकर 'विवाह' शब्द को कलंकित करते हैं। यह बलात्कार है!'

'आप अपने होश में हैं?'

'खूब अच्छी तरह!'

'मैं आपको धूल में मिला सकता हूँ।'

'तो आपकी गद्दी भी सलामत न रहेगी!'

'मेरी नेकियों का यही बदला है, नमकहराम?'

'आप अब शिष्टता की सीमा से आगे बढ़े जा रहे हैं; राजा साहब! मैंने अब तक अपनी आत्मा की हत्या की है और आपके हर एक जा और बेजा हुक्म की तामील की है; लेकिन आत्मसेवा की भी एक हद होती है, जिसके आगे कोई भला आदमी नहीं जा सकता। आपको यह कृत्य जघन्य है और इसमें जो व्यक्ति आपका सहायक हो, वह इसी योग्य है कि उसकी गर्दन काट ली जाय। मैं ऐसी नौकरी पर लानत भेजता हूँ।

यह कहकर वह घर आये और रातो-रात बोरिया-बकचा समेटकर रियासत से निकल गये; मगर इसके पहले सारा वृत्तान्त लिखकर उन्होंने एजेण्ट के पास भेज दिया।

□

मुफ्त का यश

उन दिनों संयोग से हाकिम-जिला एक रसिक सज्जन थे। इतिहास और पुराने सिक्कों की खोज में उन्होंने अच्छी ख्याति प्राप्त कर ली थी। ईश्वर जाने दफ्तर के सूखे कामों से उन्हें ऐतिहासिक छान-बीन के लिए कैसे समय मिल जाता था? वहाँ तो जब किसी अफ्सर से पूछिए, तो वह यही कहता है— 'मारे काम के मरा जाता हूँ, सिर उठाने की फुरसत नहीं मिलती।' शायद शिकार और सैर भी उनके काम में शामिल है? उन सज्जन की कीर्तियाँ मैंने देखी थीं और मन में उनका आदर करता था; लेकिन उनकी अफसरी किसी प्रकार की घनिष्ठता में बाधक थी। मुझे संकोच था कि अगर मेरी ओर से पहल हुई तो लोग यही कहेंगे कि इसमें मेरा कोई स्वार्थ है और मैं किसी दशा में भी यह इलजाम अपने सिर नहीं लेना चाहता। मैं तो हुक्कम की दावतों और सार्वजनिक उत्सवों में नेवता देने का भी विरोधी हूँ और जब कभी सुनता हूँ कि किसी अफ्सर को किसी आम-जलसे का सभापति बनाया गया या कोई स्कूल, औषधालय या विधवाश्रम किसी गवर्नर के नाम से खोला गया, तो अपने देश-बन्धुओं की दास-मनोवृत्ति पर घण्टों अफसोस करता हूँ; मगर जब एक दिन हाकिम-जिला ने खुद मेरे नाम एक रुक्का भेजा कि मैं आपसे मिलना चाहता हूँ; क्या आप मेरे बँगले पर आने का कष्ट स्वीकार करेंगे, तो मैं बड़े दुविधे में पड़ गया। क्या जवाब दूँ? अपने दो-एक मित्रों से सलाह ली। उन्होंने कहा— 'साफ लिख दीजिए, मुझे फुरसत नहीं। वह हाकिम-जिला होंगे, तो अपने घर के होंगे, कोई सरकारी वा जाब्ते का काम होता, तो आपका जाना अनिवार्य था; लेकिन निजी मुलाकात के लिए जाना आपकी शान के खिलाफ है। आखिर वह खुद आपके मकान पर क्यों नहीं आये? इससे क्या उनकी शान में बट्टा लगा जाता था? इसीलिए तो खुद नहीं आये कि वह हाकिम-जिला हैं। इन अहमक हिन्दुस्तानियों को कब यह समझ आयेगी कि दफ्तर के बाहर वे भी वैसे ही साधारण मनुष्य हैं, जैसे हम या आप। शायद ये लोग अपनी घरवालियों से भी अफसरी जताते होंगे। अपना पद उन्हें कभी नहीं भूलता।'

एक मित्र ने, जो लतीफों के चलते-फिरते तिजोरी हैं, हिन्दुस्तानी अफसरों के विषय में कई बड़ी मनोरंजक घटनाएँ सुनायीं। एक अफसर साहब ससुराल गये। शायद स्त्री को विदा कराना था। जैसा आम रिवाज है, ससुर जी ने पहले ही वादे पर लड़की को विदा करना उचित न समझा। कहने लगे— बेटा, इतने दिनों के बाद आयी है अभी कैसे विदा

कर दूँ? भला, छ: महीने तो रहने दो। उधर धर्मपत्नीजी ने भी नाइन से सन्देश कहला भेजा— अभी मैं नहीं जाना चाहती। आखिर माता-पिता से भी तो मेरा कोई नाता है। कुछ तुम्हारे हाथ बिक थोड़े ही गयी हूँ? दामाद साहब अफसर थे, जामें से बाहर हो गये। तुरन्त घोड़े पर बैठे और सदर की राह ली। दूसरे ही दिन ससुरजी पर सम्मन जारी कर दिया। बेचारा बुढ़ा आदमी तुरन्त लड़की को साथ लेकर दामाद की सेवा में जा पहुँचा। तब जाके उनकी जान बची। ये लोग ऐसे मिथ्याभिमानी होते हैं और फिर तुम्हें हाकिम-जिला से लेना ही क्या है? अगर तुम कोई विद्रोहात्मक गल्प वा लेख लिखोगे, तो फौरन गिरफ्तार कर लिये जाओगे। हाकिम-जिला जरा भी मुरौवत न करेंगे। कह देंगे— यह गवर्नमेंट का हुक्म है, मैं क्या करूँ? अपने लड़के के लिए कानूनगोई या नायब तहसीलदारी की लालसा तुम्हें है नहीं। व्यर्थ क्यों दौड़े जाओ?

लेकिन, मुझे मित्रों की यह सलाह पसन्द न आयी। एक भला आदमी जब निमन्त्रण देता है, तो केवल इसलिए अस्वीकार कर देना कि हाकिम-जिला ने भेजा है, मुटमर्दी है। बेशक हाकिम साहब मेरे घर आ जाते, तो उनकी शान कम न होती। उदार हृदय वाला आदमी बेतकल्लुफ चला आता; लेकिन भाई, जिले की अफसरी बड़ी चीज है। और एक उपन्यासकार की हस्ती ही क्या है। इंगलैड या अमेरिका में गल्प-लेखकों और उपन्यासकारों की मेज पर निमंत्रित होने में प्रधान-मन्त्री भी अपना गौरव समझेगा, हाकिम-जिला की तो गिनती ही क्या है? लेकिन यह भारतवर्ष है, जहाँ हर एक रईस के दरबार में कवि-सम्राटों का जत्था रईस के कीर्तिगान के लिए जमा रहता था और आज भी ताजपोशी में हमारे लेखक-वृन्द बिना बुलाये राजाओं की खिदमत में हाजिर होते हैं, कसीदे पेश करते हैं और इनाम के लिए हाथ पसारते हैं। तुम ऐसे कहाँ के बड़े वह हो कि हाकिम-जिला तुम्हारे घर चला आये? जब तुममें इतनी अकड़ और तुनुकमिजाजी है, तो वह तो जिले का बादशाह है। अगर उसे कुछ अभिमान भी हो, तो उचित है। इसे उसकी कमजोरी कहो, बेहूदगी कहो, मूर्खता कहो, उजड्डता कहो, फिर भी उचित है। देवता होना गर्व की बात है; लेकिन मनुष्य होना भी अपराध नहीं।

और मैं तो कहता हूँ— ईश्वर को धन्यवाद दो कि हाकिम-जिला तुम्हारे घर नहीं आये; वरना तुम्हारी कितनी भद होती? उनके आदर-सत्कार का सामान तुम्हारे पास कहाँ था? गत की एक कुर्सी भी नहीं है। उन्हें क्या तीन टाँगोंवाले सिंहासन पर बैठाते या मटमैले जाजिम पर? तीन पैसे की चौबीस बीड़ियाँ पीकर दिल खुश कर लेते हो। है सामर्थ्य रुपये के दो सिगार खरीदने की? तुम तो इतना भी नहीं जानते कि वह सिगार मिलता कहाँ है; उसका नाम क्या है? अपना भाग्य सराहो कि अफसर साहब तुम्हारे घर नहीं आये और तुम्हें बुला लिया। चार-पाँच रुपये बिगड़ भी जाते और लज्जित भी होना पड़ता। और कहीं तुम्हारे परम दुर्भाग्य और पापों के दण्ड-स्वरूप उनकी धर्मपत्नी भी उनके साथ होतीं, तब तो तुम्हें धरती में समा जाने के सिवा और कोई ठिकाना न था। तुम या तुम्हारी धर्मपत्नी

उस महिला का सत्कार कर सकती थी? तुम्हारी तो घिग्घी बँध जाती साहब, बदहवास हो जाते! वह तुम्हारे दीवानेखाने तक ही न रहती जिसे तुमने गरीबामऊ ढंग से सजा रखा है। वहाँ तुम्हारी गरीबी अवश्य है, पर फूहड़पन नहीं। अन्दर तो पग-पग पर फूहड़पन के दृश्य नजर आते। तुम अपने में फटे पुराने पहनकर और अपनी विपन्नता में मगन रह कर जिन्दगी बसर कर सकते हो; लेकिन कोई भी आत्माभिमानी आदमी यह पसन्द नहीं कर सकता कि उसकी दुरावस्था दूसरों के लिए विनोद की वस्तु बने। इन लेडी साहबा के सामने तो तुम्हारी जबान बंद हो जाती।

चुनाँचे मैंने हाकिम-जिला का निमन्त्रण स्वीकार कर लिया और यद्यपि उनके स्वभाव में कुछ अनावश्यक अफसरी की शान थी; लेकिन उनके स्नेह और उदारता ने उसे यथासाध्य प्रकट न होने दिया। कम-से-कम उन्होंने मुझे शिकायत का कोई मौका न दिया। अफ़सराना प्रकृति को तब्दील करना उनकी शक्ति के बाहर था।

मुझे इस प्रसंग को कोई महत्व देने की कोई बात भी न थी, महत्व न दिया। उन्होंने मुझे बुलाया, मैं चला गया। कुछ गप-शप किया और लौट आया। किसी से इसकी जिक्र करने की जरूरत ही क्या? मानो भाजी खरीदने बाजार गया था।

लेकिन टोहियों ने जाने कैसे टोह लगा लिया? विशेष समुदायों में यह चर्चा होने लगी कि हाकिम-जिला से मेरी बड़ी गहरी मैत्री है और वह मेरा बड़ा सम्मान करते हैं। अतिश्योक्ति ने मेरा सम्मान और भी बढ़ा दिया। यहाँ तक मशहूर हुआ कि वह मुझसे सलाह लिये बगैर कोई फैसला या रिपोर्ट नहीं लिखते।

कोई भी समझदार आदमी इस ख्याति से लाभ उठा सकता था। स्वार्थ में आदमी बावला हो जाता है। तिनके का सहारा ढूँढता फिरता है। ऐसों को विश्वास दिलाना कुछ मुश्किल न था कि मेरे द्वारा उनका काम निकल सकता है, लेकिन मैं ऐसी बातों से घृणा करता हूँ? सैकड़ों व्यक्ति अपनी कथाएँ लेकर मेरे पास आये। किसी के साथ पुलिस ने बेजा ज्यादती की थी। कोई इन्कम-टैक्स वालों की सख्तियों से दु: खी था, किसी की यह शिकायत थी कि दफ्तर में उसकी हकतलफी हो रही है और उसके पीछे के आदमियों को दनादन तरक्कियाँ मिल रही हैं। उसका नम्बर आता है, तो कोई परवाह नहीं करता। इस तरह का कोई-न-कोई प्रसंग नित्य ही मेरे पास आने लगा, लेकिन मेरे पास उन सबके लिए एक ही जवाब था— मुझसे कोई मतलब नहीं।

एक दिन मैं अपने कमरे में बैठा था, कि मेरे बचपन के एक सहपाठी मित्र आ टपके। हम दोनों एक ही मकतब में पढ़ने जाया करते थे। कोई 45 साल की पुरानी बात है। मेरी उम्र 15 साल से अधिक न थी। वह भी लगभग इसी उम्र के रहे होंगे; लेकिन मुझसे कहीं बलवान् और हृष्ट-पुष्ट। मैं जहीन था, वह निरे कौदन। मौलवी साहब उनसे हार गये थे और उन्हें सबक पढ़ाने का भार मुझ पर डाल दिया था। अपने से दुगुने व्यक्ति को पढ़ना मैं अपने लिए गौरव की बात समझता था और खूब मन लगा कर पढ़ाता था। फल यह हुआ कि मौलवी साहब की छड़ी जहाँ असफल रही, वहाँ मेरा प्रेम

सफल हो गया। बलदेव चल निकला, खालिकबारी तक जा पहुँचा, मगर इस बीच में मौलवी साहब का स्वर्गवास हो गया और वह शाखा टूट गयी। उनके छात्र भी इधर-उधर हो गये। तब से बलदेव को केवल मैंने दो-तीन बार रास्ते में देखा, (मैं अब भी वही सीकिया पहलवान हूँ और वह अब भी वही भीमकाय) राम-राम हुई, क्षेम-कुशल पूछा और अपनी-अपनी राह चले गये।

मैंने उनसे हाथ मिलाते हुए कहा— आओ भाई बलदेव, मजे में तो हो? कैसे याद किया, क्या करते हो आजकल?

बलदेव ने व्यथित कंठ से कहा— जिन्दगी के दिन पूरे कर रहे हैं भाई, और क्या? तुमसे मिलने की बहुत दिनों से इच्छा थी। याद करो वह मकतबवाली बात, जब तुम मुझे पढ़ाया करते थे। तुम्हारी बदौलत चार अक्षर पढ़ गया और अपनी जमींदारी का काम सँभाल लेता हूँ, नहीं तो मूर्ख ही बना रहता। तुम मेरे गुरु हो भाई, सच कहता हूँ मुझ-जैसे गधे को पढ़ाना तुम्हारा ही काम था। न-जाने क्या बात थी कि मौलवी साहब से सबक पढ़कर अपनी जगह पर आया नहीं कि बिलकुल साफ। तुम जो पढ़ाते थे, वह बिना याद किये ही याद हो जाता था। तुम तब भी बड़े जहीन थे।

यह कहकर उन्होंने मुझे सगर्व-नेत्रों से देखा।

मैं बचपन के साथियों को देखकर फूल उठता हूँ। सजल नेत्र होकर बोला— मैं तो जब तुम्हें देखता हूँ, तो यही जी में आता है कि दौड़कर तुम्हारे गले लिपट जाऊँ। 45 वर्ष का युग मानों बिलकुल गायब हो जाता है। वह मकतब आँखों के सामने फिरने लगता है और बचपन सारी मनोहरताओं के साथ ताजा हो जाता है।

बलदेव ने भी द्रवित कंठ से उत्तर दिया— मैंने तो भाई, तुम्हें सदैव अपना इष्टदेव समझा है। जब तुम्हें देखता हूँ, तो छाती गजभर की हो जाती है कि वह मेरा बचपन का संगी जा रहा है, जो समय आ पड़ने पर कभी दगा न देगा। तुम्हारी बड़ाई सुन-सुनकर मन-ही-मन प्रसन्न हो जाता हूँ, लेकिन यह बताओ, क्या तुम्हें खाना नहीं मिलता? कुछ खाते-पीते क्यों नहीं? सूखते क्यों जाते हो? घी न मिलता हो, तो दो-चार कनस्टर भिजवा दूँ। अब तुम भी बूढ़े हुए, खूब डटकर खाया करो। अब तो देह में जो कुछ तेज और बल है, वह केवल भोजन के अधीन है। मैं तो अब भी सेर-भर दूध और पाव-भर घी उड़ाये जाता हूँ। इधर थोड़ा मक्खन भी खाने लगा हूँ। जिन्दगी-भर बाल-बच्चों के लिए मर मिटे। अब कोई यह भी नहीं पूछता कि तुम्हारी तबियत कैसी है? अगर आज कंधा डाल दूँ, तो कोई एक लोटे पानी को न पूछे इसलिए खूब खाता हूँ और सबसे ज्यादा काम करता हूँ। घर पर अपना रोब बना हुआ है। वही जो तुम्हारा जेठा लड़का है; उस पर पुलिस ने एक झूठा मुकदमा चला दिया है। जवानी के मद में किसी को कुछ समझता नहीं। है भी अच्छा खासा पहलवान। दारोगाजी से एक बार कुछ कहा-सुनी हो गयी। तब से घात में लगे हुए थे। इधर गाँव में एक डाका पड़ गया। दारोगाजी ने तहकीकात में उसे भी फाँस लिया। आज एक सप्ताह से हिरासत

में है। मुकदमा मुहम्मद खलील, डिप्टी के इजलास में है और मुहम्मद खलील और दरोगाजी से दाँत-काटी रोटी है। अवश्य सजा हो जायगी। अब तुम्हीं बचाओ, तो उसकी जान बच सकती है। और कोई आशा नहीं है। सजा तो जो होगी वह होगी ही; इज्जत भी खाक में मिल जायगी। तुम जाकर हाकिम-जिला से इतना कह दो कि मुकदमा झूठा है, आप खुद चलकर तहकीकात कर लें! बस, देखो भाई, बचपन के साथी हो, 'नहीं' न करना। जानता हूँ, तुम इन मुआमलों में नहीं पड़ते और तुम्हारे-जैसे आदमी को पड़ना भी न चाहिए। तुम प्रजा की लड़ाई लड़ने वाले जीव हो, तुम्हें सरकार के आदमियों से मेल-जोल बढ़ाना उचित नहीं; नहीं तो जनता की नजरों से गिर जाओगे। लेकिन यह घर का मुआमला है। इतना समझ लो कि मुआमला बिलकुल झूठ न होता, तो मैं कभी तुम्हारे पास न आता। लड़के की माँ रो-रोकर जान दिये डालती है, बहू ने दाना-पानी छोड़ रखा है। सात दिन से घर में चूल्हा नहीं जला। मैं तो थोड़ा-सा दूध पी लेता हूँ, लेकिन दोनों सास-बहू तो निराहार पड़ी हुई हैं, अगर बच्चा को सजा हो गयी, तो दोनों मर जायँगी। मैंने यही कहकर उन्हें ढाढ़स दिया है कि जब तक हमारा छोटा भाई सलामत है, कोई हमारा बाल बाँका नहीं कर सकता। तुम्हारी भाभी ने तुम्हारी एक पुस्तक पढ़ी है। वह तो तुम्हें देवतुल्य समझती है और जब कोई बात होती है, तुम्हारी नजीर देकर मुझे लज्जित करती है। मैं भी साफ कह देता हूँ— मैं उस छोकरे की-सी बुद्धि कहाँ से लाऊँ? तुम्हें उसकी नजरों से गिराने के लिए तुम्हें छोकरा, मरियल सभी कुछ कहता हूँ, पर तुम्हारे सामने मेरा रंग नहीं जमता।

मैं बड़े संकट में पड़ गया। मेरी ओर से जितनी आपत्तियाँ हो सकती थीं, उन सबका जवाब बलदेवसिंग ने पहले ही से दे दिया था। इनको फिर दुहराना व्यर्थ था। इसके सिवा कोई जवाब न सूझा कि मैं आकर साहब से कहूँगा। हाँ, इतना मैंने अपनी तरफ से और बढ़ा दिया कि मुझे आशा नहीं कि मेरे कहने का विशेष खयाल किया जाय, क्योंकि सरकारी मुआमलों में हुक्काम हमेशा अपने मातहतों का पक्ष लिया करते हैं।

बलदेवसिंह ने प्रसन्न होकर कहा— इसकी चिन्ता नहीं, तकदीर में जो लिखा है, वह तो होगा ही। बस, तुम जाकर कह भर दो।

'अच्छी बात है।'

'तो कल जाओगे?'

'हाँ अवश्य, जाऊँगा?'

'यह जरूर कहना कि आप चलकर तहकीकात कर लें।'

'हाँ, यह जरूर कहूँगा।'

'और यह भी कह देना कि बलदेवसिंह मेरा भाई है।'

'झूठ बोलने के लिए मुझे मजबूर न करो।'

'तुम मेरे भाई नहीं हो? मैंने तो हमेशा तुम्हें अपना भाई समझा है।'

'अच्छा, यह भी कह दूँगा।'

बलदेवसिंह को विदा करके मैंने अपना खेल समाप्त किया और आराम से भोजन करके लेटा। मैंने उससे गला छुड़ाने के लिए झूठा वादा कर दिया। मेरा इरादा हाकिम-जिला से कुछ कहने का नहीं था। मैंने पेशबन्दी के तौर पर पहले ही जता दिया था कि हुक्काम आमतौर पर पुलिस के मुआमलों में दखल नहीं देते; इसलिए सजा हो भी गयी, तो मुझे यह कहने की काफी गुंजाइश थी कि साहब ने मेरी बात स्वीकार नहीं की।

कई दिन गुजर गये थे। मैं इस वाकिये को बिलकुल भूल गया था। सहसा एक दिन बलदेवसिंह अपने पहलवान बेटे के साथ मेरे कमरे में दाखिल हुए। बेटे ने मेरे चरणों पर सिर रख दिया और अदब से एक किनारे खड़ा हो गया। बलदेवसिंह बोले— बिलकुल बरी हो गया भैया! साहब ने दारोगा को बुलाकर खूब डाँटा कि तुम भले आदमियों को सताते और बदनाम करते हो। अगर फिर ऐसा झूठा मुकदमा लाये, तो बर्खास्त कर दिये जाओगे। दारोगाजी बहुत झेंपे। मैंने उन्हें झुककर सलाम किया। बचा पर घड़ों पानी पड़ गया। यह तुम्हारी सिफारिश का चमत्कार है, भाईजान! अगर तुमने मदद न की होती, तो हम तबाह हो गये थे। यह समझ लो कि तुमने चार प्राणियों की जान बचा ली। मैं तुम्हारे पास बहुत डरते-डरते आया था। लोगों ने कहा था— उनके पास नाहक जाते हो, वह बड़ा बेमुरौवत आदमी है, उसकी जात से किसी का उपकार नहीं हो सकता। आदमी वह है; जो दूसरों का हित करे। वह क्या आदमी है, जो किसी की कुछ सुने ही नहीं! लेकिन भाईजान, मैंने किसी की बात न मानी। मेरे दिल में मेरा राम बैठा कह रहा था— तुम चाहे कितने ही रूखे और बेलाग हो; लेकिन मुझपर अवश्य दया करोगे।

यह कहकर बलदेवसिंह ने अपने बेटे को इशारा किया। वह बाहर गया और एक बड़ा-सा गट्ठर उठा लाया, जिसमें भाँति-भाँति की देहाती सौगातें बँधी हुई थीं। हालाँकि मैं बराबर कहे जाता था— तुम ये चीजें नाहक लाये, इनकी क्या जरूरत थी, कितने गँवार हो, आखिर तो ठहरे देहाती, मैंने कुछ नहीं कहा, मैं तो साहब के पास गया भी नहीं, लेकिन कौन सुनता है? खोया, दही, मटर की फलियाँ, अमावट, ताजा गुड़ और जाने क्या-क्या आ गया?

मैंने कहने को तो एक तरह से कह दिया— मैं साहब के पास गया ही नहीं, जो कुछ हुआ, खुद हुआ, मेरा कोई एहसान नहीं है, लेकिन उसका मतलब यह निकाला गया कि मैं केवल नम्रता से और सौगातों को लौटा देने का कोई बहाना ढूँढ़ने के लिए ऐसा कह रहा हूँ। मुझे इतनी हिम्मत न हुई कि मैं इस बात का विश्वास दिलाता। इसका जो अर्थ निकाला गया, वही मैं चाहता था। मुफ्त का एहसान छोड़ने का जी न चाहता था, अन्त में जब मैंने जोर देकर कहा कि किसी से इस बात का जिक्र न करना, नहीं तो मेरे पास फरियादों का मेला लग जायगा, तो मानों मैंने स्वीकार कर लिया कि मैंने सिफारिश की— और जोरों से की।

□

बासी भात में खुदा का साझा

शाम को जब दीनानाथ ने घर आकर गौरी से कहा कि मुझे एक कार्यालय में पचास रूपये की नौकरी मिल गई है, तो गौरी खिल उठी। देवताओं में उसकी आस्था और भी दृढ़ हो गयी। इधर एक साल से बुरा हाल था। न कोई रोजी न रोजगार। घर में जो थोड़े-बहुत गहने थे, वह बिक चुके थे। मकान का किराया सिर पर चढ़ा हुआ था। जिन मित्रों से कर्ज मिल सकता था, सबसे ले चुके थे। साल-भर का बच्चा दूध के लिए बिलख रहा था। एक वक्त का भोजन मिलता, तो दूसरे जून की चिन्ता होती। तकाजों के मारे बेचारे दीनानाथ को घर से निकलना मुश्किल था। घर से निकला नहीं, कि चारों ओर से चिथाड़ मच जाती— वाह बाबूजी, वाह! दो दिन का वादा कर के ले गये और आज दो महीने से सूरत नहीं दिखायी! भाई साहब, यह तो अच्छी बात नहीं, आपको अपनी जरूरत का खयाल है, मगर दूसरों की जरूरत का जरा भी खयाल नहीं? इसी से कहा है, दुश्मन को चाहे कर्ज दे दो, दोस्त को कभी न दो। दीनानाथ को ये वाक्य तीरों-से लगते थे और उसका जी चाहता था कि जीवन का अन्त कर डाले, मगर बेजबान स्त्री और अबोध बच्चे का मुँह देखकर कलेजा थाम के रह जाता। बारे, आज भगवान् ने उस पर दया की और संकट के दिन कट गये।

गौरी ने प्रसन्नमुख होकर कहा— मैं कहती थी कि नहीं, ईश्वर सबकी सुधि लेते हैं और कभी-न-कभी हमारी भी सुधि लेंगे, मगर तुमको विश्वास ही न आया था। बोलो, अब तो ईश्वर की दयालुता के कायल हुए?

दीनानाथ ने हठधर्मी करते हुए कहा— यह मेरी दौड़-धूप का नतीजा है, ईश्वर की क्या दयालुता? ईश्वर को तो तब जानता, जब कहीं से छप्पर फाड़ कर भेज देते।

लेकिन मुँह से चाहे कुछ कहे, ईश्वर के प्रति उसके मन में श्रद्धा उदय हो गयी थी।

2

दीनानाथ का स्वामी बड़ा ही रूख आदमी था और काम में बड़ा चुस्त! उसकी उम्र पचास के लगभग थी और स्वास्थ्य भी अच्छा न था, फिर भी वह कार्यालय में सबसे ज्यादा काम करता। मजाल न थी कि कोई आदमी एक मिनट की भी देर करे, या एक मिनट भी समय के पहले चला जाय। बीच में 15 मिनट की छुट्टी मिलती थी, उसमें

जिसका जी चाहे पान खा ले, या सिगरेट पी ले या जलपान कर ले। इसके अलावा एक मिनट का अवकाश न मिलता था। वेतन पहली तारीख को मिल जाता था। उत्सवों में भी दफ्तर बंद रहता था और नियत समय के बाद कभी काम न लिया जाता था। सभी कर्मचारियों को बोनस मिलता था और प्राविडेंट फँड की भी सुविधा थी। फिर भी कोई आदमी खुश न था। काम या समय की पाबन्दी की किसी को शिकायत न थी। शिकायत थी केवल स्वामी के शुष्क व्यवहार की। कितना ही जी लगाकर काम करो, कितना ही प्राण दे दो, पर उसके बदले धन्यवाद का एक शब्द भी न मिलता था।

कर्मचारियों में और कोई सन्तुष्ट हो या न हो, दीनानाथ को स्वामी से कोई शिकायत न थी। वह घुड़कियाँ और फटकार पाकर भी शायद उतने ही परिश्रम से काम करता था। साल-भर में उसने कर्ज चुका दिये और कुछ संचय भी कर लिया। वह उन लोगों में था, जो थोड़े में भी संतुष्ट रह सकते हैं— अगर नियमित रूप से मिलता जाय। एक रुपया भी किसी खास काम में खर्च करना पड़ता, तो दम्पति में घंटों सलाह होती और बड़े झाँव-झाँव के बाद कहीं मंजूरी मिलती थी। बिल गौरी की तरफ से पेश होता, तो दीनानाथ विरोध में खड़ा होता। दीनानाथ की तरफ से पेश होता, तो गौरी उसकी कड़ी आलोचना करती। बिल को पास करा लेना प्रस्तावक की जोरदार वकालत पर मुनहसर था। सर्टिफाई करने वाली कोई तीसरी शक्ति वहाँ न थी।

और दीनानाथ अब पक्का आस्तिक हो गया था। ईश्वर की दया या न्याय में अब उसे कोई शंका न थी। नित्य संध्या करता और नियमित रूप से गीता का पाठ करता। एक दिन उसके एक नास्तिक मित्र ने जब ईश्वर की निन्दा की, तो उसने कहा— भाई, इसका तो आज तक निश्चय नहीं हो सका ईश्वर है या नहीं। दोनों पक्षों के पास इस्पात की-सी दलीलें मौजूद हैं; लेकिन मेरे विचार में नास्तिक रहने से आस्तिक रहना कहीं अच्छा है। अगर ईश्वर की सत्ता है, तब तो नास्तिकों को नरक के सिवा कहीं ठिकाना नहीं। आस्तिक के दोनों हाथों में लड्डू हैं। ईश्वर है तो पूछना ही क्या, नहीं है, तब भी क्या बिगड़ता है? दो-चार मिनट का समय ही तो जाता है?

नास्तिक मित्र इस दोरुखी बात पर मुँह बिचकाकर चल दिये।

3

एक दिन जब दीनानाथ शाम को दफ्तर से चलने लगा, तो स्वामी ने उसे अपने कमरे में बुला भेजा और बड़ी खातिर से उसे कुर्सी पर बैठाकर बोला— तुम्हें यहाँ काम करते कितने दिन हुए? साल-भर तो हुआ ही होगा?

दीनानाथ ने नम्रता से कहा— जी हाँ, तेरहवाँ महीना चल रहा है।

'आराम से बैठो, इस वक्त घर जाकर जलपान करते हो?'

'जी नहीं, मैं जलपान का आदी नहीं।'

'पान-वान तो खाते ही होगे? जवान आदमी होकर अभी से इतना संयम।

यह कहकर उसने घण्टी बजायी और अर्दली से पान और कुछ मिठाइयाँ लाने को कहा।

दीनानाथ को शंका हो रही थी— आज इतनी खातिरदारी क्यों हो रही है? कहाँ तो सलाम भी नहीं लेते थे, कहाँ आज मिठाई और पान सभी कुछ मँगाया जा रहा है! मालूम होता है मेरे काम से खुश हो गये हैं। इस खयाल से उसे कुछ आत्मविश्वास हुआ और ईश्वर की याद आ गयी। अवश्य परमात्मा सर्वदर्शी और न्यायकारी है; नहीं तो मुझे कौन पूछता?

अर्दली मिठाई और पान लाया। दीनानाथ आग्रह से विवश होकर मिठाई खाने लगा।

स्वामी ने मुसकराते हुए कहा— तुमने मुझे बहुत रूखा पाया होगा। बात यह है कि हमारे यहाँ अभी तक लोगों को अपनी जिम्मेदारी का इतना कम ज्ञान है कि अफसर जरा भी नर्म पड़ जाय, तो लोग उसकी शराफत का अनुचित लाभ उठाने लगते हैं और काम खराब होने लगता है। कुछ ऐसे भाग्यशाली हैं, जो नौकरों से हेल-मेल भी रखते हैं, उनसे हँसते-बोलते भी हैं, फिर भी नौकर नहीं बिगड़ते, बल्कि और भी दिल लगाकर काम करते हैं। मुझमें वह कला नहीं है, इसलिए मैं अपने आदमियों से कुछ अलग-अलग रहना ही अच्छा समझता हूँ और अब तक मुझे इस नीति से कोई हानि भी नहीं हुई; लेकिन मैं आदमियों का रंग-ढंग देखता रहता हूँ और सब को परखता रहा हूँ, मैंने तुम्हारे विषय में जो मत स्थिर किया है; वह यह है कि तुम वफादार हो और मैं तुम्हारे ऊपर विश्वास कर सकता हूँ, इसलिए मैं तुम्हें ज्यादा जिम्मेदारी का काम देना चाहता हूँ, जहाँ खुद बहुत कम काम करना पड़ेगा, केवल निगरानी करनी पड़ेगी। तुम्हारे वेतन में पचास रुपये की और तरक्की हो जायगी। मुझे विश्वास है, तुमने अब तक जितनी तनदेही से काम किया है, उससे भी ज्यादा तनदेही से आगे करोगे।

दीनानाथ की आँखों में आँसू भर आये और कण्ठ की मिठाई कुछ नमकीन हो गयी। जी में आया, स्वामी के चरणों पर सिर रख दे और कहे— आपकी सेवा के लिए मेरी जान हाजिर है। आपने मेरा जो सम्मान बढ़ाया है, मैं उसे निभाने में कोई कसर न उठा रखूँगा; लेकिन स्वर काँप रहा था और वह केवल कृतज्ञता-भरी आँखों से देखकर रह गया।

सेठजी ने एक मोटा-सा लेजर निकालते हुए कहा— मैं एक ऐसे काम में तुम्हारी मदद चाहता हूँ, जिस पर इस कार्यालय का सारा भविष्य टिका हुआ है। इतने आदमियों में मैंने केवल तुम्हीं को विश्वास-योग्य समझा है। और मुझे आशा है कि तुम मुझे निराश न करोगे। यह पिछले साल का लेजर है और इसमें कुछ ऐसी रकमें दर्ज हो गयी हैं; जिनके अनुसार कम्पनी को कई हजार लाभ होता है, लेकिन तुम जानते हो, हम कई महीनों से घाटे पर काम कर रहे हैं। जिस क्लर्क ने यह लेजर लिखा था, उसकी लिखावट तुम्हारी लिखावट से बिलकुल मिलती है। अगर दोनों लिखावटें आमने-सामने रख दी जायँ, तो

किसी विशेषज्ञ को भी उनमें भेद करना कठिन हो जायगा। मैं चाहता हूँ, तुम लेजर में एक पृष्ठ फिर से लिखकर जोड़ दो और उसी नम्बर का पृष्ठ उसमें से निकाल लो। मैंने पृष्ठ का नम्बर छपवा लिया है; एक दफ्तरी भी ठीक कर लिया है, जो रात भर में लेजर की जिल्दबन्दी कर देगा। किसी को पता तक न चलेगा। जरूरत सिर्फ यह है कि तुम अपनी कलम से उस पृष्ठ की नकल कर दो।

दीनानाथ ने शंका की— जब उस पृष्ठ की नकल ही करनी है, तो उसे निकालने की क्या जरूरत है?

सेठजी हँसे— तो क्या तुम समझते हो, उस पृष्ठ की हूबहू नकल करनी होगी! मैं कुछ रकमों में परिवर्तन कर दूँगा। मैं तुम्हें विश्वास दिलाता हूँ कि मैं केवल कार्यालय की भलाई के ख्याल से यह कार्रवाई कर रहा हूँ। अगर यह रद्दोबदल न किया गया, तो कार्यालय के एक सौ आदमियों की जीविका में बाधा पड़ जायगी। इसमें कुछ सोच-विचार करने की जरूरत ही नहीं। केवल आध घंटे का काम है। तुम बहुत तेज लिखते हो।

कठिन समस्या थी। स्पष्ट था कि उससे जाल बनाने को कहा जा रहा है। उसके पास इस रहस्य के पता लगाने का कोई साधन न था कि सेठजी जो कुछ कह रहे हैं, वह स्वार्थवश होकर या कार्यालय की रक्षा के लिए; लेकिन किसी दशा में भी है यह जाल, घोर जाल। क्या वह अपनी आत्मा की हत्या करेगा? नहीं; किसी तरह नहीं।

उसने डरते-डरते कहा— मुझे आप क्षमा करें, मैं यह काम न कर सकूँगा।

सेठजी ने उसी विचलित मुसकान के साथ पूछा— क्यों?

'इसलिए कि यह सरासर जाल है।'

'जाल किसे कहते हैं?'

'किसी हिसाब में उलटफेर करना जाल है।'

'लेकिन उसे उलटफेर से एक सौ आदमियों की जीविका बनी रहे, तो इस दशा में भी वह जाल है? कम्पनी की असली हालत कुछ और है, कागजी हालत कुछ और; अगर यह तब्दीली न की गयी, तो तुरन्त कई हजार रूपये नफे के देने पड़ जायँगे और नतीजा यह होगा कि कम्पनी का दिवाला हो जायगा और सारे आदमियों को घर बैठना पड़ेगा। मैं नहीं चाहता कि थोड़े से मालदार हिस्सेदारों के लिए इतने गरीबों का खून किया जाय। परोपकार के लिए कुछ जाल भी करना पड़े, तो वह आत्मा की हत्या नहीं है।'

दीनानाथ को कोई जवाब न सूझा। अगर सेठजी का कहना सच है और इस जाल से सौ आदमियों की रोजी बनी रहे तो वास्तव में वह जाल नहीं, कठोर कर्त्तव्य है; अगर आत्मा की हत्या होती भी हो, तो सौ आदमियों की रक्षा के लिए उसकी परवाह न करनी चाहिए, लेकिन नैतिक समाधान हो जाने पर अपनी रक्षा का विचार आया। बोला— लेकिन कहीं मुआमला खुल गया, तो मैं मिट जाऊँगा। चौदह साल के लिए काले पानी भेज दिया जाऊँगा।

सेठ ने जोर से कहकहा मारा— अगर मुआमला खुल गया, तो तुम न फँसोगे, मैं फँसूंगा। तुम साफ इनकार कर सकते हो।

'लिखावट तो पकड़ी जायगी?'

'पता ही कैसे चलेगा कि कौन पृष्ठ. बदला गया, लिखावट तो एक-सी है।'

दीनानाथ परास्त हो गया। उसी वक्त उस पृष्ठ की नकल करने लगा।

4

फिर भी दीनानाथ के मन में चोर पैदा हुआ था। गौरी से इस विषय में वह एक शब्द भी न कह सका।

एक महीने के बाद उसकी तरक्की हुई। सौ रूपये मिलने लगे। दो सौ बोनस के भी मिले।

यह सब कुछ था, घर में खुशहाली के चिह्न नजर आने लगे; लेकिन दीनानाथ का अपराधी मन एक बोझ से दबा रहता था। जिन दलीलों से सेठजी ने उसकी जबान बन्द कर दी थी, उन दलीलों से गौरी को सन्तुष्ट कर सकने का उसे विश्वास न था।

उसकी ईश्वर-निष्ठा उसे सदैव डराती रहती थी। इस अपराध का कोई भयंकर दंड अवश्य मिलेगा। किसी प्रायश्चित, किसी अनुष्ठान से उसे रोकना असम्भव है। अभी न मिले; साल-दो साल न मिले, दस-पाँच साल न मिले; पर जितनी देर में मिलेगा, उतना ही भयंकर होगा, मूलधन ब्याज के साथ बढ़ता जायेगा। वह अक्सर पछताता, मैं क्यों सेठजी के प्रलोभन में आ गया। कार्यालय टूटता या रहता, मेरी बला से; आदमियों की रोजी जाती या रहती, मेरी बला से; मुझे तो यह प्राण-पीड़ा न होती, लेकिन अब तो जो कुछ होना था हो चुका और दंड अवश्य मिलेगा। इस शंका ने उसके जीवन का उत्साह, आनन्द और माधुर्य सब कुछ हर लिया।

मलेरिया फैला हुआ था। बच्चे को ज्वर आया। दीनानाथ के प्राण नहों में समा गये। दण्ड का विधान आ पहुँचा। कहाँ जाय, क्या करे? जैसे बुद्धि भ्रष्ट हो गयी।

गौरी ने कहा— जाकर कोई दवा लाओ, या किसी डॉक्टर को दिखा दो, तीन दिन तो हो गये।

दीनानाथ ने चिन्तित मन से कहा— हाँ, जाता हूँ, लेकिन मुझे बड़ा भय लग रहा है।

'भय की कौन-सी बात है! बेबात की बात मुँह से निकालते हो। आजकल किसे ज्वर नहीं आता?'

'ईश्वर इतना निर्दयी क्यों है?'

'ईश्वर निर्दयी है पापियों के लिए। हमने किसका क्या हर लिया है?'

'ईश्वर पापियों को कभी क्षमा नहीं करता?'

'पापियों को दण्ड न मिले, तो संसार में अनर्थ हो जाय।'

'लेकिन आदमी ऐसे काम भी तो करता है, जो एक दृष्टि से पाप हो सकते हैं, दूसरी दृष्टि से पुण्य।'

'मैं नहीं समझी।'

'मान लो, मेरे झूठ बोलने से किसी की जान बचती हो, तो क्या वह पाप है?'

'मैं तो समझती हूँ, ऐसा झूठ पुण्य है।'

'तो जिस पाप से मनुष्य का कल्याण हो, वह पुण्य है?'

'और क्या?'

दीनानाथ की अमंगल-शंका थोड़ी देर के लिए दूर हो गयी। डॉक्टर को बुला लाया, इलाज शुरू किया, बालक एक सप्ताह में चंगा हो गया।

मगर थोड़े दिन बाद वह खुद बीमार पड़ा। वह अवश्य ही ईश्वरीय दण्ड है और वह बच नहीं सकता। साधारण मलेरिया ज्वर था; पर दीनानाथ की दण्ड-कल्पना ने उसे सन्निपात का रूप दे दिया। ज्वर में, नशे की हालत की तरह यों भी कल्पनाशक्ति तीव्र हो जाती है। पहले केवल मनोगत शंका थी, वह भीषण सत्य बन गयी। कल्पना ने यमदूत रच डाले, उनके भाले और गदाएँ रच डालीं, नरक का अग्निकुण्ड दहका दिया। डॉक्टर की एक घूँट दवा एक हजार मन की गदा के आवाज और आग के उबलते हुए समुद्र के दाह पर क्या असर करती? दीनानाथ मिथ्यावादी न था। पुराणों की रहस्यमय कल्पनाओं में उसे विश्वास न था। नहीं, वह बुद्धिवादी था और ईश्वर में भी तभी उसे विश्वास आया, जब उसकी तर्कबुद्धि कायल हो गयी। लेकिन ईश्वर के साथ उसकी दया भी आयी, उसका दण्ड भी आया। दया ने उसे रोजी दी, मान दिया। ईश्वर की दया न होती, तो शायद वह भूखों मर जाता, लेकिन भूखों मरना अग्निकुण्ड में ढकेल दिये जाने से कहीं सरल था, खेल था। दण्ड-भावना जन्म-जन्मान्तरों के संस्कार से ऐसी बद्धमूल हो गयी थी, मानो उसकी बुद्धि का, उसकी आत्मा का, एक अंग हो गयी हो। उसका तर्कवाद और बुद्धिवाद इन मन्वन्तरों के जमे हुए संस्कार पर समुद्र की ऊँची लहरों की भाँति आता था पर एक क्षण में उन्हें जल-मग्न करके फिर लौट जाता था और वह पर्वत ज्यों-का-त्यों अचल खड़ा रह जाता था।

जिन्दगी बाकी थी, बच गया। ताकत आते ही दफ्तर जाने लगा। एक दिन गौरी बोली— जिन दिनों तुम बीमार थे और एक दिन तुम्हारी हालत बहुत नाजुक हो गयी थी, तो मैंने भगवान् से कहा था कि यह अच्छे हो जायँगे, तो पचास ब्राहमणों को भोजन कराऊँगी। दूसरे ही दिन से तुम्हारी हालत सुधरने लगी। ईश्वर ने मेरी विनती सुन ली। उसकी दया न हो जाती, तो मुझे कहीं माँगे भीख न मिलती। आज बाजार से सामान ले आओ, तो मनौती पूरी कर दूँ। पचास ब्राहमण नेवते जायँगे, तो सौ अवश्य आयेंगे। पचास कँगले भी समझ लो और मित्रों में बीस-पचीस निकल ही आयेंगे। दो सौ आदमियों का डौल है। मैं सामग्रियों की सूची लिखे देती हूँ।

दीनानाथ ने माथा सिकोड़कर कहा— तुम समझती हो, मैं भगवान् की दया से अच्छा हुआ?

'और कैसे अच्छे हुए?'

'अच्छा हुआ इसलिए कि जिन्दगी बाकी थी।'

'ऐसी बातें न करो। मनौती पूरी करनी होगी।'

'कभी नहीं। मैं भगवान को दयालु नहीं समझता।'

'और क्या भगवान् निर्दयी है?'

'उनसे बड़ा निर्दयी कोई संसार में न होगा। जो अपने रचे हुए खिलौनों को उनकी भूलों और बेवकूफियों की सजा अग्निकुण्ड में ढकेलकर दे, वह भगवान् दयालु नहीं हो सकता। भगवान् जितना दयालु है, उससे असंख्य गुना निर्दयी है। और ऐसे भगवान् की कल्पना से मुझे घृणा होती है। प्रेम सबसे बड़ी शक्ति कही गयी है। विचारवानों ने प्रेम को ही जीवन की और संसार की सबसे बड़ी विभूति मानी है। व्यवहार में न सही, आदर्श में प्रेम ही हमारे जीवन का सत्य है, मगर तुम्हारा ईश्वर दण्ड-भय से सृष्टि का संचालन करता है। फिर उसमें और मनुष्य में क्या फर्क हुआ? ऐसे ईश्वर की उपासना मैं नहीं करना चाहता, नहीं कर सकता। जो मोटे हैं, उनके लिए ईश्वर दयालु होगा, क्योंकि वे दुनिया को लूटते हैं। हम जैसों को तो ईश्वर की दया कहीं नजर नहीं आती। हाँ, भय पग-पग पर खड़ा घूरा करता है। यह मत करो, नहीं तो ईश्वर दण्ड देगा! वह मत करो, नहीं तो ईश्वर दण्ड देगा। प्रेम से शासन करना मानवता है, आतंक से शासन करना बर्बरता है। आतंकवादी ईश्वर से तो ईश्वर का न रहना ही अच्छा है। उसे हृदय से निकाल कर मैं उसकी दया और दण्ड दोनों से मुक्त हो जाना चाहता हूँ। एक कठोर दण्ड बरसों के प्रेम को मिट्टी में मिला देता है। मैं तुम्हारे ऊपर बराबर जान देता रहता हूँ; लेकिन किसी दिन डण्डा लेकर पीट चलूँ, तो तुम मेरी सूरत न देखोगी। ऐसे आतंकमय, दण्डमय जीवन के लिए में ईश्वर को एहसान नहीं लेना चाहता। बासी भात में खुदा के साझे की जरूरत नहीं। अगर तुमने ओज-भोज पर जोर दिया, तो मैं जहर खा लूँगा।'

गौरी उसके मुँह की ओर भयातुर नेत्रों से ताकती रह गयी।

□

दूध का दाम

अब बड़े-बड़े शहरों में दाइयाँ, नर्सें और लेडी डॉक्टर, सभी पैदा हो गयी हैं; लेकिन देहातों में जच्चेखानों पर अभी तक भंगिनों का ही प्रभुत्त्व है और निकट भविष्य में इसमें कोई तब्दीली होने की आशा नहीं। बाबू महेशनाथ अपने गाँव के जमींदार थे, शिक्षित थे, और जच्चेखानों में सुधार की आवश्यकता को मानते थे, लेकिन इसमें जो बाधाएँ थीं, उन पर कैसे विजय पाते? कोई नर्स देहात में जाने पर राजी न हुई और बहुत कहने-सुनने से राजी भी हुई, तो इतनी लम्बी-चौड़ी फीस माँगी कि बाबू साहब को सिर झुकाकर चले आने के सिवा और कुछ न सूझा। लेडी डाक्टर के पास जाने की उन्हें हिम्मत न पड़ी। उसकी फीस पूरी करने के लिए तो शायद बाबू साहब को अपनी आधी जायदाद बेचनी पड़ती; इसलिए जब तीन कन्याओं के बाद चौथा लड़का पैदा हुआ, तो फिर वही गूदड़ था और वही गूदड़ की बहू। बच्चे अक्सर रात ही को पैदा होते हैं। एक दिन आधीरात को चपरासी ने गूदड़ के द्वार पर ऐसी हाँक लगायी कि पास-पड़ोस में भी जाग पड़ गयी। लड़की न थी कि मरी आवाज से पुकारता।

गूदड़ के घर में इस शुभ अवसर के लिए महीनों से तैयारी हो रही थी। भय था तो यही कि फिर बेटी न हो जाय, नहीं तो वही बँधा हुआ एक रुपया और एक साड़ी मिलाकर रह जायगी। इस विषय में स्त्री-पुरूष में कितने ही बार झगड़ा हो चुका था, शर्त लग चुकी थी। स्त्री कहती थी— अगर अबकी बेटी न हो तो मुँह न दिखाऊँ; हाँ-हाँ, मुँह न दिखाऊँ, सारे लच्छन बेटे के हैं। और गूदड़ कहता था— देख लेना, बेटी होगी और बीच खेत बेटी होगी। बेटा निकले तो मुँछे मुँड़ा लूँ, हाँ-हाँ, मूँछे मुड़ा लूँ। शायद गूदड़ समझता था कि इस तरह अपनी स्त्री में पुत्र-कामना को बलवान् करके वह बेटे की अवाई के लिए रास्ता साफ कर रहा है।

भूँगी बोली— अब मूँछ मुँड़ा ले दाढ़ीजार! कहती थी, बेटा होगा। सुनता ही न था। अपनी ही रट लगाये जाता था। मैं आज तेरी मूँछे मुँडूंगी, खूँटी तक तो रखूँगी ही नहीं।

गूदड़ ने कहा— अच्छा मूँड लेना भलीमानस! मूँछे क्या फिर निकलेंगी ही नहीं? तीसरे दिन देख लेना, फिर ज्यों-की-त्यों हैं, मगर जो कुछ मिलेगा, उसमें आधा रखा लूँगा, कहे देता हूँ।

भूँगी ने अँगूठा दिखाया और अपने तीन महीने के बालक को गूदड़ के सुपुर्द कर

सिपाही के साथ चल खड़ी हुई।

गूदड़ ने पुकारा— अरी! सुन तो, कहाँ भागी जाती है? मुझे भी बधाई बजाने जाना पड़ेगा। इसे कौन सँभालेगा?

भूँगी ने दूर ही से कहा— इसे वहीं धरती पर सुला देना। मैं आके दूध पिला जाऊँगी।

2

महेशनाथ के यहाँ अब भी भूँगी की खूब खातिरदारियाँ होने लगीं। सबेरे हरीरा मिलता, दोपहर को पूरियाँ और हलवा, तीसरे पहर को फिर और रात को फिर और गूदड़ को भी भरपूर परोसा मिलता था। भूँगी अपने बच्चे को दिन-रात में एक-दो बार से ज्यादा न पिला सकती थी। उसके लिए ऊपर के दूध का प्रबन्ध था। भूँगी का दूध बाबूसाहब का भाग्यवान् बालक पीता था। और यह सिलसिला बारहवें दिन भी न बन्द हुआ। मालकिन मोटी-ताजी देवी थी; पर अब की कुछ ऐसा संयोग कि उन्हें दूध हुआ ही नहीं। तीनों लड़कियों की बार इतने इफरात से दूध होता था कि लड़कियों को बदहजमी हो जाती थी। अब की एक बूँद नहीं। भूँगी दाई भी थी और दूध-पिलाई भी।

मालकिन कहतीं— भूँगी, हमारे बच्चे को पाल दे, फिर जब तक तू जिये, बैठी खाती रहना। पाँच बीघे माफी दिलवा दूँगी। नाती-पोते तक चैन करेंगे।

और भूँगी का लाड़ला ऊपर का दूध, हजम न कर सकने के कारण बार-बार उलटी करता और दिन-दिन दुबला होता जाता था।

भूँगी कहती— बहूजी, मूँड़न में चूड़े लूँगी, कहे देती हूँ।

बहूजी उत्तर देतीं— हाँ-हाँ, चूड़े लेना भाई, धमकाती क्यों है? चाँदी के लेगी या सोने के?

'वाह बहूजी! चाँदी के चूड़े पहन के किसे मुँह दिखाऊँगी और किसकी हँसी होगी?'

'अच्छा, सोने के लेना भाई, कह तो दिया।'

'और ब्याह में कण्ठा लूँगी और चौधरी (गूदड़) के लिए हाथों के तोड़े।'

'वह भी लेना, भगवान् वह दिन तो दिखावे।'

घर में मालकिन के बाद भूँगी का राज्य था। महरियाँ, महराजिन, नौकर-चाकर सब उसका रोब मानते थे। यहाँ तक कि खुद बहूजी भी उससे दब जाती थीं। एक बार तो उसने महेशनाथ को भी डाँटा था। हँसकर टाल गये। बात चली थी भांगियों की। महेशनाथ ने कहा— दुनिया में और चाहे जो कुछ हो जाय, भंगी भंगी ही रहेंगे। इन्हें आदमी बनाना कठिन है।

इस पर भूँगी ने कहा था— मालिक, भंगी तो बड़ों-बड़ों को आदमी बनाते हैं, उन्हें कोई क्या आदमी बनाये?

यह गुस्ताखी करके किसी दूसरे अवसर पर भला भूँगी के सिर के बाल बच सकते

थे? लेकिन आज बाबूसाहब ठठाकर हँसे और बोले— भूँगी बात बड़े पते की कहती है।

3

भूँगी का शासनकाल साल-भर से आगे न चल सका। देवताओं ने बालक के भंगिन का दूध पीने पर आपत्ति की, मोटेराम शास्त्री तो प्रायश्चित का प्रस्ताव कर बैठे। दूध तो छुड़ा दिया गया; लेकिन प्रायश्चित की बात हँसी में उड़ गयी। महेशनाथ ने फटकारकर कहा— प्रायश्चित की खूब कही शास्त्रीजी, कल तक उसी भंगिन का खून पीकर पला, अब उसमें छूत घुस गयी। वाह रे आपका धर्म।

शास्त्रीजी शिखा फटकारकर बोले— यह सत्य है, वह कल तक भंगिन का रक्त पीकर पला। माँस खाकर पला, यह भी सत्य है; लेकिन कल की बात कल थी, आज की बात आज। जगन्नाथपुरी में छूत-अछूत सब एक पंगत में खाते हैं; पर यहाँ तो नहीं खा सकते। बीमारी में तो हम भी कपड़े पहने खा लेते हैं, खिचड़ी तक खा लेते हैं बाबूजी; लेकिन अच्छे हो जाने पर तो नेम का पालन करना ही पड़ता है। आपद्धर्म की बात न्यारी है।

'तो इसका यह अर्थ है कि धर्म बदलता रहता है— कभी कुछ, कभी कुछ?'

'और क्या! राजा का धर्म अलग, प्रजा का धर्म अलग, अमीर का धर्म अलग, गरीब का धर्म अलग, राजे-महराजे जो चाहे खायँ, जिसके साथ चाहें खायँ, जिसके साथ चाहें शादी-ब्याह करें, उनके लिए कोई बन्धन नहीं। समर्थ पुरुष हैं। बन्धन तो मध्यवालों के लिए है।'

प्रायश्चित तो न हुआ; लेकिन भूँगी को गद्दी से उतरना पड़ा! हाँ, दान-दक्षिणा इतनी मिली की वह अकेले ले न जा सकी और सोने के चूड़े भी मिले। एक की जगह दो नयी, सुन्दर साड़ियाँ— मामूली नैनसुख की नहीं, जैसी लड़कियों की बार मिली थी।

4

इसी साल प्लेग ने जोर बाँधा और गूदड़ पहले ही चपेट में आ गया। भूँगी अकेली रह गयी; पर गृहस्थी ज्यों-की-ज्यों चलती रही। लोग ताक लगाये बैठे थे कि भूँगी अब गयी। फलाँ भंगी से बातचीत हुई, फलाँ चौधरी आये, लेकिन भूँगी न कहीं आयी, न कहीं गयी, यहाँ तक कि पाँच साल बीत गये और उसका बालक मंगल, दुर्बल और सदा रोगी रहने पर भी, दौड़ने लगा। सुरेश के सामने पिद्दी-सा लगता था।

एक दिन भूँगी महेशनाथ के घर का परनाला साफ कर रही थी। महीनों से गलीज जमा हो रहा था। आँगन में पानी भरा रहने लगा था। परनाले में एक लम्बा मोटा बाँस डालकर जोर से हिला रही थी। पूरा दाहिना हाथ परनाले के अन्दर था कि एकाएक उसने चिल्लाकर हाथ बाहर निकाल लिया और उसी वक्त एक काला साँप परनाले से निकलकर

भागा। लोगों ने दौड़कर उसे मार तो डाला; लेकिन भूँगी को न बचा सके। समझे; पानी का साँप है, विषैला न होगा, इसलिए पहले कुछ गफलत की गयी। जब विष देह में फैल गया और लहरें आने लगी, तब पता चला कि वह पानी का साँप नहीं, गेहुँवन था।

मंगल अब अनाथ था। दिन-भर महेशबाबू के द्वार पर मँडराया करता। घर में जूठन इतना बचता था कि ऐसे-ऐसे दस-पाँच बालक पल सकते थे। खाने की कोई कमी न थी। हाँ, उसे तब बुरा जरूर लगता था, जब उसे मिट्टी के कसोरों में ऊपर से खाना दिया जाता था। सब लोग अच्छे-अच्छे बरतनों में खाते हैं, उसके लिए मिट्टी के कसोरे!

यों उसे इस भेद-भाव का बिलकुल ज्ञान न होता था, लेकिन गाँव के लड़के चिढ़ा-चिढ़ाकर उसका अपमान करते रहते थे। कोई उसे अपने साथ खेलाता भी न था। यहाँ तक कि जिस टाट पर वह सोता था, वह भी अछूत था। मकान के सामने एक नीम का पेड़ था। इसी के नीचे मंगल का डेरा था। एक फटा-सा टाट का टुकड़ा, दो मिट्टी के कसोरे और एक धोती, जो सुरेश बाबू की उतारन थी, जाड़ा, गरमी, बरसात हरेक मौसम में वह जगह एक-सी आरामदेह थी और भाग्य को बली मंगल झुलसती हुई लू, गलते हुए जाड़े और मूसलाधार वर्षा में भी जिन्दा और पहले से कहीं स्वस्थ था। बस, उसका कोई अपना था, तो गाँव का एक कुत्ता, जो अपने सहवर्गियों के जुल्म से दुखी होकर मंगल की शरण आ पड़ा था। दोनों एक ही खाना खाते, एक ही टाट पर सोते, तबीअत भी दोनों की एक-सी थी और दोनों एक दूसरे के स्वभाव को जान गये थे। कभी आपस में झगड़ा न होता।

गाँव के धर्मात्मा लोग बाबूसाहब की इस उदारता पर आश्चर्य करते। ठीक द्वार के सामने— पचास हाथ भी न होगा— मंगल का पड़ा रहना उन्हें सोलहों आने धर्म-विरूद्ध जान पड़ता। छि:! यही हाल रहा, तो थोड़े ही दिनों में धर्म का अन्त ही समझो। भंगी को भी भगवान् ने ही रचा है, यह हम भी जानते हैं। उसके साथ हमें किसी तरह का अन्याय न करना चाहिए, यह किसे नहीं मालूम? भगवान् का तो नाम ही पतित-पावन है; लेकिन समाज की मर्यादा भी कोई वस्तु है! उस द्वार पर जाते हुए संकोच होता है। गाँव के मालिक हैं, जान तो पड़ता ही है; लेकिन बस यही समझ लो कि घृणा होती है।

मंगल और टामी में गहरी बनती थी। मंगल कहता— देखो भाई टामी, जरा और खिसककर सोओ। आखिर मैं कहाँ लेटूँ? सारा टाटा तो तुमने घेर लिया।

टामी कूँ-कूँ करता, दुम हिलाता और खिसक जाने के बदले और ऊपर चढ़ आता एवं मंगल का मुँह चाटने लगता।

शाम को वह एक बार रोज अपना घर देखने और थोड़ी देर रोने जाता। पहले साल फूस का छप्पर गिर पड़ा, दूसरे साल एक दीवार गिरी और अब केवल आधी-आधी दीवारें खड़ी थीं, जिनका ऊपरी भाग नोकदार हो गया था। यही उसे स्नेह की सम्पत्ति मिली थी। वही स्मृति, वही आकर्षण, वही प्यार उसे एक बार उस ऊजड़ में खींच ले जाती थी और टामी सदैव उसके साथ होता था। मंगल नोकदार दीवार पर बैठ जाता और जीवन के बीते

और आनेवाले स्वप्न देखने लगता और बार-बार उछल कर उसकी गोद में बैठने की असफल चेष्टा करता।

5

एक दिन कई लड़के खेल रहे थे। मंगल भी पहुँच कर दूर खड़ा हो गया। या तो सुरेश को उस पर दया आयी, या खेलनेवालों की जोड़ी पूरी न पड़ती थी, कह नहीं सकते। जो कुछ भी हो, तजवीज की कि आज मंगल को भी खेल में शरीक कर लिया जाय। यहाँ कौन देखने आता है! क्यों रे मंगल, खेलेगा?

मंगल बोला— न भैया, कहीं मालिक देख लें, तो मेरी चमड़ी उधेड़ दी जाय। तुम्हें क्या, तुम तो अलग हो जाओगे।

सुरेश ने कहा— तो यहाँ कौन आता है देखने बे? चल, हम लोग सवार-सवार खेलेंगे। तू घोड़ा बनेगा, हम लोग तेरे ऊपर सवारी करके दौड़ायेंगे?

मंगल ने शंका की— मैं बराबर घोड़ा ही रहूँगा, कि सवारी भी करूँगा? यह बता दो।

यह प्रश्न टेढ़ा था। किसी ने इस पर विचार न किया था। सुरेश ने एक क्षण विचार करके कहा— तुझे कौन अपनी पीठ पर बिठायेगा, सोच? आखिर तू भंगी है कि नहीं?

मंगल भी कड़ा हो गया। बोला— मैं कब कहता हूँ कि मैं भंगी नहीं हूँ, लेकिन तुम्हें मेरी ही माँ ने अपना दूध पिला कर पाला है। जब तक मुझे भी सवारी करने को न मिलेगी, मैं घोड़ा न बनूँगा। तुम लोग बड़े चघड़ हो। आप तो मजे से सवारी करोगे और मैं घोड़ा ही बना रहूँ!

सुरेश ने डाँट कर कहा, तुम्हें घोड़ा बनना पड़ेगा और मंगल को पकड़ने दौड़ा। मंगल भागा। सुरेश ने दौड़ाया। मंगल ने कदम और तेज किया। सुरेश ने भी जोर लगाया; मगर वह बहुत खा-खाकर थुल-थुल हो गया था और दौड़ने में उसकी साँस फूलने लगती थी।

आखिर उसने रूक कर कहा— आकर घोड़ा बनों मंगल, नहीं तो कभी पा जाऊँगा, तो बुरी तरह पीटूँगा।

'तुम्हें भी घोड़ा बनना पड़ेगा।'

'अच्छा हम भी बन जायँगे।'

'तुम पीछे से निकल जाओगे। पहले तुम घोड़ा बन जाओ। मैं सवारी कर लूँ, फिर मैं बनूँगा।'

'सुरेश ने सचमुच चकमा देना चाहा था। मंगल का यह मुतालबा सुनकर साथियों से बोला— देखते हो इसकी बदमाशी, भंगी है न!

तीनों ने मंगल को घेर लिया और उसे जबरदस्ती घोड़ा बना दिया। सुरेश ने चटपट उसकी पीठ पर आसन जमा लिया और टिकटिक करके बोली— चल घोड़े, चल!

मंगल कुछ देर तो चला, लेकिन उस बोझ से उसकी कमर टूटी जाती थी। उसने धीरे से पीठ सिकोड़ी और सुरेश की रान के नीचे से सरक गया। सुरेश महोदय लद से गिर पड़े और भोंपू बजाने लगे।

माँ ने सुना, सुरेश कहीं रो रहा है। सुरेश कहीं रोये, तो उनके तेज कानों में जरूर भनक पड़ जाती थी और उसका रोना भी बिलकुल निराला होता था, जैसे छोटी लाइन के इंजन की आवाज।

महरी से बोली— देख तो, सुरेश कहीं रो रहा है, पूछ तो किसने मारा है?

इतने में सुरेश खुद आँखें मलता हुआ आया। उसे जब रोने का अवसर मिलता था, तो माँ के पास फरियाद लेकर जरूर आता था। माँ मिठाई या मेवे देकर आँसू पोंछ देती थीं। आप थे तो आठ साल के, मगर थे बिलकुल गावदी। हद से ज्यादा प्यार ने उसकी बुद्धि के साथ वही किया था, जो हद से ज्यादा भोजन ने उसकी देह के साथ।

माँ ने पूछा— क्यों रोता है सुरेश, किसने मारा?

सुरेश ने रोकर कम— मंगल ने छू दिया।

माँ को विश्वास न आया। मंगल इतना निरीह था कि उससे किसी तरह की शरारत की शंका न होती थी; लेकिन जब सुरेश कसमें खाने लगा, तो विश्वास करना लाजिम हो गया। मंगल को बुलाकर डाँटा— क्यों रे मंगल, अब तुझे बदमाशी सूझने लगी। मैंने तुझसे कहा था, सुरेश को कभी मत छूना, याद है कि नहीं, बोल।

मंगल ने दबी आवाज से कहा— याद क्यों नहीं है?

'तो फिर तूने उसे क्यों छुआ?'

'मैंने नहीं छुआ।'

'तूने नहीं छुआ, तो वह रोता क्यों था?'

'गिर पड़े, इससे रोने लगे।'

चोरी और सीनाजोरी। देवीजी दाँत पीसकर रह गयीं। मारतीं, तो उसी दम स्नान करना पड़ता। छड़ी तो हाथ में लेनी ही पड़ती और छूत का विद्युत-प्रवाह इस छड़ी के रास्ते उनकी देह में पैवस्त हो जाता, इसलिए जहाँ तक गालियाँ दे सकीं, दीं और हुक्म दिया कि अभी-अभी यहाँ से निकल जा। फिर जो इस द्वार पर तेरी सूरत नजर आयी, तो खून ही पी जाऊँगी। मुफ्त की रोटियाँ खा-खाकर शरारत सूझती है; आदि।

मंगल में गैरत तो क्या थी, हाँ, डर था। चुपके से अपने सकोरे उठाये, टाट का टुकड़ा बगल में दबाया, धोती कन्धे पर रखी और रोता हुआ वहाँ से चल पड़ा। अब वह यहाँ कभी न आयेगा। यही तो होगा कि भूखों मर जायगा। क्या हरज है? इस तरह जीने से फायदा ही क्या? गाँव में उसके लिये और कहाँ ठिकाना था? भंगी को कौन पनाह देता? उसी खंडहर की ओर चला, जहाँ भले दिनों की स्मृतियाँ उसके आँसू पोंछ सकती थीं और खूब फूट-फूटकर रोया।

उसी क्षण टामी भी उसे ढूँढ़ता हुआ पहुँचा और दोनों फिर अपनी व्यथा भूल गये।

6

लेकिन ज्यों-ज्यों दिन का प्रकाश क्षीण होता जाता था, मंगल की ग्लानि भी क्षीण होती जाती थी। बचपन को बेचैन करने वाली भूख देह का रक्त पी-पीकर और भी बलवान् होती जाती थी। आँखें बार-बार कसोरों की ओर उठ जातीं। वहाँ अब तक सुरेश की जूठी मिठाइयाँ मिल गयी होतीं। यहाँ क्या धूल फाँके?

उसने टामी से सलाह की— खाओगे क्या टामी? मैं तो भूखा लेट रहूँगा।

टामी ने कूँ-कूँ करके शायद कहा— इस तरह का अपमान तो जिन्दगी भर सहना है। यों हिम्मत हारोगे, तो कैसे काम चलेगा? मुझे देखो न, कभी किसी ने डण्डा मारा, चिल्ला उठा, फिर जरा देर बाद दुम हिलाता हुआ उसके पास जा पहुँचा। हम-तुम दोनों इसीलिए बने हैं भाई!

मंगल ने कहा— तो तुम जाओ, जो कुछ मिले खा लो, मेरी परवाह न करो।

टामी ने अपनी श्वान-भाषा में कहा— अकेला नहीं जाता, तुम्हें साथ लेकर चलूँगा।

'मैं नहीं जाता।'

'तो मैं भी नहीं जाता।'

'भूखों मर जाओगे।'

'तो क्या तुम जीते रहोगे?'

'मेरा कौन बैठा है, जो रोयेगा?'

'यहाँ भी वही हाल है भाई, क्वार में जिस कुतिया से प्रेम किया था, उसने बेवफाई की और अब कल्लू के साथ है। खैरियत यही हुई कि अपने बच्चे लेती गयी, नहीं तो मेरी जान गाढ़े में पड़ जाती। पाँच-पाँच बच्चों को कौन पालता?'

एक क्षण के बाद भूख ने एक दूसरी युक्ति सोच निकाली।

'मालकिन हमें खोज रही होंगी, क्या टामी?'

'और क्या? बाबूजी और सुरेश खा चुके होंगे। कहार ने उनकी थाली से जूठन निकाल लिया होगा और हमें पुकार रहा होगा।'

'बाबूजी और सुरेश दोनों की थालियों में घी खूब रहता है और वह मीठी-मीठी चीज— हाँ मलाई।'

'सब-का-सब घूरे पर डाल दिया जायगा।'

'देखें, हमें खोजने कोई आता है?'

खोजने कौन आयेगा; क्या कोई पुरोहित हो? एक बार 'मंगल-मंगल' होगा और बस, थाली परनाले में उँड़ेल दी जायेगी।

'अच्छा, तो चलो चलें। मगर मैं छिपा रहूँगा, अगर किसी ने मेरा नाम लेकर न पुकारा;

तो मैं लौट आऊँगा। यह समझ लो।'

दोनों वहाँ से निकले और आकर महेशनाथ के द्वार पर अँधेरे में दबककर खड़े हो गये; मगर टामी को सब्र कहाँ? वह धीरे से अन्दर घुस गया। देखा, महेशनाथ और सुरेश थाली पर बैठ गये हैं। बरोठे में धीरे से बैठ गया, मगर डर रहा था कि कोई डंडा न मार दे।

नौकरों में बातचीत हो रही थी। एक ने कहा— आज मँगलवा नहीं दिखायी देता। मालकिन ने डाँटा था, इससे भागा है साइत।

दूसरे ने जवाब दिया— अच्छा हुआ, निकाल दिया गया। सबेरे-सबेरे भंगी का मुँह देखना पड़ता था।

मंगल और अँधेरे में खिसक गया। आशा गहरे जल में डूब गयी।

महेशनाथ थाली से उठ गये। नौकर हाथ धुला रहा है। अब हुक्का पीयेंगे और सोयेंगे। सुरेश अपनी माँ के पास बैठा कोई कहानी सुनता-सुनता सो जायगा! गरीब मंगल की किसे चिन्ता है? इतनी देर हो गयी, किसी ने भूल से भी न पुकारा।

कुछ देर तक वह निराश-सा वहाँ खड़ा रहा, फिर एक लम्बी साँस खींचकर जाना ही चाहता था कि कहार पत्तल में थाली का जूठन ले जाता नजर आया।

मंगल अँधेरे से निकलकर प्रकाश में आ गया। अब मन को कैसे रोके?

कहार ने कहा— अरे, तू यहाँ था? हमने समझा कि कहीं चला गया। ले, खा ले; मैं फेंकने ले जा रहा था।

मंगल ने दीनता से कहा— मैं तो बड़ी देर से यहाँ खड़ा था।

'तो बोला क्यों नहीं?'

'मारे डर के।'

'अच्छा, ले खा ले।'

उसने पत्तल को ऊपर उठाकर मंगल के फैले हुए हाथों में डाल दिया। मंगल ने उसकी ओर ऐसी आँखों से देखा, जिसमें दीन कृतज्ञता भरी हुई थी।

टामी भी अन्दर से निकल आया था। दोनों वहीं नीम के नीचे पत्तल में खाने लगे।

मंगल ने एक हाथ से टामी का सिर सहलाकर कहा— देखा, पेट की आग ऐसी होती है! यह लात की मारी हुई रोटियाँ भी न मिलतीं, तो क्या करते?

टामी ने दुम हिला दी।'

'सुरेश को अम्माँ ने पाला था।'

टामी ने फिर दुम हिलायी।

'लोग कहते हैं, दूध का दाम कोई नहीं चुका सकता और मुझे दूध का यह दाम मिल रहा है।'

टामी ने फिर दुम हिलायी। □

बालक

गंगू को लोग ब्राह्मण कहते हैं और वह अपने को ब्राह्मण समझता भी है। मेरे सईस और खिदमतगार मुझे दूर से सलाम करते हैं। गंगू मुझे कभी सलाम नहीं करता। वह शायद मुझसे पालागन की आशा रखता है। मेरा जूठा गिलास कभी हाथ से नहीं छूता और न मेरी कभी इतनी हिम्मत हुई कि उससे पंखा झलने को कहूँ। जब मैं पसीने से तर होता हूँ और वहाँ कोई दूसरा आदमी नहीं होता, तो गंगू आप-ही-आप पंखा उठा लेता है; लेकिन उसकी मुद्रा से यह भाव स्पष्ट प्रकट होता है कि मुझ पर कोई एहसान कर रहा है और मैं भी न-जाने क्यों फौरन ही उसके हाथ से पंखा छीन लेता हूँ। उग्र स्वभाव का मनुष्य है। किसी की बात नहीं सह सकता। ऐसे बहुत कम आदमी होंगे, जिनसे उसकी मित्रता हो; पर सईस और खिदमतगार के साथ बैठना शायद वह अपमानजनक समझता है। मैंने उसे किसी से मिलते-जुलते नहीं देखा। आश्चर्य यह है कि उसे भंग-बूटी से प्रेम नहीं, जो इस श्रेणी के मनुष्यों में एक असाधारण गुण है। मैंने उसे कभी पूजा-पाठ करते या नदी में स्नान करते नहीं देखा। बिलकुल निरक्षर है; लेकिन फिर भी वह ब्राह्मण है और चाहता है कि दुनिया उसकी प्रतिष्ठा तथा सेवा करे और क्यों न चाहे? जब पुरुखाओं की पैदा की हुई सम्पत्ति पर आज भी लोग अधिकार जमाये हुए हैं और उसी शान से, मानो खुद पैदा किये हों, तो वह क्यों उस प्रतिष्ठा और सम्मान को त्याग दे, जो उसके पुरुखाओं ने संचय किया था? यह उसकी बपौती है।

मेरा स्वभाव कुछ इस तरह का है कि अपने नौकरों से बहुत कम बोलता हूँ। मैं चाहता हूँ, जब तक मैं खुद न बुलाऊँ, कोई मेरे पास न आये। मुझे यह अच्छा नहीं लगता कि जरा-सी बातों के लिए नौकरों को आवाज देता फिरूँ। मुझे अपने हाथ से सुराही से पानी उँड़ेल लेना, अपना लैम्प जला लेना, अपने जूते पहन लेना या आलमारी से कोई किताब निकाल लेना, इससे कहीं ज्यादा सरल मालूम होता है कि हींगन और मैकू को पुकारूँ। इससे मुझे अपनी स्वेच्छा और आत्म-विश्वास का बोध होता है। नौकर भी मेरे स्वभाव से परिचित हो गये हैं और बिना जरूरत मेरे पास बहुत कम आते हैं। इसलिए एक दिन जब प्रात: काल गंगू मेरे सामने आकर खड़ा हो गया तो मुझे बहुत बुरा लगा। ये लोग जब आते हैं, तो पेशगी हिसाब में कुछ माँगने के लिए या किसी दूसरे नौकर की शिकायत करने के लिए। मुझे ये दोनों ही बातें अत्यंत अप्रिय हैं। मैं पहिली तारीख को हर एक का वेतन

चुका देता हूँ और बीच में जब कोई कुछ माँगता है, तो क्रोध आ जाता है; कौन दो-दो चार-चार रुपये का हिसाब रखता फिरे। फिर जब किसी को महीने-भर की पूरी मजूरी मिल गयी, तो उसे क्या हक है कि उसे पन्द्रह दिन में खर्च कर दे और ऋण या पेशगी की शरण ले, और शिकायतों से तो मुझे घृणा है। मैं शिकायतों को दुर्बलता का प्रमाण समझता हूँ, या ठकुरसुहाती की क्षुद्र-चेष्टा!

मैंने माथा सिकोड़ कर कहा— क्या बात है, मैंने तो तुम्हें बुलाया नहीं?

गंगू के तीखे अभिमानी मुख पर आज कुछ ऐसी नम्रता, कुछ ऐसी याचना, कुछ ऐसा संकोच था कि मैं चकित हो गया। ऐसा जान पड़ा, वह कुछ जवाब देना चाहता है; मगर शब्द नहीं मिल रहे हैं।

मैंने जरा नम्र होकर कहा— आखिर क्या बात है, कहते क्यों नहीं? तुम जानते हो, यह मेरे टहलने का समय है। मुझे देर हो रही है।

गंगू ने निराशा भरे स्वर में कहा— तो आप हवा खाने जायँ, मैं फिर आ जाऊँगा।

यह अवस्था और भी चिन्ताजनक थी। इस जल्दी में तो वह एक क्षण में अपना वृत्तान्त कह सुनायेगा। वह जानता है कि मुझे ज्यादा अवकाश नहीं है। दूसरे अवसर पर तो दुष्ट घण्टों रोयेगा। मेरे कुछ लिखने-पढ़ने को तो वह शायद कुछ काम समझता हो; लेकिन विचार को, जो मेरे लिए सबसे कठिन साधना है, वह मेरे विश्राम का समय समझता है। वह उसी वक्त आकर मेरे सिर पर सवार हो जायगा।

मैंने निर्दयता के साथ कहा— क्या कुछ पेशगी माँगने आये हो? मैं पेशगी नहीं देता।

'जी नहीं सरकार, मैंने तो कभी पेशगी नहीं माँगा।'

'तो क्या किसी की शिकायत करना चाहते हो? मुझे शिकायतों से घृणा है।'

'जी नहीं सरकार, मैंने तो कभी किसी की शिकायत नहीं की।'

गंगू ने अपना दिल मजबूत किया। उसकी आकृति से स्पष्ट झलक रहा था, मानो वह कोई छलाँग मारने के लिए अपनी सारी शक्तियों को एकत्र कर रहा हो। और लड़खड़ाती हुई आवाज में बोला— मुझे आप छुट्टी दे दें। मैं आपकी नौकरी अब न कर सकूँगा।

यह इस तरह का पहला प्रस्ताव था, जो मेरे कानों में पड़ा। मेरे आत्माभिमान को चोट लगी। मैं जब अपने को मनुष्यता का पुतला समझता हूँ, अपने नौकरों को कभी कटु-वचन नहीं कहता, अपने स्वामित्व को यथासाध्य म्यान में रखने की चेष्टा करता हूँ, तब मैं इस प्रस्ताव पर क्यों न विस्मित हो जाता! कठोर स्वर में बोला—क्यों, क्या शिकायत है?

आपने तो हुजूर, जैसा अच्छा स्वभाव पाया है, वैसा क्या कोई पायेगा; लेकिन बात ऐसी आ पड़ी है कि अब मैं आपके यहाँ नहीं रह सकता। ऐसा न हो कि पीछे से कोई बात हो जाय, तो आपकी बदनामी हो। मैं नहीं चाहता कि मेरी वजह से आपकी आबरू में बट्टा लगे।

मेरे दिल में उलझन पैदा हुई। जिज्ञासा की अग्नि प्रचण्ड हो गयी। आत्मसमर्पण के भाव से बरामदे में पड़ी हुई कुर्सी पर बैठकर बोला— तुम तो पहेलियाँ बुझवा रहे हो। साफ-साफ क्यों नहीं कहते, क्या मामला है?

गंगू ने बड़ी नम्रता से कहा— बात यह है कि वह स्त्री, जो अभी विधवा-आश्रम से निकाल दी गयी है, गोमती देवी ....

वह चुप हो गया। मैंने अधीर होकर कहा— हाँ, निकाल दी गयी है, तो फिर? तुम्हारी नौकरी से उससे क्या सम्बन्ध?

गंगू ने जैसे अपने सिर का बोझ जमीन पर पटक दिया—

'मैं उससे ब्याह करना चाहता हूँ बाबूजी!'

मैं विस्मय से उसका मुँह ताकने लगा। यह पुराने विचारों का पोंगा ब्राह्मण जिसे नयी सभ्यता की हवा तक न लगी, उस कुलटा से विवाह करने जा रहा है, जिसे कोई भला आदमी अपने घर में कदम भी न रखने देगा। गोमती ने मुहल्ले के शान्त-वातावरण में थोड़ी-सी हलचल पैदा कर दी। कई साल पहले वह विधवाश्रम में आयी थी। तीन बार आश्रम के कर्मचारियों ने उसका विवाह कर दिया था, पर हर बार वह महीने-पन्द्रह दिन के बाद भाग आयी थी। यहाँ तक कि आश्रम के मन्त्री ने अब की बार उसे आश्रम से निकाल दिया था। तब से वह इसी मुहल्ले में एक कोठरी लेकर रहती थी और सारे मुहल्ले के शोहदों के लिए मनोरंजन का केन्द्र बनी हुई थी।

मुझे गंगू की सरलता पर क्रोध भी आया और दया भी। इस गधे को सारी दुनिया में कोई स्त्री ही न मिलती थी, जो इससे ब्याह करने जा रहा है। जब वह तीन बार पतियों के पास से भाग आयी, तो इसके पास कितने दिन रहेगी? कोई गाँठ का पूरा आदमी होता, तो एक बात भी थी। शायद साल-छ: महीने टिक जाती। यह तो निपट आँख का अन्धा है। एक सप्ताह भी तो निबाह न होगा।

मैंने चेतावनी के भाव से पूछा— तुम्हें इस स्त्री की जीवन-कथा मालूम है?

गंगू ने आँखों-देखी बात की तरह कहा— सब झूठ है सरकार, लोगों ने हकनाहक उसको बदनाम कर दिया है।

'क्या कहते हो, वह तीन बार अपने पतियों के पास से नहीं भाग आयी?'

'उन लोगों ने उसे निकाल दिया, तो क्या करती?'

'कैसे बुद्ध आदमी हो! कोई इतनी दूर से आकर विवाह करके ले जाता है, हजारों रुपये खर्च करता है, इसीलिए कि औरत को निकाल दे?

गंगू ने भावुकता से कहा— जहाँ प्रेम नहीं है हुजूर, वहाँ कोई स्त्री नहीं रह सकती। स्त्री केवल रोटी कपड़ा ही नहीं चाहती, कुछ प्रेम भी तो चाहती है। वे लोग समझते होंगे कि हमने एक विधवा से विवाह करके उसके ऊपर कोई बहुत बड़ा एहसान किया है। चाहते होंगे कि तन-मन से वह उनकी हो जाय, लेकिन दूसरे को अपना बनाने के लिए पहले आप

उसका बन जाना पड़ता है हजूर। यह बात है। फिर उसे एक बीमारी भी है। उसे कोई भूत लगा हुआ है। यह कभी-कभी बक-झक करने लगती है और बेहोश हो जाती है।

'और तुम ऐसी स्त्री से विवाह करोगे?'— मैंने संदिग्ध भाव से सिर हिलाकर कहा— समझ लो, जीवन कड़वा हो जायगा।

गंगू ने शहीदों के-से आवेश से कहा— मैं तो समझता हूँ, मेरी जिन्दगी बन जायगी बाबूजी, आगे भगवान् की मर्जी!

मैंने जोर देकर पूछा— तो तुमने तय कर लिया है?

'हाँ हुजुर।'

'तो मैं तुम्हारा इस्तीफा मंजूर करता हूँ।'

मैं निरर्थक रूढ़ियों और व्यर्थ के बन्धनों का दास नहीं हूँ; लेकिन जो आदमी एक दुष्टा से विवाह करे, उसे अपने यहाँ रखना वास्तव में जटिल समस्या थी। आये-दिन टण्टे-बखेड़े होंगे, नयी-नयी उलझनें पैदा होंगी, कभी पुलिस दौड़ लेकर आयेगी, कभी मुकदमे खड़े होंगे। सम्भव है, चोरी की वारदातें भी हों। इस दलदल से दूर रहना ही अच्छा। गंगू क्षुधा-पीड़ित प्राणी की भाँति रोटी का टुकड़ा देखकर उसकी ओर लपक रहा है। रोटी जूठी है, सूखी हुई है, खाने योग्य नहीं है, इसकी उसे परवाह नहीं; उसको विचार-बुद्धि से काम लेना कठिन था। मैंने उसे पृथक् कर देने ही में अपनी कुशल समझी।

2

पाँच महीने गुजर गये। गंगू ने गोमती से विवाह कर लिया था और उसी मुहल्ले में एक खपरैल का मकान लेकर रहता था। वह अब चाट का खोंचा लगाकर गुजर-बसर करता था। मुझे जब कभी बाजार में मिल जाता, तो मैं उसका क्षेम-कुशल पूछता। मुझे उसके जीवन से विशेष अनुराग हो गया था। यह एक सामाजिक प्रश्न की परीक्षा थी— सामाजिक ही नहीं, मनोवैज्ञानिक भी। मैं देखना चाहता था, इसका परिणाम क्या होता है! मैं गंगू को सदैव प्रसन्न-मुख देखता। समृद्धि और निश्चिन्तता के मुख पर जो एक तेज और स्वभाव में जो एक आत्म-सम्मान पैदा हो जाता है, वह मुझे यहाँ प्रत्यक्ष दिखायी देता था। रूपये बीस आने की रोज बिक्री हो जाती थी। इसमें लागत निकालकर आठ-दस आने बच जाते थे। यही उसकी जीविका थी; किन्तु इसमें किसी देवता का वरदान था; क्योंकि इस वर्ग के मनुष्यों में जो निर्लज्जता और विपन्नता पायी जाती है, इसका वहाँ चिह्न तक न था। उसके मुख पर आत्म-विकास और आनन्द की झलक थी, जो चित्त की शान्ति से ही आ सकती है।

एक दिन मैंने सुना कि गोमती गंगू के घर से भाग गयी है! कह नहीं सकता, क्यों? मुझे इस खबर से एक विचित्र आनन्द हुआ। मुझे गंगू के संतुष्ट और सुखी जीवन पर एक प्रकार की ईर्ष्या होती थी। मैं उसके विषय में किसी अनिष्ट की, किसी घातक अनर्थ

की, किसी लज्जास्पद घटना की प्रतीक्षा करता था। इस खबर से इस ईर्ष्या को सान्त्वना मिली। आखिर वही बात हुई, जिसका मुझे विश्वास था। आखिर बचा को अपनी अदूरदर्शिता का दण्ड भोगना पड़ा। अब देखें, बचा कैसे मुँह दिखाते हैं। अब आँखें खुलेंगी और मालूम होगा कि लोग, जो उन्हें इस विवाह से रोक रहे थे, उनके कैसे शुभचिन्तक थे। उस वक्त तो ऐसा मालूम होता था, मानो आपको कोई दुर्लभ पदार्थ मिला जा रहा हो। मानो मुक्ति का द्वार खुल गया है। लोगों ने कितना कहा कि यह स्त्री विश्वास के योग्य नहीं है, कितनों को दगा दे चुकी है, तुम्हारे साथ भी दगा करेगी; लेकिन इन कानों पर जूँ तक न रेंगी। अब मिलें, तो जरा उनका मिजाज पूछूँ। कहूँ— क्यों महाराज, देवीजी का यह वरदान पाकर प्रसन्न हुए या नहीं? तुम तो कहते थे, वह ऐसी है और वैसी है, लोग उस पर केवल दुर्भावना के कारण दोष आरोपित करते हैं। अब बतलाओ, किसकी भूल थी?

उसी दिन संयोगवश गंगू से बाजार में भेंट हो गयी। घबराया हुआ था, बदहवास था, बिलकुल खोया हुआ। मुझे देखते ही उसकी आँखों में आँसू भर आये, लज्जा से नहीं, व्यथा से। मेरे पास आकर बोला— बाबूजी, गोमती ने मेरे साथ विश्वासघात किया।

मैंने कुटिल आनन्द से, लेकिन कृत्रिम सहानुभूति दिखाकर कहा— तुमसे तो मैंने पहले ही कहा था; लेकिन तुम माने ही नहीं, अब सब्र करो। इसके सिवा और क्या उपाय है? रूपये पैसे ले गयी या कुछ छोड़ गयी?

गंगू ने छाती पर हाथ रखा। ऐसा जान पड़ा, मानो मेरे इस प्रश्न ने उसके हृदय को विदीर्ण कर दिया।

'अरे बाबूजी, ऐसा न कहिए, उसने धेले की भी चीज़ नहीं छुई। अपना जो कुछ था, वह भी छोड़ गयी। न-जाने मुझमें क्या बुराई देखी? मैं उसके योग्य न था और क्या कहूँ? वह पढ़ी-लिखी थी, मैं करिया अक्षर भैंस बराबर। मेरे साथ इतने दिन रही, यही बहुत था। कुछ दिन और उसके साथ रह जाता, तो आदमी बन जाता। उसका आपसे कहाँ तक बखान करूँ हजूर? औरों के लिए चाहे जो कुछ रही हो, मेरे लिए तो किसी देवता का अशीर्वाद थी। न-जाने क्या ऐसी खता हो गयी? मगर कसम ले लीजिए, जो उसके मुख पर मैल तक आया हो। मेरी औकात ही क्या है बाबूजी! दस-बारह आने का मजूर हूँ; पर इसी में उसके हाथों इतनी बरक्कत थी कि कभी कमी नहीं पड़ी।'

मुझे इन शब्दों से घोर निराशा हुई। मैंने समझा था, वह उसकी बेवफाई की कथा कहेगा और मैं उसकी अन्ध-भक्ति पर कुछ सहानुभूति प्रकट करूँगा; मगर उस मूर्ख की आँखें अब तक नहीं खुलीं। अब भी उसी का मन्त्र पढ़ रहा है। अवश्य ही इसका चित्त कुछ अव्यवस्थित है।

मैंने कुटिल परिहास आरम्भ किया— तो तुम्हारे घर से कुछ नहीं ले गयी?

'कुछ भी नहीं बाबूजी, धेले की भी चीज नहीं।'

'और तुमसे प्रेम भी बहुत करती थी?'

'अब आपसे क्या कहूँ बाबूजी, वह प्रेम तो मरते दम तक याद रहेगा।'

'फिर भी तुम्हें छोड़कर चली गयी?'

'यही तो आश्चर्य है बाबूजी!'

'त्रिया-चरित्र का नाम कभी सुना है?'

'अरे बाबूजी, ऐसा न कहिए। मेरी गर्दन पर कोई छुरी रख दे, तो भी में उसका यश ही गाऊँगा।'

'तो फिर ढूंढ निकालो!'

'हाँ, मालिक। जब तक उसे ढूँढ़ न लाऊँगा, मुझे चैन न आयेगा। मुझे इतना मालूम हो जाय कि वह कहाँ है, फिर तो मैं उसे ले ही आऊँगा; और बाबूजी, मेरा दिल कहता है कि वह आयेगी जरूर। देख लीजिएगा। वह मुझसे रूठकर नहीं गयी; लेकिन दिल नहीं मानता। जाता हूँ, महीने-दो-महीने जंगल, पहाड़ की धूल छानूँगा। जीता रहा, तो फिर आपके दर्शन करूँगा।'

यह कह कर वह उन्माद की दशा में एक तरफ चल दिया।

3

इसके बाद मुझे एक जरूरत से नैनीताल जाना पड़ा। सैर करने के लिए नहीं। एक महीने के बाद लौटा, और अभी कपड़े भी न उतारने पाया था कि देखता हूँ, गंगू एक नवजात शिशु को गोद में लिये खड़ा है। शायद कृष्ण को पाकर नन्द भी इतने पुलकित न हुए होंगे। मालूम होता था, उसके रोम-रोम से आनन्द फूटा पड़ता है। चेहरे और आँखों से कृतज्ञता और श्रद्धा के राग से निकल रहे थे। कुछ वही भाव था, जो किसी क्षुधा-पीड़ित भिक्षुक के चेहरे पर भरपेट भोजन करने के बाद नजर आता है।

मैंने पूछा— कहो महाराज, गोमतीदेवी का कुछ पता लगा, तुम तो बाहर गये थे?

गंगू ने आपे में न समाते हुए जवाब दिया— हाँ बाबूजी, आपके आशीर्वाद से ढूँढ़ लाया। लखनऊ के जनाने अस्पताल में मिली। यहाँ एक सहेली से कह गयी थी कि अगर वह बहुत घबरायें तो बतला देना। मैं सुनते ही लखनऊ भागा और उसे घसीट लाया। घाते में यह बच्चा भी मिल गया।

उसने बच्चे को उठाकर मेरी तरफ बढ़ाया। मानो कोई खिलाड़ी तमगा पाकर दिखा रहा हो।

मैंने उपहास के भाव से पूछा— अच्छा, यह लड़का भी मिल गया? शायद इसीलिए वह यहाँ से भागी थी। है तो तुम्हारा ही लड़का?

'मेरा काहे को है बाबूजी, आपका है, भगवान का है।'

'तो लखनऊ में पैदा हुआ?'

'हाँ बाबूजी, अभी तो कुल एक महीने का है।'

'तुम्हारे ब्याह हुए कितने दिन हुए?'

'यह सातवाँ, महीना जा रहा है।'

'तो शादी, के छठे महीने पैदा हुआ?'

'और क्या बाबूजी।'

'फिर भी तुम्हारा लड़का है?'

'हाँ, जी।'

'कैसी बे-सिर-पैर की बात कर रहे हो?'

मालूम नहीं, वह मेरा आशय समझ रहा था, या बन रहा था। उसी निष्कपट भाव से बोला— मरते-मरते बची, बाबूजी नया जनम हुआ। तीन दिन, तीन रात छटपटाती रही। कुछ न पूछिए।

मैंने अब जरा व्यंग्य-भाव से कहा— लेकिन छ: महीने में लड़का होते आज ही सुना।

यह चोट निशाने पर जा बैठी।

मुसकराकर बोला— अच्छा, वह बात! मुझे तो उसका ध्यान भी नहीं आया। इसी भय से तो गोमती भागी थी। मैंने कहा— गोमती, अगर तुम्हारा मन मुझसे नहीं मिलता, तो तुम मुझे छोड़ दो। मैं अभी चला जाऊँगा और फिर कभी तुम्हारे पास न आऊँगा। तुमको जब कुछ काम पड़े तो मुझे लिखना, मैं भरसक तुम्हारी मदद करूँगा। मुझे तुमसे कुछ मलाल नहीं है। मेरी आँखों में तुम अब भी उतनी ही भली हो। अब भी मैं तुम्हें उतना ही चाहता हूँ। नहीं, अब मैं तुम्हें और ज्यादा चाहता हूँ; लेकिन अगर तुम्हारा मन मुझसे फिर नहीं गया है, तो मेरे साथ चलो। गंगू जीते-जी तुमसे बेवफाई नहीं करेगा। मैंने तुमसे इसलिए विवाह नहीं किया कि तुम देवी हो; बल्कि इसलिए कि मैं तुम्हें चाहता था और सोचता था कि तुम भी मुझे चाहती हो। यह बच्चा मेरा बच्चा है। मेरा अपना बच्चा है। मैंने एक बोया हुआ खेत लिया, तो क्या उसकी फसल को इसलिए छोड़ दूँगा, कि उसे किसी दूसरे ने बोया था?

यह कहकर उसने जोर से ठट्ठा मारा।

मैं कपड़े उतारना भूल गया। कह नहीं सकता, क्यों मेरी आँखें सजल हो गयीं। न-जाने वह कौन-सी शक्ति थी, जिसने मेरी मनोगत घृणा को दबाकर मेरे हाथों को बढ़ा दिया। मैंने उस निष्कलंक बालक को गोद में ले लिया और इतने प्यार से चुम्बन लिया कि शायद अपने बच्चों का भी न लिया होगा।

गंगू बोला— बाबूजी, आप बड़े सज्जन हैं। मैं गोमती से बार-बार आपका बखान किया करता हूँ। कहता हूँ, चल, एक बार उनके दर्शन कर आ; लेकिन मारे लाज के आती ही नहीं।

मैं और सज्जन! अपनी सज्जनता का पर्दा आज मेरी आँखों से हटा। मैंने भक्ति से डूबे

हुए स्वर में कहा— नहीं जी, मेरे-जैसे कलुषित मनुष्य के पास वह क्या आयेगी? चलो, मैं उसके दर्शन करने चलता हूँ। तुम मुझे सज्जन समझते हो? मैं ऊपर से सज्जन हूँ; पर दिल का कमीना हूँ। असली सज्जनता तुममें है और यह बालक वह फूल है, जिससे तुम्हारी सज्जनता की महक निकल रही है।

मैं बच्चे को छाती से लगाये हुए गंगू के साथ चला।

□

जीवन का शाप

कावसजी ने पत्र निकाला और यश कमाने लगे। शापूरजी ने रूई की दलाली शुरू की और धन कमाने लगे! कमाई दोनों ही कर रहे थे, पर शापूरजी प्रसन्न थे; कावसजी विरक्त। शापूरजी को धन के साथ सम्मान और यश आप-ही-आप मिलता था। कावसजी को यश के साथ धन दूरबीन से देखने पर भी दिखायी न देता था; इसलिए शापूरजी के जीवन में शांति थी, सहृदयता थी, आशीर्वाद था, क्रीड़ा थी। कावसजी के जीवन में अशांति थी, कटुता थी, निराशा थी, उदासीनता थी। धन को तुच्छ समझने की वह बहुत चेष्टा करते थे; लेकिन प्रत्यक्ष को कैसे झुठला देते? शापूरजी के घर में विराजने वाले सौजन्य और शांति के सामने उन्हें अपने घर के कलह और फूहड़पन से घृणा होती थी। मृदुभाषिणी मिसेज शापूर के सामने उन्हें अपनी गुलशन बानू संकीर्णता और ईर्ष्या का अवतार-सी लगती थी। शापूरजी घर में आते, तो शीरींबाई मृदु हास से उनका स्वागत करती। वह खुद दिन-भर के थके-माँदे घर आते तो गुलशन अपना दुखड़ा सुनाने बैठ जाती और उनको खूब फटकारें बताती— तुम भी अपने को आदमी कहते हो। मैं तो तुम्हें बैल समझती हूँ, बैल बड़ा मेहनती है, गरीब है, सन्तोषी है, माना लेकिन उसे विवाह करने का क्या हक था?

कावसजी से एक लाख बार यह प्रश्न किया जा चुका था कि जब तुम्हें समाचार-पत्र निकालकर अपना जीवन बरबाद करना था, तो तुमने विवाह क्यों किया? क्यों मेरी जिन्दगी तबाह कर दी? जब तुम्हारे घर में रोटियाँ न थीं, तो मुझे क्यों लाये! इस प्रश्न का जवाब देने की कावसजी में शक्ति न थी। उन्हें कुछ सूझता ही न था। वह सचमुच अपनी गलती पर पछताते थे। एक बार बहुत तंग आकर उन्होंने कहा था— अच्छा भाई अब तो जो होना था; हो चुका; लेकिन मैं तुम्हें बाँधे तो नहीं हूँ, तुम्हें जो पुरुष ज्यादा सुखी रख सके, उसके साथ जाकर रहो, अब मैं क्या कहूँ? आमदनी नहीं बढ़ती, तो मैं क्या करूँ? क्या चाहती हो, जान दे दूँ? इस पर गुलशन ने उनके दोनों कान पकड़कर जोर से ऐंठे और गालों पर दो तमाचे लगाये और पैनी आँखों से काटती हुई बोली— अच्छा, अब चोंच सँभालो, नहीं तो अच्छा न होगा। ऐसी बात मुँह से निकालते तुम्हें लाज नहीं आती। हयादार होते, तो चिल्लू भर पानी में डूब मरते। उस दूसरे पुरुष के महल में आग लगा दूँगी, उसका मुँह झुलस दूँगी। तब से बेचारे कावसजी के पास इस प्रश्न का कोई जवाब न

रहा। कहाँ तो यह असन्तोष और विद्रोह की ज्वाला और कहाँ वह मधुरता और भद्रता की देवी शीरीं, जो कावसजी को देखते ही फूल की तरह खिल उठतीं, मीठी-मीठी बातें करतीं, चाय, मुरब्बे और फूलों से सत्कार करती और अक्सर उन्हें अपनी कार पर घर पहुँचा देती। कावसजी ने कभी मन में भी इसे स्वीकार करने का साहस नहीं किया; मगर उनके हृदय में यह लालसा छिपी हुई थी कि गुलशन की जगह शीरीं होतीं, तो उनका जीवन कितना गुलजार होता! कभी-कभी गुलशन की कटूक्तियों से वह इतने दुखी हो जाते कि यमराज का आवाहन करते। घर उनके लिए कैदखाने से कम जान-लेवा न था और उन्हें जब अवसर मिलता, सीधे शीरीं के घर जाकर अपने दिल की जलन बुझा आते।

2

एक दिन कावसजी सबेरे गुलशन से झल्लाकर शापूरजी के टेरेस में पहुँचे, तो देखा शीरीं बानू की आँखें लाल हैं और चेहरा भभराया हुआ है, जैसे रोकर उठी हों। कावसजी ने चिन्तित होकर पूछा— आपका जी कैसा है, बुखार तो नहीं आ गया?

शीरीं ने दर्द-भरी आँखों से देखकर रोनी आवाज से कहा— नहीं, बुखार तो नहीं है, कम-से-कम देह का बुखार तो नहीं है।

कावसजी इस पहेली का कुछ मतलब न समझे।

शीरीं ने एक क्षण मौन रहकर कहा— आपको मैं अपना मित्र समझती हूँ मि० कावसजी! आपसे क्या छिपाऊँ? मैं इस जीवन से तंग आ गयी हूँ। मैंने अब तक हृदय की आग हृदय में रखी; लेकिन ऐसा मालूम होता है कि अब उसे बाहर न निकालूँ, तो मेरी हड्डियाँ तक जल जायेंगी। इस वक्त आठ बजे हैं, लेकिन मेरे रँगीले पिया का कहीं पता नहीं। रात को खाना खाकर वह एक मित्र से मिलने का बहाना करके घर से निकले थे और अभी तक लौटकर नहीं आये। यह आज कोई नई बात नहीं है इधर कई महीनों से यह इनकी रोज की आदत है। मैंने आज तक आपसे कभी अपना दर्द नहीं कहा, मगर उस समय भी, जब मैं हँस-हँसकर आपसे बातें करती थीं, मेरी आत्मा रोती रहती थी।

कावसजी ने निष्कपट भाव से कहा— तुमने पूछा नहीं, कहाँ रह जाते हो?

'पूछने से क्या लोग अपने दिल की बातें बता दिया करते हैं?'

'तुमसे तो उन्हें कोई भेद न रखना चाहिए।'

'घर में जी न लगे तो आदमी क्या करे?'

'मुझे यह सुनकर आश्चर्य हो रहा है। तुम जैसी देवी जिस घर हो, वह स्वर्ग है। शापूरजी को तो अपना भाग्य सराहना चाहिए!'

'आपका यह भाव तभी तक है, जब तक आपके पास धन नहीं है। आज तुम्हें कहीं से दो-चार लाख रुपये मिल जायँ, तो तुम यों न रहोगे और तुम्हारे ये भाव बदल जायँगे। यही धन का सबसे बड़ा अभिशाप है। ऊपरी सुख-शांति के नीचे कितनी आग है, यह तो

उसी वक्त खुलता है, जब ज्वालामुखी फट पड़ता है। वह समझते हैं, धन से घर भर कर उन्होंने मेरे लिए वह सब कुछ कर दिया जो उनका कर्त्तव्य था और अब मुझे असन्तुष्ट होने का कोई कारण नहीं। यह नहीं जानते कि ऐश के ये सामान उस मिस्री-तहखानों में गड़े हुए पदार्थों की तरह हैं, मृतात्मा के भोग के लिए रखे जाते थे।

कावसजी आज एक नयी बात सुन रहे थे। उन्हें अब तक जीवन का जो अनुभव हुआ था, वह यह था कि स्त्री अन्तःकरण से विलासिनी होतीं है। उस पर लाख प्राण वारो, उनके लिए मर ही क्यों न मिटो, लेकिन व्यर्थ। वह केवल खरहरा नहीं चाहती, उससे कहीं ज्यादा दाना और घास चाहती है। लेकिन एक यह देवी है, जो विलास की चीजों को तुच्छ समझती है और केवल मीठे स्नेह और सहवास से ही प्रसन्न रहना चाहती है। उनके मन में गुदगुदी-सी उठी।

मिसेज शापूर ने फिर कहा— उनका यह व्यापार मेरी बर्दाश्त के बाहर हो गया है, मि० कावसजी! मेरे मन में विद्रोह की ज्वाला उठ रही है और मैं धर्मशास्त्र और मर्यादा इन सभी का आश्रय लेकर भी त्राण नहीं पाती! मन को समझाती हूँ— क्या संसार में लाखों विधवाएँ नहीं पड़ी हुई हैं; लेकिन किसी तरह चित्त नहीं शान्त होता। मुझे विश्वास आता जाता है कि वह मुझे मैदान में आने के लिए चुनौती दे रहे हैं। मैंने अब तक उनकी चुनौती नहीं ली है; लेकिन अब पानी सिर के ऊपर चढ़ गया है। और मैं किसी तिनके का सहारा ढूँढ़े बिना नहीं रह सकती। वह जो चाहते हैं, वह हो जायगा। आप उनके मित्र हैं, आपसे बन पड़े, तो उनको समझाइए। मैं इस मर्यादा की बेड़ी को अब और न पहन सकूँगी।

मि० कावसजी मन में भावी-सुख का एक स्वर्ग निर्माण कर रहे थे। बोले— हाँ-हाँ मैं अवश्य समझाऊँगा। यह तो मेरा धर्म है; लेकिन मुझे आशा नहीं कि मेरे समझाने का उन पर कोई असर हो। मैं तो दरिद्र हूँ, मेरे समझाने की उनकी दृष्टि में मूल्य ही क्या?

'यों वह मेरे ऊपर बड़ी कृपा रखते हैं बस, उनकी यही आदत मुझे पसन्द नहीं!'

'तुमने इतने दिनों बर्दाश्त किया, यही आश्चर्य है! कोई दूसरी औरत तो एक दिन न सहती।'

'थोड़ी-बहुत तो यह आदत सभी पुरूषों में होती है; लेकिन ऐसे पुरुषों की स्त्रियाँ भी वैसी ही होती हैं। कर्म से न सही, मन से ही सही। मैंने तो सदैव इनको अपना इष्टदेव समझा!'

'किन्तु जब पुरूष इसका अर्थ ही न समझे, तो क्या हो? मुझे भय है, वह मन में कुछ और न सोच रहे हों।'

'और क्या सोच सकते हैं?'

'आप अनुमान कर सकती हैं?'

'अच्छा, वह बात! मगर मेरा अपराध?'

'शेर और मेमनेवाली कथा आपने नहीं सुनी?'

मिसेज़ शापूर एकाएक चुप हो गयीं। सामने से शापूरजी की कार आती दिखायी दी। उन्होंने कावसजी को ताकीद और विनय-भरी आँखों से देखा और दूसरे द्वार के कमरे से निकलकर अन्दर चली गयीं। मि० शापूर लाल आँखे किये कार से उतरे और मुसकराकर कावसजी से हाथ मिलाया। स्त्री की आँखें भी लाल थीं, पति की आँखें भी लाल। एक रूदन से, दूसरी रात की खुमारी से।

3

शापूरजी ने हैट उतारकर खूँटी पर लटकाते हुए कहा— क्षमा कीजिएगा, मैं रात को मित्र के घर सो गया था। दावत थी। खाने में देर हुई, तो मैंने सोचा अब कौन घर जाय?

कावसजी ने व्यंग्य-मुसकान के साथ कहा— किसके यहाँ दावत थी? मेरे रिपोर्टर ने तो कोई खबर नहीं दी। जरा मुझे नोट करा दीजिए।

उन्होंने जेब से नोटबुक निकाली।

शापूरजी ने सतर्क होकर कहा— ऐसी कोई बड़ी दावत नहीं थी जी, दो-चार मित्रों का प्रतिभोज था।

'फिर भी समाचार तो जानना चाहिए। जिस प्रीतिभोज में आप-जैसे प्रतिष्ठत लोग शरीक हों, वह साधारण बात नहीं हो सकती। क्या नाम है मेजबान साहब का?'

'आप चौकेंगे तो नहीं?'

'बताइए तो।'

'मिस गौहर!'

'मिस गौहर!!'

'जी हाँ, आप चौंके क्यों? क्या आप इसे तस्लीम नहीं करते कि दिनभर रूपये-आने-पाई से सिर मारने के बाद मुझे कुछ मनोरंजन करने का भी अधिकार है, नहीं तो जीवन भार हो जाय।'

'मैं इसे नहीं मानता।'

'क्यों?'

'इसीलिए कि मैं इस मनोरंजन को अपनी ब्याहता स्त्री के प्रति अन्याय समझता हूँ।'

शापूरजी नकली हँसी हँसे— यही दकियानूसी बात। आपको मालूम होना चाहिए; आज का समय ऐसा कोई बन्धन स्वीकार नहीं करता।

'और मेरा खयाल है कि कम-से-कम इस विषय में आज का समाज एक पीढ़ी पहले के समाज से कहीं परिष्कृत है। अब देवियों का यह अधिकार स्वीकार किया जाने लगा है।'

'यानी देवियाँ पुरूषों पर हुकूमत कर सकती हैं?'

'उसी तरह जैसे पुरूष देवियों पर हुकूमत कर सकते हैं।'

'मैं इसे नहीं मानता। पुरुष स्त्री का मुहताज नहीं है, स्त्री पुरुष की मुहताज है।'

'आपका आशय यही तो है कि स्त्री अपने भरण-पोषण के लिए पुरूष पर अवलम्बित है?'

'अगर आप इन शब्दों में कहना चाहते हैं, तो मुझे कोई आपत्ति नहीं; मगर अधिकार की बागडोर जैसे राजनीति में, वैसे ही समाज-नीति में धनबल के हाथ रही है और रहेगी।'

'अगर दैवयोग से धनोपार्जन का काम स्त्री कर रही हो और पुरुष कोई काम न मिलने के कारण घर बैठा हो, तो स्त्री को अधिकार है कि अपना मनोरंजन जिस तरह चाहे करे।'

'मैं स्त्री को अधिकार नहीं दे सकता।'

'यह आपका अन्याय है।'

'बिलकुल नहीं। स्त्री पर प्रकृति ने ऐसे बन्धन लगा दिये हैं कि वह जितना भी चाहे, पुरूष की भाँति स्वच्छन्द नहीं रह सकती और न पशुबल में पुरुष का मुकाबला ही कर सकती है। हाँ, गृहिणी का पदत्याग कर या अप्राकृतिक जीवन का आश्रय लेकर, वह सब कुछ कर सकती है।'

'आप लोग उसे मजबूर कर रहे हैं कि अप्राकृतिक जीवन का आश्रय ले।'

'मैं ऐसे समय की कल्पना ही नहीं कर सकता, जब पुरुषों का आधिपत्य स्वीकार करनेवाली औरतों का काल पड़ जाय। कानून और सभ्यता मैं नहीं जानता। पुरुषों ने स्त्रियों पर हमेशा राज किया है और करेंगे।'

सहसा कावसजी ने पहलू बदला। इतनी थोड़ी-सी देर में ही वह अच्छे-खासे कूटनीति-चतुर हो गये थे। शापूरजी को प्रशंसा-सूचक आँखों से देखकर बोले— तो हम और आप दोनों एक विचार के हैं। मैं आपकी परीक्षा ले रहा था। मैं भी स्त्री को गृहिणी, माता और स्वामिनी, सब कुछ मानने को तैयार हूँ, पर उसे स्वच्छन्द नहीं देख सकता। अगर कोई स्त्री स्वच्छन्द होना चाहती है तो उसके लिए मेरे घर में स्थान नहीं है। अभी मिसेज़ शापूर की बातें सुनकर मैं दंग रह गया। मुझे इसकी कल्पना भी न थी कि कोई नारी मन में इतने विद्रोहात्मक भावों को स्थान दे सकती है।

मि० शापूर की गर्दन की नसें तन गयीं; नथने फूल गये। कुर्सी से उठकर बोले— अच्छा, तो अब शीरीं ने यह ढंग निकाला! मैं अभी उससे पूछता हूँ— आपके सामने पूछता हूँ— अभी फैसला कर डालूँगा। मुझे उसकी परवाह नहीं है। किसी की परवाह नहीं है। बेवफा औरत! जिसके हृदय में जरा भी संवेदना नहीं, जो मेरे जीवन में जरा-सा आनन्द भी नहीं सह सकती। चाहती है, मैं उसके अंचल में बँधा-बँधा घूमूँ! शापूर से यह आशा रखती है? अभागिनी भूल जाती है कि आज मैं आँखों का इशारा कर दूँ, तो एक सौ एक शीरियाँ मेरी उपासना करने लगें; जी हाँ, मेरे इशारों पर नाचें। मैंने इसके लिए जो कुछ किया, बहुत कम पुरूष किसी स्त्री के लिए करते हैं। मैंने ... मैंने...

उन्हें खयाल आ गया कि वह जरूरत से ज्यादा बहके जा रहे हैं। शीरीं की प्रेममय सेवाएँ याद आयीं, रूककर बोले— लेकिन मेरा खयाल है कि वह अब भी समझ से काम

ले सकती है। मैं उसका दिल नहीं दुखाना चाहता। मैं यह भी जानता हूँ कि वह ज्यादा-से-ज्यादा जो कर सकती है, वह शिकायत है। इसके आगे बढ़ने की हिमाकत वह नहीं कर सकती। औरतों को मना लेना बहुत मुश्किल नहीं है, कम-से-कम मुझे तो यही तजरबा है।

कावसजी ने खण्डन किया— मेरा तजरबा तो कुछ और है।

'हो सकता है; मगर आपके पास खाली बातें हैं, मेरे पास लक्ष्मी का आशीर्वाद है।'

'जब मन में विद्रोह के भाव जम गये, तो लक्ष्मी के टाले भी नहीं टल सकते।'

शापूरजी ने विचारपूर्ण भाव से कहा— शायद आपका विचार ठीक है।

4

कई दिन के बाद कावसजी की शीरीं से पार्क में मुलाकात हुई। वह इसी अवसर की खोज में थे। उसका स्वर्ग तैयार हो चुका था। केवल उसमें शीरीं को प्रतिष्ठित करने की कसर थी। उस शुभ-दिन की कल्पना में वह पागल-से हो रहे थे। गुलशन को उन्होंने उसके मैके भेज दिया था। भेज क्या दिया था, वह रूठकर चली गयी थी। जब शीरीं उनकी दरिद्रता का स्वागत कर रही है, तो गुलशन की खुशामद क्यों की जाय? लपककर शीरीं से हाथ मिलाया और बोले— आप खूब मिलीं। मैं आज आनेवाला था।

शीरीं ने गिला करते हुए कहा— आपकी राह देखते-देखते आँखें थक गयीं। आप भी जबानी हमदर्दी ही करना जानते हैं। आपको क्या खबर, इन कई दिनों में मेरी आँखों से कितने आँसू बहे हैं।

कावसजी ने शीरींबानू की उत्कण्ठापूर्ण मुद्रा देखी, जो बहुमूल्य रेशमी साड़ी की आब से और भी दमक उठी थी, और उनका हृदय अंदर से बैठता हुआ जान पड़ा। उस छात्र की-सी दशा हुई, जो आज अन्तिम परीक्षा पास कर चुका हो और जीवन का प्रश्न उसके सामने अपने भयंकर रूप में खड़ा हो। काश! वह कुछ दिन और परीक्षाओं की भूल-भुलैया में जीवन के स्वप्नों का आनन्द ले सकता! उस स्वप्न के सामने यह सत्य कितना डरावना था। अभी तक कावसजी ने मधुमक्खी का शहद ही चखा था। इस समय वह उनके मुख पर मँडरा रही थी और वह डर रहे थे कि कहीं डंक न मारे।

दबी हुई आवाज से बोले— मुझे यह सुनकर बड़ा दुख हुआ। मैंने तो शापूर को बहुत समझाया था।

शीरीं ने उनका हाथ पकड़कर एक बेंच पर बिठा दिया और बोली— उन पर अब समझाने-बुझाने का कोई असर न होगा। और मुझे ही क्या गरज पड़ी है कि मैं उनके पाँव सहलाती रहूँ? आज मैंने निश्चय कर लिया है, अब उस घर में लौटकर न जाऊँगी। अगर उन्हें अदालत में जलील होने का शौक है, तो मुझ पर दावा करे, मैं तैयार हूँ। मैं जिसके साथ नहीं रहना चाहती, उसके साथ रहने के लिए ईश्वर भी मुझे मजबूर नहीं कर सकता, अदालत क्या कर सकती है? अगर तुम मुझे आश्रय दे सकते हो, तो मैं तुम्हारी

बनकर रहूँगी, तब तक तुम मेरे पास रहोगे। अगर तुममें इतना आत्मबल नहीं है, तो मेरे लिए दूसरे द्वार खुल जायँगे। अब साफ-साफ बतलाओ, क्या वह सारी सहानुभूति जबानी थी?

कावसजी ने कलेजा मजबूत करके कहा— नहीं-नहीं, शीरीं! खुदा जानता है, मुझे तुमसे कितना प्रेम है। तुम्हारे लिए मेरे हृदय में स्थान है।

'मगर गुलशन को क्या करोगे?'

'उसे तलाक दे दूँगा।'

'हाँ, यही मैं भी चाहती हूँ। तो मैं तुम्हारे साथ चलूँगी, अभी, इसी दम। शापूर से अब मेरा कोई सम्बन्ध नहीं है।'

कावसजी को अपने दिल में कम्पन का अनुभव हुआ। बोले— लेकिन अभी तो वहाँ कोई तैयारी नहीं है।

'मेरे लिए किसी तैयारी की जरूरत नहीं। तुम सब कुछ हो। टैक्सी ले लो। मैं इसी वक्त चलूँगी।'

कावसजी टैक्सी की खोज में पार्क से निकले। वह एकान्त में विचार करने के लिए थोड़ा-सा समय चाहते थे, इस बहाने से उन्हें समय मिल गया। उन पर अब जवानी का नशा न था, जो विवेक की आँखों पर छाकर बहुधा हमें गड्ढे में गिरा देता था। अगर कुछ नशा था, तो अब तक हिरन हो चुका था। वह किस फन्दे में गला डाल रहे हैं, वह खूब समझते थे। शापूरजी उन्हें मिट्टी में मिला देने के लिए पूरा जोर लगायेंगे, यह भी उन्हें मालूम था। गुलशन उन्हें सारी दुनिया में बदनाम कर देगी, यह भी वह जानते थे। ये सब विपत्तियाँ झेलने को वह तैयार थे। शापूर की जबान बन्द करने के लिए उनके पास काफी दलीलें थीं। गुलशन को भी स्त्री-समाज में अपमानित करने का उनके पास काफी मसाला था। डर था, तो यह कि शीरीं का यह प्रेम टिक सकेगा या नहीं? अभी तक शीरीं ने केवल उसके सौजन्य का परिचय पाया है, केवल उनकी न्याय, सत्य और उदारता से भरी बातें सुनी हैं। इस क्षेत्र में शापूरजी से उन्होंने बाजी मारी है, लेकिन उनके सौजन्य और उनकी प्रतिभा का जादू उनके बेसरोसामान घर में कुछ दिन रहेगा, इसमें उन्हें सन्देह था। हलवे की जगह चुपड़ी रोटियाँ भी मिलें तो आदमी सब कर सकता है। रूखी भी मिल जायँ, तो वह सन्तोष कर लेगा; लेकिन सूखी घास सामने देखकर तो ऋषि-मुनि भी जामे से बाहर हो जायेंगे। शीरीं उनसे प्रेम करती है; लेकिन प्रेम के त्याग की भी तो सीमा है। दो-चार दिन भावुकता के उन्माद में यह सब कर ले; लेकिन भावुकता कोई टिकाऊ चीज तो नहीं है। वास्तविकता के आघातों के सामने यह भावुकता कै दिन टिकेगी? उस परिस्थिति की कल्पना करके कावसजी काँप उठे। अब तक वह रनिवास में रही है। अब उसे एक खपरैल का कॉटेज मिलेगा, जिसकी फर्श पर कालीन की जगह टाट भी नहीं; कहाँ वरदीपोश नौकरों की पलटन, कहाँ एक बुढ़िया मामा की संदिग्ध सेवाएँ जो बात-बात पर

भुनभुनाती है, धमकाती है, कोसती है। उनका आधा वेतन तो संगीत सिखाने वाला मास्टर ही खा जायगा और शापूरजी ने कहीं ज्यादा कमीनेपन से काम लिया, तो उनको बदमाशों से पिटवा भी सकते हैं? पिटने से वह नहीं डरते। यह तो उनकी फतह होगी; लेकिन शीरीं की भोग-लालसा पर कैसे विजय पायें? बुढ़िया मामा जब मुँह लटकाये आकर उसके सामने रोटियाँ और सालन परोस देगी, तब शीरीं के मुख पर कैसी विदग्ध विरक्ति छा जायेगी! कहीं वह खड़ी होकर उनको और अपनी किस्मत को कोसने न लगे? नहीं, अभाव की पूर्ति सौजन्य से नहीं हो सकती। शीरीं का वह रूप कितना विकराल होगा?

सहसा एक कार सामने से आती दिखायी दी। कावसजी ने देखा शापूरजी बैठे हुए थे। उन्होंने हाथ उठा कर कार को रुकवा लिया और पीछे दौड़ते हुए जाकर शापूरजी से बोले— आप कहाँ जा रहे हैं?

'यों ही जरा घूमने निकला था।'

'शीरींबानू पार्क में हैं, उन्हें भी लेते जाइए।'

'वह तो मुझसे लड़कर आयी हैं कि अब इस घर में कभी कदम न रखूँगी।'

'और आप सैर करने जा रहे हैं?'

'तो क्या आप चाहते हैं, बैठकर रोऊँ?'

'वह बहुत रो रही हैं।'

'सच!'

'हाँ, बहुत रो रही हैं।'

'तो शायद उसकी बुद्धि जाग रही है।'

'तुम इस समय उन्हें मना लो, तो वह हर्ष से तुम्हारे साथ चली जायँ।'

'मैं परीक्षा करना चाहता हूँ कि वह बिना मनाये मानती है या नहीं।'

'मैं बड़े असमंजस में पड़ा हुआ हूँ। मुझपर दया करो; तुम्हारे पैरों पड़ता हूँ।'

'जीवन में जो थोड़ा-सा आनन्द है, उसे मनावन के नाट्य में नहीं छोड़ना चाहता।'

कार चल पड़ी और कावसजी कर्त्तव्य-भ्रष्ट से वहीं खड़े रह गये। देर हो रही थी। सोचा— कहीं शीरीं यह न समझ ले कि मैंने भी उसके साथ दगा की; लेकिन जाऊँ भी तो क्योंकर? अपने सम्पादकीय कुटीर में उस देवी को प्रतिष्ठित करने की कल्पना ही उन्हें हास्यास्पद लगी। वहाँ के लिए तो गुलशन ही उपयुक्त है। कुढ़ती है, कठोर बातें-कहती हैं, रोती है, लेकिन वक्त से भोजन तो देती है। फटे कपड़ों को रफू तो कर देती है, कोई मेहमान आ जाता है, तो कितने प्रसन्न-मुख से उसका आदर-सत्कार करती है, मानो उसके मन में आनन्द-ही-आनन्द है। कोई छोटी-सी चीज भी दे दी, तो कितना फूल उठती है। थोड़ी-सी तारीफ करके चाहे उससे गुलामी करवा लो। अब उन्हें अपनी जरा-जरा सी बात पर झुंझला पड़ना, उसकी सीधी सी बातों का टेढ़ा जवाब देना, विकल करने लगा। उस दिन उसने यही तो कहा था कि उसकी छोटी बहन के सालगिरह पर कोई उपहार भेजना

चाहिए। इसमें बरस पड़ने की कौन-सी बात थी? माना वह अपना सम्पादकीय नोट लिख रहे थे, लेकिन उनके लिए सम्पादकीय नोट जितना महत्त्व रखता है, क्या गुलशन के लिए उपहार भेजना उतना ही या उससे ज्यादा महत्त्व नहीं रखता? बेशक, उनके पास उस समय रूपये न थे, तो क्या वह मीठे शब्दों में यह नहीं कह सकते थे कि डार्लिंग? मुझे खेद है, अभी हाथ खाली है, दो-चार रोज में मैं कोई प्रबन्ध कर दूँगा। यह जवाब सुनकर वह चुप हो जाती। और अगर कुछ भुनभुना ही लेती तो उनका क्या बिगड़ जाता था? अपनी टिप्पणियों में वह कितनी शिष्टता का व्यवहार करते हैं। कलम जरा भी गर्म पड़ जाय, तो गर्दन नापी जाय। गुलशन पर वह क्यों बिगड़ जाते हैं? इसीलिए कि वह उनके अधीन है और उन्हें रूठ जाने के सिवा कोई दण्ड नहीं दे सकती। कितनी नीच कायरता है कि हम सबलों के सामने दुम हिलायें और जो हमारे लिए अपने जीवन का बलिदान कर रही है, उसे काटने दौड़ें।

सहसा एक ताँगा आता हुआ दिखायी दिया और सामने आते ही उस पर से एक स्त्री उतर कर उनकी ओर चली। अरे! यह तो गुलशन है। उन्होंने आतुरता से आगे बढ़कर उसे गले लगा लिया और बोले— तुम इस वक्त यहाँ कैसे आयीं? मैं अभी-अभी तुम्हारा ही खयाल कर रहा था।

गुलशन ने गद्‌गद् कण्ठ से कहा— तुम्हारे ही पास जा रही थी। शाम को बरामदे में बैठी तुम्हारा लेख पढ़ रही थी। न-जाने कब झपकी आ गयी और मैंने एक बुरा सपना देखा। मारे डर के मेरी नींद खुल गयी और तुमसे मिलने चल पड़ी। इस वक्त यहाँ कैसे खड़े हो? कोई दुर्घटना तो नहीं हो गयी? रास्ते भर मेरा कलेजा धड़क रहा था।

कावसजी ने आश्वासन देते हुए कहा— मैं तो बहुत अच्छी तरह हूँ। तुमने क्या स्वप्न देखा?

'मैंने देखा— जैसे तुमने एक रमणी को कुछ कहा है और वह तुम्हें बाँध कर घसीटे लिये जा रही है।'

'कितना बेहूदा स्वप्न है; और तुम्हें इस पर विश्वास भी आ गया? मैं तुमसे कितनी बार कह चुका कि स्वप्न केवल चिन्तित मन की क्रीड़ा है।'

'तुम मुझसे छिपा रहे हो। कोई-न-कोई बात हुई है जरूर। तुम्हारा चेहरा बोल रहा है। अच्छा, तुम इस वक्त यहाँ क्यों खड़े हो? यह तो तुम्हारे पढ़ने का समय है।'

'यों ही, जरा घूमने चला आया था।'

'झूठ बोलते हो। खा जाओ मेरे सिर की कसम।'

'अब तुम्हें एतबार ही न आये तो क्या करूँ?'

'कसम क्यों नहीं खाते?'

'कसम को मैं झूठ का अनुमोदन समझता हूँ।'

गुलशन ने फिर उनके मुख पर तीव्र दृष्टि डाली। फिर एक क्षण के बाद

बोली— अच्छी बात है। चलो, घर चलें।

कावसजी ने मुसकराकर कहा— तुम फिर मुझसे लड़ाई करोगी।

'सरकार से लड़कर भी तुम सरकार की अमलदारी में रहते हो कि नहीं? मैं भी तुमसे लड़ूँगी; मगर तुम्हारे साथ रहूँगी।'

'हम इसे कब मानते हैं कि यह सरकार की अमलदारी है।'

'यह तो मुँह से कहते हो। तुम्हारा रोआँ-रोआँ इसे स्वीकार करता है। नहीं तो तुम इस वक्त जेल में होते।'

'अच्छा, चलो, मैं थोड़ी देर में आता हूँ।'

मैं अकेली नहीं जाने की। आखिर सुनूँ, तुम यहाँ क्या कर रहे हो?'

कावसजी ने बहुत कोशिश की कि गुलशन वहाँ से किसी तरह चली जाय; लेकिन वह जितना ही इस पर जोर देते थे, उतना ही गुलशन का आग्रह भी बढ़ता जाता था। आखिर मजबूर होकर कावसजी को शीरीं और शापूर के झगड़े का वृत्तान्त कहना ही पड़ा; यद्यपि इस नाटक में उनका अपना जो भाग था उसे उन्होंने बड़ी होशियारी से छिपा देने की चेष्टा की।

गुलशन ने विचार करके कहा— तो तुम्हें भी यह सनक सवार हुई!

कावसजी ने तुरन्त प्रतिवाद किया— कैसी सनक! मैंने क्या किया? अब यह तो इंसानियत नहीं है कि एक मित्र की स्त्री मेरी सहायता माँगे और मैं बगलें झाँकने लगूँ!

'झूठ बोलने के लिए बड़ी अक्ल की जरूरत होती है प्यारे, और वह तुममें नहीं है; समझे? चुपके से जाकर शीरींबानू को सलाम करो और कहो कि आराम से अपने घर में बैठे। सुख कभी सम्पूर्ण नहीं मिलता। विधि इतना घोर पक्षपात नहीं कर सकता। गुलाब में काँटे होते ही हैं। अगर सुख भोगना है तो उसे उसके दोषों के साथ भोगना पड़ेगा। अभी विज्ञान ने कोई ऐसा उपाय नहीं निकाला कि हम सुख के काँटों को अलग कर सकें! मुफ्त का माल उड़ानेवाले को ऐयाशी के सिवा और सूझेगी क्या? अगर धन सारी दुनिया का विलास न मोल लेना चाहे तो वह धन ही कैसा? शीरीं के लिए भी क्या वे द्वार नहीं खुले हैं, शापूरजी के लिए खुले हैं? उससे कहो— शापुर के घर में रहे, उनके धन को भोगे और भूल जाय कि वह शापूर की स्त्री है, उसी तरह जैसे शापूर भूल गया है कि वह शीरीं का पति है। जलना और कुढ़ना छोड़कर विलास का आनन्द लूटे। उसका धन एक-से-एक रूपवान् विद्वान् नवयुवकों को खींच लायेगा। तुमने ही एक बार मुझसे कहा था कि एक जमाने में फ्रांस में धनवान् विलासिनी महिलाओं का समाज पर आधिपत्य था। उनके पति सब कुछ देखते थे और मुँह खोलने का साहस न करते थे। और मुँह क्या खोलते? वे खुद इसी धुन में मस्त थे। यही धन का प्रसाद है। तुमसे न बने, तो चलो, मैं शीरीं को समझा दूँ। ऐयाश मर्द की स्त्री अगर ऐयाश न हो तो यह उसकी कायरता है— लतखोरपन है!'

कावसजी ने चकित होकर कहा— लेकिन तुम भी तो धन की उपासक हो?

गुलशन ने शर्मिन्दा होकर कहा— यही तो जीवन का शाप है। हम उसी चीज पर लपकते हैं, जिसमें हमारा अमंगल है, सत्यानाश है। मैं बहुत दिन पापा के इलाके में रही हूँ। चारों तरफ किसान और मजदूर रहते थे। बेचारे दिन-भर पसीना बहाते थे, शाम को घर जाते। ऐयाशी और बदमाशी का कहीं नाम न था। और यहाँ शहर में देखती हूँ कि सभी बड़े घरों में यही रोना है। सब-के-सब हथकंडों से पैसे कमाते हैं और अस्वाभाविक जीवन बिताते हैं। आज तुम्हें कहीं से धन मिल जाय, तो तुम भी शापूर बन जाओगे, निश्चय।

'तब शायद तुम भी अपने बताये हुए मार्ग पर चलोगी, क्यों?'

'शायद नहीं, अवश्य।'

□

डामुल का कैदी

दस बजे रात का समय, एक विशाल भवन में एक सजा हुआ कमरा, बिजली की अँगीठी, बिजली का प्रकाश। बड़ा दिन आ गया है।

सेठ खूबचन्दजी अफसरों को डालियाँ भेजने का सामान कर रहे हैं। फलों, मिठाइयों, मेवों, खिलौनों की छोटी-छोटी पहाड़ियाँ सामने खड़ी हैं। मुनीमजी अफसरों के नाम बोलते जाते हैं और सेठजी अपने हाथों यथासम्मान डालियाँ लगाते जाते हैं।

खूबचन्दजी एक मिल के मालिक हैं, बम्बई के बड़े ठीकेदार। एक बार नगर के मेयर भी रह चुके हैं। इस वक्त भी कई व्यापारी-सभाओं के मन्त्री और व्यापार-मंडल के सभापति हैं। इस धन, यश, मान की प्राप्ति में डालियों का कितना भाग है, यह कौन कह सकता है, पर इस अवसर पर सेठजी के दस-पाँच हजार बिगड़ जाते थे। अगर कुछ लोग तुम्हें खुशामदी, टोड़ी, जी हजुर कहते हैं, तो कहा करें। इससे सेठजी का क्या बिगड़ता है? सेठजी उन लोगों में नहीं हैं, जो नेकी करके दरिया में डाल दें।

पुजारीजी ने आकर कहा— सरकार, बड़ा विलम्ब हो गया। ठाकुरजी का भोग तैयार है।

अन्य धनिकों की भाँति सेठजी ने भी एक मन्दिर बनवाया था। ठाकुरजी की पूजा करने के लिए एक पुजारी नौकर रख लिया था।

पुजारी को रोष-भरी आँखों से देखकर कहा— देखते नहीं हो, क्या कर रहा हूँ? यह भी एक काम है, खेल नहीं, तुम्हारी ठाकुरजी ही सब कुछ न दे देंगे। पेट भरने पर ही पूजा सूझती है। घंटे-आध-घंटे की देर हो जाने से ठाकुरजी भूखों न मर जायँगे।

पुजारीजी अपना-सा मुँह लेकर चले गये और सेठजी फिर डालियाँ सजाने में मसरूफ हो गये।

सेठजी के जीवन का मुख्य काम धन कमाना था और उसके साधनों की रक्षा करना उनका मुख्य कर्त्तव्य। उनके सारे व्यवहार इसी सिद्धान्त के अधीन थे। मित्रों से इसलिए मिलते थे कि उनसे धनोपार्जन में मदद मिलेगी। मनोरंजन भी करते थे, तो व्यापार की दृष्टि से; दान बहुत देते थे, पर उसमें भी यही लक्ष्य सामने रहता था। सन्ध्या और वन्दना उनके लिए पुरानी लकीर थीं, जिसे पीटते रहने में स्वार्थ सिद्ध होता था, मानों कोई बेगार हो। सब कामों से छुट्टी मिली, तो जाकर ठाकुरद्वारे में खड़े हो गये, चरणामृत लिया और चले आये।

एक घंटे के बाद पुजारीजी फिर सिर पर सवार हो गये। खूबचन्द उनका मुँह देखते ही झुँझला उठे। जिस पूजा में तत्काल फायदा होता था, उसमें कोई बार-बार विघ्न डाले तो क्यों न बुरा लगे? बोले— कह दिया, अभी मुझे फुरसत नहीं है। खोपड़ी पर सवार हो गये! मैं पूजा का गुलाम नहीं हूँ। जब घर में पैसे होते हैं, तभी ठाकुरजी की भी पूजा होती है। घर में पैसे न होंगे, तो ठाकुरजी भी पूछने न आयेंगे।

पुजारी हताश होकर चला गया और सेठजी फिर अपने काम में लगे।

सहसा उनके मित्र केशवरामजी पधारे। सेठजी उठकर उनके गले से लिपट गये और बोले— किधर से? मैं तो अभी तुम्हें बुलाने वाला था।

केशवराम ने मुसकराकर कहा— इतनी रात गये तक डालियाँ ही लग रही हैं? अब तो समेटो। कल का सारा दिन पड़ा है, लगा लेना। तुम कैसे इतना काम करते हो, मुझे तो यही आश्चर्य होता है। आज क्या प्रोग्राम था, याद है?

सेठजी ने गर्दन उठाकर स्मरण करने की चेष्टा करके कहा— क्या कोई विशेष प्रोग्राम था? मुझे तो याद नहीं आता (एकाएक स्मृति जाग उठती है) अच्छा, वह बात! हाँ, याद आ गया। अभी देर तो नहीं हुई। इस झमेले में ऐसा भूला कि जरा भी याद न रही।

'तो चलो फिर। मैंने तो समझा था, तुम वहाँ पहुँच गये होंगे।'

'मेरे न जाने से लैला नाराज तो नहीं हुई?'

'यह तो वहाँ चलने पर मालूम होगा।'

'तुम मेरी ओर से क्षमा माँग लेना।'

'मुझे क्या गरज पड़ी है, जो आपकी ओर से क्षमा माँगू! वह तो त्योरियाँ चढ़ाये बैठी थी। कहने लगी— उन्हें मेरी परवाह नहीं तो मुझे भी उनकी परवाह नहीं। मुझे आने ही न देती थी। मैंने शांत तो कर दिया, लेकिन कुछ बहाना करना पड़ेगा।'

खूबचन्द ने आँखें मारकर कहा— मैं कह दूँगा, गवर्नर साहब ने जरूरी काम से बुला भेजा था।

'जी नहीं, यह बहाना वहाँ न चलेगा। कहेगी— तुम मुझसे पूछकर क्यों नहीं गये? वह अपने सामने गवर्नर को समझती ही क्या है? रूप और यौवन बड़ी चीज़ है भाई साहब! आप नहीं जानते।'

'तो फिर तुम्हीं बताओ, कौन-सा बहाना करूँ?'

'अजी, बीस बहाने हैं। कहना, दोपहर से 106 डिग्री ज्वर था। अभी उठा हूँ।'

दोनों मित्र हँसे और लैला का मुजरा सुनने चले।

2

सेठ खूबचन्द का स्वदेशी मिल देश के बहुत बड़े मिलों में है। जब से स्वदेशी-आन्दोलन चला है, मिल के माल की खपत दूनी हो गयी है। सेठजी ने कपड़े की दर में दो

आने रुपया बढ़ा दिये हैं फिर भी बिक्री में कोई कमी नहीं है; लेकिन इधर अनाज कुछ सस्ता हो गया है, इसलिए सेठजी ने मजूरी घटाने की सूचना दे दी है। कई दिन से मजूरों के प्रतिनिधियों और सेठजी में बहस होती रही। सेठजी जौ-भर भी न दबना चाहते थे। जब उन्हें आधी मजूरी पर नये आदमी मिल सकते हैं, तब वह क्यों पुराने आदमियों को रखें। वास्तव में यह चाल पुराने आदमियों को भगाने ही के लिए चली गयी थी।

अंत में मजूरों ने यही निश्चय किया कि हड़ताल कर दी जाय।

प्रात: काल का समय है। मिल के हाते में मजूरों की भीड़ लगी हुई है। कुछ लोग चारदीवारी पर बैठे हैं, कुछ जमीन पर; कुछ इधर-उधर मटरगश्त कर रहे हैं। मिल के द्वार पर कांस्टेबलों का पहरा है। मिल में पूरी हड़ताल है।

एक युवक को बाहर से आते देखकर सैकड़ों मजूर इधर-उधर से दौड़कर उसके चारों ओर जमा हो गये। हरेक पूछ रहा था— सेठजी ने क्या कहा?

यह लम्बा, दुबला साँवला युवक मजूरों का प्रतिनिधि था। उसकी आकृति में कुछ ऐसी दृढ़ता, कुछ ऐसी निष्ठा, कुछ ऐसी गंभीरता थी कि सभी मजूरों ने उसे नेता मान लिया था।

युवक के स्वर में निराशा थी, क्रोध था, आहत सम्मान का रुदन था।

कुछ नहीं हुआ। सेठजी कुछ नहीं सुनते।'

चारों ओर से आवाजें आयीं— तो हम भी उनकी खुशामद नहीं करते।

युवक ने फिर कहा— वह मजूरी घटाने पर तुले हुए हैं, चाहे कोई काम करे या न करे। इस मिल से इस साल दस लाख का फायदा हुआ है। यह हम लोगों ही की मेहनत का फल है, लेकिन फिर भी हमारी मजूरी काटी जा रही है। धनवानों का पेट कभी नहीं भरता। हम निर्बल हैं, निस्सहाय हैं, हमारी कौन सुनेगा? व्यापार-मण्डल उनकी ओर है, सरकार उनकी ओर है, मिल के हिस्सेदार उनकी ओर हैं, हमारा कौन है? हमारा उद्धार तो भगवान् ही करेंगे।

एक मजूर बोला— सेठजी भी तो भगवान् के बड़े भगत हैं।

युवक ने मुसकराकर कहा— हाँ, बहुत बड़े भक्त हैं। यह किसी ठाकुरद्वारे में उनके ठाकुरद्वारे की-सी सजावट नहीं है, कहीं इतना विधिपूर्वक भोग नहीं लगता, कहीं इतने उत्सव नहीं होते, कहीं ऐसी झाँकी नहीं बनती। उसी भक्ति का प्रताप है कि आज नगर में इतना सम्मान है, औरों का माल पड़ा सड़ता है, इनका माल गोदाम में नहीं जाने पाता। वही भक्तराज हमारी मजूरी घटा रहे हैं। मिल में अगर घाटा हो तो हम आधी मजूरी पर काम करेंगे, लेकिन जब लाखों का लाभ हो रहा है तो किस नीति से हमारी मजूरी घटायी जा रही है। हम अन्याय नहीं सह सकते। प्रण कर लो कि किसी बाहरी आदमी को मिल में घुमने न देंगे, चाहे वह अपने साथ फौज लेकर ही क्यों न आये। कुछ परवाह नहीं, हमारे ऊपर लाठियाँ बरसें, गोलियाँ चलें...

एक तरफ से आवाज आयी— सेठजी!

सभी पीछे फिर-फिरकर सेठजी की तरफ देखने लगे। सभी के चेहरों पर हवाइयाँ उड़ने लगीं। कितने ही तो डरकर कांस्टेबलों से मिल के अन्दर जाने के लिए चिरौरी करने लगे, कुछ लोग रूई की गाँठों की आड़ में जा छिपे। थोड़े से आदमी कुछ सहमे हुए— पर जैसे जान हथेली पर लिये— युवक के साथ खड़े रहे।

सेठजी ने मोटर से उतरते हुए कांस्टेबलों को बुलाकर कहा— इन आदमियों को मारकर बाहर निकाल दो, इसी दम।

मजूरों पर डण्डे पड़ने लगे। दस-पाँच तो गिर पड़े। बाकी अपनी-अपनी जान लेकर भागे। वह युवक दो आदमियों के साथ अभी तक डटा खड़ा था।

प्रभुता असहिष्णु होती है। सेठजी खुद आ जायँ, फिर भी ये लोग सामने खड़े रहें, यह तो खुला हुआ विद्रोह है। यह बेअदबी कौन सह सकता है? जरा इस लौंडे को देखो! देह पर साबित कपड़े भी नहीं हैं; मगर जमा खड़ा है, मानो मैं कुछ हूँ ही नहीं। समझता होगा, यह मेरा कर ही क्या सकते हैं?

सेठजी ने रिवाल्वर निकाल लिया और इस समूह के निकट आकर उसे जाने का हुक्म दिया; पर वह समूह अचल खड़ा था। सेठजी उन्मत्त हो गये। यह हेकड़ी! तुरन्त हेड कांस्टेबल को बुलाकर हुक्म दिया— इन आदमियों को गिरफ्तार कर लो।

कांस्टेबलों ने तीनों आदमियों को रस्सियों से जकड़ दिया और उन्हें फाटक की ओर ले चले। इनका गिरफ्तार होना था कि एक हजार आदमियों का दल रेला मारकर मिल से निकल आया और कैदियों की तरफ लपका। कांस्टेबलों ने देखा, बन्दुक चलाने पर भी जान न बचेगी, तो मुलाजिमों को छोड़ दिया और भाग खड़े हुए। सेठजी को ऐसा क्रोध आ रहा था कि इन सारे आदमियों को तोप पर उड़वा दें। क्रोध में आत्म-रक्षा की भी उन्हें परवाह न थी। कैदियों को सिपाहियों से छुड़ाकर वह जन-समूह सेठजी की ओर आ रहा था। सेठजी ने समझा— सब-के-सब मेरी जान लेने आ रहे हैं। अच्छा! यह लौंडा गोपी सभी के आगे है! यही यहाँ भी इनका नेता बना हुआ है! मेरे सामने कैसा भीगी-बिल्ली बना हुआ था; पर यहाँ सबके आगे-आगे आ रहा है।

सेठजी अब भी समझौता कर सकते थे; पर यों दबकर विद्रोहियों से दान माँगना उन्हें असह्य था।

इतने में क्या देखते हैं कि वह बढ़ता हुआ समूह बीच ही में रुक गया। युवक ने उन आदमियों से कुछ सलाह की और तब अकेला सेठजी की तरफ चला। सेठजी ने मन में कहा— शायद मुझसे प्राण-दान की शर्तें तय करने आ रहा है। सभी ने आपस में यही सलाह की है। जरा देखो, कितने निश्शंक भाव से चला आता है, जैसे कोई विजयी सेनापति हो। ये कांस्टेबल कैसे दुम दबाकर भाग खड़े हुए; लेकिन तुम्हें तो नहीं छोड़ता बचा, जो कुछ होगा, देखा जायगा। जब तक मेरे पास यह रिवाल्वर है, तुम मेरा क्या कर सकते हो?

तुम्हारे सामने तो घुटना न टेकूँगा?

युवक समीप आ गया और कुछ बोलना ही चाहता था कि सेठजी ने रिवाल्वर निकालकर फायर कर दिया। युवक भूमि पर गिर पड़ा और पाँव फेंकने लगा।

उसके गिरते ही मजूरों में उत्तेजना फैल गयी। अभी तक उनमें हिंसा-भाव न था। वे केवल सेठजी को यह दिखा देना चाहते थे कि तुम हमारी मजूरी काट कर शान्त नहीं बैठ सकते; किन्तु हिंसा ने हिंसा को उद्दीप्त कर दिया। सेठजी ने देखा, प्राण संकट में है और समतल भूमि पर रिवाल्वर से भी देर तक प्राणरक्षा नहीं कर सकते; पर भागने का कहीं स्थान न था! जब कुछ न सूझा, तो वह रूई की गाँठ पर चढ़ गये और रिवाल्वर दिखा-दिखाकर नीचे वालों को ऊपर चढ़ने से रोकने लगे। नीचे पाँच-छ: सौ आदमियों का घेरा था। ऊपर सेठजी अकेले रिवाल्वर लिये खड़े थे। कहीं से कोई मदद नहीं आ रही है और प्रतिक्षण प्राणों की आशा क्षीण होती जा रही है। कांस्टेबलों ने भी अफसरों को यहाँ की परिस्थिति नहीं बतलायी; नहीं तो क्या अब तक कोई न आता? केवल पाँच गोलियों से कब तक जान बचेगी? एक क्षण में ये सब समाप्त हो जायँगी। भूल हुई, मुझे बन्दूक और कारतूस लेकर आना चाहिए था। फिर देखता इनकी बहादुरी। एक-एक को भूनकर रख देता; मगर क्या जानता था कि यह इतनी भयंकर परिस्थिति आ खड़ी होगी?

नीचे के एक आदमी ने कहा— लगा दो गाँठों में आग। निकालो तो एक माचिस। रुई से धन कमाया है, रूई की चिता पर जले।

तुरन्त एक आदमी ने जेब से दियासलाई निकाली और आग लगाना ही चाहता था कि सहसा वही जख्मी युवक पीछे से आकर सामने हो गया। उसके पाँव में पट्टी बँधी हुई थी, फिर भी रक्त बह रहा था। उसका मुख पीला पड़ गया था और उसके तनाव से मालूम होता था कि युवक को असह्य वेदना हो रही है। उसे देखते ही लोगों ने चारों तरफ से आकर घेर दिया। उस हिंसा के उन्माद में भी अपने नेता को जीता-जागता देखकर उनके हर्ष की सीमा न रही। जयघोष से आकाश गूँज उठा—'गोपीनाथ की जय।'

'जख्मी गोपीनाथ ने हाथ उठाकर समूह को शान्त हो जाने का संकेत करके कहा— भाइयों, मैं तुमसे एक शब्द कहने आया हूँ। कह नहीं सकता, बचूँगा या नहीं। सम्भव है, तुमसे यह मेरी अन्तिम निवेदन हो। तुम क्या करने जा रहे हो? दरिद्र में नारायण का निवास है, क्या इसे मिथ्या करना चाहते हो? धनी को अपने धन का मद हो सकता है। तुम्हें किस बात का अभिमान है? तुम्हारे झोंपड़ों में क्रोध और अहंकार के लिए कहाँ स्थान है? मैं तुमसे हाथ जोड़कर कहता हूँ, सब लोग यहाँ से हट जाओ। अगर तुम्हें मुझसे कुछ स्नेह है, अगर मैंने तुम्हारी सेवा की है, तो अपने घर जाओ और सेठजी को घर जाने दो।

चारों तरफ से आपत्तिजनक आवाजें आने लगीं; लेकिन गोपीनाथ का विरोध करने का साहस किसी में न हुआ। धीरे-धीरे लोग यहाँ से हट गये। मैदान साफ हो गया, तो

गोपीनाथ ने विनम्र भाव से सेठजी से कहा— सरकार, अब आप चले जायँ। मैं जानता हूँ, आपने मुझे धोखे से मारा। मैं केवल यही कहने आपके पास आ रहा था, जो अब कह रहा, हूँ। मेरा दुर्भाग्य था कि आपको भ्रम हुआ। ईश्वर की यही इच्छा थी।

सेठजी को गोपीनाथ पर कुछ श्रद्धा होने लगी है। नीचे उतरने में कुछ शंका अवश्य है; पर ऊपर भी तो प्राण बचने की कोई आशा नहीं है। वह इधर-उधर सशंक नेत्रों से ताकते हुए उतरते हैं। जन-समूह कुछ दस गज के अन्तर पर खड़ा हुआ है। प्रत्येक मनुष्य की आँखों में विद्रोह और हिंसा भरी हुई है। कुछ लोग दबी जबान से— पर सेठजी को सुनाकर — अशिष्ट आलोचनाएँ कर रहे हैं, पर किसी में इतना साहस नहीं है कि उनके सामने आ सके। उस मरते हुए युवक के आदेश में इतनी शक्ति है।

सेठजी मोटर पर बैठकर चले ही थे कि गोपी जमीन पर गिर पड़ा।

6

सेठजी की मोटर जितनी तेजी से भागी जा रही थी, उतनी ही तेजी से उनकी आँखों के सामने आहत गोपी को छायाचित्र भी दौड़ रहा था। भाँति-भाँति की कल्पनाएँ मन में आने लगीं। अपराधी भावनाएँ चित्त को आन्दोलित करने लगीं। अगर गोपी उनका शत्रु था, तो उसने क्यों उनकी जान बचायी— ऐसी दशा में, जब वह स्वयं मृत्यु के पंजे में था? इसका उनके पास कोई जवाब न था। निरपराध गोपी, जैसे हाथ बाँधे उनके सामने खड़ा कह रहा था— आपने मुझ बेगुनाह को क्यों मारा?

भोग-लिप्सा आदमी को स्वार्थान्ध बना देती है। फिर भी सेठजी की आत्मा अभी इतनी अभ्यस्त और कठोर न हुई थी कि एक निरपराध की हत्या करके उन्हें ग्लानि न होती। वह सौ-सौ युक्तियों से मन को समझाते थे; लेकिन न्याय-बुद्धि किसी युक्ति को स्वीकार न करती थी। जैसे यह धारणा उनके न्याय-द्वार पर बैठी सत्याग्रह कर रही थी और वरदान लेकर ही टलेगी। वह घर पहुँचे तो इतने दुखी और हताश थे, मानो हाथों में हथकड़ियाँ पड़ी हों!

प्रमीला ने घबड़ायी हुई आवाज में पूछा— हड़ताल का क्या हुआ? अभी हो रही है या बन्द हो गयी? मजूरों ने दंगा-फसाद तो नहीं किया? मैं तो बहुत डर रही थी।

खूबचन्द ने आराम-कुर्सी पर लेटकर एक लम्बी साँस ली और बोले— कुछ न पूछो, किसी तरह जान बच गयी, बस यही समझ लो। पुलिस के आदमी तो भाग खड़े हुए, मुझे लोगों ने घेर लिया। बारे किसी तरह जान लेकर भागा। जब मैं चारों तरफ से घिर गया, तो क्या करता, मैंने भी रिवाल्वर छोड़ दिया।

प्रमीला भयभीत होकर बोली— कोई जख्मी तो नहीं हुआ?

'वही गोपीनाथ जख्मी हुआ; जो मजूरों की तरफ से मेरे पास आया करता था। उसका गिरना था कि एक हजार आदमियों ने मुझे घेर लिया। मैं दौड़कर रूई की गाँठों पर चढ़

गया। जान बचने की कोई आशा न थी। मजूर गाँठों में आग लगाने जा रहे थे।

प्रमीला काँप उठी।

'सहसा वही जख्मी आदमी उठकर मजूरों के सामने आया और उन्हें समझा कर मेरी प्राण-रक्षा की। वह न आ जाता, तो मैं किसी तरह जीता न बचता।'

'ईश्वर ने बड़ी कुशल की! इसीलिए मैं मना कर रही थी कि अकेले न जाओ। उस आदमी को लोग अस्पताल ले गये होंगे?'

सेठजी ने शोक-भरे स्वर में कहा— मुझे भय है कि वह मर गया होगा। जब मैं मोटर पर बैठा, तो मैंने देखा, वह गिर पड़ा और बहुत-से आदमी उसे घेरकर खड़े हो गये। न जाने उसकी क्या दशा हुई?

प्रमीला उन देवियों में थी जिनकी नसों में रक्त की जगह श्रद्धा बहती है। स्नान-पूजा, तप और व्रत यही उसके जीवन के आधार थे। सुख में, दु: ख में, आराम में, उपासना ही उसका कवच थी। इस समय भी उस पर संकट आ पड़ा। ईश्वर के सिवा और कौन उसका उद्धार करेगा! वह वहीं खड़ी द्वार की ओर ताक रही थी और उसका धर्म-निष्ठ मन ईश्वर के चरणों में गिरकर क्षमा की भिक्षा माँग रहा था।

सेठजी बोले— यह मजूर उस जन्म का कोई महान् पुरूष था। नहीं तो जिस आदमी ने उसे मारा, उसी की प्राण-रक्षा के लिए क्यों इतनी तपस्या करता।

प्रमीला श्रद्धा-भाव से बोली— भगवान की प्रेरणा और क्या! भगवान् की दया होती है, तभी हमारे मन में सद्विचार भी आते हैं।

सेठजी ने जिज्ञासा की— तो फिर बुरे विचार भी ईश्वर की प्रेरणा ही से आते होंगे?

प्रमीला तत्परता के साथ बोली— ईश्वर आनन्द-स्वरूप हैं। दीपक से कभी अन्धकार नहीं निकल सकता।

सेठजी कोई जवाब सोच ही रहे थे कि बाहर शोर सुनकर चौंक पड़े। दोनों ने सड़क की तरफ की खिड़की खोलकर देखा, तो हजारों आदमी काली झण्डियाँ लिए दाहिनी तरफ से आते दिखाई दिये। झण्डियों के बाद एक अर्थी थी, सिर-ही-सिर दिखाई देते थे। यह गोपीनाथ के जनाजे का जुलूस था। सेठजी तो मोटर पर बैठकर मिल से घर की ओर चले, उधर, मजूरों ने दूसरी मिलों में इस हत्याकाण्ड की सूचना भेज दी। दम-के-दम में सारे शहर में यह खबर बिजली की तरह दौड़ गयी और कई मिलों में हड़ताल हो गयी। नगर में सनसनी फैल गयी। किसी भीषण उपद्रव के भय से लोगों ने दुकानें बन्द कर दीं। यह जुलूस नगर के मुख्य स्थानों का चक्कर लगाता हुआ सेठ खूबचन्द के द्वार पर आया है और गोपीनाथ के खून का बदला लेने पर तुला हुआ है। उधर पुलिस-अधिकारियों ने सेठजी की रक्षा करने का निश्चय कर लिया है, चाहे खून की नदी ही क्यों न बह जाय? जुलूस के पीछे सशस्त्र पुलिस के दो-सौ जवान डबल मार्च से उपद्रवकारियों का दमन करने चले आ रहे हैं।

सेठजी अभी अपने कर्त्तव्य का निश्चय न कर पाये थे कि विद्रोहियों ने कोठी के दफ्तर में घुसकर लेन-देन के बहीखातों को जलाना और तिजोरियों को तोड़ना शुरू कर दिया। मुनीम और अन्य कर्मचारी तथा चौकीदार सब-के-सब अपनी-अपनी जान लेकर भागे। उसी वक्त बायीं ओर से पुलिस की दौड़ आ धमकी और पुलिस-कमिश्नर ने विद्रोहियों को पाँच मिनट के अन्दर यहाँ से भाग जाने का हुक्म दे दिया।

समूह ने एक स्वर से पुकारा— गोपीनाथ की जय!

एक घण्टा पहले अगर ऐसी परिस्थिति उत्पन्न हुई होती, तो सेठजी ने बड़ी निश्चिन्तता से उपद्रवकारियों को पुलिस की गोलियों का निशाना बनने दिया होता; लेकिन गोपीनाथ के उस देवोपम सौजन्य और आत्म-समर्पण ने जैसे उनके मनः स्थित विकारों का शमन कर दिया था और अब साधारण औषधि भी उन पर रामबाण का-सा चमत्कार दिखाती थी।

उन्होंने प्रमीला से कहा— मैं जाकर सबके सामने अपना अपराध स्वीकार किये लेता हूँ। नहीं तो मेरे पीछे न-जाने कितने घर मिट जायँगे।

प्रमीला ने काँपते हुए स्वर में कहा— यहीं खिड़की से आदमियों को क्यों नहीं समझा देते? वे जितनी मजूरी बढ़ाने को कहते हों; बढ़ा दो।

'इस समय तो उन्हें मेरे रक्त की प्यास है, मजूरी बढ़ाने का उन पर कोई असर न होगा।'

सजल नेत्रों से देखकर प्रमीला बोली— तब तो तुम्हारे ऊपर हत्या का अभियोग चल जायगा।

सेठजी ने धीरता से कहा— भगवान् की यही इच्छा है, तो हम क्या कर सकते हैं? एक आदमी का जीवन इतना मूल्यवान् नहीं है कि उसके लिए असंख्य जानें ली जायँ।

प्रमीला को मालूम हुआ, साक्षात् भगवान् सामने खड़े हैं। वह पति के गले से लिपट कर बोली— मुझे क्या कह जाते हो?

सेठजी ने उसे गले लगाते हुए कहा— भगवान् तुम्हारी रक्षा करेंगे। उनके मुख से और कोई शब्द न निकला। प्रमीला की हिचकियाँ बँधी हुई थी। उसे रोता छोड़कर सेठजी नीचे उतरे।

वह सारी सम्पत्ति जिसके लिए उन्होंने जो कुछ करना चाहिए, वह भी किया, जो कुछ न करना चाहिए, वह भी किया, जिसके लिए खुशामद की, छल किया, अन्याय किये, जिसे वह अपने जीवन-तप का वरदान समझते थे, आज कदाचित् सदा के लिए उनके हाथ से निकली जाती थी; पर उन्हें जरा भी मोह न था, जरा भी खेद न था। वह जानते थे, उन्हें डामुल की सजा होगी; यह सारा कारोबार चौपट हो जायगा, यह सम्पत्ति धूल में मिल जायगी, कौन जाने प्रमीला से फिर भेंट होगी या नहीं, कौन मरेगा, कौन जियेगा, कौन जानता है, मानो वह स्वेच्छा से यमदूतों का आवाहन कर रहे हों। और वह वेदनामय विवशता, जो हमें मृत्यु के समय दबा लेती है, उन्हें भी दबाये हुए थी।

प्रमीला उनके साथ-ही-साथ नीचे तक आयी। वह उनके साथ उस समय तक रहना चाहती थी, जब तक जनता उसे पृथक् न कर दे; लेकिन सेठजी उसे छोड़कर जल्दी से बाहर निकल गये और वह खड़ी रोती रह गयी।

4

बलि पाते ही विद्रोह का पिशाच शान्त हो गया। सेठजी एक सप्ताह हवालात में रहे। फिर उन पर अभियोग चलने लगा। बम्बई के सबसे नामी बैरिस्टर गोपी की तरफ से पैरवी कर रहे थे। मजूरों ने चन्दे से अपार धन एकत्र किया था और यहाँ तक तुले हुए थे कि अगर अदालत से सेठजी बरी भी हो जायें, तो उनकी हत्या कर दी जाय। नित्य इजलास में कई हजार कुली जमा रहते। अभियोग सिद्ध ही था। मुलजिम ने अपना अपराध स्वीकार कर लिया था। उनके वकीलों ने उनके अपराध को हलका करने की दलीलें पेश कीं। फैसला यह हुआ कि चौदह साल का कालापानी हो गया।

सेठजी के जाते ही मानो लक्ष्मी रूठ गयी; जैसे उस विशालकाय वैभव की आत्मा निकल गयी हो। साल-भर के अन्दर उस वैभव को कंकालमात्र रह गया। मिल तो पहले ही बन्द हो चुकी थी। लेना-देना चुकाने पर कुछ न बचा। यहाँ तक कि रहने का घर भी हाथ से निकल गया। प्रामीला के पास लाखों के आभूषण थे। वह चाहती, तो उन्हें सुरक्षित रख सकती थी; पर त्याग की धुन में उन्हें भी निकाल फेंका। सातवें महीने में जब उसके पुत्र का जन्म हुआ, तो वह छोटे-से किराये के घर में थी। पुत्र-रत्न पाकर अपनी सारी विपत्ति भूल गयी। कुछ दु: ख था तो यही कि पतिदेव होते, तो इस समय कितने आनंदित होते।

प्रमीला ने किन कष्टों को झेलते हुए पुत्र का पालन किया; इसकी कथा लम्बी है। सब कुछ सहा, पर किसी के सामने हाथ नहीं फैलाया। जिस तत्परता से उसने देने चुकाये थे, उससे लोगों की उस पर भक्ति हो गयी थी। कई सज्जन तो उसे कुछ मासिक सहायता देने पर तैयार थे; लेकिन प्रमीला ने किसी का एहसान न लिया। भले घरों की महिलाओं से उसका परिचय था ही। वह घरों में स्वदेशी वस्तुओं का प्रचार करके गुजर-भर को कमा लेती थी। जब तक बच्चा दूध पीता था, उसे अपने काम में बड़ी कठिनाई पड़ी; लेकिन दूध छुड़ा देने के बाद वह बच्चे को दाई को सौंपकर आप काम करने चली जाती थी। दिन-भर के कठिन परिश्रम के बाद जब वह सन्ध्या समय घर आकर बालक को गोद में उठा लेती, तो उसका मन हर्ष से उन्मत्त होकर पति के पास उड़ जाता जो न-जाने किसी दशा में काले कोसों पर पड़ा था। उसे अपनी सम्पत्ति लुट जाने का लेशमात्र भी दुःख नहीं है। उसे केवल इतनी ही लालसा है कि स्वामी कुशल से लौट आवें और बालक को देखकर अपनी आँखें शीतल करें। फिर तो वह इसे दरिद्रता में भी सुखी और संतुष्ट रहेगी। वह नित्य ईश्वर के चरणों में सिर झुकाकर स्वामी के लिए प्रार्थना करती है। उसे विश्वास है,

ईश्वर जो कुछ करेंगे; उससे उनको कल्याण ही होगा। ईश्वर-वन्दना में वह आलौकिक धैर्य, साहस और जीवन का आभास पाती है। प्रार्थना ही अब उसकी आशाओं का आधार है।

5

पन्द्रह साल की विपत्ति के दिन आशा की छाँह में कट गये।

सन्ध्या का समय है। किशोर कृष्णचन्द्र अपनी माता के पास मन-मारे बैठा हुआ है। वह माँ-बाप दोनों में से एक को भी नहीं पड़ा।

प्रमीला ने पूछा— क्यों बेटा, तुम्हारी परीक्षा तो समाप्त हो गयी?

बालक ने गिरे हुए मन से जवाब दिया— हाँ अम्माँ, हो गयी; लेकिन मेरे परचे अच्छे नहीं हुए। मेरा मन पढ़ने में नहीं लगता है।

यह कहते-कहते उसकी आँखें डबडबा आयीं। प्रमीला ने स्नेह-भरे स्वर में कहा— यह तो अच्छी बात नहीं है बेटा, तुम्हें पढ़ने में मन लगाना चाहिए।

बालक सजल नेत्रों से माता को देखता हुआ बोला— मुझे बार-बार पिताजी की याद आती रहती है। वह तो अब बहुत बूढ़े हो गये होंगे। मैं सोचा करता हूँ कि वह आयेंगे, तो तन-मन से उनकी सेवा करूँगा। इतना बड़ा उत्सर्ग किसने किया होगा अम्माँ? उस पर लोग उन्हें निर्दयी कहते हैं। मैंने गोपीनाथ के बाल-बच्चों का पता लगा लिया अम्माँ! उनकी घरवाली है, माता है और एक लड़की है, जो मुझसे दो साल बड़ी है। माँ-बेटी दोनों उसी मिल में काम करती हैं। दादी बहुत बूढ़ी हो गयी है।

प्रमीला ने विस्मित होकर कहा— तुझे उनका पता कैसे चला बेटा?

कृष्णचन्द्र प्रसन्नचित्त होकर बोला— मैं आज उस मिल में चला गया था। मैं उस स्थान को देखना चाहता था, जहाँ मजूरों ने पिताजी को घेरा था और वह स्थान भी, जहाँ गोपीनाथ गोली खाकर गिरा था; पर उन दोनों में एक स्थान भी न रहा। वहाँ इमारतें बन गयी हैं। मिल का काम बड़े जोर से चल रहा है। मुझे देखते ही बहुत से आदमियों ने मुझे घेर लिया। सब यही कहते थे कि तुम तो भैया गोपीनाथ का रूप धर कर आये हो। मजूरों ने वहाँ गोपीनाथ की एक तसवीर लटका रखी है। उसे देखकर चकित हो गया अम्माँ, जैसे मेरी ही तसवीर हो, केवल मुँछों का अन्तर है। जब मैंने गोपी की स्त्री के बारे में पूछा, तो एक आदमी दौड़कर उसकी स्त्री को बुला लाया। वह मुझे देखते ही रोने लगी। और न-जाने क्यों मुझे भी रोना आ गया। बेचारी स्त्रियाँ बड़े कष्ट में हैं। मुझे तो उनके ऊपर दया आती है कि उनकी कुछ मदद करूँ।

प्रमीला को शंका हुई, लड़का इन झगड़ों में पड़कर पढ़ना न छोड़ बैठे। बोली— अभी तुम उनकी क्या मदद कर सकते हो बेटा? धन होता तो कहती, दस-पाँच रुपये महीना दे दिया करो, लेकिन घर का हाल तो तुम जानते ही हो। अभी मन लगाकर पढ़ो। जब तुम्हारे

पिताजी आ जायँ, तो जो इच्छा हो वह करना।

कृष्णचन्द्र ने उस समय कोई जवाब न दिया; लेकिन आज से उसका नियम हो गया कि स्कूल से लौटकर एक बार गोपी के परिवार को देखने अवश्य जाता। प्रमीला उसे जेब-खर्च के लिए जो पैसे देती, उसे उन अनाथों ही पर खर्च करता। कभी कुछ फल ले लिये, कभी शाक-भाजी ले ली।

एक दिन कृष्णचन्द्र को घर आने में देर हुई, तो प्रमीला बहुत घबरायी। पता लगाती हुई विधवा के घर पर पहुँची, तो देखा— एक तंग गली में, एक सीले, सड़े हुए मकान में गोपी की स्त्री एक खाट पर पड़ी है और कृष्णचन्द्र खड़ा उसे पंखा झल रहा है। माता को देखते ही बोला— मैं अभी घर न जाऊँगा अम्माँ, देखो, काकी कितनी बीमार है। दादी को कुछ सूझता नहीं, बिन्नी खाना पका रही है। इनके पास कौन बैठे?

प्रमीला ने खिन्न होकर कहा— अब तो अँधेरा हो गया, तुम यहाँ कब तक बैठे रहोगे? अकेला घर मुझे भी तो अच्छा नहीं लगता। इस वक्त चलो। सबेरे फिर आ जाना।

रोगिणी ने प्रमीला की आवाज सुनकर आँखें खोल दीं और मन्द स्वर में बोली— आओ माताजी, बैठो। मैं तो भैया से कह रही थी, देर हो रही है, अब घर जाओ; पर यह गये ही नहीं। मुझ अभागिनी पर इन्हें न जाने क्यों इतनी दया आती है? अपना लड़का भी इससे अधिक मेरी सेवा न कर सकता।

चारों तरफ से दुर्गन्ध आ रही थी। उमस ऐसी थी कि दम घुटा जाता था। उस बिल में हवा किधर से आती? पर कृष्णचन्द्र ऐसा प्रसन्न था, मानो कोई परदेसी चारों ओर से ठोकरें खाकर अपने घर में आ गया हो।

प्रमीला ने इधर-उधर निगाह दौड़ायी तो एक दीवार पर उसे एक तसवीर दिखायी दी। उसने समीप जाकर उसे देखा तो उसकी छाती धक् से हो गयी। बेटे की ओर देखकर बोली— तूने यह चित्र कब खिंचवाया बेटा?

कृष्णचन्द्र मुसकराकर बोला— यह मेरा चित्र नहीं है अम्माँ, गोपीनाथ का चित्र है।

प्रमीला ने अविश्वास से कहा— चल, झूठा कहीं का!

रोगिणी ने कातर भाव से कहा— नहीं अम्माँजी, वह मेरे आदमी ही का चित्र है। भगवान् की लीला कोई नहीं जानता; पर भैया की सूरत इतनी मिलती है कि मुझे अचरज होता है। जब मेरा ब्याह हुआ था, तब उनकी यही उम्र थी, और सूरत भी बिलकुल यही। यही हँसी थी, यही बातचीत और यही स्वभाव। क्या रहस्य है, मेरी समझ में नहीं आता? माताजी, जबसे यह आने लगे हैं, कह नहीं सकती, मेरा जीवन कितना सुखी हो गया। इस मुहल्ले में सब हमारे ही जैसे मजूर रहते हैं। सब इन्हें देखकर निहाल हो जाते हैं।

प्रमीला ने कोई जवाब न दिया। उसके मन पर एक अव्यक्त शंका छायी थी, मानो उसने कोई बुरा सपना देखा हो। उसके मन में बार-बार एक प्रश्न उठ रहा था, जिसकी कल्पना ही से रोयें खड़े हो जाते थे।

सहसा उसने कृष्णचन्द्र का हाथ पकड़ लिया और बलपूर्वक खींचती हुई द्वार की ओर चली, मानो कोई उसे उसके हाथों से छीने लिये जाता हो।

रोगिणी ने केवल इतना कहा—माताजी, कभी-कभी भैया को मेरे पास आने दिया करना, नहीं तो मैं मर जाऊँगी।

6

पन्द्रह साल के बाद भूतपूर्व सेठ खूबचन्द अपने नगर के स्टेशन पर पहुंचे। हरा-भरा वृक्ष ठूँठ होकर रह गया था। चेहरे पर झुर्रियाँ पड़ी हुईं, सिर के बाल सन, दाढ़ी जंगल की तरह बढ़ी हुई, दाँतों का कहीं नाम नहीं, कमर झुकी हुई। ठूँठ को देखकर कौन पहचान सकता है कि यह वही वृक्ष है, जो फल-फूल और पत्तियों से लदा रहता था, जिस पर पक्षी कलरव करते रहते थे।

स्टेशन के बाहर निकलकर वह सोचने लगे— कहाँ जायँ? अपना नाम लेते लज्जा आती थी। किससे पूछें, प्रमीला जीती है या मर गयी? अगर है तो कहाँ है? उन्हें देख वह प्रसन्न होगी, या उनकी उपेक्षा करेगी?

प्रमीला का पता लगाने में ज्यादा देर न लगी। खूबचन्द की कोठी अभी तक खूबचन्द की कोठी कहलाती थी। दुनिया कानून के उलटफेर क्या जाने? अपनी कोठी के सामने पहुँचकर उन्होंने एक तम्बोली से पूछा— क्यों भैया, यही तो सेठ खूबचन्द की कोठी है।

तम्बोली ने उनकी ओर कुतूहल से देखकर कहा— खूबचन्द की जब थी, तब थी, अब तो लाला देशराज की है।

'अच्छा! मुझे यहाँ आये बहुत दिन हो गये। सेठजी के यहाँ नौकर था। सुना, सेठजी को कालापानी हो गया था।'

'हाँ, बेचारे भलमनसी में मारे गये। चाहते तो बेदाग बच जाते। सारा घर मिट्टी में मिल गया।'

'सेठानी तो होंगी?'

'हाँ, सेठानी क्यों नहीं हैं? उनका लड़का भी है।'

सेठजी के चेहरे पर जैसे जवानी की झलक आ गयी। जीवन का वह आनन्द और उत्साह, जो आज पन्द्रह साल से कुम्भकर्ण की भाँति पड़ा सो रहा था, मानो नयी स्फूर्ति पाकर उठ बैठा और अब उस दुर्बल काया में समा नहीं रहा है।

उन्होंने इस तरह तम्बोली का हाथ पकड़ लिया, जैसे घनिष्ठ परिचय हो और बोले— अच्छा, उनके लड़का भी है! कहाँ रहती है भाई, बता दो, तो जाकर सलाम कर आऊँ। बहुत दिनों तक उनका नमक खाया है।

तम्बोली ने प्रमीला के घर का पता बता दिया। प्रमीला इसी मुहल्ले में रहती थी। सेठजी जैसे आकाश में उड़ते हुए यहाँ से आगे चले।

वह थोड़ी दूर गये थे कि ठाकुरजी का एक मन्दिर दिखायी दिया। सेठजी ने मन्दिर में जाकर प्रतिमा के चरणों पर सिर झुका दिया। उनके रोम-रोम से आस्था का स्रोत-सा बह रहा था। इस पन्द्रह वर्ष के कठिन प्रायश्चिम में उनकी सन्तप्त आत्मा को अगर कहीं आश्रय मिला था, तो वह अशरण-शरण भगवान के चरण थे। उन पावन-चरणों के ध्यान में ही उन्हें शान्ति मिलती थी। दिन भर ऊख के कोल्हु में जुते रहने या फावड़े चलाने के बाद जब वह रात को पृथ्वी की गोद में लेटते, तो पूर्व-स्मृतियाँ अपना अभिनय करने लगतीं। वह अपना विलासमय जीवन, जैसे रुदन करता हुआ उनकी आँखों के सामने आ जाता और उनके अन्तःकरण से वेदना में डूबी हुई ध्वनि निकलती— ईश्वर! मुझ पर दया करो। इस दया-याचना में उन्हें एक ऐसी अलौकिक शान्ति और स्थिरता प्राप्त होती थी, मानो बालक माता की गोद में लेटा हो।

जब उनके पास सम्पत्ति थी, विलास के साधन थे, यौवन था, स्वास्थ्य था, अधिकार था, उन्हें आत्म-चिन्तन का अवकाश न मिलता था। मन प्रवृत्ति ही की ओर दौड़ता था, अब इन स्मृतियों को खोकर दीनावस्था में उनका मन ईश्वर की ओर झुका। पानी पर जब तक कोई आवरण है, उसमें सूर्य का प्रकाश कहाँ?

वह मन्दिर से निकले ही थे कि एक स्त्री ने उसमें प्रवेश किया। खूब-चन्द का हृदय उछल पड़। वह कुछ कर्तव्य-भ्रम से होकर एक स्तम्भ की आड़ में हो गये। यह प्रमीला थी।

इन पन्द्रह वर्षों में एक दिन भी ऐसा नहीं गया, जब उन्हें प्रमीला की याद न आयी हो। वह छाया उनकी आँखों में बसी हुई थी। आज उन्हें उस छया और इस सत्य में कितना अन्तर दिखायी दिया। छाया पर समय का क्या असर हो सकता है? उस पर सुख-दुःख का बस नहीं चलता। सत्य तो इतना अभेद्य नहीं। उस छाया में वह सदैव प्रमोद का रूप देखा करते थे— आभूषण, मुसकान और लज्जा से रंजित। इस सत्य में उन्होंने साधक का तेजस्वी रूप देखा और अनुराग में डूबे हुए स्वर की भाँति उनका हृदय थरथरा उठा। मन में ऐसा उद्गार उठा कि इसके चरणों पर गिर पड़ूँ और कहूँ— देवी! इस पतित का उद्धार करो, किन्तु तुरन्त विचार आया— कहीं यह देवी मेरी उपेक्षा न करे। इस दशा में उसके सामने जाते उन्हें लज्जा आयी।

कुछ दूर चलने के बाद प्रमीला एक गली में मुड़ी। सेठजी भी उसके पीछे-पीछे चले जाते थे। आगे एक कई मंजिल की हवेली थी। सेठजी ने प्रमीला को उस चाल में घुसते देखा; पर यह न देख सके कि वह किधर गयी। द्वार पर खड़े-खड़े सोचने लगे— किससे पूछूँ?

सहसा एक किशोर को भीतर से निकलते देखकर उन्होंने उसे पुकारा। युवक ने उनकी ओर चुभती हुई आँखों से देखा और तुरन्त उनके चरणों पर गिर पड़ा। सेठजी का कलेजा धक्-से हो उठा। यह तो गोपी था, केवल उम्र में उससे कम। वही रूप था, वी डील था, मानो वह कोई नया जन्म लेकर आ गया हो। उनका सारा शरीर एक विचित्र भय से सिहर

उठा।

कृष्णचन्द्र ने एक क्षण में उठकर कहा— हम तो आज आपकी प्रतीक्षा कर रहे थे। बन्दर पर जाने के लिए एक गाड़ी लेने जा रहा था। आपको तो यहाँ आने में बड़ा कष्ट हुआ होगा। आइए, अन्दर आइए। मैं आपको देखते ही पहचान गया। कहीं भी देखकर पहचान जाता।

खूबचन्द उसके साथ भीतर चले तो, मगर उनका मन जैसे अतीत के काँटों में उलझ रहा था। गोपी की सूरत क्या वह कभी भूल सकते थे? इस चेहरे को उन्होंने कितनी ही बार स्वप्न में देखा था। वह कांड उनके जीवन की सबसे महत्वपूर्ण घटना थी और आज एक युग बीत जाने पर भी वह उनके पथ में उसी भाँति अटल खड़ा था।

एकाएक कृष्णचन्द्र जीने के पास रूककर बोला— जाकर अम्माँ से कह आऊँ, दादा आ गये! आपके लिए नये-नये कपड़े बने रखे हैं।

खूबचन्द ने पुत्र के मुख का इस तरह चुम्बन किया, जैसे वह शिशु हो और उसे गोद में उठा लिया। वह उसे लिये जीने पर चढ़े चले जाते थे। यह मनोल्लास की शक्ति थी।

7

तीस साल से व्याकुल पुत्र-लालसा, यह पदार्थ पाकर, जैसे उस पर न्योछावर हो जाना चाहती है। जीवन नयी-नयी अभिलाषाओं को लेकर उन्हें सम्मोहित कर रहा है। इस रत्न के लिए वह ऐसी-ऐसी कितने ही यातनाएँ सहर्ष झेल सकते थे। अपने जीवन में उन्होंने जो कुछ अनुभव के रूप में कमाया था, उसका तत्व वह अब कृष्णचन्द्र के मस्तिष्क में भर देना चाहते हैं। उन्हें यह अरमान नहीं है कि कृष्णचन्द्र धन का स्वामी हो, चतुर हो, यशस्वी हो; बल्कि दयावान् हो, सेवाशील हो, नम्र हो, श्रद्धालु हो। ईश्वर की दया में अब उन्हें असीम विश्वास है, नहीं तो उन-जैसा अधम व्यक्ति क्या इस योग्य था कि इस कृपा का पात्र बनता? और प्रमीला तो साक्षात् लक्ष्मी है।

कृष्णचन्द्र भी पिता को पाकर निहाल हो गया है। अपनी सेवाओं से मानो उनके अतीत को भुला देना चाहता है। मानो पिता की सेवा ही के लिए उसका जन्म हुआ। मानो वह पूर्वजन्म का कोई ऋण चुकाने के लिए ही संसार में आया है।

आज सेठजी को आये सातवाँ दिन है। सन्ध्या का समय है। सेठजी संध्या करने जा रहे हैं कि गोपीनाथ की लड़की बिन्नी ने आकर प्रमीला से कहा— माताजी, अम्माँ का जी अच्छा नहीं है! भैया को बुला रही हैं।

प्रमीला ने कहा— आज तो वह न जा सकेगा। उसके पिता आ गये हैं, उनसे बातें कर रहा है।

कृष्णचन्द्र ने दूसरे कमरे में से उसकी बातें सुन लीं। तुरंत आकर बोला— नहीं अम्माँ, मैं दादा से पूछकर जरा देर के लिए चला जाऊँगा।

प्रमीला ने बिगड़कर कहा—तु कहीं जाता है तो तुझे घर की सुधि ही नहीं रहती। न जाने उन सभों ने तुझे क्या बूटी सुँघा दी है?

'मैं बहुत जल्द चला आऊँगा अम्माँ, तुम्हारे पैरों पड़ता हूँ।'

'तू भी कैसा लड़का है! वह बेचारे अकेले बैठे हुए हैं और तुझे वहाँ जाने की पड़ी हुई है?'

सेठजी ने भी ये बातें सुनीं। आकर बोले— क्या हरज है, जल्दी आने को कह रहे हैं तो जाने दो।

कृष्णचन्द्र प्रसन्नचित्त बिन्नी के साथ चला गया। एक क्षण के बाद प्रमीला ने कहा— जबसे मैंने गोपी की तस्वीर देखी है, मुझे नित्य शंका बनी रहती है, कि न-जाने भगवान् क्या करने वाले हैं। बस यही मालूम होता है।

सेठजी ने गम्भीर स्वर में कहा— मैं भी तो पहली बार देखकर चकित रह गया था। जान पड़ा, गोपीनाथ ही खड़ा है।

'गोपी की घरवाली कहती है कि इसका स्वभाव भी गोपी ही का-सा है।'

सेठजी गूढ़ मुसकान के साथ बोले— भगवान की लीला है कि जिसकी मैंने हत्या की, वह मेरा पुत्र हो। मुझे तो विश्वास है, गोपीनाथ ने ही इसमें अवतार लिया है।

प्रमीला ने माथे पर हाथ रखकर कहा— यही सोचकर तो कभी-कभी मुझे न-जाने कैसी-कैसी शंका होने लगती है?

सेठजी ने श्रद्धा-भरी आँखों से देखकर कहा— भगवान् हमारे परम सुहृद हैं। वह जो कुछ करते हैं, प्राणियों के कल्याण के लिए करते हैं। हम समझते हैं, हमारे साथ विधि ने अन्याय किया; पर यह हमारी मूर्खता है। विधि अबोध बालक नहीं है, जो अपने ही सिरजे हुए खिलौने को तोड़-फोड़ कर आनन्दित होता है। न वह हमारा शत्रु है, जो हमारा अहित करने में सुख मानता हैं। वह परम दयालु है, मंगल-रूप है। यही अवलम्ब था, जिसने निर्वासन-काल में मुझे सर्वनाश से बचाया। इस आधार के बिना कह नहीं सकता, मेरी नौका कहाँ-कहाँ भटकती और उसका क्या अन्त होता?

8

बिन्नी ने कई कदम चलने के बाद कहा, मैंने तुमसे झूठ-झूठ कहा कि अम्माँ बीमार है। अम्माँ तो अब बिल्कुल अच्छी हैं। तुम कई दिन से गये नहीं, इसीलिए उन्होंने मुझसे कहा— इस बहाने से बुला लाना। तुमसे वह एक सलाह करेंगी।

कृष्णचन्द्र ने कुतूहल-भरी आँखों से देखा।

'तुमने सलाह करेंगी? मैं भला क्या सलाह दूँगा? मेरे दादा आ गये; इसीलिए नहीं आ सका।'

'तुम्हारे दादा आ गये! उन्होंने पूछा होगा, यह कौन लड़की है?'

'नहीं, कुछ नहीं पूछा।'

'दिल में तो कहते होंगे, कैसी बेशरम लड़की है।'

'दादा ऐसे आदमी नहीं हैं। मालूम हो जाता कि यह कौन है, तो बड़े प्रेम से बातें करते। मैं तो कभी-कभी ड़रा करता था कि न जाने उनका मिजाज कैसा हो? सुनता था, कैदी बड़े कठोर-हृदय हुआ करते हैं, लेकिन दादा तो दया के देवता हैं।'

दोनों कुछ देर फिर चुपचाप चले गये। तब कृष्णचन्द्र ने पूछा— तुम्हारी अम्माँ मुझसे कैसी सलाह करेंगी?

बिन्नी का ध्यान जैसे टूट गया।

'मैं क्या जानूँ, कैसी सलाह करेंगी? मैं जानती कि तुम्हारे दादा आये हैं, तो न आती। मन में कहते होंगे, इतनी बड़ी लड़की अकेली मारी-मारी फिरती है।'

कृष्णचन्द्र कहकहा मारकर बोला— हाँ, कहते तो होंगे। मैं जाकर और जड़ दूँगा। बिन्नी बिगड़ गयी।

'तुम क्या जड़ दोगे? बताओ, मैं कहाँ घूमती हूँ? तुम्हारे घर के सिवा मैं और कहाँ जाती हूँ?'

'मेरे जी में जो आयेगा, सो कहूंगा; नहीं तो मुझे बता दो, कैसी सलाह है?'

'तो मैंने कब कहा था कि नहीं बताऊँगी? कल हमारे मिल में फिर हड़ताल होने वाली। है। हमारा मनीजर इतना निर्दयी है कि किसी को पाँच मिनट की भी देर हो जाय, तो आधे दिन की तलब काट लेता है और दस मिनट देर हो जाय, तो दिन-भर की मजूरी गायब। कई बार सभों ने जाकर उससे कहा-सुना; मगर मानता ही नहीं। तुम हो तो जरा-से; पर अम्माँ का न-जाने तुम्हारे ऊपर क्यों इतना विश्वास है और मजूर लोग भी तुम्हारे ऊपर बड़ा भरोसा रखते हैं। सबकी सलाह है कि तुम एक बार मनीजर के पास जाकर दो टूक बातें कर लो। हाँ या नहीं; अगर वह अपनी बात पर अड़ा रहे, तो फिर हम भी हड़ताल करेंगे।

कृष्णचन्द्र विचारों में मग्न था। कुछ न बोला।

बिन्नी ने फिर उद्दण्ड-भाव से कहा— यह कड़ाई इसीलिए तो है कि मनीजर जानता है, हम बेबस हैं और हमारे लिए और कहीं ठिकाना नहीं है। तो हमें भी दिखा देना है कि हम चाहे भूखों मरेंगे, मगर अन्याय न सहेंगे।

कृष्णचन्द्र ने कहा— उपद्रव हो गया, तो गोलियाँ चलेंगी।

'तो चलने दो। हमारे दादा मर गये, तो क्या हम लोग जिये नहीं?

दोनों घर पहुँचे, तो वहाँ द्वार पर बहुत-से मजदूर जमा थे और इसी विषय पर बातें हो रही थीं।

कृष्णचन्द्र को देखते ही सभों ने चिल्लाकर कहा— लो भैया आ गये।

9

वही मिल है, जहाँ सेठ खूबचन्द ने गोलियाँ चलायी थीं। आज उन्हीं का पुत्र मजदूरों का नेता बना हुआ गोलियों के सामने खड़ा है।

कृष्णचन्द्र और मैनेजर में बातें हो चुकीं। मैनेजर ने नियमों को नर्म करना स्वीकार न किया। हड़ताल की घोषणा कर दी गयी। आज हड़ताल है। मजदूर मिल के हाते में जमा हैं और मैनेजर ने मिल की रक्षा के लिए फौजी गारद को बुला लिया है। मिल के मजदूर उपद्रव नहीं करना चाहते थे। हड़ताल केवल उनके असन्तोष का प्रदर्शन थी; लेकिन फौजी गारद देखकर मजदूरों को भी जोश आ गया। दोनों तरफ से तैयारी हो गयी है। एक ओर गोलियाँ हैं, दूसरी ओर ईंट-पत्थर के टुकड़े।

युवक कृष्णचन्द्र ने कहा— आप लोग तैयार हैं? हमें मिल के अन्दर जाना है, चाहे सब मार डाले जायँ।

बहुत-सी आवाजें आयीं— सब तैयार हैं।

जिसके बाल-बच्चे हों, वह अपने घर चले जायँ।

बिन्नी पीछे खड़ी-खड़ी बोली— बाल-बच्चे, सबकी रक्षा भगवान् करता है।

कई मजदूर घर लौटने का विचार कर रहे थे। इस वाक्य ने उन्हें स्थिर कर दिया। जय-जयकार हुई और एक हजार मजदूरों का दल मिल द्वार की ओर चला। फौजी गारद ने गोलियाँ चलायीं। सबसे पहले कृष्णचन्द्र फिर और कई आदमी गिर पड़े। लोगों के पाँव उखड़ने लगे।

उसी वक्त खूबचन्द नंगे सिर, नंगे पाँव हाते में पहुंचे और कृष्णचन्द्र को गिरते देखा। परिस्थिति उन्हें घर ही पर मालूम हो गयी थी। उन्होंने उन्मत्त होकर कहा— कृष्णचन्द्र की जय! और दौड़कर आहत युवक को कंठ से लगा लिया। मजदूरों में एक अद्भुत साहस और धैर्य का संचार हुआ।

'खूबचन्द।'— इस नाम ने जादू का काम किया। इस 15 साल में 'खूबचन्द' ने शहीद का ऊँचा पद प्राप्त कर लिया था। उन्हीं का पुत्र आज मजदूरों का नेता है। धन्य है भगवान की लीला! सेठजी ने पुत्र की लाश जमीन पर लिटा दी और अविचलित भाव से बोले— भाइयो, यह लड़का मेरा पुत्र था। मैं पन्द्रह साल डामुल काट कर लौटा, तो भगवान की कृपा से मुझे इसके दर्शन हुए। आज आठवाँ दिन है। आज फिर भगवान् ने उसे अपनी शरण में ले लिया। वह भी उन्हीं की कृपा थी। यह भी उन्हीं की कृपा है। मैं जो मूर्ख, अज्ञानी तब था, वही अब भी हूँ। हाँ, इस बात का मुझे गर्व है कि भगवान् ने मुझे ऐसा वीर बालक दिया। अब आप लोग मुझे बधाइयाँ दें। किसे ऐसी वीर-गति मिलती है? अन्याय के सामने जो छाती खोलकर खड़ा हो जाय, वही तो सच्चा वीर है, इसलिए बोलिए— कृष्णचन्द्र की जय!

एक हजार गलों से जय-ध्वनि निकली और उसी के साथ सब-के-सब हल्ला मारकर

दफ्तर के अन्दर घुस गये। गारद के जवानों ने एक बन्दूक भी न चलाई, इस विलक्षण कांड ने इन्हें स्तम्भित कर दिया था।

मैनेजर ने पिस्तौल उठा लिया और खड़ा हो गया। देखा, तो सामने सेठ खूबचन्द!

लज्जित होकर बोला— मुझे बड़ा दुःख है कि आज दैवगति से ऐसी दुर्घटना हो गयी, पर आप खुद समझ सकते हैं, क्या कर सकता था?

सेठजी ने शान्त स्वर में कहा— ईश्वर जो कुछ करता है, हमारे कल्याण के लिए करता है। अगर इस बलिदान से मजदूरों का कुछ हित हो, तो मुझे जरा भी खेद न होगा।

मैनेजर सम्मान-भरे स्वर में बोला—लेकिन इस धारणा से तो आदमी को सन्तोष नहीं होता। ज्ञानियों का भी मन चंचल हो ही जाता है।

सेठजी ने इस प्रसंग का अन्त कर देने के इरादे से कहा— तो अब आप क्या निश्चय कर रहे हैं?

मैनेजर सकुचाता हुआ बोला— मैं इस विषय में स्वतन्त्र नहीं हूँ। स्वामियों की जो आज्ञा थी, उसका मैं पालन कर रहा था।

सेठजी कठोर स्वर में बोले— अगर आप समझते हैं कि मजदूरों के साथ अन्याय हो रहा है, तो आपका धर्म है कि उनका पक्ष लजिए। अन्याय में सहयोग करना अन्याय करने के ही समान है।

एक तरफ तो मजदूर लोग कृष्णचन्द्र के दाह-संस्कार का आयोजन कर रहे थे, दूसरी तरफ दफ्तर में मिल के डाइरेक्टर और मैनेजर सेठ खूबचन्द के साथ बैठे कोई ऐसी व्यवस्था सोच रहे थे कि मजदूरों के प्रति इस अन्याय का अन्त हो जाय।

दस बजे सेठजी ने बाहर निकलकर मजदूरों को सूचना दी— मित्रो, ईश्वर को धन्यवाद दो कि उसने तुम्हारी विनय स्वीकार कर ली। तुम्हारी हाजिरी के लिए अब नये नियम बनाये जायँगे और जुरमाने की वर्तमान प्रथा उठा दी जायगी।

मजदूरों ने सुना; पर उन्हें वह आनन्द न हुआ, जो एक घंटा पहले होता। कृष्णचन्द्र की बलि देकर बड़ी-से-बड़ी रियासत भी उनके निगाहों में हेय थी।

अभी अर्थी न उठने पायी थी कि प्रमीला लाल आँखें किये उन्मत्त-सी दौड़ी आयी और उस देह से चिमट गयी, जिसे उसने अपने उदर से जन्म दिया और अपने रक्त से पाला था। चारों तरफ हाहाकार मच गया। मजदूर और मालिक ऐसा कोई नहीं था, जिसकी आँखों से आँसुओं की धारा न निकल रही हो।

सेठजी ने समीप जाकर प्रमीला के कन्धे पर हाथ रखा और बोले—क्या करती हो प्रमीला, जिसकी मृत्यु पर हँसना और ईश्वर को धन्यवाद देना चाहिए, उसकी मृत्यु पर रोती हो।

प्रमीला उसी तरह शव को हृदय से लगाये पड़ी रही। जिस निधि को पाकर उसने विपत्ति समझा था, पति-वियोग से अन्धकारमय जीवन में जिस दीपक से आशा, धैर्य और

अवलम्ब पा रही थी, वह दीपक बुझ गया था। जिस विभूति को पाकर ईश्वर की निष्ठा और भक्ति उसके रोम-रोम में व्याप्त हो गयी थी, वह विभूति उससे छीन ली गयी थी।

सहसा उसने पति को अस्थिरों नेत्रों से देखकर कहा— तुम समझते होगे, ईश्वर जो कुछ करता है, हमारे कल्याण के लिए ही करता है। मैं ऐसा नहीं समझती। समझ ही नहीं सकती। कैसे समझूँ? हाय मेरे लाल! मेरे लाड़ले! मेरे राजा, मेरे सूर्य, मेरे चन्द्र, मेरे जीवन के आधार! मेरे सर्वस्व! तुझे खोकर कैसे चित्त को शान्त रखूँ? जिसे गोद में देखकर मैंने अपने भाग्य को धन्य माना था, उसे आज धरती पर पड़ा देखकर हृदय को कैसे सँभालूँ? नहीं मानता! हाय नहीं मानता!

यह कहते हुए उसने जोर से छाती पीट ली।

उसी रात को शोकातुर माता संसार से प्रस्थान कर गयी। पक्षी अपने बच्चे की खोज में पिंजरे से निकल गया।

10

तीन साल बीत गये।

श्रमजीवियों के मुहल्ले में आज कृष्णाष्टमी का उत्सव है। उन्होंने आपस में चन्दा करके एक मन्दिर बनवाया है। मन्दिर आकार में तो बहुत सुन्दर और विशाल नहीं; पर जितनी भक्ति से यहाँ सिर झुकते है, वह बात इससे कहीं विशाल-मन्दिरों को प्राप्त नहीं। यहाँ लोग अपनी सम्पत्ति का प्रदर्शन करने नहीं, बल्कि अपनी श्रद्धा की भेंट देने आते हैं।

मजदूर स्त्रियाँ गा रही हैं, बालक दौड़-दौड़कर छोटे-मोटे काम कर रहे हैं और पुरूष झाँकी के बनाव-शृंगार में लगे हुए हैं।

उसी वक्त सेठ खूबचन्द आये। स्त्रियाँ और बालक उन्हें देखते ही चारों ओर से दौड़कर जमा हो गये। यह मन्दिर उन्हीं के सतत् उद्योग का फल है। मजदूर परिवारों की सेवा ही अब उनके जीवन का उद्देश्य है। उनका छोटा-सा परिवार अब विराट् रूप हो गया है। उनके सुख को वह अपना सुख और उनके दु: ख को अपना दुख मानते हैं। मजदूरों में शराब, जुए और दुराचरण की वह कसरत नहीं रही। सेठजी की सहायता, सत्संग और सद्व्यवहार पशुओं को मनुष्य बना रहा है।

सेठजी ने बाल-रूप भगवान के सामने जाकर सिर झुकाया और उनका मन अलौकिक आनन्द से खिल उठा। उस झाँकी में उन्हें कृष्णचन्द्र की झलक दिखायी दी। एक ही क्षण में उसने जैसे गोपीनाथ का रूप धारण किया।

सेठजी का रोम-रोम पुलकित हो उठा। भगवान् की व्यापकता का, दया का रूप आज जीवन में पहली बार उन्हें दिखायी दिया। अब तक, भगवान की दया को वह सिद्धान्त-रूप से मानते थे। आज उन्होंने उसका प्रत्यक्ष रूप देखा। एक पथ-भ्रष्ट पतनोन्मुखी आत्मा के उद्धार के लिए इतना दैवी-विधान! इतनी अनवरत ईश्वरीय प्रेरणा! सेठजी के मानस-

पट पर अपना सम्पूर्ण जीवन सिनेमा-चित्रों की भाँति दौड़ गया। उन्हें जान पड़ा, जैसे आज बीस वर्ष से ईश्वर की कृपा उन पर छाया किये हुये है। गोपीनाथ का बलिदान क्या था? विद्रोही मजदूरों ने जिस समय उनका मकान घेर लिया था, उस समय उनका आत्म-समर्पण ईश्वर की दया के सिवा और क्या था, पन्द्रह साल के निर्वासित जीवन में, फिर कृष्णचन्द्र के रूप में, कौन उनकी आत्मा की रक्षा कर रहा था? सेठजी के अन्त:करण से भक्ति की विह्वलता में डूबी हुई जयध्वनि निकली— कृष्ण भगवान् की जय! और जैसे सम्पूर्ण ब्रह्माण्ड दया के प्रकाश से जगमगा उठा।

□

गृह-नीति

जब माँ, बेटे से बहू की शिकायतों का दफ्तर खोल देती है और यह सिलसिला किसी तरह खत्म होते नजर नहीं आता, तो बेटा उकता जाता है और दिन-भर की थकान के कारण कुछ झुँझलाकर माँ से कहता है— तो आखिर तुम मुझसे क्या करने को कहती हो अम्माँ? मेरा काम स्त्री को शिक्षा देना तो नहीं है। यह तो तुम्हारा काम है। तुम उसे डाँटो, मारो, जो सजा चाहे दो। मेरे लिए इससे ज्यादा खुशी की और क्या बात हो सकती है कि तुम्हारे प्रयत्न से वह आदमी बन जाय? मुझसे मत कहो कि उसे सलीका नहीं है, तमीज नहीं है, बे-अदब है। उसे डाँटकर सिखाओ।

माँ— वाह, मुँह से बात निकालने नहीं देती, डाटूँ तो मुझे ही नोच खाय। उसके सामने अपनी आबरू बचाती फिरती हूँ, कि किसी के मुँह पर मुझे कोई अनुचित शब्द न कह बैठे।

बेटा— तो फिर इसमें मेरी क्या खता है? मैं तो उसे सिखा नहीं देता कि तुमसे बे-अदबी करे!

माँ— तो और कौन सिखाता है?

बेटा— तुम तो अन्धेर करती हो अम्माँ!

माँ— अन्धेर नहीं करती, सत्य कहती हूँ। तुम्हारी ही शह पाकर उसका दिमाग बढ़ गया है। जब वह तुम्हारे पास जा कर टसुवे बहाने लगती है, तो कभी तुमने उसे डाँटा, कभी समझाया कि तुझे अम्माँ का अदब करना चाहिए? तुम तो खुद उसके गुलाम हो गये हो। वह भी समझती है, मेरा पति कमाता है, फिर मैं क्यों न रानी बनूँ, क्यों किसी से दबूँ? मर्द जब तक शह न दे, औरत का इतना गुर्दा हो ही नहीं सकता।

बेटा— तो क्या मैं उससे कह दूँ कि मैं कुछ नहीं कमाता, बिलकुल निखटू हूँ? क्या तुम समझती हो, तब वह मुझे जलील न समझेगी? हर एक पुरुष चाहता है कि उसकी स्त्री उसे कमाऊ, योग्य, तेज़स्वी समझे और सामान्यत: वह जितना है, उससे बढ़कर अपने को दिखाता है। मैंने कभी नादानी नहीं की, कभी स्त्री के सामने डींग नहीं मारी; लेकिन स्त्री की दृष्टि में अपना सम्मान खोना तो कोई भी न चाहेगा।

माँ— तुम कान लगाकर, ध्यान देकर और मीठी मुसकराहट के साथ उसकी बातें सुनोगे, तो वह क्यों न शेर होगी? तुम खुद चाहते हो कि स्त्री के हाथों मेरा अपमान कराओ। मालूम नहीं, मेरे किन पापों का तुम मुझे यह दंड दे रहे हो। किन अरमानों से.

कैसे-कैसे कष्ट झेलकर; मैंने तुम्हें पाला। खुद नहीं पहना, तुम्हें पहनाया; खुद नहीं खाया, तुम्हें खिलाया। मेरे लिए तुम उस मरनेवाले की निशानी थे और मेरी सारी अभिलाषाओं के केन्द्र। तुम्हारी शिक्षा पर मैंने अपने हजारों के आभूषण होम कर दिये। विधवा के पास दूसरी कौन-सी निधि थी? इसका तुम मुझे यह पुरस्कार दे रहे हो?

बेटा— मेरी समझ में नहीं आता कि आप मुझसे चाहती क्या हैं? आपके उपकारों को मैं कब मेट सकता हूँ? आपने मुझे केवल शिक्षा ही नहीं दिलायी, मुझे जीवन-दान दिया, मेरी सृष्टि की। अपने गहने ही नहीं होम किये, अपना रक्त तक पिलाया। अगर मैं सौ बार अवतार लूँ, तो भी इसका बदला नहीं चुका सकता। मैं अपनी जान में कोई आपकी इच्छा के विरूद्ध कोई काम नहीं करता, यथासाध्य आपकी सेवा में कोई बात उठा नहीं रखता; जो कुछ पाता हूँ, लाकर आपके हाथों पर रख देता हूँ; और मुझसे क्या चाहती हैं? और मैं कर ही क्या सकता हूँ? ईश्वर ने हमें तथा आपको और सारे संसार को पैदा किया। उसका हम उसे क्या बदला देते हैं? क्या बदला दे सकते हैं? उसका नाम भी तो नहीं लेते। उसका यश भी तो नहीं गाते। इससे क्या उसके उपकारों का भार कुछ कम हो जाता है? माँ के बलिदानों का प्रतिशोध कोई बेटा नहीं कर सकता, चाहे वह भू-मण्डल का स्वामी ही क्यों न हो। ज्यादा-से-ज्यादा मैं आपकी दिलजोई ही तो कर सकता हूँ और मुझे याद नहीं आता कि मैंने कभी आपको असन्तुष्ट किया हो।

माँ— तुम मेरी दिलजोई करते हो! तुम्हारे घर में मैं इस तरह रहती हूँ जैसे कोई लौंडी। तुम्हारी बीवी कभी मेरी बात भी नहीं पूछती। मैं भी कभी बहू थी। रात को घंटे-भर सास की देह दबाकर; उनके सिर में तेल डालकर, उन्हें दूध पिलाकर तब बिस्तर पर जाती थी। तुम्हारी स्त्री नौ बजे अपनी किताबें लेकर अपनी सहनची में जा बैठती है, दोनों खिड़कियाँ खोल लेती है और मजे से हवा खाती है। मैं मरूं या जीऊँ, उससे मतलब नहीं, इसीलिए मैंने पाला था?

बेटा— तुमने मुझे पाला था, तो यह सारी सेवा मुझसे लेनी चाहिए थी; मगर तुमने मुझसे कभी नहीं कहा। मेरे अन्य मित्र भी हैं। उनमें भी मैं किसी को माँ की देह में मुक्कियाँ लगाते नहीं देखता। आप मेरे कर्तव्य का भार मेरी स्त्री पर क्यों डालती हैं? यों अगर वह आपकी सेवा करे, तो मुझसे ज्यादा प्रसन्न और कोई न होगा। मेरी आँखों में उसकी इज्जत दूनी हो जायगी। शायद उससे और ज्यादा प्रेम करने लगूँ। लेकिन अगर वह आपकी सेवा नहीं करती, तो आपको उससे अप्रसन्न होने का कोई कारण नहीं है। शायद उसकी जगह मैं होता, तो मैं भी ऐसा ही करता। सास मुझे अपनी लड़की की तरह प्यार करती, तो मैं उसके तलुए सहलाता, इसलिए नहीं कि वह मेरे पति की माँ होती, बल्कि इसलिए कि वह मुझसे मातृवत् स्नेह करती, मगर मुझे खुद यह बुरा लगता है कि बहू सास के पाँव दबाये। कुछ दिन पहले स्त्रियाँ पति के पाँव दबाती थीं। आज भी उस प्रथा का लोप नहीं हुआ है, लेकिन मेरी पत्नी मेरे पाँव दबाये, तो मुझे ग्लानि होगी। मैं उससे

कोई ऐसी खिदमत नहीं लेना चाहता, जो मैं उसकी भी न कर सकूँ। यह रस्म उस जमाने की यादगार है, जब स्त्री पति की लौंडी समझी जाती थी! अब पत्नी और पति दोनों बराबर हैं। कम-से-कम मैं ऐसा ही समझता हूँ।

माँ— तो मैं कहती हूँ कि तुम्हीं ने उसे ऐसी-ऐसी बातें पढ़ाकर शेर कर दिया है। तुम्हीं मुझसे बैर साध रहे हो। ऐसी निर्लज्ज, ऐसी बदजबान, ऐसी टर्री, फूहड़ छोकरी संसार में न होगी! घर में अक्सर मुहल्ले की बहनें मिलने आती रहती हैं। यह राजा की बेटी न जाने किन गँवारों में पली है कि किसी का भी आदर-सत्कार नहीं करती? कमरे से निकलती तक नहीं। कभी-कभी जब वे खुद उसके कमरे में चली जाती हैं, तो भी यह गधी चारपाई से नहीं उठती। प्रणाम तक नहीं करती, चरण छूना तो दूर की बात है।

बेटा— वह देवियाँ तुमसे मिलने आती होंगी। तुम्हारे और उनके बीच में न जाने क्या बातें होती हों, अगर तुम्हारी बहू बीच में आ कूदे तो मैं उसे बदतमीज कहूँगा। कम-से-कम मैं तो कभी पसन्द न करूँगा कि जब मैं अपने मित्रों से बातें कर रहा हूँ, तो तुम या तुम्हारी बहू वहाँ जाकर खड़े हो जाय। स्त्री भी अपनी सहेलियों के साथ बैठी हो, तो मैं वहाँ बिना बुलाये न जाऊँगा। यह तो आजकल का शिष्टाचार है।

माँ— तुम तो हर बात में उसी का पक्ष करते हो बेटा, न-जाने उसने कौन-सी जड़ी सुँघा दी है तुम्हें? यह कौन कहता है कि वह हम लोगों के बीच में आ कूदे, लेकिन बड़ों का उसे कुछ तो आदर-सत्कार करना चाहिए।

बेटा— किस तरह?

माँ— जाकर अंचल से उनके चरण छुए, प्रणाम करे, पान खिलाये, पंखा झले। इन्हीं बातों से बहू का आदर होता है। लोग उसकी प्रशंसा करते हैं। नहीं तो सब-की-सब यह कहती होंगी कि बहू को घमण्ड हो गया है, किसी से सीधे मुँह बात नहीं करती!

बेटा—(विचार करके) हाँ, यह अवश्य उसका दोष है। मैं उसे समझा दूँगा।

माँ—(प्रसन्न होकर) तुमसे सच कहती हूँ बेटा, चारपाई से उठती तक नहीं, सब औरतें थुड़ी-थुड़ी करती हैं, मगर उसे तो शर्म जैसे छू ही नहीं गयी और मैं हूँ, कि मारे शर्म के मरी जाती हूँ।

बेटा— यही मेरी समझ में नहीं आता कि तुम हर बात में अपने को उसके कामों का जिम्मेदार क्यों समझ लेती हो? मुझपर दफ्तर में न जाने कितनी घुड़कियाँ पड़ती हैं; रोज ही तो जवाब-तलब होता है, लेकिन तुम्हें उलटे मेरे साथ सहानुभूती होती है। क्या तुम समझती हो, अफसरों को मुझसे कोई बैर है, जो अनायास ही मेरे पीछे पड़े रहते हैं, या उन्हें उन्माद हो गया है, जो अकारण ही मुझे काटने दौड़ते हैं? नहीं इसका कारण यही है कि मैं अपने काम में चौकस नहीं हूँ। गलतियाँ करता हूँ, सुस्ती करती हूँ, लापरवाही करता हूँ। जहाँ अफसर सामने से हटा कि लगे समाचार पत्र पढ़ने या ताश खेलने। क्या उस वक्त हमें यह खयाल नहीं रहता कि काम पड़ा हुआ है? और यह साहब डाँट ही तो बतायेंगे,

सिर झुकाकर सुन लेंगे, बाधा टल जायगी। पर ताश खेलने का अवसर नहीं है, लेकिन कौन परवाह करता है? सोचते हैं, तुम मुझे दोषी समझकर भी मेरा पक्ष लेती हो और तुम्हारा बस चले, तो हमारे बड़े बाबू को मुझसे जवाब-तलब करने के अभियोग में कालेपानी भेज दो।

मा— (खिलकर) मेरे लड़के को कोई सजा देगा, तो क्या मैं पान-फूल से उसकी पूजा करूँगी?

बेटा— हरेक बेटा अपनी माता से इसी तरह की कृपा की आशा रखता है और माताएँ अपने लड़कों के ऐबों पर पर्दा डालती हैं। फिर बहुओं की ओर से क्यों उनका हृदय इतना कठोर हो जाता है, यह मेरी समझ में नहीं आता? तुम्हारी बहू पर जब दूसरी स्त्रियाँ चोट करें, तो तुम्हारे मातृ-स्नेह का यह धर्म है कि तुम उसकी तरफ से क्षमा माँगों, कोई बहाना कर दो, उनकी नजरों में उसे उठाने की चेष्टा करो। इस तिरस्कार में तुम क्यों उनसे सहयोग करती हो? तुम्हें क्यों उसके अपमान में मजा आता है? मैं भी तो हरेक ब्राह्मण या बड़े-बूढ़े का आदर-सत्कार नहीं करता। मैं किसी ऐसे व्यक्ति के सामने सिर झुका ही नहीं सकता, जिससे मुझे हार्दिक श्रद्धा न हो। केवल सफेद बाल, सिकुड़ी हुई खाल, पोपला मुँह और झुकी हुई कमर किसी को आदर का पात्र नहीं बना देती और न जनेऊ या तिलक या पण्डित और शर्मा की उपाधि ही भक्ति की वस्तु है। मैं लकीर-पीटू सम्मान को नैतिक अपराध समझता हूँ। मैं तो उसी का सम्मान करूंगा जो मनसा-वाचा-कर्मणा हर पहलू से सम्मान के योग्य है। जिसे मैं जानता हूँ कि मक्कारी, स्वार्थ-साधन और निन्दा के सिवा और कुछ नहीं करता, जिसे मैं जानता हूँ कि रिश्वत और सुद तथा खुशामद की कमाई खाता है, वह अगर ब्रह्मा की आयु लेकर भी मेरे सामने आये, तो भी मैं उसे सलाम न करूँ। इसे तुम मेरा अहंकार कह सकती हो। लेकिन मैं मजबूर हूँ, जब तक मेरा दिल न झुके, मेरा सिर भी न झुकेगा। मुमकिन है, तुम्हारी बहू के मन में भी उन देवियों की ओर से अश्रद्धा के भाव हों। उनमें से दो-चार को मैं भी जानता हूँ। हैं वे सब बड़े घर की; लेकिन सबके दिल छोटे, विचार छोटे। कोई निन्दा की पुतली है, तो कोई खुशामद में युक्त, कोई गाली-गलौज में अनुपम। सभी रूढ़ियों की गुलाम, ईर्ष्या-द्वेष से जलनेवाली। एक भी ऐसी नहीं, जिसने अपने घर को नरक का नमूना न बना रखा हो। अगर तुम्हारी बहू ऐसी औरतों के आगे सिर नहीं झुकाती, तो मैं उसे दोषी नहीं समझता।

माँ— अच्छा, अब चुप रहो बेटा, देख लेना तुम्हारी यह रानी एक दिन तुमसे चूल्हा न जलवाये और झाड़ू न लगवाये, तो सही। औरतों को बहुत सिर चढ़ाना अच्छ नहीं होता। इस निर्लज्जता की भी कोई हद है, कि बूढी सास तो खाना पकाये और जवान बहू बैठी उपन्यास पढ़ती रहे।

बेटा— बेशक यह बुरी बात है और मैं हर्गिज नहीं चाहता कि तुम खाना पकाओ और वह उपन्यास पढे, चाहे वह उपन्यास प्रेमचंदजी ही के क्यों न हो; लेकिन यह भी तो

देखना होगा कि उसने अपने घर कभी खाना नहीं पकाया। वहाँ रसोइया महाराज है। और जब चूल्हे के सामने जाने से उसके सिर में दर्द होने लगता है, तो उसे खाना पकाने के लिए मजबूर करना उस पर अत्याचार करना है। मैं तो समझता हूँ ज्यों-ज्यों हमारे घर की दशा का उसे ज्ञान होगा, उसके व्यवहार में आप-ही-आप इस्क्ताह होती जायगी। यह उसके घरवालों की गलती है, कि उन्होंने उसकी शादी किसी धनी घर में नहीं की। हमने भी यह शरारत की कि अपनी असली हालत उनसे छिपायी और यह प्रकट किया कि हम पुराने रईस हैं। अब हम किस मुँह से यह कह सकते हैं कि खाना पका, या बरतन माँज अथवा झाड़ू लगा? हमने उन लोगों से छल किया है और उसका फल हमें चखना पड़ेगा। अब तो हमारी कुशल इसी में है कि अपनी दुर्दशा को नम्रता, विनय और सहानुभूति से ढाँकें और उसे अपने दिल को यह तसल्ली देने का अवसर दें कि बला से धन नहीं मिला, घर के आदमी तो अच्छे मिले। अगर यह तसल्ली भी हमने उससे छीन ली, तो तुम्हीं सोचो, उसको कितनी विदारक वेदना होगी! शायद वह हम लोगों की सूरत से भी घृणा करने लगे।

माँ— उसके घरवालों को सौ दफे गरज थी, तब हमारे यहाँ ब्याह किया। हम कुछ उनसे भीख माँगने गये थे?

बेटा— उनको अगर लड़के की गरज थी, तो हमें धन और कन्या दोनों की गरज थी।

माँ— यहाँ के बड़े-बड़े रईस हमसे नाता करने को मुँह फैलाये हुए थे।

बेटा— इसीलिए कि हमने रईसों का स्वाँग बना रखा है। घर की असली हालत खुल, जाय, तो कोई बाद भी न पूछे!

माँ— तो तुम्हारे ससुरालवाले ऐसे कहाँ के रईस हैं। इधर जरा वकालत चल गयी, तो रईस हो गये, नहीं तो तुम्हारे ससुर के बाप मेरे सामने चपरासगिरी करते थे। और लड़की का दिमाग कि खाना पकाने से सिर में दर्द होता है। अच्छे-अच्छे घरों की लड़कियाँ गरीबों के घर आती हैं और घर की हालत देखकर वैसा ही बर्ताव करती हैं। यह नहीं कि बैठी अपने भाग्य को कोसा करें। इस छोकरी ने हमारे घर को अपना समझा ही नहीं।

बेटा— जब तुम समझने भी दो। जिस घर में घुड़कियों, गालियों और कटुताओं के सिवा और कुछ न मिले, उसे अपना घर कौन समझे? घर तो वह है जहाँ स्नेह और प्यार मिले। कोई लड़की डोली से उतरते ही सास को अपनी माँ नहीं समझ सकती। माँ तभी समझेगी जब सास पहले उसके साथ माँ का-सा बर्ताव करे, बल्कि अपनी लड़की से ज्यादा प्रिय समझे।

माँ— अच्छा, अब चुप रहो। जी न जलाओ। यह जमाना ही ऐसा है कि लड़कों ने स्त्री का मुँह देखा और उसके गुलाम हुए। ये सब न-जाने कौन-सा मंतर सीखकर आती हैं। यह बहू-बेटी के लच्छन हैं कि पहर दिन चढे सोकर उठें? ऐसी कुलच्छनी बहू का तो मुँह न देखे।

बेटा— मैं भी तो देर में सोकर उठता हूँ, अम्माँ। मुझे तो तुमने कभी नहीं कोसा।

माँ— तुम हर बात में उससे अपनी बराबरी करते हो?

बेटा— यह उसके साथ घोर अन्याय है; क्योंकि जब तक वह इस घर को अपना नहीं समझती, तब तक उसकी हैसियत मेहमान की है और मेहमान की हम खातिर करते हैं उसके ऐब नहीं देखते।

माँ— ईश्वर न करे कि किसी को ऐसी बहू मिले!

बेटा— तो वह तुम्हारे घर में रह चुकी है!

माँ— क्या संसार में औरतों की कमी है?

बेटा— औरतों की कमी तो नहीं; मगर देवियों की कमी जरूर है!

माँ— नौज ऐसी औरत। सोने लगती है, तो बच्चा चाहे रोते-रोते बेदम हो जाय, मिनकती तक नहीं। फूल-सा बच्चा लेकर मैके गयी थी, तीन महीने में लौटी, तो बच्चा आधा भी नहीं है।

बेटा— तो क्या मैं यह मान लूँ कि तुम्हें उसके लड़के से जितना प्रेम है, उतना उसे नहीं है? यह तो प्रकृति के नियम के विरुद्ध है। और मान लो, वह निरमोहिन ही है, तो यह उसका दोष है। तुम क्यों उसकी जिम्मेदारी अपने सिर लेती हो? उसे पूरी स्वतन्त्रता है, जैसे चाहे अपने बच्चे को पाले, अगर वह तुमसे कोई सलाह पूछे, प्रसन्न-मुख से दे दो, न पूछे तो समझ लो, उसे तुम्हारी मदद की जरूरत नहीं है। सभी माताएँ अपने बच्चे को प्यार करती हैं और वह अपवाद नहीं हो सकती।

माँ— तो मैं सब कुछ देखूँ, मुँह न खोलूँ? घर में आग लगते देखूँ और चुपचाप मुँह में कालिख लगाये खड़ी रहूँ?

बेटा— तुम इस घर को जल्द छोड़नेवाली हो, उसे बहुत दिन रहना है। घर की हानि-लाभ की जितनी चिन्ता उसे हो सकती है, तुम्हें नहीं हो सकती। फिर मैं कर ही क्या सकता हूँ? ज्यादा-से-ज्यादा उसे डाँट बता सकता हूँ; लेकिन वह डाँट की परवाह न करे और तुर्की-तुर्की जवाब दे, तो मेरे पास ऐसा कौन-सा साधन है, जिससे मैं उसे ताड़ना दे सकूँ?

माँ— तुम दो दिन न बोलो, तो देवता सीधे हो जायँ, सामने नाक रगड़े।

बेटा— मुझे इसका विश्वास नहीं है। मैं उससे न बोलूँगा, वह भी मुझसे न बोलेगी। ज्यादा पीछे पड़ूँगा, तो अपने घर चली जायगी।

माँ— ईश्वर यह दिन लाये। मैं तुम्हारे लिए नयी बहू लाऊँ।

बेटा— सम्भव है, इसकी भी चची हो।

[सहसा बहू आकर खड़ी हो जाती है। माँ और बेटा दोनों स्तम्भित हो जाते हैं, मानो कोई बम-गोला आ गिरा हो। रूपवती, नाजुक-मिजाज, गर्वीली रमणी है, जो मानो शासन करने के लिए ही बनी है। कपोल तमतमाये हुए हैं; पर अधरों पर विष-भरी मुसकान है और

आँखों में व्यंग्य-मिला परिहास।]

माँ— (अपनी झेंप छिपाकर) तुम्हें कौन बुलाने गया था?

बहू— क्यों यहाँ जो तमाशा हो रहा है, उसका आनन्द मैं न उठाऊँ?

बेटा— माँ-बेटे के बीच में तुम्हें दखल देने का कोई हक नहीं है।

(बहु की मुद्रा सहसा कठोर हो जाती है।)

बहू— अच्छा, आप जबान बन्द रखिए। जो पति अपनी स्त्री की निन्दा सुनता रहे, वह पति बनने के योग्य नहीं। वह पति-धर्म का क ख ग भी नहीं जानता। मुझसे अगर कोई तुम्हारी बुराई करता, चाहे वह मेरी प्यारी माँ ही क्यों न होती, तो मैं उसकी जबान पकड़ लेती! तुम मेरे घर जाते हो, तो वहाँ तो जिसे देखती हूँ, तुम्हारी प्रशंसा ही करता है। छोटे से बड़े तक गुलामों की तरह दौड़ते फिरते हैं। अगर उनके बस में हो, तो तुम्हरे लिए स्वर्ग के तारे तोड़ लायें और उसका जवाब मुझे यहाँ यह मिलता है कि बात-बात ताने-मेहने, तिरस्कार-बहिष्कार। मेरे घर तो तुमसे कोई नहीं कहता कि तुम देर में क्यों उठे, तुमने अमुक महोदय को सलाम नहीं किया, अमुक के चरणों पर सिर क्यों नहीं पटका? मेरे बाबूजी कभी गवारा न करेंगे कि तुम उनकी देह पर मुक्कियाँ लगाओ, या उनकी धोती धोओ, या उन्हें खाना पका कर खिलाओ। मेरे साथ यहाँ यह बर्ताव क्यों? मैं यहाँ लौंडी बनकर नहीं आयी हूँ। तुम्हारी जीवन-संगिनी बनकर आयी हूँ। मगर जीवन-संगिनी का यह अर्थ तो नहीं कि तुम मेरे ऊपर सवार होकर मुझे जलाओ। यह मेरा काम है कि जिस तरह चाहूँ, तुम्हरे साथ अपने कर्तव्य का पालन करूँ। उसकी प्रेरणा मेरी आत्मा से होनी चाहिए, ताड़ना या तिरस्कार से नहीं। अगर कोई मुझे कुछ सिखाना चाहता है, तो माँ की तरह प्रेम से सिखाये, मैं सीखूँगी, लेकिन कोई जबरदस्ती, मेरी छाती पर चढ़ कर, अमृत भी मेरे कण्ठ में ठूँसना चाहे तो मैं ओंठ बन्द कर लूँगी। मैं कब की इस घर को अपना समझ चुकी होती; अपनी सेवा और कर्तव्य का निश्चय कर चुकी होती; मगर यहाँ तो हर घड़ी, हर पल, मेरी देह में सुई चुभाकर मुझे याद दिलाया जाता है कि तू इस घर की लौंडी है, तेरा इस घर से कोई नाता नहीं, तू सिर्फ गुलामी करने के लिए यहाँ लायी गयी है, और मेरा रक्त खौल कर रह जाता है। अगर यही हाल रहा, तो एक दिन तुम दोनों मेरी जान लेकर रहोगे।

माँ— सुन रहे हो अपनी चहेती रानी की बातें? वह यहाँ लौडी बन कर नहीं, रानी बन कर आयी है, हम दोनों उसकी टहल करने के लिए हैं, उसका काम हमारे ऊपर शासन करना है, उसे कोई कुछ काम करने कौन कहे, मैं खुद मरा करूँ। और तुम उसकी बातें कान लगाकर सुनते हो। तुम्हारा मुँह कभी नहीं खुलता कि उसे डाँटों या समझाओ। थर-थर काँपते रहते हो।

बेटा— अच्छा अम्माँ, ठंढे दिल से सोचो। मैं इसकी बातें न सुनूँ, तो कौन सुने? क्या तुम इसके साथ इतनी हमदर्दी भी नहीं देखना चाहतीं? आखिर बाबूजी जीवित थे, तब वह

तुम्हारी बातें सुनते थे या नहीं? तुम्हें प्यार करने थे या नहीं? फिर मैं अपनी बीवी की बातें सुनता हूँ तो कौन-सी नयी बात करता हूँ। और इसमें तुम्हारे बुरा मानने की कौन बात है?

माँ— हाय बेटा, तुम अपनी स्त्री के सामने मेरा अपमान कर रहे हो! इसी दिन के लिए मैंने तुम्हें पाल-पोस कर बड़ा किया था? क्यों मेरी छाती नहीं फट जाती?

[वह आँसू पोंछती, आपे से बाहर, कमरे से निकल जाती है। स्त्री-पुरुष दोनों कौतुक भरी आँखों से उसे देखते हैं, जो बहुत जल्द हमदर्दी में बदल जाती है।]

पति— माँ का हृदय . . .

स्त्री— माँ का हृदय नहीं, स्त्री का हृदय . . . .

पति— अर्थात्?

स्त्री— जो अन्त तक पुरूष का सहारा चाहता है, स्नेह चाहता है और उस पर किसी दूसरी स्त्री का असर देखकर ईर्ष्या से जल उठता है।

पति— क्या पगली की-सी बातें करती हो?

स्त्री— यथार्थ कहती हूँ।

पति— तुम्हारा दृष्टिकोण बिलकुल गलत है और इसका तजरबा तुम्हें तब होगा, जब तुम खुद सास होगी।

स्त्री— मुझे सास बनना ही नहीं है। लड़का अपने हाथ-पाँव का हो जाय, ब्याह करे और अपना घर सँभाले। मुझे बहू से क्या सरोकार?

पति— तुम्हें यह अरमान बिलकुल नहीं है कि तुम्हारा लड़का योग्य हो, तुम्हारी बहू लक्ष्मी हो, और दोनों का जीवन का सुख से कटे'

स्त्री— क्या मैं माँ नहीं हूँ?

पति— माँ और सास में क्या कोई अन्तर है?

स्त्री— उतना ही जितना जमीन और आसमान में है! माँ प्यार करती है, सास शासन करती है। कितनी ही दयालु, सहनशील सतोगुणी स्त्री हो, सास बनते ही मानो ब्यायी हुई गाय हो जाती है। जिसे पुत्र से जितना ही ज्यादा प्रेम है, वह बहू पर उतनी ही निर्दयता से शासन करती है। मुझे भी अपने ऊपर विश्वास नहीं है। अधिकार पाकर किसे मद नहीं हो जाता? मैंने तय कर लिया है, सास बनूँगी ही नहीं। औरत की गुलामी सासों के बल पर कायम है। जिस दिन सासें न रहेगी, औरत की गुलामी का अन्त हो जायेगा।

पति— मेरा खयाल है, तुम जरा भी सहज-बुद्धि से काम लो, तो तुम अम्माँ पर भी शासन कर सकती हो। तुमने हमारी बातें कुछ सुनीं?

स्त्री— बिना सुने ही मैंने समझ लिया कि क्या बातें हो रही होंगी। वही बहू का रोना . . .

पति— नहीं, नहीं। तुमने बिलकुल गलत समझा। अम्माँ के मिजाज में आज मैंने विस्मयकारी अन्तर देखा, बिलकुल अभूतपूर्व। आज वह जैसे अपनी कटुताओं पर लज्जित हो रही थीं। हाँ, प्रत्यक्ष रूप से नहीं, संकेत रूप से। अब तक वह तुमसे इसलिए

नाराज रहती थीं कि तुम देर में उठती हो। अब शायद उन्हें यह चिन्ता हो रही है कि कहीं सबेरे उठने से तुम्हें ठण्ढ न लग जाय। तुम्हारे लिए पानी गर्म करने को कह रही थीं!

स्त्री— (प्रसन्न होकर) सच!

पति— हाँ, मुझे तो सुनकर आश्चर्य हुआ।

स्त्री— तो अब मैं मुँह-अँधेरे उठूँगी। ऐसी ठण्ढ क्या लग जायगी; लेकिन तुम मुझे चकमा तो नहीं दे रहे हो?

पति— अब इस बदगुमानी का क्या इलाज? आदमी को कभी-कभी अपने अन्याय पर खेद तो होता ही है।

स्त्री— तुम्हारे मुँह में घी-शक्कर। अब मैं गजरदम उठूँगी। वह बेचारी मेरे लिए क्यों पानी गर्म करेंगी? मैं खुद गर्म कर लूँगी। आदमी करना चाहे तो क्या नहीं कर सकता?

पति— मुझे उनकी बात सुन-सुनकर ऐसा लगता था, जैसे किसी दैवी आदेश ने उनकी आत्मा को जगा दिया हो। तुम्हारे अल्हड़पन और चपलता पर कितना भन्नाती हैं। चाहती थीं कि घर में कोई बड़ी-बूढ़ी आ जाय, तो तुम उसके चरण छुओ; लेकिन शायद अब उन्हें मालूम होने लगा है कि इस उम्र में सभी थोड़े बहुत अल्हड़ होते हैं। शायद उन्हें अपनी जवानी याद आ रही है। कहती थीं, यही तो शौक-सिंगार, पहनने-ओढ़ने, खाने खेलने के दिन थे। बुढ़ियों का तो दिन-भर तांता लगा रहता है, कोई कहाँ तक उनके चरण छुए और क्यों छुए? ऐसी कहाँ की बड़ी देवियाँ हैं!

स्त्री— मुझे तो हर्षोन्माद हुआ चाहता है।

पति— मुझे तो विश्वास ही न आता था। स्वप्न देखने का सन्देह हो रहा था।

स्त्री— अब आयी हैं राह पर।

पति— कोई दैवी-प्रेरणा समझो।

स्त्री— मैं कल से ठेठ बहू बन जाऊँगी। किसी को खबर भी न होगी कि कब अपना मेक-अप करती हूँ। सिनेमा के लिए भी सप्ताह में एक दिन काफी है। बूढ़ियों के पाँव छू लेने में ही क्या हरज है? वे देवियाँ न सही, चुड़ैलें ही सही; मुझे आशीर्वाद तो देंगी, मेरा गुण तो गावेंगी।

पति— सिनेमा का तो उन्होंने नाम भी नहीं लिया।

स्वी— तुमको जो इसका शौक है। अब तुम्हें भी न जाने दूँगी।

पति— लेकिन सोचो, तुमने कितनी ऊँची शिक्षा पायी है, किस कुल की हो, इन खूसट बुढ़ियों के पाँव पर सिर रखना तुम्हें बिलकुल शोभा न देगा।

स्त्री— तो क्या ऊँची शिक्षा के यह मानी हैं कि हम दूसरों को नीचा समझें? बुड्ढे कितने ही मूर्ख हों; लेकिन दुनिया का तजरबा तो रखते हैं। कुल की प्रतिष्ठा भी नम्रता और सद्व्यवहार से होती हे, हेकड़ी और रूखाई से नहीं।

पति— मुझे तो आज यही ताज्जुब होता है कि इतनी जल्दी इनकी कायापलट कैसे हो

गयी? अब इन्हें बहुओं का सास के पाँव दबाना या उनकी साड़ी धोना, या उनकी देह में मुक्कियाँ लगाना बुरा लगने लगा है। कहती थीं, बहू कोई लौंड़ी थोड़े ही है कि बैठी सास का पाँव दबाये।

स्त्री— मेरी कसम?

पति— हाँ जी, सच कहता हूँ। और तो और, अब वह तुम्हें खाना भी न पकाने देंगी। कहती थीं, जब बहू के सिर में दर्द होता है, तो क्यों उसे सताया जाय? कोई महाराज रख लो।

स्त्री— (फूली न समाकर) मैं तो आकाश में उड़ी जा रही हूँ। ऐसी सास के तो चरण धो-धोकर पियें; मगर तुमने पूछा नहीं; अब तक तुम क्यों उसे मार-मारकर हकीम बनाने पर तुली रहती थी?

पति— पूछा क्यों नहीं, भला मैं छोड़नेवाला था। बोलीं, मैं अच्छी हो गयी थी, मैंने हमेशा खाना पकाया है, फिर वह क्यों न पकाये? लेकिन अब उनकी समझ में आया है कि वह निर्धन बाप की बेटी थीं, तुम सम्पन्न कुल की कन्या हो!

स्त्री— अम्माँजी दिल की साफ हैं। इन्हें मैं क्षमा के योग्य समझती हूँ। जिस जलवायु में हम पलते हैं, उसे एकबारगी नहीं बदल सकते। जिन रूढ़ियों और परम्पराओं में जीवन बीता है, उन्हें तुरन्त त्याग देना उनके लिए कठिन है। वह क्यों, कोई भी नहीं छोड़ सकता। वह तो फिर भी बहुत उदार हैं। तुम अभी महाराज मत रखो। ख्वामख्वाह जेरबार क्यों होंगे, जब तरक्की हो जाय, तो महाराज रख लेना। अभी मैं खुद पका लिया करूँगी। तीन-चार प्राणियों का खाना ही क्या। मेरी जात से कुछ अम्माँ को आराम मिले। मैं जानती हूँ सब कुछ; लेकिन कोई रोब जमाना चाहे, तो मुझसे बुरा कोई नहीं।

पति— मगर यह तो मुझे बुरा लगेगा कि तुम रात को अम्माँ के पाँव दबाने बैठो।

स्त्री— बुरा लगने की कौन बात है, जब उन्हें मेरा इतना खयाल है, तो मुझे भी उनका लिहाज करना ही चाहिए। जिस दिन मैं उनके पाँव दबाने बैठूँगी, वह मुझ पर प्राण देने लगेंगी। आखिर बहू-बेटे का कुछ सुख उन्हें भी तो हो! बड़ों की सेवा करने में हेठी नहीं होती। बुरा जब लगता है, जब वह शासन करते हैं और अम्माँ मुझसे पाँव दबवायेंगी थोड़े ही। सेंत का यश मिलेगा।

पति— अब तो अम्माँ को तुम्हारी फजूलखर्ची भी बुरी नहीं लगती। कहती थीं, रूपये-पैसे बहू के हाथ में दे दिया करो।

स्त्री— चिढ़कर तो नहीं कहती थीं?

पति— नहीं, नहीं, प्रेम से कह रही थीं। उन्हें अब भय हो रहा है, कि उनके हाथ में पैसे रहने से तुम्हें असुविधा होती होगी। तुम बार-बार उनसे माँगती लजाती होगी और डरती भी होगी एवं तुम्हें अपनी जरूरतों को रोकना पड़ता होगा।

स्त्री— ना भैया, मैं यह जंजाल अभी अपने सिर न लूँगी। तुम्हारी थोड़ी-सी तो

आमदनी है, कहीं जल्दी से खर्च हो जाय, तो महीना कटना मुश्किल हो जाय। थोड़े में निर्वाह करने की विद्या उन्हीं को आती है। मेरी ऐसी जरूरतें ही क्या हैं? मैं तो केवल अम्माँजी को चिढ़ाने के लिए उनसे बार-बार रूपये माँगती थी। मेरे पास तो खुद सौ-पचास रुपये पड़े रहते हैं। बाबूजी का पत्र आता है, तो उसमें दस-बीस के नोट जरूर होते हैं; लेकिन अब मुझे हाथ रोकना पड़ेगा। आखिर बाबूजी कब तक देते चले जायँगे और यह कौन-सी अच्छी बात है कि मैं हमेशा उन पर टैक्स लगाती रहूँ।

पति— देख लेना अम्माँ अब तुम्हें कितना प्यार करती हैं।

स्त्री— तुम भी देख लेना, मैं उनकी कितनी सेवा करती हूँ।

पति— मगर शुरू तो उन्होंने किया?

स्त्री— केवल विचार में। व्यवहार में आरम्भ मेरी ही ओर से होगा। भोजन पकाने का समय आ गया, चलती हूँ। आज कोई खास चीज तो नहीं खाओगे?

पति— तुम्हारे हाथों की रूखी रोटियाँ भी पकवान का मजा देंगी।

स्त्री— अब तुम नटखटी करने लगे।

□

कानूनी कुमार

मि० कानूनी कुमार, एम.एल.ए. अपने ऑफिस में समाचार-पत्रों, पत्रिकाओं और रिपोर्टों का एक ढेर लिये बैठे हैं। देश की चिन्ताओं से उनकी देह स्थूल हो गयी है; सदैव देशोद्धार की फिक्र में पड़े रहते हैं। सामने पार्क है। उसमें कई लड़के खेल रहे हैं। कुछ परदेवाली स्त्रियाँ भी हैं, फेसिंग के सामने बहुत से भिखमंगे बैठे हैं, एक चायवाला एक वृक्ष के नीचे चाय बेच रहा है।

कानूनी कुमार— (आप-ही-आप) देश की दशा कितनी खराब होती चली जाती है। गवर्नमेंट कुछ नहीं करती। बस दावतें खाना और मौज उड़ना उसका काम है। (पार्क की ओर देखकर) आह! यह कोमल कुमार सिगरेट पी रहे हैं। शोक! महाशोक! कोई कुछ नहीं कहता, कोई इसको रोकने की कोशिश भी नहीं करता। तम्बाकू जितनी जहरीली चीज है, बालकों को इससे कितनी हानि होती है, यह कोई नहीं जानता। (तम्बाकू की रिपोर्ट देखकर) ओफ! रोंगटे खड़े हो जाते हैं। जितने बालक अपराधी होते हैं, उनमें 75 प्रति सैंकड़े सिगरेटबाज होते हैं। बड़ी भयंकर दशा है। हम क्या करें! लाख स्पीचें दो कोई सुनता ही नहीं। इसको कानून से रोकना चाहिए, नहीं तो अनर्थ हो जायगा। (कागज पर नोट करता है) तम्बाकू-बहिष्कार-बिल पेश करूँगा। कौंसिल खुलते ही यह बिल पेश कर देना चाहिए।

(एक क्षण के बाद फिर पार्क की और ताकता है, और पहरेदार महिलाओं को घास पर बैठे देखकर लम्बी साँसे लेता है।)

गजब है, गजब है; कितना घोर अन्याय! कितना पाशविक व्यवहार!! यह कोमलांगी सुन्दरियाँ चादर में लिपटी हुई कितनी भद्दी, कितनी फूहड़ मालूम होती हैं। अभी तो देश का यह हाल हो रहा है। (रिपोर्ट देखकर) स्त्रियों की मृत्यु-संख्या बढ़ रही है। तपेदिक उछलता चला आता है, प्रसूत की बीमारी आँधी की तरह चढ़ी आती है और हम हैं कि आँखें बन्द किये पड़े हैं। बहुत जल्दी ऋषियों की यह भूमि, यह वीर-प्रसविनी जननी रसातल को चली जायगी, इसका कहीं निशान भी न रहेगा। गवर्नमेंट को क्या फिक्र! लोग कितने पाषाण हो गये हैं! आँखों के सामने अत्याचार देखते हैं और जरा भी नहीं चौंकते। यह मृत्यु का शैथिल्य है। यहाँ भी कानूनी जरूरत है। एक ऐसा कानून बनना चाहिए, जिससे कोई स्त्री परदे में न रह सके। अब समय आ गया है कि इस विषय में सरकार कदम

बढ़ावे कानून की मदद के बगैर कोई सुधार नहीं हो सकता और यहाँ कानूनी मदद की जितनी जरूरत है, उतनी और कहाँ हो सकती है। माताओं पर देश का भविष्य अवलम्बित है। परदा-हटाव-बिल पेश होना चाहिए। जानता हूँ बड़ा विरोध होगा; लेकिन गवर्नमेंट को साहस से काम लेना चाहिए। (कागज पर नोट करता है) यह बिल भी असेंबली के खुलते ही पेश कर देना होगा। बहुत विलम्ब हो चुका, अब विलम्ब की गुंजाइश नहीं है। वरना मरीज का अन्त हो जायगा।

(मसौदा बनाने लगता है— हेतु और उद्देश्य—)

सहसा एक भिक्षुक सामने आकर पुकारता है— जय हो सरकार की, लक्ष्मी फूलें-फलें।

कानूनी— हट जाओ, यू सुअर कोई काम क्यों नहीं करता?

भिक्षुक— बड़ा धर्म होगा सरकार, मारे भूख के आँखों-तले अँधेरा ...

कानूनी— चुप रहो सुअर; हट जाओ सामने से, अभी निकल जाओ, बहुत दूर निकल जाओ।

(मसौदा छोड़कर फिर आप-ही-आप)

यह ऋषियों की भूमि आज भिक्षुकों की भूमि हो रही है। जहाँ देखिए, वहाँ रेवड़-के-रेवड़ और दल-के-दल भिखारी! यह गवर्नमेंट की लापरवाही की बरकत है। इंग्लैण्ड में कोई भिक्षुक भीख नहीं माँग सकता। पुलिस पकड़कर काल-कोठरी में बन्द कर दे। किसी सभ्य-देश में इतने भिखमंगे नहीं हैं। यह पराधीन गुलाम भारत है, जहाँ ऐसी बातें इस बीसवीं सदी में भी सम्भव हैं। उफ! कितनी शक्ति का अपव्यय हो रहा है। (रिपोर्ट निकालकर) ओह! 50 लाख! 50 लाख आदमी केवल भिक्षा माँगकर गुजर करते हैं और क्या ठीक है कि संख्या इसकी दुगुनी न हो। यह पेशा लिखाना कौन पसन्द करता है? एक करोड़ से कम भिखारी इस देश में नहीं हैं। यह तो भिखारियों की बात हुई, जो द्वार-द्वार झोली लिये घूमते हैं। इसके उपरांत टीकाधारी, कोपीनधारी और जटाधारी समुदाय भी तो है, जिनकी संख्या कम-से-कम दो करोड़ होगी। जिस देश में इतने हरामखोर, मुफ्त का माल उड़ानेवाले; दूसरों की कमाई पर मोटे होने वाली प्राणी हों, उसकी दशा क्यों न इतनी हीन हो? आश्चर्य यही है कि अब तक यह देश जीवित कैसे है? (नोट करता है) एक बिल की सख्त जरूरत है, परन्तु पेश करना चाहिए— नाम हो 'भिखमंगा-बहिष्कार-बिल।' खूब जूतियाँ चलेंगी, धर्म के सूत्राधार खूब नाचेंगे, खूब गालियाँ देगे, गवर्नमेंट भी कन्नी काटेगी; मगर सुधार का मार्ग तो कंटककीर्ण है ही। तीनों बिल मेरे ही नाम से हों, फिर देखिए, कैसी खलबली मचती है!

(आवाज आती है— चाय गरम! चाय गरम!! मगर ग्राहकों की संख्या बहुत कम हैं। कानूनी कुमार का ध्यान चायवाले की ओर आकर्षित हो जाता है।)

कानूनी (आप-ही-आप) चायवाले की दुकान पर एक भी ग्राहक नहीं, कैसा मूर्ख देश

है! इतनी बलवर्द्धक वस्तु और ग्राहक कोई नहीं! सभ्य देशों में पानी की जगह चाय पी जाती है। (रिपोर्ट देखकर) इंग्लैण्ड में पाँच करोड़ पौण्ड की चाय जाती है। इंग्लैण्ड वाले मूर्ख नहीं हैं। उनका आज संसार पर आधिपत्य है, इसमें चाय का कितना बड़ा भाग है, कौन इसका अनुमान कर सकता है? यहाँ बेचारा चायवाला खड़ा है और कोई उसके पास नहीं फटकता। चीनवाले चाय पी-पीकर स्वाधीन हो गये; मगर हम चाय न पियेंगे। क्या अक्ल है? गवर्नमेंट का सारा दोष है। कीटों से भरे हुए दूध के लिए इतना शोर मचता है; मगर चाय को कोई नहीं पूछता, जो कीटों से खाली, उत्तेजक और पुष्टिकारक है! सारे देश की मति मारी गयी है। (नोट करता है) गवर्नमेंट से प्रश्न करना चाहिए। असेंबली खुलते ही प्रश्नों का ताँता बाँध दूँगा।

प्रश्न—क्या गवर्नमेंट बतायेगी कि गत पाँच सालों में भारतवर्ष में चाय की खपत कितनी बढ़ी है और उसका सर्वसाधारण में प्रचार करने के लिए गवर्नमेंट ने क्या कदम लिये हैं?

(एक रमणी का प्रवेश। कटे हुए केश आड़ी माँग, पारसी रेशमी साड़ी, कलाई पर घड़ी, आँखों पर ऐनक, पाँव में ऊँची एड़ी का लेडी शू, हाथ में एक बटुआ लटकाये हुए, साड़ी में ब्रूच है, गले में मोतियों का हार।

कानूनी— (हाथ बढ़ाकर) हल्लो मिसेज़ बोस! आप खूब आयीं, कहिए, किधर की सैर हो रही है? अबकी 'आलोक' में आपकी कविता बड़ी सुन्दर थी। मैं तो पढ़कर मस्त हो गया। इस नन्हें-से हृदय में इतने भाव कहाँ से आ जाते हैं, मुझे आश्चर्य होता है? शब्द विन्यास की तो आप रानी हैं। ऐसे-ऐसे चोट करने वाले भाव आपको कैसे सूझ जाते हैं?

मिसेज बोस— दिल जलता है, तो उसमें आप-से-आप धुएँ के बादल निकलते हैं। जब तक स्त्री-समाज पर पुरुषों का अत्याचार रहेगा, ऐसे भावों की कमी न रहेगी।

कानूनी— क्या इधर कोई नयी बात हो गयी?

बोस— रोज ही तो होती रहती है। मेरे लिए डाक्टर बोस की आज्ञा नहीं कि किसी से मिलने जाओ, या कहीं सैर करने जाओ। अबकी कैसी गरमी पड़ी है कि सारा रक्त जल गया, पर मैं पहाड़ों पर न जा सकी। मुझसे यह अत्याचार, यह गुलामी नहीं सही जाती।

कानूनी— डॉक्टर बोस खुद भी तो पहाड़ों पर नहीं गये।

बोस— वह न जायँ, उन्हें धन की हाय-हाय पड़ी है। मुझे क्यों अपने साथ लिये मरते हैं? वह क्लब में नहीं जाना चाहते, उनका समय रुपये उगलता है, मुझे क्यों रोकते हैं! वह खद्दर पहनें, मुझे क्यों अपने पसन्द के कपड़े पहनने से रोकते हैं! वह अपनी माता और भाइयों के गुलाम बने रहें, मुझे क्यों उनके साथ रो-रोकर दिन काटने पर मजबूर करते हैं मुझसे यह बर्दाश्त नहीं हो सकता। अमेरिका में एक कटुवचन कहने पर सम्बन्ध-विच्छेद हो जाता है। पुरुष जरा देर में घर आया और स्त्री ने तलाक दिया। वह स्वाधीनता का देश है, वहाँ लोगों के विचार स्वाधीन हैं। यह गुलामों का देश है, यहाँ हर एक में उसी

गुलामी की छाप है। मैं अब डॉक्टर बोस के साथ नहीं रह सकती। नाकों दम आ गया इसका उत्तरदायित्व उन्हीं लोगों पर है जो समाज के नेता और व्यवस्थापक बनते हैं। अगर आप चाहते हैं कि स्त्रियों को गुलाम बनाकर स्वाधीन हो जायँ, तो यह अनहोनी बात है। जब तक तलाक का कानून न जारी होगा, आपका स्वराज्य आकाश-कुसुम ही रहेगा। डॉक्टर बोस को आप जानते हैं, धर्म में उनकी कितनी श्रद्धा है! खब्त कहिए। मुझे धर्म के नाम से घृणा है। इसी धर्म ने स्त्री-जाति को पुरूष की दासी बना दिया है। मेरा बस चले, तो मैं सारे धर्म की पोथियों को उठाकर परनाले में फेंक दूँ।

(मिसेज ऐयर का प्रवेश। गोरा रंग, ऊँचा कद, ऊँचा गाउन, गोली हाँड़ी की-सी टोपी, आँखों पर ऐनक, चेहरे पर पाउडर, गालों और ओठों पर सुर्ख पेंट, रेशमी जुर्राबें और ऊँची एड़ी के जूते।)

कानूनी— (हाथ बढ़ाकर) हेल्लो मिसेज़ मेयर! आप खूब आयीं। कहिए, किधर की सैर हो रही है? 'आलोक' में अबकी आपका लेख अत्यन्त सुन्दर था, मैं तो पढ़कर दंग रह गया।

मिसेज़ ऐयर—(मिसेज़ बोस की ओर मुसकराकर) दंग ही तो रह गये या कुछ किया भी? हम स्त्रियाँ अपना कलेजा निकालकर रख दें; लेकिन पुरुषों का दिल न पसीजेगा।

बोस— सत्य! बिलकुल सत्य।

ऐयर—मगर इस पुरुष-राज का बहुत जल्द अन्त हुआ जाता है। स्त्रियाँ अब कैद में नहीं रह सकतीं। मि० ऐयर की सूरत मैं नहीं देखना चाहती।

(मिसेज़ बोस मुँह फेर लेती हैं)

कानूनी— (मुसकराकर) मि० ऐयर तो खूबसूरत आदमी हैं।

लेडी ऐयर— उनकी सूरत उन्हें मुबारक रहे। मैं खूबसूरत पराधीनता नहीं चाहती, बदसूरत स्वाधीनता चाहती हूँ। वह मुझे अबकी जबरदस्ती पहाड़ पर ले गये। वहाँ की शीत मुझसे नहीं सही जाती, कितना कहा कि मुझे मत ले जाओ; मगर किसी तरह न माने। मैं किसी के पीछे-पीछे कुतिया की तरह नहीं चलना चाहती।

(मिसेज़ बोस उठकर खिड़की के पास चली जाती है)

कानूनी— अब मुझे मालूम हो गया कि तलाक का बिल असेमबली में पेश करना पड़ेगा!

ऐयर— खैर, आपको मालूम तो हुआ; मगर शायद कयामत में।

कानुनी— नहीं मिसेज़ ऐयर, अबकी छुट्टियों के बाद ही यह बिल पेश होगा और धूमधाम के साथ पेश होगा। बेशक पुरुषों का अत्याचार बढ़ रहा है। जिस प्रथा का विरोध आप दोनों महिला कर रही हैं, वह अवश्य हिन्दू समाज के लिए घातक है। अगर हमें सभ्य बनना है, तो सभ्य देशों के पदचिह्नों पर चलना पड़ेगा। धर्म के ठीकेदार चिल्लों-पों मचायेंगे, कोई परवाह नहीं। उनकी खबर लेना आप दोनों महिलाओं का काम होगा। ऐसा

बनाना कि मुँह न दिखा सकें।

लेडी ऐयर— पेशगी धन्यवाद देती हूँ। (हाथ मिलाकर चली जाती है।)

मिसेज़ बोस—(खिड़की के पास से आकर) आज इसके घर में घी का चिराग जलेगा। यहाँ से सीधे बोस के पास गयी होगी! मैं भी जाती हूँ।

(चली जाती है)

कानूनी कुमार एक कानून की किताब उठाकर उसमें तलाक की व्यवस्था देखने लगता है कि मि० आचार्य आते हैं। मुँह साफ, एक आँख पर ऐनक, खाली आधे बाँह का शर्ट, निकर, ऊनी मोजे, लम्बे बूट। पीछे एक टेरियर कुत्ता भी है।

कानूनी— हल्लो मि० आचार्य! आप खूब आये, आज किधर की सैर हो रही है? होटल का क्या हाल है?

आचार्य— कुत्ते की मौत मर रहा हूँ। इतना बढ़िया भोजन, इतना साफ-सुथरा मकान, ऐसी रोशनी, इतना आराम फिर भी मेहमानों को दुर्भिक्ष। समझ में नहीं आता, अब कितना निर्ख घटाऊँ! इन दामों अलग घर में मोटा खाना भी नसीब नहीं हो सकता। उस पर सारे जमाने की झंझट, कभी नौकर का रोना, कभी दूधवाले का रोना, कभी धोबी का रोना, कभी मेहतर का रोना; यहाँ सारे जंजाल से मुक्ति हो जाती है। फिर भी आधे कमरे खाली पड़े हैं।

कानूनी— यह तो आपने बुरी खबर सुनायी।

आचार्य— पच्छिम में क्यों इतना सुख और शान्ति है, क्यों इतना प्रकाश और धन है, क्यों इतना स्वाधीनता और बल है? इन्हीं होटलों के प्रसाद से! होटल पश्चिमी गौरव का मुख्य अंग है, पश्चिमी सभ्यता का प्राण है। अगर आप भारत को उन्नति के शिखर पर देखना चाहते हैं, तो होटल-जीवन का प्रचार कीजिए। इसके सिवा दूसरा उपाय नहीं है। जब तक छोटी-छोटी घरलू चिन्ताओं से मुक्त न हो जायेंगे, आप उन्नति कर ही नहीं सकते। राज़ों, रईसों को अलग घरों में रहने दीजिए, वह एक की जगह दस खर्च कर सकते हैं। मध्यम श्रेणीवालों के लिए होटल के प्रचार में ही सब कुछ है। हम अपने सारे मेहमानों की फिक्र अपने सिर लेने को तैयार हैं, फिर भी जनता की आँखें नहीं खुलतीं। इन मूर्खों की आँखें उस वक्त तक न खुलेंगी, जब तक कानून न बन जाय।

कानूनी— (गम्भीर भाव से) हाँ, मैं सोच रहा हूँ। जरूर कानून से मदद लेनी चाहिए। एक ऐसा कानून बन जाय, कि जिन लोगों की आय 5oo) से कम हो, होटलों में रहें। क्यों?

आचार्य— आप अगर यह कानून बनवा दें, तो आनेवाली संतान आपको अपना मुक्तिदाता समझेगी। आप एक कदम में देश को 500 वर्ष की मंजिल तय करा देंगे।

कानूनी— तो लो, अबकी यह कानून भी असेंबली खुलते ही पेश कर दूँगा। बड़ा शोर मचेगा। लोग देशद्रोही और जाने क्या-क्या कहेंगे, पर इसके लिए तैयार हूँ। कितना

दु:ख होता है, जब लोगों को अहिर के द्वार पर लुटिया लिये खड़ा देखता हूँ। स्त्रियों का जीवन नरक-तुल्य हो रहा है। सुबह से दस-बारह बजे रात तक घर के धन्धों से फुरसत नहीं। कभी बरतन माँजो, कभी भोजन बनाओ, कभी झाड़ू लगाओ। फिर स्वास्थ्य कैसे बने, जीवन कैसे सुखी हो, सैर कैसे करे, जीवन के आमोद-प्रमोद का आनन्द कैसे उठावें, अध्ययन कैसे करें? आपने खूब कहा, एक कदम में 500 सालों की मंजिल पूरी हुई जाती है।

आचार्य— तो अबकी बिल पेश कर दीजिएगा?

कानूनी— अवश्य!

(आचार्य हाथ मिलाकर चला जाता है)

कानूनी कुमार खिड़की के सामने खड़ा होकर 'होटल-प्रचार-बिल' का मसविदा सोच रहा है। सहसा पार्क में एक स्त्री सामने से गुजरती है। उसकी गोद में एक बच्चा है, दो बच्चे पीछे-पीछे चल रहे हैं और उदर के उभार से मालूम होता है कि गर्भवती भी है। उसका कृश शरीर, पीला मुख और मन्द गति देखकर अनुमान होता कि उसका स्वास्थ्य बिगड़ा हुआ है और इस भार का वहन करना उसे कष्टप्रद है।

कानूनी कुमार— (आप-ही-आप) इस समाज का, इस देश का और इस जीवन का सत्यानाश हो, जहाँ रमणियों को केवल बच्चा जनने की मशीन समझा जाता है। इस बेचारी को जीवन का क्या सुख! कितनी ही ऐसी बहनें इसी जंजाल में फंसकर 32, 35 की अवस्था में जब कि वास्तव में जीवन को सुखी होना चाहिए, रुग्ण होकर संसार-यात्रा समाप्त कर देती हैं। हा भारत! यह विपत्ति तेरे सिर से कब टलेगी? संसार में ऐसे-ऐसे पाषाण-हृदय मनुष्य पड़े हुए हैं, जिन्हें इस दुखियारियों पर जरा भी दया नहीं आती। ऐसे अन्धे, ऐसे पाषाण, ऐसे पाखंडी समाज को, जो स्त्री को अपनी वासनाओं की वेदी पर बलिदान करता है, कानून के सिवा और किस विधि से सचेत किया जाय? और कोई उपाय ही नहीं है। नर-हत्या का जो दण्ड है, वही दण्ड ऐसे मनुष्यों को मिलना चाहिए। मुबारक होगा वह दिन, जब भारत में इस नाशिनी प्रथा का अन्त हो जायगा— स्त्री का मरण, बच्चों का मरण और जिस समाज का जीवन ऐसी सन्तानों पर अधारित हो, उसका मरण! ऐसे बदमाशों को क्यों न दण्ड दिया जाय? कितने अन्धे लोग हैं। बेकारी का यह हाल कि भर-पेट किसी को रोटियाँ नहीं मिलतीं, बच्चों को दूध स्वप्न में नहीं मिलता और ये अन्धे हैं कि बच्चे-पर-बच्चे पैदा करते जाते हैं। 'सन्तान-निग्रह-बिल' की जितनी जरूरत है, इस देश को उतनी और किसी कानून की नहीं। असेंबली खुलते ही यह बिल पेश करूँगा। प्रलय हो जायगा, यह जानता हूँ, पर और उपाय ही क्या है? दो बच्चों से ज्यादा जिसके हों, उसे कम-से-कम पाँच वर्ष की कैद, उसमें पाँच महीने से कम काल-कोठरी न हो। जिसकी आमदनी सौ रुपये से कम हो, उसे संतानोत्पत्ति का अधिकार न हो। (मन में बिल के बाद की अवस्था का आनन्द लेकर) कितना सुखमय जीवन हो जायगा। हाँ,

एक दफा यह भी रहे कि एक संतान के बाद कम-से-कम सात वर्ष तक दूसरी सन्तान न आने पावे। तब इस देश में सुख और सन्तोष का साम्राज्य होगा, तब स्त्रियों और बच्चों के मुँह पर खून की सुर्खी नजर आयेगी, तब मजबूत हाथ-पाँव और मजबूत दिल और जिगर के पुरुष उत्पन्न होंगे।

(मिसेज़ कानूनी कुमार का प्रवेश)

कानूनी कुमार जल्दी से रिपोर्टों और पत्रों को समेट लेता है और एक उपन्यास खोलकर बैठ जाता है।

मिसेज़— क्या कर रहे हो? वही धुन!

कानूनी— उपन्यास पढ़ रहा हूँ।

मिसेज़— तुम सारी दुनिया के लिए कानून बनाते हो, एक कानून मेरे लिए भी बना दो। इससे देश का जितना बड़ा उपकार होगा, उतना और किसी कानून से न होगा। तुम्हारा नाम अमर हो जायगा और घर-घर तुम्हारी पूजा होगी!

कानूनी— अगर तुम्हारा खयाल है कि मैं नाम और यश के लिए देश की सेवा कर रहा हूँ, तो मुझे यही कहना पड़ेगा कि तुमने मुझे रत्ती-भर भी नहीं समझा।

मिसेज़— नाम के लिए काम कोई बुरा काम नहीं है, तुम्हें यश की आकांक्षा हो, तो मैं उसकी निन्दा न करूँगी, भूलकर भी नहीं। मैं तुम्हें एक ऐसी ही तदबीर बता दूँगी, जिससे तुम्हें इतना यश मिलेगा कि तुम ऊब जाओगे। फूलों की इतनी वर्षा होगी कि तुम उसके नीचे दब जाओगे। गले में इतने हार पड़ेगे कि तुम गरदन सीधी न कर सकोगे।

कानूनी— (उत्सुकता को छिपाकर)— कोई मजाक की बात होगी। देखा मिन्नी, काम करनेवाले आदमी के लिए इससे बड़ी दूसरी बाधा नहीं है कि उसके घरवाले उसके काम की निन्दा करते हों। मैं तुम्हारे इस व्यवहार से निराश हो जाता हूँ।

मिसेज़— तलाक का कानून तो बनाने जा रहे हो, अब क्या डर है?

कानूनी— फिर वही मजाक! मैं चाहता हूँ तुम इन प्रश्नों पर गम्भीर विचार करो।

मिसेज़— मैं बहुत गम्भीर विचार करती हूँ! सच मानो। मुझे इसका दु: ख है कि तुम मेरे भावों को नहीं समझते। मैं इस वक्त तुमसे जो बात करने जा रही हूँ, उसे मैं देश की उन्नति के लिए आवश्यक ही नहीं, परमावश्यक समझती हूँ। मुझे इसका पक्का विश्वास है।

कानूनी— पूछने की हिम्मत तो नहीं पड़ती। (अपनी झेंप मिटाने के लिए हँसता है।)

मिसेज़— मैं खुद ही कहने आयी हूँ। हमारा वैवाहिक-जीवन कितना लज्जास्पद है; तुम खूब जानते हों। रात-दिन रगड़ा-झगड़ा मचा रहता है। कहीं पुरूष स्त्री पर हाथ साफ कर लेता है, कहीं स्त्री पुरुष की मूंछों के बाल नोचती है। हमेशा एक-न-एक गुल खिला ही करता है। कहीं एक मुँह फुलाये बैठा है, कहीं दूसरा घर छोड़कर भाग जाने की धमकी दे रहा है। कारण जानते हो क्या है। कभी सोचा है? पुरुषों की रसिकता और कृपणता! यही

दोनों ऐब मनुष्यों के जीवन से नरक-तुल्य बनाये हुए हैं। जिधर देखो, अशान्ति है, विद्रोह है, बाधा है। साल में लाखों हत्याएँ इन्हीं बुराइयों के कारण हो जाती हैं, लाखों स्त्रियाँ पतित हो जाती हैं, पुरूष मद्य-सेवन करने लगते हैं, यह बात है या नहीं?

कानूनी— बहुत-सी बुराइयाँ ऐसी हैं, जिन्हें कानून नहीं रोक सकता।

मिसेज़— (कहकहा मारकर) अच्छा, क्या आप भी कानून की अक्षमता स्वीकार करते हैं? मैं यह नहीं समझती थी। मैं तो कानून को ईश्वर से ज्यादा सर्वव्यापी, सर्वशक्तिमान समझती हूँ।

कानूनी— फिर तुमने मजाक शुरू किया।

मिसेज़— अच्छा, लो कान पकड़ती हूँ। अब न हँसूंगी। मैंने उन बुराइयों को रोकने का एक कानून सोचा है। उसका नाम होगा— 'सम्पत्ति-सुख-शान्ति बिल' उसकी दो मुख्य धाराएँ होंगी और कानूनी बारीकियाँ तुम ठीक कर लेना। एक धारा होगी कि पुरुष अपनी आमदनी का आधा बिना कान-पूँछ हिलाये स्त्री को दे दे; अगर न दे, तो पाँच साल कठिन कारवास और पाँच महीने काल-कोठरी। दूसरी धारा होगी, पन्द्रह से पचास तक के पुरुष घर से बाहर न निकलने पावें, अगर कोई निकले, तो दस साल कारावास और दस महीने काल-कोठरी। बोलो मंजूर है?

कानूनी— (गम्भीर होकर) असम्भव, तुम प्रकृति को पलट देना चाहती हो। कोई पुरूष घर में कैदी बनकर रहना स्वीकार न करेगा।

मिसेज़— वह करेगा और उसका बाप करेगा। पुलिस डंडे के जोर से करायेगी। न करेगा, तो चक्की पीसनी पड़ेगी। करेगा कैसे नहीं? अपनी स्त्री को घर की मुर्गी समझना और दूसरी स्त्रियों के पीछे दौड़ना, क्या खालाजी का घर है? तुम अभी इस कानून को अस्वाभाविक समझते हो। मत घबड़ाओं। स्त्रियों का अधिकार होने दो। यह पहला कानून न बन जावे, तो कहना कि कोई कहता था। स्त्री एक-एक पैसे के लिए तरसे और आप गुलछर्रे उड़ायें। दिल्लगी है। आधी आमदनी स्त्री को दे देनी पड़ेगी, जिसका उससे कोई हिसाब न पूछ जा सकेगा।

कानूनी— तुम मानव-समाज को मिट्टी का खिलौना समझती हो।

मिसेज़— कदापि नहीं। मैं यही समझती हूँ कि कानून सब कुछ कर सकता है। मनुष्य का स्वभाव भी बदल सकता है।

कनूनी— कानून यह नहीं कर सकता।

मिसेज़— कर सकता है।

कानूनी— नहीं कर सकता।

मिसेज़— कर सकता है; अगर वह जबरदस्ती लड़कों को स्कूल भेज सकता है; अगर वह जबरदस्ती विवाह की उम्र नियत कर सकता है; अगर वह जबरदस्ती बच्चों को टीका लगवा सकता है, तो वह जबरदस्ती पुरूषों को घर में बंद भी कर सकता है, उसकी

आमदनी का आधा स्त्रियों को भी दिला सकता है। तुम कहोगे, पुरूष को कष्ट होगा। जबरदस्ती जो काम कराया जाता है, उसमें करने वाले को कष्ट होता है। तुम उस कष्ट का अनुभव नहीं करते; इसीलिये वह तुम्हें नहीं अखरता। मैं यही नहीं कहती कि सुधार जरूरी नहीं है। मैं भी शिक्षा का प्रचार चाहती हूँ, मैं भी बाल-विवाह बंद करना चाहती हूँ, मैं भी चाहती हूं कि बीमारियाँ न फैलें, लेकिन कानून बनाकर जबरदस्ती यह सुधार नहीं करना चाहती। लोगों में शिक्षा और जागृति फैलाओ, जिसमें कानूनी भय के बगैर वह सुधार हो जाय। आपसे कुर्सी तो छोड़ी जाती नहीं, घर से निकला जाता नहीं, शहरों की विलासिता को एक दिन के लिए भी नहीं त्याग सकते और सुधार करने चले हैं आप देश का! इस तरह सुधार न होगा। हाँ, पराधीनता की बेड़ी और भी कठोर हो जायगी।

(मिसेज़ कुमार चली जाती हैं, और कानूनी कुमार अव्यवस्थित-चित्त-सा कमरे में टहलने लगता है।)

□

लॉटरी

जल्दी से मालदार हो जाने की हवस किसे नहीं होती? उन दिनों जब लॉटरी के टिकट आये, तो मेरे दोस्त विक्रम के पिता, चचा, अम्माँ और भाई, सभी ने एक-एक टिकट खरीद लिया। कौन जाने, किसकी तकदीर जोर करे? किसी के नाम आये, रुपया रहेगा तो घर में ही।

मगर विक्रम को सब्र न हुआ। औरों के नाम रूपये आयेंगे, फिर उसे कौन पूछता है? बहुत होगा, दस-पाँच हजार उसे दे देंगे। इतने रुपयों में उसका क्या होगा? उसकी जिन्दगी में बड़े-बड़े मंसूबे थे। पहले तो उसे सम्पूर्ण जगत की यात्रा करनी थी, एक-एक कोने की। पीरू और ब्राजील और टिम्बकटू और होनोलूलू, ये सब उसके प्रोग्राम में थे। वह आँधी की तरह महीने-दो-महीने उड़कर लौट आनेवालों में न था। वह एक-एक स्थान में कई-कई दिन ठहरकर वहाँ के रहन-सहन रीति-रिवाज आदि का अध्ययन करना और संसार-यात्रा का एक वृहद् ग्रंथ लिखना चाहता था। फिर उसे एक बहुत बड़ा पुस्तकालय बनवाना था, जिसमें दुनिया भर की उत्तम रचनाएँ जमा की जायँ। पुस्तकालय के लिए वह दो लाख तक खर्च करने को तैयार था, बँगला, कार और फर्नीचर तो मामूली बातें थीं। पिता या चचा के नाम रुपये आये, तो पाँच हजार से ज्यादा का डौल नहीं, अम्माँ के नाम आये, तो बीस हजार मिल जायेंगे; लेकिन भाई साहब के नाम आ गये, तो उसके हाथ धेला भी न लगेगा। वह आत्माभिमानी था। घर वालों से खैरात या पुरस्कार के रूप में कुछ लेने की बात उसे अपमान-सी लगती थी। कहा करता था— भाई किसी के सामने हाथ फैलाने से तो किसी गड्ढे में डूब मरना अच्छा है। जब आदमी अपने लिए संसार में कोई स्थान न निकाल सके, तो यहाँ से प्रस्थान कर जाय?

वह बहुत बेकरार था। घर में लॉटरी-टिकट के लिए उसे कौन रुपए देगा और वह माँगे भी तो कैसे? उसने बहुत सोच-विचार कर कहा—क्यों न हम-तुम साझे में एक टिकट ले लें?

तजवीज मुझे भी पसंद आयी। मैं उन दिनों स्कूल-मास्टर था। बीस रुपये मिलते थे। उसमें बड़ी मुश्किल से गुजर होती थी। दस रुपये का टिकट खरीदना मेरे लिए सुफेद हाथी खरीदना था। हाँ, एक महीना दूध, घी, जलपान और ऊपर के सारे खर्च तोड़कर पाँच रुपये की गुंजाइश निकल सकती थी। फिर भी जी डरता था। कहीं से कोई बलाई

रकम मिल जाय, तो कुछ हिम्मत बढ़े।

विक्रम ने कहा— कहो तो अपनी अँगूठी बेच डालूँ? कह दूँगा, उंगली से फिसल पड़ी।

अँगूठी दस रुपये से कम न थी। उसमें पूरा टिकट आ सकता था; अगर कुछ खर्च किये बिना ही टिकट में आधा-साझा हुआ जाता है, तो क्या बुरा है?

सहसा विक्रम फिर बोला— लेकिन भई, तुम्हें नकद देने पड़ेंगे। मैं पाँच रुपये नकद लिये बगैर साझा न करूँगा।

अब मुझे औचित्य का ध्यान आ गया। बोला— नहीं दोस्त, यह बुरी बात है, चोरी खुल जायेगी, तो शर्मिन्दा होना पड़ेगा और तुम्हारे साथ मुझ पर भी डाँट पड़ेगी।

आखिर यह तय हुआ कि पुरानी किताबें किसी सेकेन्ड हैंड किताबों की दुकान पर बेच डाली जायँ और उस रूपये से टिकट लिया जाय। किताबों से ज्यादा बेजरूरत हमारे पास और कोई चीज न थी। हम दोनों साथ ही मैट्रिक पास हुए थे और यह देखकर कि जिन्होंने डिग्रियाँ लीं, अपनी आँखें फोड़ीं और घर के रूपये बरबाद किये, वह भी जूतियाँ चटका रहे थे, हमने वहीं हाल्ट कर दिया। मैं स्कूल-मास्टर हो गया और विक्रम मटरग्श्ती करने लगा। हमारी पुरानी पुस्तकें अब दीमकों के सिवा हमारे किसी काम की न थीं। हमसे जितना चाटते बना, चाटा; उनका सत्त निकाल लिया। अब चूहे चाटें या दीमक, हमें परवाह न थी। आज हम दोनों ने उन्हें कूड़खाने से निकाला और झाड़-पोंछकर एक बड़ा-सा गट्ठर बाँधा। मास्टर था, किसी बुकसेलर की दुकान पर किताब बेचते हुए झेंपता था। मुझे सभी पहचानते थे; इसलिए यह खिदमत विक्रम के सुपुर्द हुई और वह आध घंटे में दस रुपये का एक नोट लिये उछलता-कूदता आ पहुँचा। मैंने उसे इतना प्रसन्न कभी न देखा था। किताबें चालीस रुपये से कम की न थी; पर यह दस रूपये उस वक्त में हमें जैसे पड़े मिले। अब टिकट में आधा साझा होगा। दस लाख की रकम मिलेगी। पाँच लाख मेरे हिस्से में आयेंगे, पाँच विक्रम के। हम अपने इसी में मगन थे।

मैंने संतोष का भाव दिखाकर कहा— पाँच लाख भी कुछ कम नहीं होते जी!

विक्रम इतना संतोषी न था। बोला— पाँच लाख क्या, हमारे लिए तो इस वक्त पाँच सौ भी बहुत है भाई, मगर जिन्दगी का प्रोग्राम तो बदलना पड़ गया। मेरी यात्रावाली स्कीम तो टल नहीं सकती। हाँ, पुस्तकालय गायब हो गया।

मैंने आपत्ति की आखिर यात्रा में तुम दो लाख से ज्यादा तो न खर्च करोगे?

'जी नहीं, उसका बजट है साढे तीन लाख का। सात वर्ष का प्रोग्राम है। पचास हजार रूपये साल ही तो हुए?'

'चार हजार महीना कहो। मैं समझता हूँ, दो हजार में तुम बड़े आराम से रह सकते हो।' विक्रम ने गर्म होकर कहा— मैं शान से रहना चाहता हूँ; भिखारियों की तरह नहीं। 'दो हजार में भी तुम शान से रह सकते हो।'

'जब तक आप अपने हिस्से में से दो लाख मुझे नही दे देंगे, पुस्तकालय न बन सकेगा।'

'कोई जरूरी नहीं कि तुम्हारा पुस्तकालय शहर में बेजोड़ हो?'

'मैं तो बेजोड़ ही बनवाऊँगा।'

'इसका तुम्हें अख्तियार है, लेकिन मेरे रुपये में से तुम्हें कुछ न मिल सकेगा। मेरी जरूरतें देखो। तुम्हारे घर में काफी जायदाद हैं। तुम्हारे सिर कोई बोझ नहीं, मेरे सिर तो सारी गृहस्थी का बोझ है। दो बहनों का विवाह है, दो भाइयों की शिक्षा है, नया मकान बनवाना है। मैंने तो निश्चय कर लिया है कि सब रुपये सीधे बैंक में जमा कर दूँगा। उनके सूद से काम चलाऊँगा। कुछ ऐसी शर्तें लगा दूँगा, कि मेरे बाद भी कोई इस रकम में हाथ न लगा सके।'

विक्रम ने सहानुभूति के भाव से कहा— हाँ, ऐसी दशा में तुमसे कुछ माँगना अन्याय है। खैर, मैं ही तकलीफ उठा लूँगा; लेकिन बैंक के सूद की दर तो बहुत गिर गयी है।

हमने कई बैंकों में सूद की दर देखी, अस्थायी कोष की भी; सेविंग बैंक की भी। बेशक दर बहुत कम थी। दो-ढाई रुपये सैकड़े ब्याज पर जमा करना व्यर्थ है। क्यों न लेन-देन का कारोबार शुरू किया जाय? विक्रम भी अभी यात्रा पर न जायगा। दोनों के साझे में कोठी चलेगी, जब कुछ धन जमा हो जायगा, तब वह यात्रा करेगा। लेन-देन में सूद भी अच्छा मिलेगा और अपना रोब-दाब भी रहेगा। हाँ, जब तक अच्छी जमानत न हो, किसी को रूपया न देना चाहिए; चाहे असामी कितना ही मातबर क्यों न हो। और जमानत पर रुपये दे ही क्यों? जायदाद रेहन लिखाकर रुपये देंगे। फिर तो कोई खटका न रहेगा।

यह मंजिल भी तय हुई। अब यह प्रश्न उठा कि टिकट पर किसका नाम रहे? विक्रम नें अपना नाम रखने के लिए बड़ा आग्रह किया। अगर उसका नाम न रहा, तो वह टिकट ही न लेगा! मैंने कोई उपाय न देखकर मंजूर कर लिया और बिना किसी लिखा-पढ़ी के, जिससे आगे चलकर मुझे बड़ी परेशानी हुई!

2

एक-एक करके इन्तजार के दिन काटने लगे। भोर होते ही हमारी आँखें कैलेंडर पर जातीं। मेरा मकान विक्रम के मकान से मिला हुआ था। स्कूल जाने के पहले और स्कूल से आने के बाद हम दोनों साथ बैठकर अपने-अपने मंसूबे बाँधा करते और इस तरह सासँ-सायँ कि कोई सुन न ले। हम अपने टिकट खरीदने का रहस्य छिपाये रखना चाहते थे। यह रहस्य जब सत्य का रूप धारण कर लेगा, उस वक्त लोगों को कितना विस्मय होगा! उस दृश्य का नाटकीय आनन्द हम नहीं छोड़ना चाहते थे।

एक दिन बातों-बातों में विवाह का जिक्र आ गया। विक्रम ने दार्शनिक गम्भीरता से कहा— भई, शादी-वादी का जंजाल तो मैं नहीं पालना चाहता। व्यर्थ की चिंता और हाय-हाय। पत्नी की नाज बरदारी में ही बहुत से रुपये उड़ जायँगे।

मैंने इसका विरोध किया— हाँ, यह तो ठीक है; लेकिन जब तक जीवन के सुख-दु: ख का कोई साथी न हो; जीवन का आनन्द ही क्या? मैं तो विवाहित जीवन से इतना विरक्त नहीं हूँ। हाँ; साथी ऐसा चाहता हूँ जो अन्त तक साथ रहे और ऐसा साथी पत्नी के सिवा दूसरा नहीं हो सकता।

विक्रम जरूरत से ज्यादा तुनुकमिजाजी से बोली— खैर, अपना-अपना दृष्टिकोण है। आपको बीवी मुबारक और कुत्तों की तरह उसके पीछे-पीछे चलना तथा बच्चों को संसार की सबसे बड़ी विभूति और ईश्वर की सबसे बड़ी दया समझना मुबारक। बन्दा तो आजाद रहेगा, अपने मजे से चाहा और जब चाहा उड़ गये और जब चाहा घर आ गये। यह नहीं कि हर वक्त एक चौकीदार आपके सिर पर सवार हो। जरा-सी देर हुई घर आने में और फौरन जवाब तलब हुआ— कहाँ थे अब तक? आप कहीं बाहर निकले और फौरन सवाल हुआ— कहाँ जाते हो? और जो कहीं दुर्भाग्य से पत्नीजी भी साथ हो गयीं, तब तो डूब मरने के सिवा आपके लिए कोई मार्ग ही नहीं रह जाता। न भैया, मुझे आपसे जरा भी सहानुभूति नहीं। बच्चे को जरा-सा जुकाम हुआ और आप बेतहाशा दौड़े चले जा रहे हैं होमियोपैथिक डाक्टर के पास। जरा उम्र खिसकी और लौंडे मनाने लगे कि कब आप प्रस्थान करें और वह गुलछर्रे उड़ायें। मौका मिला तो आपको जहर खिला दिया और मशहूर किया कि आपको कालरा हो गया था। मैं इस जंजाल में नहीं पड़ता।

कुन्ती आ गयी। वह विक्रम की छोटी बहन थी, कोई ग्यारह साल की। छठे में पढ़ती थी और बराबर फेल होती थी। बड़ी चिबिल्ली, बड़ी शोख। इतने धमाके से द्वार खोला कि हम दोनों चौंककर उठ खड़े हुए।

विक्रम ने बिगड़कर कहा— तू बड़ी शैतान है कुन्ती, किसने तुझे बुलाया यहाँ?

कुन्ती ने खुफिया पुलिस की तरह कमरे में नजर दौड़ाकर कहा— तुम लोग हरदम यहाँ किवाड़ बन्द किये बैठे क्या बातें किया करते हो? जब देखो, यहीं बैठे हो। न कहीं घूमने जाते हो, न तमाशा देखने; कोई जादू मन्तर जगाते होंगे!

विक्रम ने उसकी गरदन पकड़कर हिलाते हुए कहा— हाँ एक मन्तर जगा रहे हैं, जिसमें तुझे ऐसा दूल्हा मिले, जो रोज गिनकर पाँच हजार हण्टर जमाये सड़ासड़।

कुन्ती उसकी पीठ पर बैठकर बोली— मैं ऐसे दूल्हे से ब्याह करूँगी, जो मेरे सामने खड़ा पूँछ हिलाता रहेगा। मैं मिठाई के दोनों फेंक दूँगी और वह चाटेगा। जरा भी चीं-चपड़ करेगा, तो कान गर्म कर दूँगी। अम्माँ को लॉटरी के रूपये मिलेंगे, तो पचास हजार मुझे दे दें। बस, चैन करूँगी। मैं दोनों वक्त ठाकुरजी से अन्य के लिए प्रार्थना करती हूँ। अम्माँ कहती हैं, कुवाँरी लड़कियों की दुआ कभी निष्फल नहीं होती। मेरा मन तो कहता है, अम्माँ को जरूर रुपये मिलेंगे।

मुझे याद आया, एक बार मैं अपने ननिहाल देहात में गया था, तो सूखा पड़ा हुआ था। भादों का महीना आ गया था; मगर पानी की बूँद नहीं। सब लोगों ने चन्दा करके गाँव की

सब कुवाँरी लड़कियों की दावत की थी। और उसके तीसरे ही दिन मूसलाधार वर्षा हुई थी। अवश्य ही कुवाँरियों की दुआ में असर होता है।

मैंने विक्रम को अर्थपूर्ण आँखों से देखा, विक्रम ने मुझे। आँखों ही में हमने सलाह कर ली और निश्चय भी कर लिया। विक्रम ने कुन्ती से कहा— अच्छा, तुझसे एक बात कहे, किसी से कहेगी तो नहीं? नहीं तू तो बड़ी अच्छी लड़की है, किसी से न कहेगी। मैं अबकी तुझे खूब पढ़ाऊँगा और पास करा दूँगा। बात यह है कि हम दोनों ने भी लॉटरी का टिकट लिया है। हम लोगों के लिए भी ईश्वर से प्रार्थना किया कर। अगर हमें रुपये मिले, तो तेरे लिए अच्छे-अच्छे गहने बनवा देंगे। सच!

कुन्ती को विश्वास न आया। हमने कसमें खायीं। वह नखरे करने लगी। जब हमने उसे सिर से पाँव तक सोने और हीरे से मढ़ देने की प्रतिज्ञा की, तब वह हमारे लिए दुआ करने पर राजी हुई।

लेकिन उसके पेट में मनों मिठाई पच सकती थी; वह जरा-सी बात न पची। सीधे अन्दर भागी और एक क्षण में सारे घर में वह खबर फैल गयी। अब जिसे देखिए, विक्रम को डाँट रहा है, अम्माँ भी, चचा भी, पिता भी— केवल विक्रम की शुभ-कामना से या और किसी भाव से, कौन जाने-बैठे-बैठे तुम्हें हिमाकत ही सूझती है। रूपये लेकर पानी में फेंक दिये। घर में इतने आदमियों ने तो टिकट लिया ही था, तुम्हें लेने की क्या जरूरत थी? क्या तुम्हें उसमें से कुछ न मिलते? और तुम भी मास्टर साहब, बिलकुल घोंघा हो। लड़के को अच्छी बातें क्या सिखाओगे, उसे और चौपट किये डालते हो।

विक्रम तो लाडला बेटा था। उसे और क्या कहते। कहीं रूठकर एक-दो जून खाना न खाये, तो आफत ही आ जाये। मुझपर सारा गुस्सा उतरा। इसकी सोहबत में लड़का बिगड़ा जाता है।

'पर उपदेश कुशल बहुतेरे' वाली कहावत मेरी आँखों के सामने थी। मुझे अपने बचपन की एक घटना याद आयी। होली का दिन था। शराब की एक बोतल मँगवायी गयी थी। मेरे मामूँ साहब उन दिनों आये हुए थे। मैंने चुपके से कोठरी में जाकर गिलास में एक घूँट शराब ढाली और पी गया। अभी गला जल ही रहा था और आँखें लाल ही थीं, कि मामूँ साहब कोठरी में आ गये और मुझे मानों सेंध में गिरफ्तार कर लिया और इतना बिगड़े— इतना बिगड़े कि मेरा कलेजा सुखकर छुहारा हो गया। अम्माँ ने भी डाँटा, पिताजी ने भी डाँटा, मुझे आँसुओं से उनकी क्रोधाग्नि शान्त करनी पड़ी; और दोपहर ही को मामूँ साहब नशे में पागल होकर गाने लगे, फिर रोये, फिर अम्माँ को गालियाँ दीं, दादा के मना करने पर भी मारने दौड़े और आखिर में कै करके जमीन पर बेसुध पड़े नजर आये।

3

विक्रम के पिता बड़े ठाकुर साहब और ताऊ छोटे ठाकुर साहब दोनों जड़वादी थे, पूजा-

पाठ की हँसी उड़ाने वाले, पूरे नास्तिक; मगर अब दोनों बड़े निष्ठावान और ईश्वर भक्त हो गये थे। बड़े ठाकुर साहब प्रातः काल गंगा-स्नान करने जाते और मन्दिरों के चक्कर लगाते हुए दोपहर को सारी देह में चन्दन लपेटे घर लौटते। छोटे ठाकुर साहब घर पर ही गर्म पानी से स्नान करते और गठिया से ग्रस्त होने पर भी राम-नाम लिखना शुरू कर देते। धूप निकल आने पर पार्क की ओर निकल जाते और चींटियों को आटा खिलाते। शाम होते ही दोनों भाई अपने ठाकुरद्वारे में जा बैठते और आधी रात तक भागवत की कथा तन्मय होकर सुनते। विक्रम के बड़े भाई प्रकाश को साधु-महात्माओं पर अधिक विश्वास था। वह मठों और साधुओं के अखाड़ों तथा कुटियों की खाक छानते और माताजी को तो भोर से आधी रात तक स्नान, पूजा और व्रत के सिबा दूसरा काम ही न था। इस उम्र में भी उन्हें सिंगार का शौक था; पर आजकल पूरी तपस्विनी बनी हुई थीं। लोग नाहक लालसा को बुरा कहते हैं। मैं तो समझता हूँ, हममें जो यह भक्ति-निष्ठा और धर्म-प्रेम है, वह केवल हमारी लालसा, हमारी हवस के कारण। हमारा धर्म हमारे स्वार्थ के बल पर टिका हुआ है। हवस मनुष्य के मन और बुद्धि का इतना संस्कार कर सकती है, यह मेरे लिए बिलकुल नया अनुभव था। हम दोनों भी ज्योतिषियों और पण्डितों से प्रश्न करके अपने को कभी दुखी कर लिया करते थे।

ज्यों-ज्यों लॉटरी का दिवस समीप आता जाता था, हमारे चित्त की शान्ति उड़ती जाती थी। हमेशा उसी ओर मन टँगा रहता। मुझे आप-ही-आप अकारण सन्देह होने लगा कि कहीं विक्रम मुझे हिस्सा देने से इन्कार कर दे, तो मैं क्या करूँगा? साफ इन्कार कर जाय कि तुमने टिकट में साझा किया ही नहीं। न कोई तहरीर है, न कोई दूसरा सबूत। सब कुछ विक्रम की नीयत पर है। उसकी नीयत जरा भी डावाँडोल हुई कि काम-तमाम। कहीं फरियाद नहीं कर सकता, मुँह तक नहीं खोल सकता। अब अगर कुछ कहूँ भी तो कुछ लाभ नहीं। अगर उसकी नीयत में फितूर आ गया है तब तो वह अभी से इन्कार कर देगा; अगर नहीं आया है, तो इस सन्देह से उसे मर्मान्तक वेदना होगी। आदमी ऐसा तो नहीं है; मगर भाई, दौलत पाकर ईमान सलामत रखना कठिन है। अभी तो रुपये नहीं मिले हैं। इस वक्त ईमानदार बनने में क्या खर्च होता है? परीक्षा का समय तो तब आयेगा, जब दस लाख रूपये हाथ में होंगे। मैंने अन्तः कारण को टटोला— अगर टिकट मेरे नाम का होता और मुझे दस लाख मिल जाते, तो क्या मैं आधे रुपये बिना कान-पूँछ हिलाये विक्रम के हवाले कर देता? कौन कह सकता है; मगर अधिक सम्भव यही था कि मैं हीले-हवाले करता, कहता— तुमने मुझे पाँच रुपये उधार दिये थे। उसके दस ले लो, सौ ले लो और क्या करोगे; मगर नहीं, मुझसे इतनी बद-दियानती न होती।

दूसरे दिन हम दोनों अखबार देख रहे थे सहसा विक्रम ने कहा— कहीं हमारा टिकट निकल आये, तो मुझे अफसोस होगा कि नाहक तुमसे साझा किया!

वह सरल भाव से मुसकराया, मगर यह थी उसके आत्मा की झलक जिसे वह विनोद

की आड़ में छिपाना चाहता था।

मैंने चौंककर कहा— सच! लेकिन इसी तरह मुझे भी तो अफसोस हो सकता है?

'लेकिन टिकट तो मेरे नाम का है?'

'इससे क्या?'

'अच्छा, मान लो, मैं तुम्हारे साझे से इन्कार कर जाऊँ?'

मेरा खून सर्द हो गया। आँखों के सामने अँधेर छा गया।

'मैं तुम्हें इतना बदनीयत नहीं समझता था।'

'मगर है बहुत संभव। पाँच लाख। सोचो! दिमाग चकरा जाता है!'

'तो भाई अभी से कुशल है, लिखा-पढी कर लो! यह संशय रहे ही क्यों?'

विक्रम ने हँसकर कहा— तुम बड़े शक्की हो यार! मैं तुम्हारी परीक्षा ले रहा थी। भला, ऐसा कहीं ले सकता है? पाँच लाख क्या, पाँच करोड़ भी हों, तब भी ईश्वर चाहेगा, तो नीयत में खलल न आने दूँगा।

किन्तु मुझे उसके इस आश्वासनों पर बिलकुल विश्वास न आया। मन में एक संशय बैठ गया।

मैंने कहा— यह तो मैं जानता हूँ, तुम्हारी नीयत कभी विचलित नहीं हो सकती, लेकिन लिखा-पढ़ी कर लेने में क्या हरज है?

'फजूल है।'

'फजूल ही सही।'

'तो पक्के कागज पर लिखना पड़ेगा। दस लाख की कोर्ट-फीस ही साढ़े सात हजार हो जायगी। किस भ्रम में हैं आप?'

मैंने सोचा, बला से सादी लिखा-पढ़ी के बल पर कोई कानूनी कार्रवाई न कर सकूँगा। पर इन्हें लज्जित करने का, इन्हें जलील करने का, इन्हें सबके सामने बेईमान सिद्ध करने का अवसर तो मेरे हाथ आयेगा और दुनिया में बदनामी का भय न हो, तो आदमी न जाने क्या करे? अपमान का भय कानून के भय से किसी तरह कम क्रियाशील नहीं होता। बोला— मुझे सादे कागज पर ही विश्वास आ जायगा।

विक्रम ने लापरवाही से कहा— जिस कागज का कोई कानूनी महत्व नहीं, उसे लिखकर क्यों समय नष्ट करें?

मुझे निश्चय हो गया कि विक्रम की नीयत में अभी से फितूर आ गया। नहीं तो सादा कागज लिखने में क्या बाधा हो सकती है? बिगड़कर कहा—तुम्हारी नीयत तो अभी से खराब हो गयी।

उसने निर्लज्जता से कहा— तो क्या तुम साबित करना चाहते हो कि ऐसी दशा में तुम्हारी नीयत न बदलती?

'मेरी नीयत इतनी कमजोर नहीं है।'

'रहने भी दो। बड़ी नीयतवाले! अच्छे-अच्छे को देखा है!'

'तुम्हें इस वक्त लेखाबद्ध होना पड़ेगा। मुझे तुम्हारे ऊपर विश्वास नहीं रहा।'

'अगर तुम्हें मेरे ऊपर विश्वास नहीं है, तो मैं भी नहीं लिखता।'

'तो क्या तुम समझते हो, तुम मेरे रुपये हजम कर जाओगे?'

किसके रुपये और कैसे रूपये?'

'मैं कहे देता हूँ, विक्रम, हमारी दोस्ती का ही अन्त न हो जायेगा, बल्कि इससे कहीं भयंकर परिणाम होगा।'

हिंसा की एक ज्वाला-सी मेरे अन्दर दहक उठी।

सहसा दीवानखाने में झड़प की आवाज सुन कर मेरा ध्यान उधर चला गया। यहाँ दोनों ठाकुर बैठा करते थे। उनमें ऐसी मैत्री थी, जो आदर्श भाइयों में हो सकती है। राम और लक्ष्मण में भी इतनी ही रही होगी। झड़प की तो बात ही क्या, मैंने उनमें कभी विवाद होते भी न सुना था। बड़े ठाकुर जो कह दें, वह छोटे ठाकुर के लिए कानून था और छोटे ठाकुर की इच्छा देखकर ही बड़े ठाकुर कोई बात कहते थे। हम दोनों को आश्चर्य हुआ दीवानखाने के द्वार पर जाकर खड़े हो गये। दोनों भाई अपनी-अपनी कुर्सियों से उठ कर खड़े हो गये थे, एक-एक कदम आगे भी बढ़ आये थे, आँखें लाल, मुख विकृत, त्योरियाँ चढ़ी हुई, मुट्ठियाँ बँधी हुईं। मालूम होता था बस हाथापाई हुआ ही चाहता है।

छोटे ठाकुर ने हमें देखकर पीछे हटते हुए कहा— सम्मिलित परिवार में जो कुछ भी और कहीं से भी और किसी के नाम भी आये, वह सबका है, बराबर।

बड़े ठाकुर ने विक्रम को देख कर एक कदम और आगे बढ़ाया— हरगिज नहीं, अगर मैं कोई जुर्म करूँ, तो मैं पकड़ा जाऊँगा, सम्मिलित परिवार नहीं। मुझे सजा मिलेगी, सम्मिलित परिवार को नहीं। यह वैयक्तिक प्रश्न है।

'इसका फैसला अदालत में होगा।'

'शौक से अदालत जाइए। अगर मेरे लड़के, मेरी बीवी या मेरे नाम लॉटरी निकली, तो आपका उससे कोई सम्बन्ध न होगा, उसी तरह जैसे आपके नाम लॉटरी निकले; तो मुझसे, मेरी बीवी से या मेरे लड़के से उससे कोई सम्बन्ध न होगा।'

'अगर मैं जानता कि आपकी ऐसी नीयत है, तो मैं भी बीवी-बच्चों के नाम से टिकट ले सकता था।'

'यह आपकी गलती है।'

'इसीलिए कि मुझे विश्वास था, आप भाई हैं।'

'यह जुआ है, आपको समझ लेना चाहिए था। जुए की हार-जीत का खानदान पर कोई असर नहीं पड़ सकता। अगर आप कल को दस-पाँच हजार रेस में हार आयें; तो खानदान उसका जिम्मेदार न होगा।'

'मगर भाई का हक दबाकर आप सुखी नहीं रह सकते।'

'आप न ब्रह्मा हैं, न ईश्वर और न कोई महात्मा।'

'विक्रम की माता ने सुना कि दोनों भाइयों में ठनी हुई है और मल्लयुद्ध हुआ चाहता है, तो दौड़ी हुई बाहर आयीं और दोनों को समझाने लगीं।

छोटे ठाकुर ने बिगड़कर कहा— आप मुझे क्या समझती हैं, उन्हें समझाइए, जो चार-चार टिकट लिये हुए बैठे हैं। मेरे पास क्या है, एक टिकट? उसका क्या भरोसा? मेरी अपेक्षा जिन्हें रुपये मिलने का चौगुना चांस है, उनकी नीयत बिगड़ जाय, तो लज्जा और दु: ख की बात है।

ठकुराइन ने देवर को दिलासा देते हुए कहा— अच्छा, मेरे रुपये में से आधे तुम्हारे। अब तो खुश हो।

बड़े ठाकुर ने बीवी की जबान पकड़ी— क्यों आधे ले लेंगे? मैं एक धेला भी न दूँगा। हम मुरौवत और सहृदयता से काम लें, फिर भी उन्हें पाँचवें हिस्से से ज्यादा किसी तरह न मिलेगा। आधे का दावा किस नियम से हो सकता है?— न बौद्धिक, न धार्मिक, न नैतिक।

छोटे ठाकुर ने खिसियाकर कहा— सारी दुनिया का कानून आप ही तो जानते हैं?'

'जानते ही हैं, तीस साल तक वकालत नहीं की है?'

'यह वकालत निकल जायगी, जब सामने कलकत्ता का बैरिस्टर खड़ा कर दूँगा।'

'बैरिस्टर की ऐसी-तैसी, चाहे वह कलकत्ता का हो या लन्दन का!'

'मैं आधा लूँगा, उसी तरह जैसे घर की जायदाद में मेरा आधा है।'

इतने में विक्रम के बड़े भाई साहब सिर और हाथ में पट्टी बाँधे, लँगड़ाते हुए, कपड़ों पर ताजा खून के दाग लगाये, प्रसन्न-मुख आकर एक आरामकुर्सी पर गिर पड़े। बड़े ठाकुर ने घबड़ाकर पूछा— यह तुम्हारी क्या हालत है जी? ऐ, यह चोट कैसे लगी? किसी से मार-पीट तो नहीं हो गयी?

प्रकाश ने कुर्सी पर लेटकर एक बार कराहा, फिर मुसकराकर बोले— जी, कोई बात नहीं, ऐसी कुछ बहुत चोट नहीं लगी।

'कैसे कहते हो कि चोट नहीं लगी? सारा हाथ और सिर सूज गया है। कपड़े खून से तर। यह मुआमला क्या है? कोई मोटर दुर्घटना तो नहीं हो गयी?'

'बहुत मामूली चोट है साहब, दो-चार दिन में अच्छी हो जायगी। घबराने की कोई बात नहीं।'

प्रकाश के मुख पर आशापूर्ण, शान्त मुसकान थी। क्रोध, लज्जा या प्रतिशोध की भावना का नाम भी न था।

बड़े ठाकुर ने और व्यग्र होकर पूछा— लेकिन हुआ क्या, यह क्यों नहीं बतलाते? किसी से मार-पीट हुई हो तो थाने में रपट करवा दूँ?

प्रकाश ने हलके मन से कहा— मार-पीट किसी से नहीं हुई साहब। बात यह है कि मैं

जरा झक्कड बाबा के पास चला गया था। आप तो जानते हैं, वह आदमियों की सूरत से भागते हैं और पत्थर लेकर मारने दौड़ते हैं। जो डरकर भागा, वह गया। जो पत्थर की चोटें खाकर भी उनके पीछे लगा रहा, वह पारस हो गया। वह यही परीक्षा लेते हैं। आज मैं वहाँ पहुँचा, तो कोई पचास आदमी जमा थे, कोई मिठाई लिये, कोई बहुमूल्य भेंट लिये कोई कपड़ों का थान लिये। झक्कड़ बाबा ध्यानावस्था में बैठे हुए थे। एकाएक उन्होंने आँखें खोलीं और यह जन-समूह देखा, तो कई पत्थर चुनकर उनके पीछे दौड़े। फिर क्या था? भगदड़ मच गयी। लोग गिरते-पड़ते भागे। हुर्र हो गये। एक भी न टिका। अकेला मैं घंटाघर की तरह वहीं डटा रहा। बस उन्होंने पत्थर चला ही तो दिया। पहला निशाना सिर में लगा। उनका निशाना अचूक पड़ता है। खोपड़ी भन्ना गयी, खुन की बारा बह चली; लेकिन मैं हिला नहीं। फिर बाबाजी ने दूसरा पत्थर फेंका। वह हाथ में लगा। मैं गिर पड़ा और बेहोश हो गया। जब होश आया, तो वहाँ सन्नाटा था, बाबाजी भी गायब हो गये थे। अन्तर्धान हो जाया करते हैं। किसे पुकारूँ, किससे सवारी लाने को कहूँ? मारे दर्द के हाथ फटा पड़ता था और सिर से अभी तक खून जारी था। किसी तरह उठा और सीधे डॉक्टर के पास गया। उन्होंने देखकर कहा— हड्डी टूट गयी है और पट्टी बाँध दी; गर्म पानी से सेंकने को कहा है। शाम को फिर आयेंगे, मगर चोट लगी तो लगी; अब लॉटरी मेरे नाम आयी धरी है। यह निश्चय है। ऐसा कभी हुआ ही नहीं कि झक्कड बाबा की मार खाकर कोई नामुराद रह गया हो। मैं तो सबसे पहले बाबा की कुटी बनवा दूँगा।

बड़े ठाकुर साहब के मुख पर संतोष की झलक दिखायी दी। फौरन पलंग बिछ गया। प्रकाश उस पर लेटे। ठकुराइन पंखा झलने लगीं, उनका भी मुख प्रसन्न था। इतनी चोट खाकर दस लाख पा जाना कोई बुरा सौदा न था।

छोटे ठाकुर साहब के पेट में चूहे दौड़ रहे थे। ज्योंही बड़े ठाकुर भोजन करने गये और ठकुराइन भी प्रकाश के लिए भोजन का प्रबन्ध करने गयीं, त्योंही छोटे ठाकुर ने प्रकाश से पूछा— क्या बहुत जोर से पत्थर मारते हैं? जोर से तो क्या मारते होंगे!

प्रकाश ने उनका आशय समझकर कहा— अरे साहब, पत्थर नहीं मारते, बमगोले मारते हैं। देव-सा तो डील-डौल है और बलवान इतने हैं कि एक घूँसे में शेरों का काम तमाम कर देते हैं। कोई ऐसा-वैसा आदमी हो, तो एक ही पत्थर में टे हो जाय। कितने ही तो मर गये; मगर आज तक झक्कड़ बाबा पर मुकदमा नहीं चला। और दो-चार पत्थर मारकर ही नहीं रह जाते, जब तक आप गिर न पड़े और बेहोश न हो जायँ, वह मारते ही जायँगे; मगर रहस्य यही है कि आप जितने ज्यादा चोटें खायेंगे, उतने ही अपने उद्देश्य के निकट पहुँचेंगे। . . . .

प्रकाश ने ऐसा रोएँ खड़े कर देने वाला चित्र खींचा की छोटे ठाकुर साहब थर्रा उठे। पत्थर खाने की हिम्मत न पड़ी।

आखिर भाग्य के निपटारे का दिन आया— जुलाई की बीसवीं तारीख कत्ल की रात हम प्रातः काल उठे, तो जैसे एक नशा चढ़ा हुआ था, आशा और भय के द्वन्द्व का। दोनों ठाकुरों ने घड़ी रात रहे गंगा-स्नान किया था और मन्दिर में बैठे पूजन कर रहे थे। आज मेरे मन में श्रद्धा जागी। मन्दिर में जाकर मन-ही-मन ठाकुरजी की स्तुति करने लगा— अनाथों के नाथ, तुम्हारी कृपादृष्टि क्या हमारे ऊपर न होगी? तुम्हें क्या मालूम नहीं, हमसे ज्यादा तुम्हारी दया कौन डिज़र्व (deserve) करता है? विक्रम सूट-बूट पहने मन्दिर के द्वार पर आया, मुझे इशारे से बुलाकर इतना कहा— मैं डाकखाने जाता हूँ और हवा हो गया। जरा देर में प्रकाश मिठाई के थाल लिये हुए घर में से निकले और मन्दिर के द्वार पर खड़े होकर कंगालों को बाँटने लगे, जिनकी एक भीड़ जमा हो गयी थी। और दोनों ठाकुर भगवान के चरणों में लौ लगाये हुए थे, सिर झुकाते, आँखें बन्द किये हुए, अनुराग में डूबे हुए।

बड़े ठाकुर ने सिर उठाकर पुजारी की ओर देखा और बोले— भगवान तो बड़े भक्त-वत्सल हैं, क्यों पुजारी जी?

पुजारीजी ने समर्थन किया— हाँ सरकार, भक्तों की रक्षा के लिए तो भगवान् क्षीरसागर से दौड़े और गज को ग्राह के मुँह से बचाया।

एक क्षण के बाद छोटे ठाकुर साहब ने सिर उठाया और पुजारीजी से बोले— क्यों पुजारीजी, भगवान् तो सर्व-शक्तिमान हैं, अन्तर्यामी, सबके दिल का हाल जानते हैं।

पुजारी ने समर्थन किया— हाँ सरकार, अन्तर्यामी न होते तो सबके मन की बात कैसे जान जाते? शबरी का प्रेम देखकर स्वयं उसकी मनोकामना पूरी की।

पूजन समाप्त हुआ। आरती हुई। दोनों भाइयों ने आज ऊँचे स्वर से आरती गायी और बड़े ठाकुर ने दो रुपये थाल में डाले। छोटे ठाकुर ने चार रुपये डाले। बड़े ठाकुर ने एक बार कोप-दृष्टि से देखा और मुँह फेर लिया।

सहसा बड़े ठाकुर ने पुजारी से पूछा— तुम्हारा मन क्या कहता है पुजारीजी?

पुजारी बोला— सरकार की फते है।

छोटे ठाकुर ने पूछा— और मेरी?

पुजारी ने उसी मुस्तैदी से कहा— आप की भी फते है।

बड़े ठाकुर श्रद्धा से डूबे भजन गाते हुए मन्दिर से निकले—

'प्रभुजी, मैं तो आयो सरन तिहारे, हाँ प्रभु जी!'

एक मिनट में छोटे ठाकुर साहब भी मन्दिर से गाते हुए निकले—

'अब पत राखो मोरे दयानिधान तोरी गति लखि ना परे!'

मैं भी पीछे निकला और जाकर मिठाई बाँटने में प्रकाश बाबू की मदद करना चाहा; उन्होंने थाल हटा कर कहा— आप रहने दीजिए, मैं अभी बाँटे डालता हूँ। अब रह ही

कितनी गयी है?

मैं खिसियाकर डाकखाने की तरफ चला कि विक्रम मुसकराता हुआ साइकिल पर आ पहुँचा। उसे देखते ही सभी जैसे पागल हो गये। दोनों ठाकुर सामने ही खड़े थे। दोनों बाज की तरह झपटे। प्रकाश के थाल में थोड़ी-सी मिठाई बच रही थी। उसने थाल जमीन पर पटका और दौड़ा। और मैंने तो उस उन्माद में विक्रम को गोद में उठा लिया; मगर कोई उससे कुछ पूछता नहीं, सभी जय-जयकार की हॉक लगा रहे हैं।

बड़े ठाकुर ने आकाश की ओर देखा— बोलो राजा रामचन्द्र की जय!

छोटे ठाकुर ने छलाँग मारी— बोलो हनुमानजी की जय!

प्रकाश तालियाँ बजाता हुआ चीखा— दुहाई झक्कड़ बाबा की!

विक्रम ने और जोर से कहकहा मारा और फिर अलग खड़ा होकर बोला— जिसका नाम आया है, उससे एक लाख लूँगा! बोलो, है मंजूर?

बड़े ठाकुर ने उसका हाथ पकड़ा— पहले बता तो!

'ना! यों नहीं बताता।'

छोटे ठाकुर बिगड़े–महज बताने के लिए एक लाख? शाबाश!

प्रकाश ने भी त्योरी चढ़ायी— क्या डाकखाना हमने देखा नहीं है?

'अच्छा, तो अपना-अपना नाम सुनने के लिए तैयार हो जाओ।'

सभी लोग फौजी-अटेंशन की दशा में निश्चल खड़े हो गये।

'होश-हवाश ठीक रखना!'

सभी पूर्ण सचेत हो गये।

'अच्छा, तो सुनिए कान खोल कर इस शहर का सफाया है। इस शहर का ही नहीं, सम्पूर्ण भारत का सफाया है। अमेरिका के एक हब्शी का नाम आ गया।'

बड़े ठाकुर झल्लाये— झूठ-झूठ, बिल्कुल झूठ!

छोटे ठाकुर ने पैंतरा बदला— कभी नहीं। तीन महीने की तपस्या योंही रही? वाह?

प्रकाश ने छाती ठोंक कर कहा— यहाँ सिर मुड़वाये और हाथ तुड़वाये बैठे हैं, दिल्लगी है!

इतने में और पचासों आदमी उधर से रोनी सूरत लिये निकले। ये बेचारे भी डाकखाने से अपनी किस्मत को रोते चले आ रहे थे। मार ले गया, अमेरिका का हब्शी! अभागा! पिशाच! दुष्ट!

अब कैसे किसी को विश्वास न आता? बड़े ठाकुर झलाये हुए मन्दिर में गये और पुजारी को डिसमिस कर दिया— इसीलिए तुम्हें इतने दिनों से पाल रखा है। हराम का माल खाते हो और चैन करते हो।

छोटे ठाकुर साहब की तो जैसे कमर टूट गयी। दो-तीन बार सिर पीटा और वहीं बैठ गये; मगर प्रकाश के क्रोध का पारावार न था। उसने अपना मोटा सोटा लिया और

झक्कड़ बाबा की मरम्मत करने चला।

माताजी ने केवल इतना कहा— सभी ने बेईमानी की है। मैं कभी मानने की नहीं। हमारे देवता क्या करें? किसी के हाथ से थोड़े ही छीन लायेंगे?

रात को किसी ने खाना नहीं खाया। मैं भी उदास बैठा हुआ था कि विक्रम आकर बोला— चलो, होटल से कुछ खा आयें। घर में तो चूल्हा नहीं जला।

मैंने पूछा— तुम डाकखाने से आये, तो बहुत प्रसन्न क्यों थे?

उसने कहा— जब मैंने डाकखाने के सामने हजारों की भीड़ देखी, तो मुझे अपने लोगों के गधेपन पर हँसी आयी। एक शहर में जब इतने आदमी हैं, तो सारे हिन्दुस्तान में इसके हजार गुने से कम न होंगे और दुनिया में तो लाख गुने से भी ज्यादा हो जायँगे। मैंने आशा का जो एक पर्वत-सा खड़ा कर रखा था, वह जैसे एकबारगी इतना छोटा हुआ कि राई बन गया, और मुझे हँसी आयी। जैसे कोई दानी पुरुष छटाँक-भर अन्न हाथ में लेकर एक लाख आदमियों को नेवता दे बैठे— और यहाँ हमारे घर का एक-एक आदमी समझ रहा है कि . . . .

मैं भी हँसा— हाँ, बात तो यथार्थ में यही है और हम दोनों लिखा पढ़ी के लिए लड़े मरते थे; मगर सच बताना, तुम्हारी नीयत खराब हुई थी कि नहीं?

विक्रम— मुसकराकर बोला— अब क्या करोगे पूछ कर? परदा ढका रहने दो।

जादू

नीला— तुमने उसे क्यों लिखा?

मीना— किसको?

'उसी को!

'मैं नहीं समझती! '

'खूब समझती हो! जिस आदमी ने मेरा अपमान किया, गली-गली मेरा नाम बेचता फिरा, उसे तुम मुँह लगाती हो, क्या यह उचित है?'

'तुम गलत कहती हो!'

'तुमने उसे खत नहीं लिखा?'

'कभी नहीं।'

'तो मेरी गलती भी क्षमा करो। तुम मेरी बहन न होतीं, तो मैं तुमसे यह सवाल भी न पूछती।'

'मैंने किसी को खत नहीं लिखा।'

'मुझे यह सुनकर खुशी हुई।'

'तुम मुसकराती क्यों हो?'

'मैं!'

'जी हाँ, आप! '

'मैं तो जरा भी नहीं मुसकरायी।'

'क्या मैं अन्धी हूँ?'

'यह तो तुम अपने मुँह से ही कहती हो।'

'तुम क्यों मुसकरायी?'

'मैं सच कहती हूँ, जरा भी नहीं मुसकरायी।'

'मैंने अपनी आँखों से देखा।'

'अब मैं कैसे तुम्हें विश्वास दिलाऊँ?'

'तुम आँखों में धूल झोंकती हो।'

'अच्छा मुसकरायी। बस, या जान लोगी?'

'तुम्हें किसी के ऊपर मुसकराने का क्या अधिकार है?'

'तेरे पैरों पड़ती हूँ नीला, मेरा गला छोड़ दे। मैं बिल्कुल नहीं मुसकरायी।'

'मैं ऐसी अनीली नहीं हूँ।'

'यह मैं जानती हूँ।'

'तुमने मुझे हमेशा झुठी समझा है।'

'तू आज किसका मुँह देखकर उठी है?'

'तुम्हारा।'

'तू मुझे थोड़ा संखिया क्यों नहीं दे देती।'

'हाँ, मैं तो हत्यारिन हूँ ही।'

'मैं तो नहीं कहती।'

'अब और कैसे कहोगी, क्या ढोल बजाकर? मैं हत्यारिन हूँ, मदमाती हूँ, दीदा-दिलेर हूँ; तुम सर्वगुणागरी हो, सीता हो, सावित्री हो। अब खुश हुई?'

'लो कहती हूँ, मैंने उन्हें पत्र लिखा फिर तुमसे मतलब? तुम कौन होती हो, मुझसे जवाब-तलब करनेवाली?'

'अच्छा किया, लिखा, सचमुच मेरी बेवकूफी थी कि मैंने तुमसे पूछा।'

'हमारी खुशी, हम जिसको चाहेंगे खत लिखेंगे। जिससे चाहेंगे बोलेंगे।'

'तुम कौन होती हो रोकनेवाली। तुमसे तो मैं नहीं पूछने जाती; हालाँकि रोज तुम्हें पुलिन्दों पत्र लिखते देखती हूँ।'

'जब तुमने शर्म ही भून खायी, तो जो चाहो करो, अख्तियार है।'

'और तुम कब से बड़ी लज्जावती बन गयीं? सोचती होगी, अम्माँ से कह दूँगी, यहाँ इसकी परवाह नहीं है। मैंने उन्हें पत्र भी लिखा, उनसे पार्क में मिली भी। बातचीत भी की, जाकर अम्माँ से, दादा से और सारे मुहल्ले से कह दो।'

'जो जैसा करेगा, आप भोगेगा, मैं क्यों किसी से कहने जाऊँ?'

'ओ हो, बड़ी धैर्यवाली, यह क्यों नहीं कहती, अंगूर खट्टे हैं?'

'जो तुम कहो, वही ठीक है।'

'दिल में जली जाती हो।'

'मेरी बला जले।'

'रो दो जरा।'

'तुम खुद रोओ, मेरा अँगूठा रोये।'

'मुझे उन्होंने एक रिस्टवाच भेंट दी है, दिखाऊँ?'

'मुबारक हो, मेरी आँखों का सनीचर न दूर होगा।'

'मैं कहती हूँ, तुम इतनी जलती क्यों हो?'

'अगर मैं तुमसे जलती हूँ, तो मेरी आँखें पट्टम हो जायँ।'

'तुम जितना ही जलोगी, मैं उतना ही जलाऊँगी।'

'मैं जलूंगी ही नहीं।'

'जल रही हो साफ।'

'कब सन्देशा आयेगा?'

'जल मरो।'

'पहले तेरी भाँवरे देख लूँ।'

'भाँवरों की चाट तुम्हीं को रहती है।'

'अच्छा! तो क्या बिना भँवरों का ब्याह होगा?'

'यह ढकोसले तुम्हें मुबारक रहें, मेरे लिए प्रेम काफी है।'

'तो क्या तू सचमुच . . . .!'

'मैं किसी से नहीं डरती।'

'यहाँ तक नौबत पहुँच गयी! और तू कह रही थी, मैंने उसे पत्र नहीं लिखा और कस्में खा रहीं थीं।'

'क्यों अपने दिल का हाल बतलाऊँ?'

'मैं तो तुझसे पूछती न थी, मगर तू आप-ही-आप बक चली।'

'तुम मुसकरायी क्यों?'

'इसलिए कि वह शैतान तुम्हारे साथ भी वही दगा करेगा, जो उसने मेरे साथ किया और फिर तुम्हारे विषय में भी वैसे ही बातें कहता फिरेगा। और फिर तुम मेरी तरह उसके नाम को रोओगी।'

'तुमसे उन्हें प्रेम नहीं था?'

'मुझसे! मेरे पैरों पर सिर रखकर रोता था और कहता था कि मैं मर जाऊँगा और जहर खा लूँगा।'

'सच कहती हो?'

'बिलकुल सच।'

'यह तो वह मुझसे भी कहते हैं।'

'सच?'

'तुम्हारे सिर की कसम।'

'और मैं समझ रही थी, अभी वह दाने बिखेर रहा है।'

'क्या वह सचमुच।'

'पक्का शिकारी है।'

'मीना सिर पर हाथ रखकर चिन्ता में डूब जाती है।'

नया विवाह

हमारी देह पुरानी है, लेकिन इसमें सदैव नया रक्त दौड़ता रहता है। नये रक्त के प्रवाह पर ही हमारे जीवन का आधार है। पृथ्वी की इस चिरन्तन व्यवस्था में यह नयापन उसके एक-एक अणु में, एक-एक कण में, तार में बसे हुए स्वरों की भाँति, गूँजता रहता है और यह सौ साल की बुढ़िया आज भी नवेली दुलहन बनी हुई है।

जब से लाला डंगामल ने नया विवाह किया है, उनका यौवन नये सिरे से जाग उठा है। जब पहली स्त्री जीवित थी, तब वे घर में बहुत कम रहते थे। प्रात: से दस ग्यारह बजे तक तो पूजा-पाठ ही करते रहते थे। फिर भोजन करके दूकान चले जाते। वहाँ से एक बजे रात लौटते और थके-माँद सो जाते। यदि लीला कभी कहती, जरा और सबेरे आ जाया करो, तो बिगड़ जाते और कहते— तुम्हारे लिए क्या दूकान छोड़ दूँ, या रोजगार बन्द कर दूँ? यह वह जमाना नहीं है कि एक लोटा जल चढाकर लक्ष्मी प्रसन्न कर ली जायँ। आज उनकी चौखट पर माथा रगड़ना पड़ता है; तब भी उनका मुँह सीधा नहीं होता। लीला बेचारी चुप हो जाती।

अभी छ: महीने की बात है। लीला को ज्वर चढ़ा हुआ था। लालाजी दूकान जाने लगे, तब उसने डरते-डरते कहा था— देखो, मेरा जी अच्छा नहीं है। जरा सबेरे आ जाना।

डंगामाल ने पगड़ी उतार कर खूँटी पर लटका दी और बोले— अगर मेरे बैठे रहने से तुम्हारा जी अच्छा हो जाय, तो मैं दूकान न जाऊँगा।

लीला हताश होकर बोली— मैं दूकान जाने को तो नहीं मना करती। केवल जरा सबेरे आने को कहती हूँ।

'तो क्या दूकान पर बैठा मौज किया करता हूँ?

लीला इसका क्या जवाब देती? पति का यह स्नेह-हीन व्यवहार उसके लिए कोई नयी बात न थी। इधर कई साल से उसे इसका कठोर अनुभव हो रहा था कि उसकी इस घर में कद्र नहीं है। वह अक्सर इस समस्या पर विचार भी किया करती, पर वह अपना कोई अपराध न पाती। वह पति की सेवा अब पहले से कहीं ज्यादा करती, उनके कार्य-भार को हल्का करने की चेष्टा करती रहती, बराबर प्रसन्नचित्त रहती; कभी उनकी इच्छा के विरुद्ध कोई काम नहीं करती। अगर उसकी जवानी ढल चुकी थी, तो इसमें उसका क्या अपराध था? किसकी जवानी सदैव स्थिर रहती है? अगर अब उसका स्वास्थ्य उतना अच्छा न था, तो

इसमें उसका क्या दोष? उसे बेकसूर क्यों दण्ड दिया जाता है?

उचित तो यह था कि 25 साल का साहचर्य अब एक गहरी मानसिक और आत्मिक अनुरूपता का रूप धारण कर लेता, जो दोष को भी गुण बना लेता है, जो पके फल की तरह ज्यादा रसीला, ज्यादा मीठा, ज्यादा सुन्दर हो जाता है। लेकिन लालाजी का वाणिक-हृदय हर एक पदार्थ को वाणिज्य की तराजू से तौलता था। बूढी गाय जब न दूध दे सकती है न बच्चे, तब उसके लिए गोशाला ही सबसे अच्छी जगह है। उनके विचार में लीला के लिए इतना ही काफी था कि घर की मालकिन बनी रहे; आराम से खाय और पड़ी रहे। उसे अख्तियार है चाहे जितने जेवर बनवाये, चाहे जितना स्नान व पूजा करे, केवल उनसे दूर रहे। मानव-प्रकृति की जटिलता का एक रहस्य यह था कि डंगामल जिम आनन्द से लीला को वंचित रखना चाहते थे, जिसकी उसके लिए कोई जरूरत ही न समझते थे, खुद उसी के लिए सदैव प्रयत्न करते रहते थे। लीला 30 वर्ष की होकर बूढ़ी समझ ली गयी थी, किन्तु वे तैंतालीस के होकर अभी जवान ही थे, जवानी के उन्माद और उल्लास से भरे हुए। लीला से अब उन्हें एक तरह की अरूचि होती थी और वह दुखिया जब अपनी त्रुटियों का अनुभव करके प्रकृति के निर्दय आघातों से बचने के लिए रंग व रोगन की आड़ लेती, तब लालाजी उसके बूढ़े नखरों से और भी घृणा करने लगते! वे कहते— वाह री तृष्णा! सात लड़कों की तो माँ हो गयी, बाल खिचड़ी हो गये, चेहरा धुले हुए फलालैन की तरह सिकुड़ गया, मगर आपको अभी महावर, सेंदुर, मेंहदी और उबटन की हवस बाकी ही है। औरतों का स्वभाव भी कितना विचित्र है! न जाने क्यों बनाव-सिंगार पर इतना जान देती हैं? पूछो, अब तुम्हें और क्या चाहिए। क्यों नहीं मन को समझा लेतीं कि जवानी विदा हो गयी और इन उपदानों से वह वापस नहीं बुलायी जा सकती! लेकिन वे खुद जवानी का स्वप्न देखते रहते थे। उनकी जवानी की तृष्णा अभी शान्त न हुई थी। जाड़ों में रसों और पाक का सेवन करते रहते थे। हफ्ते में दो बार खिजाब लगाते और एक डाक्टर से मंकीग्लैंड के विषय में पत्र-व्यवहार कर रहे थे।

लीला ने उन्हें असमंजस में देखकर कातर-स्वर में पूछा— कुछ बतला सकते हो, कै बजे आओगे?

लालाजी ने शान्त भाव से पूछा— तुम्हारा जी आज कैसा है?

लीला क्या जवाब दे? अगर कहती है कि बहुत खराब है, तो शायद वे महाशय वहीं बैठ जायँ और उसे जली-कटी सुनाकर अपने दिल का बुखार निकालें। अगर कहती है कि अच्छी हूँ, तो शायद निश्चिन्त होकर दो बजे तक कहीं खबर लें। इस दुविधा में डरते-डरते बोली—अब तक तो हलकी थी, लेकिन अब कुछ भारी हो रही है। तुम जाओ, दुकान पर लोग तुम्हारी राह देखते होंगे। हाँ, ईश्वर के लिए एक-दो न बजा देना। लड़के सो जाते हैं, मुझे जरा भी अच्छा नहीं लगता, जी घबराता है!

सेठजी ने अपने स्वर में स्नेह की चाशनी देकर कहा— बारह बजे तक आ जरूर

जाऊँगा!

लीला का मुख धूमिल हो गया। उसने कहा— दस बजे तक नहीं आ सकते?

'साढ़े ग्यारह से पहले किसी तरह नहीं।'

'नहीं, साढ़े दस।'

'अच्छ, ग्यारह बजे।'

लाला वादा करके चले गये, लेकिन दस बजे रात को एक मित्र ने मुजरा सुनने के लिए बुला भेजा। इस निमन्त्रण को कैसे इनकार कर देते? जब एक आदमी आपको खातिर से बुलाता है, तब यह कहाँ की भलमनसाहत है कि आप उसका निमन्त्रण अस्वीकार कर दें?

लालाजी मुजरा सुनने चले गये, दो बजे लौटे। चुपके से आकर नौकर को जगाया और अपने कमरे में आकर लेट रहे। लीला उनकी राह देखती, प्रतिक्षण विकल-वेदना का अनुभव करती हुई नजाने कब सो गयी थी?

अन्त को इस बीमारी ने अभागिनी लीला की जान ही लेकर छोड़ी। लालाजी को उसके मरने का बड़ा दुःख हुआ। मित्रों ने समवेदना के तार भेजे। एक दैनिक पत्र ने शोक प्रकट करते हुए लीला के मानसिक और धार्मिक सद्गुणों को खूब बढ़ाकर वर्णन किया। लालाजी ने इन सभी मित्रों को हार्दिक धन्यवाद दिया और लीला के नाम से बालिका विद्यालय में पाँच वजीफे प्रदान किये तथा मृतक-भोज तो जितने समारोह से किया गया, वह नगर के इतिहास में बहुत दिनों तक याद रहेगा।

लेकिन एक महीना भी न गुजरने पाया था कि लालाजी के मित्रों ने चारा डालना शुरू कर दिया और उसका यह असर हुआ कि छः महीने की विधुरता के तप के बाद उन्होंने दूसरा विवाह कर लिया। आखिर बेचारे क्या करते? जीवन में एक सहचरी की आवश्यकता तो थी ही और इस उम्र में तो एक तरह से वह अनिवार्य हो गयी थी।

2

जब से नयी पत्नी आयी, लालाजी के जीवन में आश्चर्यजनक परिवर्तन हो गया। दूकान से अब उतना प्रेम नहीं था। लगातार हफ्तों न जाने में भी उनके कारबार में कोई हर्ज नहीं होता था। जीवन के उपभोग की जो शक्ति दिन-दिन क्षीण होती जाती थी, अब वह छींटे पाकर सजीव हो गयी थी, सूखा पेड़ हरा हो गया था, उसमें नयी-नयी कोपलें फूटने लगी थीं। मोटर नयी आ गयी थी, कमरे नये फर्नीचर से सजा दिये गये थे, नौकरों की भी संख्या बढ़ गयी थी, रेडियो आ पहुँचा था और प्रतिदिन नये-नये उपहार आते रहते थे। लालाजी की बूढ़ी जवानी जवानों की जवानी से भी प्रखर हो गयी थी, उसी तरह जैसे बिजली का प्रकाश चन्द्रमा के प्रकाश से ज्यादा स्वच्छ और मनोरंजक होता है। लालाजी को उनके मित्र इस रूपान्तर पर बधाइयाँ देते, जब वे गर्व के साथ कहते— भाई, हम तो हमेशा जवान रहे और हमेशा जवान रहेंगे। बुढापा यहाँ आये तो उसके मुँह में कालिख लगा कर गधे पर

उलटा सवार कराके शहर से निकाल दें। जवानी और बुढ़ापे को न-जाने क्यों लोग अवस्था से सम्बद्ध कर देते हैं? जवानी की उम्र से उतना ही सम्बन्ध है; जितना धर्म का आचार से, रूपये का ईमानदारी से, रूप का श्रृंगार से। आजकल के जवानों को आप जवान कहते हैं? उनकी एक हजार जवानियों को अपने एक घंटे में भी न बदलूँगा। मालूम होता है उनकी जिन्दगी में कोई उत्साह ही नहीं, कोई शौक नहीं। जीवन क्या है, गले में पड़ा हुआ एक ढोल है।

यही शब्द घटा-बढ़ाकर वे आशा के हृदय-पटल पर अंकित करते रहते थे। उनसे बराबर सिनेमा, थियेटर और दरिया की सैर के लिए आग्रह करते रहते। लेकिन आशा को न जाने क्यों इन बातों में जरा भी रुचि न थी। वह जाती तो थी, मगर बहुत टाल-टूल करने के बाद। एक दिन लालाजी ने आकर कहा— चलो, आज बजरे पर दरिया की सैर करें।

वर्षा के दिन थे, दरिया चढ़ा हुआ था, मेघ-मालाएँ अन्तर्राष्ट्रीय सेनाओं की भाँति रंग-बिरंगी वर्दियाँ पहने आकाश में कवायद कर रही थीं। सड़क पर लोग मलार और बारहमासा गाते चलते थे। बागों में झूले पड़ गये थे।

आशा ने बेदिली से कहा— मेरा जी तो नहीं चाहता।

लालाजी ने मृदु प्रेरणा के साथ कहा— तुम्हारा मन कैसा है जो आमोद-प्रमोद की ओर आकर्षित नहीं होता? चलो, जरा दरिया की सैर देखो। सच कहता हूँ, बजरे पर बड़ी बहार रहेगी।

'आप जायँ। मुझे और कई काम करने हैं।'

'काम करने को आदमी हैं। तुम क्यों काम करोगी?'

'महाराज अच्छे सालन नहीं पकाता। आप खाने बैठेंगे तो यों ही उठ जायँगे।'

लीला अपने अवकाश का बड़ा भाग लालाजी के लिए तरह-तरह का भोजन पकाने में ही लगाती थी। उसने किसी से सुन रखा था कि एक विशेष अवस्था के बाद पुरुष के जीवन का सबसे बड़ा सुख, रसना का स्वाद ही रह जाता है।

लालाजी की आत्मा खिल उठी। उन्होंने सोचा कि आशा को उनसे कितना प्रेम है कि वह दरिया की सैर को उनकी सेवा के लिए छोड़ रही है। एक लीला थी कि 'मान-न-मान' चलने को तैयार रहती थी। पीछा छुड़ाना पड़ता था, ख्वामख्वाह सिर पर सवार हो जाती थी और सारा मजा किरकिरा कर देती थी।

स्नेह-भरे उलहने से बोले—तुम्हारा मन भी विचित्र है। अगर एक दिन सालन फीका ही रहा, ऐसा क्या तूफान आ जायगा? तुम तो मुझे बिल्कुल निकम्मा बनाये देती हो। अगर तुम न चलोगी, तो मैं भी न जाऊँगा।

आशा ने जैसे गले से फन्दा छुड़ाते हुए कहा— आप भी तो मुझे इधर-उधर घुमा-घुमाकर मेरा मिजाज बिगाड़ देते हैं। यह आदत पड़ जायगी, तो घर का धन्धा कौन करेगा?

'मुझे घर के धन्धे की रत्ती-भर भी परवा नहीं— बाल की नोक बराबर भी नहीं? मैं चाहता हूँ कि तुम्हारा मिजाज बिगड़े और तुम इस गृहस्थी की चक्की से दूर रहो और तुम मुझे बार-बार आप क्यों कहती हो? मैं चाहता हूँ, तुम मुझे तुम कहो, तू कहो, गालियाँ दो, धौल जमाओ। तुम तो मुझे आप कहके जैसे देवता के सिंहासन पर बैठा देती हो! मैं अपने घर में देवता नहीं, चंचल बालक बनना चाता हूँ।'

आशा ने मुसकराने की चेष्ट करके कहा— भला, मैं आपको 'तुम' कहूँगी। तुम बराबर वाले को कहा जाता है कि बड़ों को?

मुनीम ने एक लाख के घाटे की खबर सुनायी होती, तो भी शायद लालाजी को इतना दुःख न होता, जितनी आशा के इन कठोर शब्दों से हुआ। उनका सारा उत्साह, सारा उल्लास जैसे ठंडा पड़ गया। सिर पर बाँकी रखी हुई फूलदार टोपी, गले में पड़ी हुई जोगिये रंग की चुनी हुई रेशमी चादर, वह तंजेब का बेलदार कुर्ता, जिसमें सोने के बटन लगे हुए थे यह सारा ठाट कैसे उन्हें हास्यजनक जान पड़ने लगा, जैसे वह सारा नशा किसी मन्त्र से उतर गया हो।

निराश होकर बोले— तो तुम्हें चलना है या नहीं?

'मेरा जी नहीं चाहता।'

'तो मैं भी न जाऊँ?

'मैं आपको कब मना करती हूँ?'

फिर 'आप' कहा?'

आशा ने जैसे भीतर से जोर लगा कर कहा 'तुम' और उसका मुखमण्ल लज्जा से आरक्त हो गया।

'हाँ, इसी तरह 'तुम' कहा करो। तो तुम नहीं चल रही? अगर मैं कहूँ, तुम्हें चलना पड़ेगा?'

'तब चलूँगी। आपकी आज्ञा मानना मेरा धर्म है।'

लालाजी आज्ञा न दे सके। आज्ञा और धर्म जैसे शब्द के कानों में चुभने-से लगे। खिसियाये हुए बाहर को चल पड़े; उस वक्त आशा को उन पर दया आ गयी। बोली— तो कब तक लौटोगे?

'मैं नहीं जा रहा हूँ।'

'अच्छा, तो मैं भी चलती हूँ।'

जैसे कोई जिद्दी लड़का रोने के बाद अपनी इच्छित वस्तु पाकर उसे पैरों से ठुकरा देता है, उसी तरह लालाजी ने मुँह बना कर कहा— तुम्हारा जी नहीं चलता, तो न चलो। मैं आग्रह नहीं करता।

'आप, नहीं, तुम बुरा मान जाओगे।'

आशा गयी, लेकिन उमँग से नहीं। जिस मामूली वेश में थी, उसी तरह चल खड़ी हुई।

न कोई सजीली साड़ी, न जड़ाऊ गहने, न कोई सिंगार, जैसे कोई विधवा हो।

ऐसी ही बातों पर लालाजी मन में झुँझला उठते थे। ब्याह किया था, जीवन का आनन्द उठाने के लिए, झिलमिलाते हुए दीपक में तेल डाल कर उसे और चटक करने के लिए। अगर दीपक का प्रकाश तेज न हुआ, तो तेल डालने से लाभ? न-जाने इसका मन क्यों इतना शुष्क और नीरस है, जैसे कोई ऊसर का पेड़ हो, कितना ही पानी लो, उसमें हरी पत्तियों के दर्शन न होंगे। जड़ाऊ गहनों से भरी पेटारियाँ खुली हुई हैं, कहाँ-कहाँ से मँगवाये-दिल्ली से, कलकत्ता से, फ्रांस से। कैसी-कैसी साड़ियाँ रखी हुई हैं। एक नहीं, सैकड़ों। पर केवल सन्दूक में कीड़ों का भोजन बनने के लिए। दरिद्र घर की लड़कियों में यही ऐब होता है। उनकी दृष्टि सदैव संकीर्ण रही है। न खा सकें, न पहन सकें, न दे सकें। उन्हें तो खजाना भी मिल जाये तो यही सोचती रहेगी कि खर्च कैसे करें?

दरिया की सैर तो हुई, पर विशेष आनन्द न आया।

3

कई महीने तक आशा की मनोवृत्तियों को जगाने का असफल प्रयत्न करके लालाजी ने समझ लिया कि इनकी पैदाइश ही मुहर्रमी है। लेकिन फिर भी निराश न हुए। ऐसे व्यापार में एक बड़ी रकम लगाने के बाद वे उसमें अधिक-से-अधिक लाभ उठाने की वणिक्-प्रवृत्ति को कैसे त्याग देते? विनोद की नयी-नयी योजनाएँ पैदा की जाती— ग्रामोफोन अगर बिगड़ गया है, गाता नहीं, या साफ आवाज नहीं निकलती, तो उसकी मरम्मत करानी पड़ेगी। उसे उठा कर रख देना, तो मूर्खता है।

इधर बूढ़ा महाराज एकाएक बीमार होकर घर चला गया था और उसकी जगह उसका सत्रह-अठारह साल का जवान लड़का आ गया था— कुछ अजीब गँवार था, बिल्कुल झंगड़, उजंड्ड। कोई बात ही न समझता था। जितने फुलके बनाता, उतनी तरह के। हाँ, एक बात समान होती। सब बीच में मोटे होते, किनारे पतले। दाल कभी तो इतनी पतली जैसे चाय, कभी इतनी गाढ़ी जैसे दही। नमक कभी इतनी कम कि बिलकुल फीकी, कभी इतना तेज कि नींबू का शाकीन। आशा मुँह-हाथ धोकर चौके में पहुँच जाती और इस डपोरशंख को भोजन पकाना सिखाती। एक दिन उसने कहा— तुम कितने नालायक आदमी हो जुगल। आखिर इतनी उम्र तक तुम घास खोदते रहे या भाड़ झोंकते रहे कि फुलके तक नहीं बना सकते? जुगल आँखों में आँसू भर-कर कहता— बहूजी, अभी मेरी उम्र ही क्या है? सत्रहवाँ ही तो पूरा हुआ है!

आशा को उसकी बात पर हँसी आ गयी। उसने कहा— तो रोटियाँ पकाना क्या दस-पाँच साल में आता है?

‘आप एक महीना सिखा दें बहू जी, फिर देखिए, मैं आपको कैसे फुलके खिलाता हूँ कि जी खुश हो जाय। जिस दिन मुझे फुलके बनाने आ जायेंगे, मैं आपसे कोई इनाम

लूँगा। सालन तो अब मैं कुछ-कुछ बनाने लगा हूँ, क्यों न?'

आशा ने हौसला बढ़ाने वाली मुसकराहट के साथ कहा— सालन नहीं, वो बनाना आता है। अभी कल ही नमक इतना तेज था कि खाया न गया। मसाले में कचाँध आ रही थी।

'मैं जब सालन बना रहा था, तब आप यहाँ कब थीं?'

'अच्छा, तो मैं जब यहाँ बैठी रहूँ तब तुम्हारा सालन बढ़िया पकेगा?'

'आप बैठी रहती हैं, तब मेरी अक्ल ठिकाने रहती है।'

अशा को युगल की इन भोली बातों पर खूब हँसी आ रही थी। हँसी को रोकना चाहती थी, पर वह इस तरह निकली पड़ती थी जैसे भरी बोतल उँड़ेल दी गयी हो।

'और मैं नहीं रहती तब?'

'तब तो आपके कमरे के द्वार पर जा बैठता हूँ। वहाँ बैठ कर अपनी तकदीर को रोता हूँ।

आशा ने हँसी को रोक कर पूछा— क्यों, रोते क्यों हो?

'यह न पूछिए बहूजी, आप इन बातों को नहीं समझेंगी।'

आशा ने उसके मुँह की ओर प्रश्न की आँखों से देखा। उसका आशय कुछ तो समझ गयी, पर न समझने का बहाना किया।

'तुम्हारे दादा आ जायँगे; तब तुम चले जाओगे?'

'और क्या करूँगा बहूजी? यहाँ कोई काम दिलवा दीजिएगा, तो पड़ा रहूँगा। मुझे मोटर चलाना सिखवा दीजिए। आपको खूब सैर कराया करूँगा। नहीं, नहीं बहूजी, आप हट जाइए, मैं पतीली उतार लूँगा। ऐसी अच्छी साड़ी है आपकी, कहीं कोई दाग पड़ जाय, तो क्या हो?'

आशा पतीली उतार रही थी। जुगल ने उसके हाथ से सँड़सी ले लेनी चाही।

'दूर रहो। फूहड़ तो तुम हो ही। कहीं पतीली पाँव पर गिरा ली, तो महीनों झींकोगे।'

जुगल के मुख पर उदासी छा गयी।

आशा ने मुसकराकर पूछा— क्यों, मुँह क्यों लटका गया सरकार का?

जुगल रुआँसा होकर बोला— आप मुझे डाँट देती हैं, बहूजी, तब मेरा दिल टूट जाता है। सरकार कितना ही घुड़कें मुझे बिलकुल ही दुःख नहीं होता। आपकी नजर कड़ी देख कर मेरा खून सर्द हो जाता है।

आशा ने दिलासा दिया— मैंने तुम्हें डाँटा तो नहीं, केवल यही तो कहा कि कहीं पतीली तुम्हारे पाँव पर गिर पड़े तो क्या हो?

'हाथ ही तो आपका भी है। कहीं आपके ही हाथ से छूट पड़े तो?'

लाला डंगामल ने रसोई-घर के द्वार पर आकर कहा— आशा, जरा यहाँ आना। देखो, तुम्हारे लिए कितने सुन्दर गमले लाया हूँ। तुम्हारे कमरे के सामने रखे जायँगे। तुम यहाँ धुएँ-धक्कड़ में क्यों हलाकान होती हो? इस लड़के से कह दो कि जल्दी महाराज को

बुलाये। नहीं तो मैं कोई दूसरा आदमी रख लूँगा। महाराजों की कमी नहीं है। आखिर कब तक कोई रिआयत करे, गधे को जरा भी तमीज नहीं आयी। सुनता है जुगल, लिख दे आज अपने बाप को।

चूल्हे पर तवा रखा हुआ था। आशा रोटियाँ बेलने में लगी थी। जुगल तवे के लिए रोटियों का इन्तजार कर रहा था। ऐसी हालत में भला आशा कैसे गमले देखने जाती?

उसने कहा— जुगल रोटियाँ टेढ़ी-मेढ़ी बेल डालेगा।

लालाजी ने कुछ चिढ़ कर कहा— अगर रोटियाँ टेढ़ी-मेढ़ी बेलेगा, तो निकाल दिया जायगा!

आशा अनसुनी करके बोली— दस-पाँच दिन में सीख जायगा, निकालने की क्या जरूरत है?

'तुम आकर बतला दो, गमले कहाँ रखे जायँ?'

'कहती तो हूँ, रोटियाँ बेलकर आयी जाती हूँ।'

'नहीं, मैं कहता हूँ तुम रोटियाँ मत बेलो।'

'आप तो ख्वामख्वाह जिद करते हैं।'

लालाजी सन्नाटे में आ गये। आशा ने कभी इतनी रूखाई से उन्हें जवाब न दिया था। और यह केवल रूखाई न थी, इसमें कटुता भी थी। लज्जित होकर चले गये। उन्हें ऐसा क्रोध आ रहा था कि इन गमलों को तोड़ कर फेंक दें और सारे पौधों को चूल्हे में डाल दें।

जुगल ने सहमे हुए स्वर में कहा— आप चली जायँ बहूजी, सरकार बिगड़ जायेंगे।

'बको मत; जल्दी-जल्दी फुलके सेंको, नहीं तो निकाल दिये जाओगे। और आज मुझसे रूपये लेकर अपने लिए कपड़े बनवा लो। भिखमंगों की-सी सूरत बनाये घूमते हो। और बाल क्यों इतने बढ़ा रखे हैं? तुम्हें नाई भी नहीं जुड़ता?'

जुगल ने दूर की बात सोची। बोला— कपड़े बनवा लें, तो दादा को हिसाब क्या दूँगा?

'अरे पागल! मैं हिसाब में नहीं देने कहती। मुझसे ले जाना।'

जुगल काहिलपन की हँसी हँसा।

'आप बनवायेंगी, तो अच्छे कपड़े लूँगा। खद्दर के मलमल का कुर्ता, खद्दर की धोती, शमी चादर, अच्छा-सा चप्पल।'

आशा ने मीठी मुसकान से कहा— और अगर अपने दाम से बनवाने पड़े।

'तब कपड़े ही क्यों बनवाऊँगा?'

'बड़े चालाक हो तुम।'

जुगल ने अपनी बुद्धिमत्ता का प्रदर्शन किया— आदमी अपने घर में सूखी रोटियाँ खाकर सो रहता है, लेकिन दावत में तो अच्छे-अच्छे पकवान ही खाता है। वहाँ भी यदि रूखी रोटियाँ मिलें, तो वह दावत में जाय ही नहीं।

'यह सब मैं नहीं जानती। एक गाढ़े का कुर्ता बनवा लो और एक टोपी ले लो, हजामत

के लिए दो आने पैसे ऊपर से ले लो।

जुगल ने मान करके कहा— रहने दीजिए। मैं नहीं लेता। अच्छे कपड़े पहन कर निकलूँगा, तब से आपकी याद आवेगी। सड़ियल कपड़े पहन कर तो और जी जलेगा।

'तुम स्वार्थी हो, मुफ्त के कपड़े लोगे और साथ ही बढ़िया भी।'

'जब यहाँ से जाने लगे, तब आप मुझे अपना एक चित्र दीजिएगी।'

'मेरा चित्र लेकर क्या करोगे?'

'अपनी कोठरी में लगाऊँगा और नित्य देखा करूँगा। बस, वही साड़ी पहन कर खिंचवाना, जो कल पहनी थी और वही मोतियों की माला भी हो। मुझे नंगी-नंगी सूरत अच्छे नहीं लगती। आपके पास तो बहुत गहने-होंगे। आप पहनती क्यों नहीं!'

'तो तुम्हें गहने अच्छे लगते हैं?'

'बहुत।'

लालाजी ने फिर आकर जलते हुए मन से कहा— अभी तक तुम्हारी रोटियाँ नहीं पकीं जुगल? अगर कल से तूने अपने-आप अच्छी रोटियाँ न पकायीं तो मैं तुझे निकाल दूँगा।

आशा ने तुरन्त हाथ-मुँह धोया और बड़े प्रसन्न मन से लालाजी के साथ गमले देखने चली। इस समय उसकी छवि में प्रफुल्लता की रौनक थी, बातों में भी जैसे शक्कर घुली हुई थी। लालाजी का सारा खिसियानापन मिट गया था।

उसने गमलों को क्षुब्ध आँखों से देखा। उसने कहा— मैं इनमें से कोई गमला न जाने दूँगी। सब मेरे कमरे के सामने रखवाना, सब! कितने सुन्दर पौधे हैं वाह! इनके हिन्दी नाम भी मुझे बतला देना।

लालाजी ने— सब गमले क्या करोगी? दस-पाँच पसन्द कर लो। शेष मैं बाहर रखवा दूँगा।

'जी नहीं। मैं एक भी न छोड़ूँगी। सब यहीं रखे जायँगे।'

'बड़ी लालचिन हो तुम।'

'लालचिन ही सही। मैं आपको एक भी न दूँगी।'

'दो-चार तो दे दो? इतनी मेहनत से लाया हूँ।'

'जी नहीं, इनमें से एक भी न मिलेगा।'

4

दूसरे दिन आशा ने अपने को आभूषण से खूब सजाया और फीरोजी साड़ी पहनकर निकली, तब लालाजी की आँखों में ज्योति आ गयी। समझे, अवश्य ही अब उनके प्रेम का जादू 'कुछ-कुछ' चल रहा है। नहीं तो उनके बार-बार के आग्रह करने पर भी, बार-बार याचना करने पर भी, उसने कोई आभूषण न पहना था। कभी-कभी मोतियों का हार गले में डाल लेती थी, वह भी ऊपरी मन से। आज वह आभूषणों से अलंकृत होकर फूली नहीं

समाती, इतरायी जाती है, मानो कहती हो, देखो, मैं कितनी सुन्दर है!

पहले जो बन्द कली थी, वह आज खिल गयी थी।

लालाजी पर घड़ों का नशा चढ़ा हुआ था। वे चाहते थे, उनके मित्र और बन्धु-वर्ग आकर इस सोने की रानी के दर्शनों से अपनी आँखें ठंढी करें। देखें कि वह कितनी सुखी, संतुष्ट और प्रसन्न है। जिन विद्रोहियों ने विवाह के समय तरह-तरह की शंकाएँ की थीं, वे आँखें खोल कर देखें कि डंगामल कितना सुखी है। विश्वास, अनुराग और अनुभव ने चमत्कार किया है?

उन्होंने प्रस्ताव किया— चलो, कहीं घूम आयें। बड़ी मजेदार हवा चल रही है।

आशा इस वक्त कैसे जा सकती थी? अभी उसे रसोई में जाना था, वहाँ से कहीं बारह-एक बजे फुर्सत मिलेगी। फिर घर के दूसरे धन्धे सिर पर सवार हो जायँगे। सैर-सपाटे के पीछे क्या घर चौपट कर दें?

सेठजी ने उसका हाथ पकड़ लिया और कहा— नहीं, आज मैं तुम्हें रसोई में न जाने दूँगा।

'महाराज के किये कुछ न होगा।'

'तो आज उसकी शामत भी आ जायगी।'

आशा के मुख पर से वह प्रफुल्लता जाती रही। मन भी उदास हो गया। एक सोफा पर लेट कर बोली— आज न-जाने क्यों कलेजे में मीठा-मीठा दर्द हो रहा है। ऐसा दर्द कभी नहीं होता था।

सेठजी घबरा उठे।

'यह दर्द कब से हो रहा है?'

'हो तो रहा है रात से ही, लेकिन अभी कुछ कम हो गया था। अब फिर होने लगा है। रह-रह कर जैसे चुभन हो जाती है।'

सेठजी एक बात सोचकर दिल-ही-दिल में फूल उठे। अब वे गोलियाँ रंग ला रही हैं। राजवैद्यजी ने कहा भी था कि जरा सोच-समझ कर इनका सेवन कीजिएगा। क्यों न हो! खानदानी वैद्य हैं। इनके बाप बनारस के महाराजा के चिकित्सक थे। पुराने और परीक्षित नुस्खे हैं इनके पास! उन्होंने कहा— तो रात से ही यह दर्द हो रहा? तुमने मुझसे कहा नहीं तो वैद्यजी से कोई दवा मँगवाता।

'मैंने समझा था, आप-ही-आप अच्छ हो जायगा, मगर अब बढ़ रहा है।'

'कहाँ दर्द हो रहा है? जरा देखूँ! कुछ सूजन तो नहीं है?'

सेठजी ने आशा के आँचल की तरफ हाथ बढ़ाया। आशा ने शर्माकर सिर झुका लिया। उसने कहा— यह तुम्हारी शरारत मुझे अच्छी नहीं लगती। मैं अपनी जान से मरती हूँ तुम्हें हँसी सूझती है। जाकर कोई दवा ला दो।

सेठजी अपने पुंसत्व का यह डिप्लोमा पाकर उससे कहीं ज्यादा प्रसन्न हुए, जितना

रायबहादुरी पाकर होते। इस विजय का डंका पीटे बिना उन्हें कैसे चैन आ सकता था? जो लोग उनके विवाह के विषय में द्वेषमय टिप्पणियाँ कर रहे थे, उन्हें नीचा दिखाने का कितना अच्छा अवसर हाथ आया है और इतनी जल्दी।

पहले पंडित भोलानाथ के पास गये और भाग्य ठोंक कर बोले— भई, मैं तो बड़ी विपत्ति में फंस गया। कल से उनके कलेजे में दर्द हो रहा है। कुछ बुद्धि काम नहीं करती। कहती हैं; ऐसा दर्द पहले कभी नहीं हुआ था।

भोलानाथ ने कुछ बहुत हमदर्दी न दिखायी।

सेठजी यहाँ से उठ कर अपने दूसरे मित्र लाला फागमल के पास पहुँचे, और उनसे भी लगभग इन्हीं शब्दों में यह शोक-सम्वाद कहा।

फागमल बड़ा शोहदा था। मुसकराकर बोला— मुझे तो आपकी शरारत मालूम होती है।

सेठजीकी बाँछें खिल गयीं। उन्होंने कहा— मैं अपना दु:ख सुना रहा हूँ और तुम्हें दिल्लगी सुझती है, जरा भी आदमीयत तुममें नहीं है।

मैं दिल्लगी नहीं कर रहा हूँ। इसमें दिल्लगी की क्या बात है? वे हैं कमसिन, कोमलांगी, आप ठहरे पुराने लठैत, दंगल के पहलवान! बस! अगर यह बात न निकले, तो मूँछें मुड़ा लूँ।

सेठजी की आँखें जगमगा उठीं। मन में यौवन की भावना प्रबल हो उठी और उसके साथ ही मुख पर भी यौवन की झलक आ गयी। छाती जैसे कुछ फैल गयी। चलते समय उनके पग कुछ अधिक मजबूती से जमीन पर पड़ने लगे और सिर की टोपी भी न जाने कैसे बाँकी हो गयी। आकृति से बाँकपन की शान बरसने लगी।

5

जुगल ने आशा को सिर से पाँव तक जगमगाते देखकर कहा— बस बहूजी, आप इसी तरह पहने-ओढ़े रहा करें। आज मैं आपको चूल्हे के पास न आने दूँगा।

आशा ने नयन-बाण चला कर कहा— क्यों, आज यह नया हुक्म क्यों? पहले तो तुमने कभी मना नहीं किया।

'आज की बात दूसरी है।'

'जरा सुनूँ, क्या बात है?'

'मैं डरता हूँ, आप, कहीं नाराज न हो जायँ?'

'नहीं-नहीं, कहो, मैं नाराज न होऊँगी।'

'आज आप बहुत सुन्दर लग रही हैं।'

लाला डंगामल ने असंख्य बार आशा के रूप और यौवन की प्रशंसा की थी; मगर उनकी प्रशंसा में उसे बनावट की गन्ध आती थी। वह शब्द उनके मुख से निकल कर कुछ

ऐसे लगते थे, जैसे कोई पंगु दौड़ने की चेष्टा कर रहा हो। जुगल के इन सीधे शब्दों में एक उन्माद था, नशा था, एक चोट थी। आशा की सारी देह प्रकम्पित हो गयी।

'तुम मुझे नजर लगा दोगे जुगल, इस तरह क्यों घूरते हो?'

'जब यहाँ से चला जाऊँगा, तब आपकी बहुत याद आयेगी।'

'रसोई पका कर तुम सारे दिन क्या किया करते हो? दिखायी नहीं देते!'

'सरकार रहते हैं, इसीलिए, नहीं आता। फिर अब तो मुझे जवाब मिल रहा है। देखिए, भगवान् कहाँ ले जाते हैं।'

आशा की मुख-मुद्रा कठोर हो गयी। उसने कहा—कौन तुम्हें जवाब देता है?

'सरकार ही तो कहते हैं, तुझे निकाल दूँगा।'

'अपना काम किये जाओ, कोई नहीं निकालेगा। अब तो तुम फुलके भी अच्छे बनाने लगे।'

'सरकार हैं बड़े गुस्सेवर।'

'दो-चार दिन में उनका मिजाज ठीक किये देती हूँ।'

'आपके साथ चलते हैं तो आपके बाप-से लगते हैं।'

'तुम बड़े मुहँफट हो। खबरदार, जबान-सँभाल कर बातें किया करो।'

किन्तु अप्रसन्नता का यह झीना आवरण उनके मनोरहस्य को न छिपा सका। वह प्रकाश की भाँति उसके अन्दर से निकला पड़ता था।

जुगल ने फिर उसी निर्भीकता से कहा— मेरा मुँह कोई बन्द कर ले, यहाँ यों सभी यही कहते हैं। मेरा ब्याह कोई 50 साल की बुढ़िया से कर दे, तो मैं घर छोड़कर भाग जाऊँ। या तो खुद जहर खा लूँ या उसे जहर देकर मार डालूँ। फाँसी ही तो होगी?

आशा उस कृत्रिम क्रोध को कायम न रख सकी। जुगल ने उसकी हृदयवीणा के तारों पर मिज़राब की ऐसी चोट मारी थी कि उसके बहुत ज़ब्त करने पर भी मन की व्यथा बाहर निकल आयी। उसने कहा— भाग्य भी तो कोई वस्तु है।

'ऐसा भाग्य जाय भाड़ में।'

'तुम्हारा ब्याह किसी बुढ़िया से ही करूँगी, देख लेना!'

'तो मैं भी जहर खा लूँगा। देख लीजिएगा।'

'क्यों बुढ़िया तुम्हें जवान स्त्री से ज्यादा प्यार करेगी, ज्यादा सेवा करेगी। तुम्हें सीधे रास्ते पर रखेगी।'

'यह सब माँ का काम है। बीवी जिस काम के लिए है, उसी काम के लिए है।'

'आखिर बीवी किस काम के लिए है?'

मोटर की आवाज आयी। न-जाने कैसे आशा के सिर का अंचल खिसक-कर कंधे पर आ गया। उसने जल्दी से अंचल खींच कर सिर पर कर लिया और यह कहती हुई अपने कमरे की ओर लपकी कि लाला भोजन करके चले जायँ, तब आना।